SERENA KENT
Tod in Saint Merlot

Über die Autoren:

Serena Kent ist das Pseudonym des Autorenehepaars Deborah Lawrenson und Robert Rees. Deborah wuchs in Kuwait, China, Belgien, Luxemburg und Singapur auf. Sie studierte am Trinity College in Cambridge und arbeitete als Journalistin für verschiedene Zeitungen, u. a. für THE DAILY MAIL, MAIL ON SUNDAY und WOMAN'S JOURNAL. Sie hat bereits acht Romane veröffentlicht, die in zwölf Sprachen übersetzt wurden. Robert studierte erst am Eton College, anschließend ebenfalls am Trinity College in Cambridge. Nach einer Karriere als Banker entschloss er sich, sich seiner Leidenschaft, der Musik, zu widmen. Heute komponiert und dirigiert er Musik für Theaterstücke. Das Ehepaar lebt gemeinsam mit der Tochter Madeleine in Kent. Seit etwa zehn Jahren besitzen sie zudem einen alten Hof an den Hängen des Luberons in der Provence, den sie selbst renoviert haben.

SERENA KENT

TOD IN SAINT MERLOT

Ein Provence-Krimi

Aus dem Englischen von
Linda Budinger und Alexander Lohmann

lübbe

Dieser Titel ist auch als E-Book erschienen

Vollständige Taschenbuchausgabe

Deutsche Erstausgabe

Für die Originalausgabe:
Copyright © 2018 by Serena Kent
Titel der englischen Originalausgabe: »Death in Provence«
Originalverlag: Orion Books, an imprint of
The Orion Publishing Group Ltd, an Hachette UK Company, London

Für die deutschsprachige Ausgabe:
Copyright © 2020 by Bastei Lübbe AG, Köln
Umschlaggestaltung: Massimo Peter-Bille unter Verwendung von Illustrationen
von © shutterstock: detchana wangkheeree | cge2010
Satz: hanseatenSatz-bremen, Bremen
Gesetzt aus der Adobe Garamond Pro
Druck und Verarbeitung: GGP Media GmbH, Pößneck
Printed in Germany
ISBN 978-3-404-17990-9

5 4 3 2

Sie finden uns im Internet unter: www.luebbe.de
Bitte beachten Sie auch: www.lesejury.de

*Für Joy Lawrenson und Brian Rees,
die hieran ihren Spaß gehabt hätten.*

Der Absturz

Penelope Kite stand in der Tür ihres Traumhauses und fuhr sich mit dem Handrücken über die Stirn. Die Wärme des Vormittags hing feucht und schwer über dem Land. Der August war eine einzige, niemals nachlassende Hitzewelle.

Das Gras im Hof reichte ihr bis zur Hüfte, und der penetrante Singsang Tausender Zikaden erfüllte die Luft. Dann und wann löste sich eine große Wespe aus dem Schwarm beim Feigenbaum, um wie ein kleiner, aber unheimlicher Kampfhubschrauber eine Runde durch die Küche zu drehen.

Wieder einmal ließ sie die kaputte Fliegenklatsche auf die dicke allgegenwärtige Staubschicht knallen, und wieder einmal verfehlte sie ihr Ziel.

»Was habe ich mir dabei gedacht?«

Die Steinfliesen in der Küche gaben keine Antwort.

Sie setzte sich auf einen Holzstuhl, der unheilvoll ächzte. Sie musste sich ganz eindeutig bei den Croissants zurückhalten.

»Was habe ich nur getan?«, klagte sie den Wänden.

Nun, zum einen hast du gestern eine ganze Flasche billigen Rosé gekippt, schienen diese zu spotten. Das war nicht sehr schlau.

Sie hatte fürchterliche Kopfschmerzen.

Allmählich befürchtete sie, dass sie sich mit dieser Bruchbude mehr zugemutet hatte, als sie schaffen konnte, und sie war ganz allein selbst schuld.

In den Tagen und Wochen danach grübelte sie immer wieder über diese entscheidenden Stunden nach, bis sie ihr ganz unwirklich vorkamen. Und dann dachte sie jedes Mal, dass diese von Hitze und Kopfschmerz vernebelte Panik in der Küche gar nichts war im Vergleich zu dem, was noch folgen sollte.

Denn einer Sache war Penelope sich gewiss: Sie hatte das Haus zu diesem Zeitpunkt nicht verlassen und sich dem grellen Tageslicht des Gartens erst Stunden später gestellt. So hatte sie unmöglich wissen können, was dort kopfüber in ihrem Schwimmbecken trieb.

1

Im Frühling war alles so anders gewesen.

Penelope hatte sich unter dem wolkenlos blauen Himmel Südfrankreichs so energiegeladen gefühlt. Nach einem besonders furchtbaren Weihnachtsfest im Kreise ihrer beiden Kinder und deren unerträglichen Familien war sie vor den Osterfeiertagen geflüchtet, da sich, nur mit ein paar Schokoeiern, dasselbe zu wiederholen drohte. Diese zwei traumhaft ruhigen Wochen im April weckten in ihr die Sehnsucht, länger zu bleiben.

Die Côte d'Azur war längst zu einem Wimbledon-sur-Mer geworden, aber das Luberon-Tal war bezaubernd. Während ihrer Ehe hatte Penelope die Provence häufiger besucht und sich in dieser sonnigen Landschaft stets entspannen können – selbst wenn ihr Exmann so kühl und distanziert geblieben war wie der zackige Bergrücken, der wie eine blaue Kulisse hinter den uralten Hügeldörfern aufragte. Kirchen, zerfallene Burgen und enge Gassen, die den warmen Süden versprachen, dazu üppige Obstgärten und Weinberge. Das Leben wirkte so viel entspannter hier, ohne lärmende Dauergäste – vor allem ohne Engländer aus dem Londoner Umland.

Am Ende der ersten Woche hatte sie sich süßen Tagträumen hingegeben und Verkaufsangebote in den Fenstern der Maklerbüros studiert. Ein paar Tage später, nach einer besonders guten Karaffe Rosé zum Mittagessen, betrat sie schließlich eine Immobilienagentur im hübschen Dorf Ménerbes.

Die Frau hinter dem Schreibtisch nickte Penelope zu und setzte in aller Ruhe ihr Telefongespräch fort. Sie war der Inbegriff einer eleganten Pariserin in den Vierzigern. Blondes Haar wippte lässig bei jeder Bewegung und umspielte ein perfekt geschminktes Gesicht – zweifellos das Ergebnis der ungemein wirksamen französischen Elixiere und Hautcremes. Die schmal geschnittene marineblaue Jacke sah aus wie original Chanel. Penelope fühlte sich bei diesem Anblick dick und schlampig angezogen.

Mit einer schwungvollen Handbewegung, bei der Anhänger des vergoldeten Armbands klimperten, legte die Frau schließlich den Hörer auf und musterte ihre potenzielle Kundin. Es war diese Art von Blick, mit dem man Leute in die Flucht schlug, die einem nur die Zeit stahlen. Davon gab es hier vermutlich eine ganze Menge.

Penelope setzte ihr gewinnendstes Lächeln auf. »*Bonjour, Madame.*«

»*Bonjour. Comment je peux vous aider?*«

Ein hübsches Natursteinhaus, erklärte Penelope in stockendem Französisch, danach suche sie. In Hanglage, mit Aussicht und einem Garten – aber nicht zu viel Grundstück. Drei Zimmer und zwei Badezimmer. Ein Swimmingpool oder den Platz, um einen zu bauen.

Meine Güte, dachte sie dabei. Ihre Tagträume waren ja schon sehr konkret.

»Ich habe verschiedene Angebote, die Sie interessieren könnten«, erwiderte die Französin in perfektem Englisch.

Penelope wusste nicht, ob sie erleichtert sein sollte oder verärgert. »Ah, gut«, sagte sie.

»Ich heiße Madame Valencourt. Sie können entweder einen Termin zur Besichtigung vereinbaren. Oder – Sie kommen gleich mit mir.« Sie hielt einen rot lackierten Fingernagel in die Höhe. »*Vous avez de la chance, Madame.* Sie haben großes Glück.«

»Habe ich?«

»*Mais oui, Madame.*«

Penelope hatte keine Ahnung, was dieser Glücksfall sein sollte, während sie aus dem Büro zu einem glänzend roten Mini Cooper geführt wurde, der farblich zu den lackierten Nägeln passte. Vielleicht hätte sie nicht all den köstlichen Rosé trinken sollen. Er machte sie übermütig.

»Wir müssen uns beeilen.« Ohne Rücksicht auf andere Verkehrsteilnehmer raste die Maklerin los und schoss durch die schmalen Gassen aufs Land hinaus, vorbei an Gärten mit blühenden Mandelbäumen, die aussahen wie eine Schneelandschaft. Die ersten grünen Triebe sprossen an den knorrigen Weinranken. Hier und dort standen Menschen vornübergebeugt auf den Feldern und prüften die Aussaat.

Ruckartig scherte der Wagen zur Seite aus. Penelope umklammerte mit der linken Hand den Sicherheitsgurt, die rechte umkrallte den Türgriff. Sie bewegte instinktiv den Fuß zum Bremsen, als sie einen Mercedes überholten, geradewegs auf einen entgegenkommenden Traktor zu.

Madame Valencourt ignorierte sämtliche Radfahrer und Touristen, die sich fluchtartig in Sicherheit brachten, und führte eine geschäftsmäßige Konversation, in der sie beiläufig Penelopes Referenzen als Käuferin auslotete (offenbar zufriedenstellend), sie nach bisherigen Aufenthalten in Frankreich befragte, Familienstand und den Verlauf der Scheidung abklärte (ebenfalls zufriedenstellend) sowie die frühere berufliche Laufbahn (deutliche Anzeichen von Respekt). Das Auto sauste derweil die schmaler werdenden Straßen die Luberon-Gebirgskette hinauf, fort von den schicken Dörfern, die bei französischen Kabinettsmitgliedern, deren Geliebten und Fotografen der *Paris Match* so beliebt waren, und hinein in eine Landschaft aus Pinien und Steineichen.

Es herrschte weniger Verkehr, sodass sich Penelopes Herzschlag allmählich beruhigte.

»*La belle Provence!*«, verkündete Madame Valencourt, als sie auf einen mit Schlaglöchern übersäten Pfad einbogen, der an einem dichtem Gestrüpp und dornigen Wacholdersträuchern vorbeiführte. Sie zog an einem rostigen Traktor vorbei, der auf einem verwilderten Feld stand, brachte das Auto vor einem steinernen Torbogen zum Stehen und machte eine ausladende Geste.

»*Voilà. Le Chant d'Eau.* ›Das Lied des Wassers‹ – so heißt das Anwesen. Es ist ein alter Bauernhof.«

Penelopes Blick folgte dem manikürten Finger ihrer Begleiterin.

Das Anwesen wirkte heruntergekommen. Ein paar größere Nebengebäude lagen unter dickem Efeu begraben. Das zweistöckige Bauernhaus selbst war aus dem in dieser Gegend üblichen hellen Naturstein errichtet. Von den hölzernen Fensterläden blätterte violette Farbe ab. Einige hingen schief in den Angeln. Penelope konnte sich sofort ausmalen, wie sich das Anwesen wieder herrichten ließe. Ein luftiges Wohnzimmer, eine Terrasse, auf der man abends unter einem Sternenhimmel essen konnte.

Nein, ermahnte sie sich selbst, hör auf damit! Bleib am Boden. Sie hatte nur Kaufinteresse vorgetäuscht, um nicht sofort abgefertigt zu werden.

Aber ... ein heruntergekommenes Bauernhaus in der Provence, sinnierte Penelope, als die Maklerin mit einem großen Schlüssel die Tür entriegelte. Was ich daraus machen könnte!

Der dunkle Flur roch muffig und nach Mäusen. Penelope atmete flacher. Madame Valencourt schritt auf ihren hochhackigen, klackernden Sandalen voran. Penelope folgte, sich Schritt für Schritt vorantastend. In einem geräumigen Zimmer, das sich als Küche entpuppte, öffnete die Maklerin das

Fenster und stieß mit einem schauerlichen Knarren die Fensterläden auf. Licht strömte herein und beleuchtete die staubigen Oberflächen.

Das Haus stand offensichtlich schon seit einiger Zeit leer. Penelope betätigte den Lichtschalter, aber nichts geschah. Madame Valencourt öffnete die Hintertür, und Penelope hielt den Atem an. Von der Rückseite des Hauses aus blickte sie über das weitläufige Panorama des Luberon-Tals hinweg. In der Nähe thronte Saignon wie eine verzauberte Burg auf einem Felsvorsprung. Unten im Tal lag die Stadt Apt. Weiter entfernt ragte der große rote Monolith empor, auf dem Roussillon lag, und dahinter erhob sich stolz das berühmte Dorf Gordes auf einem Felsausläufer. Auf der einen Seite erstreckten sich die Berge des Kleinen Luberon bis zur Rhône, auf der anderen ragte hinter den Hügeln der kahle Gipfel des Mont Ventoux mit seiner schneeweißen Kalksteinspitze in die Höhe.

»Schauen Sie, Madame, Sie haben Glück! Das Anwesen ist noch nicht auf dem Markt. Sie sind die Erste, die es besichtigen kann.«

»Es ist wunderschön.« Penelope schnürte es die Kehle zu. Die Lage war unglaublich.

»Natürlich gibt es ein paar Schönheitsfehler.« Madame Valencourt zuckte mit den Achseln, als wollte sie damit andeuten, dass es kein original provenzalisches Anwesen wäre, wenn es keine original provenzalischen Probleme dazu gäbe. »Doch die lassen sich beheben. Sie könnten selbstverständlich einen Neubau kaufen, aber eine solche Atmosphäre finden Sie dort nicht, kein altes Mauerwerk oder diese Aussicht. All das lässt sich nicht einfach einbauen, wenn es erst gar nicht existiert.«

»Nein. Allerdings nicht.«

»Sehen Sie sich um. Nehmen Sie sich so viel Zeit, wie Sie wollen.«

»Danke.«

Die Holzbalken und Fliesenböden im provenzalischen Stil waren intakt. Die Schlafzimmer im Obergeschoss – es gab drei – waren gut geschnitten und hatten hohe Decken. Das Badezimmer war ein Schandfleck, aber der Ausblick auf das Tal über das verdreckte Waschbecken hinweg glich das mehr als aus. Penelope fragte sich, ob es dekadent wäre, eine Dusche so einzubauen, dass sie die Aussicht schon morgens genießen konnte. Dann rief sie sich zur Ordnung: Sie war nur aus Neugierde hier.

Hinter dem Haus wucherte üppiges Gras. Pflaumenbäume standen in voller Blüte. Ein kleiner Baum, vielleicht eine Quitte, trug büschelweise rosarote Blüten.

Sie schlenderten zu einer tiefer gelegenen Terrasse, wo die silberfarbenen Blätter von ein paar Olivenbäumen in der sanften Brise raschelten. Madame Valencourt führte Penelope zu den Überresten einer Tür in einer efeubewachsenen Mauer. Mit einiger Mühe konnte die Maklerin das Türblatt schließlich gegen den Widerstand eines modernden Laubhaufens aufdrücken. Penelope blickte durch die Öffnung und unterdrückte einen Freudenschrei.

Eine Mauer umgab einen verfallenen, aber dennoch beeindruckenden rechteckigen Swimmingpool. Eine Römische Treppe führte zum Grund des Beckens, der sich im trüben und mit Blättern bedeckten Wasser kaum ausmachen ließ. Einstmals elegante Zypressen standen braun und tot an den vier Ecken des Pools. In einem Winkel befand sich ein baufälliges Pumpenhäuschen mit einer Halbtür, die an den Resten der Scharniere baumelte. Bogenförmige Öffnungen im hinteren Teil der Mauer, die den Pool umschloss, gewährten Ausblick auf das Tal.

Es war perfekt.

Auf dem Rückweg nach Ménerbes war Penelope so tief in Gedanken versunken, dass sie kaum zusammenzuckte, als Madame Valencourt in einer unübersichtlichen Kurve zum Überholen ausscherte und einem Pizzawagen so knapp auswich, dass man die Hand nach einem Stück Margherita hätte ausstrecken können.

»Was halten Sie davon?«, fragte die Maklerin, als sie mit kreischenden Bremsen vor ihrem Büro zum Stehen kamen.

»Dass ich unmöglich das erste Haus kaufen kann, das ich mir angesehen habe«, entgegnete Penelope. »Das wäre einfach dumm.«

In den nächsten Tagen bewies Madame Valencourt, wie mühelos sie durch alte Bauernhäuser schreiten konnte, ohne sich ihre makellose Kleidung oder die Frisur zu ruinieren. Penelope konnte nur neidvoll zuschauen, während sie selbst mit hochrotem Gesicht und schwitzend nach einer halsbrecherischen Fahrt durch die alte Eichentür des nächsten Anwesens an den Hängen des Luberon-Tals stolperte.

Keines war so schön wie das erste.

Nach einem weiteren Vormittag voll sinnloser Bemühungen, im weißen Wohnzimmer eines Hauses, das für die Bedürfnisse eines Minimalisten ausgestattet war – das Badezimmer war ein weißer Würfel, der begehbare Kleiderschrank enthielt nur weiße Kleidung und in der strahlend weißen Küche gab es keinen Hinweis auf etwas so Gewöhnliches wie einen Herd –, wandte sich die Französin an sie und erklärte: »Das ist nichts für Sie.«

»Nein, allerdings nicht.«

»Es ist zu sauber, zu schick. *Le Chant d'Eau* in St Merlot – das ist das Richtige für Sie.«

Ganz schön unverschämt. Oder einfach nur aufrichtig?

Penelope streckte sich, auch wenn sie in ihrem Wickelkleid von Marks & Spencer gewiss wenig Eindruck schindete. Zweifellos hatte Madame Valencourt mit ihren Laseraugen bereits ihr Urteil gefällt – über den notwendigen Elastananteil ebenso wie über die unmöglichen, aber bequemen – und sehr preiswerten – Wildlederstiefel, die sie trug.

Penelope hatte ihren Stolz. »Ich weiß nicht recht.«

»Es ist alt und braucht Zuwendung.«

Das war jetzt definitiv unhöflich. Penelope versuchte, den Bauch einzuziehen.

»Aber es könnte wieder aufblühen«, fuhr Madame Valencourt leichthin fort.

»Gut zu wissen.«

»Es wurde jahrelang vernachlässigt. Die Besitzer lebten in Lyon und schauten in den letzten Jahren kaum noch vorbei.«

»Warum in aller Welt haben sie das nicht getan?«

»Sie waren alt, und jetzt sind beide verstorben, und die Kinder wollen es verkaufen. Ich bringe Sie hin, damit Sie es sich noch einmal ansehen können.«

*

Zurück in England beglückwünschte Penelope sich selbst zu den beiden interessanten Wochen im Luberon. Sie hatte einiges mehr vom örtlichen Leben gesehen, als wenn sie nur von ihrem gemieteten *gîte* in Ménerbes aus zum nächsten Restaurant gewandert wäre und Rosé getrunken hätte. Sie hatte spannende Ausflüge erlebt und – nun, da sie es überlebt hatte und davon erzählen konnte – auch eine gehörige Portion Gefahr, für die Madame Valencourts halsbrecherischer Fahrstil gesorgt hatte.

Mit großem Vergnügen berichtete sie von der aufregenden

Suche nach alten Häusern, der Schönheit des Tales und ihren Abenteuern. Für die Familie mochte es außerdem heilsam sein, wenn sie den Eindruck erweckte, dass sie einfach ins Ausland ziehen und ihre Kinder sich selbst um ihre Probleme kümmern konnten. Seit sie vorzeitig in Rente gegangen war, nahmen sie sie viel zu selbstverständlich als allzeit bereite, unbezahlte Babysitterin, als Chauffeuse oder Köchin in Anspruch.

All das tat sie gern und aus Liebe – aber etwas mehr Dankbarkeit wäre schon angebracht.

»Typisch«, bemerkte Justin. »Du denkst nur an dich selbst.«

Mit seinen neunundzwanzig Jahren war er ein bedenklich genaues Abbild seines Vaters geworden. Er war genauso egozentrisch und ebenso leicht bereit, ihr für alles die Schuld zu geben. Kein Wunder, dass seine Freundin Hannah immer griesgrämiger wirkte. Und ihr zweijähriger Sohn Rory war die reinste Plage.

»*Würde* ich nur an mich selbst denken, würde ich mich dieses Wochenende kaum um Rory kümmern, während du und Hannah euch eine Auszeit gönnt«, erinnerte ihn Penelope. »Oder ihn donnerstags von der Spielgruppe abholen und ihm seinen Tee machen, wenn Hannah zum Pilates geht.«

»Ich dachte, Großmütter mögen Zeit mit den Enkeln. Wir tun dir einen Gefallen.«

»Vielen Dank dafür.«

»Für ein paar Pfund finden wir leicht einen Babysitter. Kein Problem.«

Er hatte auch die Arroganz seines Vaters in Sachen Geld geerbt. Jedenfalls, seit es so aussah, als würde er in seinem Job bei einer Investmentbank Karriere machen.

Seine ältere Schwester Lena war nicht ganz so grob, vor allem, weil sie wieder schwanger war und Penelopes Unterstützung brauchte. Lenas Mann James gründete gerade ein

Start-up für Abenteuerurlaub und war kaum zu Hause. Dazu steckte er eine Menge Geld in die Firma. Penelope wurde oft gebeten, auf Zack und Xerxes aufzupassen, die mit ihren vier beziehungsweise drei Jahren schon richtige kleine Diktatoren waren. Xerxes! Wie um Himmels willen würde das nächste heißen – Dschingis?

»Was soll ich ohne dich machen? Du kannst nicht fortziehen!«, jammerte Lena. »Ist es wegen der Teller, die die Jungs zerschlagen haben, weil du sie nicht in deiner Küche Fußball spielen lassen wolltest?«

Die Streitereien gingen weiter und führten zu nichts. Lena versprach, ihre Jungs in Zukunft zurechtzuweisen. Justin entschuldigte sich und versicherte ihr, Hannah habe es nicht so gemeint, als sie Penelope eine »hypernervöse, gemeine Spießerin aus dem Londoner Hinterhof« nannte, »die keine Ahnung von der modernen Welt hat«.

Das hatte wehgetan. Vor allem, wenn Penelope an die Jahre zurückdachte, in denen sie selbst noch jung gewesen war und nach ihrer Heirat mit David – einem charmanten Witwer mit traurigem, verwirrtem Lächeln und zwei kleinen Kindern – alles gab, um eine gute Mutter zu sein. Auf der anderen Seite hatte der Spruch sie auch veranlasst, bei einem teuren Londoner Friseur einen Termin zu buchen und sich gründlich verschönern zu lassen.

Sie kehrte mit einem fransigen Bob zurück, der die Fülle ihres rotgoldenen Haares viel besser zur Geltung brachte. Seit sie im vergangenen Jahr fünfzig geworden war, hatte das Alter seine Spuren an ihrem Körper hinterlassen, doch Penelope war stolz darauf, dass sie noch keine einzige graue Strähne hatte. Nicht, dass nur eine ihrer Freundinnen ihr das glaubte, aber es stimmte.

Anschließend ging sie einkaufen. Das war ein seltenes Ereignis geworden. Der Kauf von Kleidung konnte eine traumatisierende Erfahrung werden, wenn der Körper mit der Zeit auseinanderging und der Spiegel das schonungslos zeigte. Diesmal munterte es Penelope auf. Ungeachtet des Aussehens fühlte sie sich im Herzen so jung wie schon seit Langem nicht. Zwanzig Jahre lang hatte sie versucht, sowohl eine gute Ehefrau und gute Mutter zu sein, obwohl sie ziemlich oft dabei unglücklich war. Doch vor fünf Jahren hatte sie David nach einer weiteren Affäre verlassen. Seine Affären, natürlich. Sie selbst war ihm bis zur Trennung vollkommen treu geblieben.

Penelope traf sich mit Freundinnen zum Mittagessen im Café Rouge, versuchte, Interesse am Bridgespiel aufzubringen, sie war für Lena und Justin und deren Familien da und ertrug all die kleinen Unannehmlichkeiten, die das Leben in Südengland mit sich brachte: In der Nähe von London zu leben hatte ebenso viele Nachteile wie Vorteile – endlose Staus und Baustellen; unfreundliche junge Verkäufer in den Geschäften; das Gemecker der Leute, die dann stets hinzufügten: »Aber ich sollte nicht meckern«; Regen, Kälte und deprimierend graue Tage; die Casting-Shows im Fernsehen.

Aus dem ewigen Nieselregen war gerade ein Sturzbach geworden, als das Telefon klingelte und ein Anruf aus Frankreich kam.

»*Allo? Madame Kite?*«

»*Oui*«, antwortete Penelope.

»Clémence Valencourt von der Agence Hublot in Ménerbes. Ich dachte, Sie würden gern erfahren, dass *Le Chant d'Eau* nun zum Kauf steht.«

Penelope war überrumpelt und wusste nicht, was sie sagen sollte. Draußen klapperten die Regenrinnen, während der

Wind den Wolkenbruch unbarmherzig durch den Bolingbroke Drive trieb.

»*Madame?* Sind Sie noch am Apparat?«

»Ja, ja … Verzeihen Sie bitte, ich habe Sie nicht ganz verstanden. Sie meinen das Anwesen in St Merlot? Ich dachte, das wäre bereits zu verkaufen gewesen, als wir es besichtigt haben.«

»Ja … und nein. Rein rechtlich gesehen konnte es nicht veräußert werden, da die Besitzrechte an einem kleinen Teil des Grundstücks ungeklärt waren.«

»Nun … wie sieht es jetzt aus?«

»Die Besitzrechte wurden geklärt und rechtsgültig ins Grundbuch eingetragen. Das Land kann nun problemlos verkauft werden. Es gibt weitere Kunden, die sich dafür interessieren. Aber ich weiß genau, dass dieses Haus perfekt zu Ihnen passt. Und bei so was liege ich immer richtig.«

Na, diese Französin hatte Nerven.

»Ja, es ist alt und schäbig, genau wie ich«, gab Penelope gereizt zurück. »Mir ist schon klar, was Sie sagen wollen.« Selbst am Telefon schaffte es diese Französin, dass sie sich plump und riesig fühlte, obwohl sie mit 1,67 Meter nicht gerade eine amazonenhafte Statur hatte und die harte Diät zumindest etwas Wirkung zeigte.

»Überhaupt nicht«, erwiderte Madame Valencourt. »Das Haus wurde bedauerlicherweise vernachlässigt, aber es ist etwas ganz Besonderes, eine große Schönheit, die nur ein wenig Liebe und Zuwendung benötigt, um wieder zu erstrahlen.«

Penelope zog die Strickjacke fester um sich. »Ich glaube, ich verstehe, was Sie ausdrücken möchten.« In Gedanken sah sie die Aussicht aufs Tal vor sich, diesen außerordentlichen Blick auf die Felsenburg von Saignon, die gezackten Berge und kurvenreichen Straßen. Der blaue Himmel und die warme Sonne.

Ein Glas Rosé auf einem kleinen schmiedeeisernen Tisch auf der Terrasse, vielleicht mit einer handbemalten Terrakottaschale voll schwarzer Oliven daneben, bestreut mit *herbes des Provence* ...

»Der Preis ist überaus annehmbar. Die Bausubstanz ist gut. Und ich kann Ihnen bei der Suche nach Handwerkern helfen, die das Haus ganz nach Ihren Vorstellungen renovieren.« Die Stimme der Französin wurde zu einem liebenswürdigen Schnurren.

Ungebeten stiegen weitere Bilder aus Penelopes verlockenden Tagträumen auf ... lange Sommertage, an denen sie endlich malen lernen konnte. Wunderbar frisches Obst und Gemüse zum Anbauen und Kochen. Die Gelegenheit, neue und interessante Menschen kennenzulernen. Der kleine Schreibtisch vor dem offenen Fenster. Und natürlich ihre Musik. Sie könnte wieder Cello spielen. Eine neue Umgebung würde ihr den Schwung verleihen, der ihr hier in Esher fehlte ... hier, wo sie den Sinn für die Musik verloren hatte. Ein Neuanfang ...

Mit aller Gewalt verdrängte sie diese Träumereien. »Auf keinen Fall. Auf so eine Sache kann ich mich unmöglich einlassen. Allein die Vorstellung ist absurd!«

2

Das Haus und das Grundstück wurden ordnungsgemäß erworben und der Besitz übertragen; ein Notar in Avignon prüfte all die komplizierten Rechtsfragen. Penelope flog für zwei Tage nach Südfrankreich. Einen Großteil dieser Zeit verbrachte sie in der Kanzlei des Notars und hörte zu, wie er eine Art Hausbesitzer-Version von »Krieg und Frieden« vorlas und dabei jeden Aspekt aus der Geschichte *Le Chant d'Eaus* aufzählte, einschließlich des aktuellen Zustands in Bezug auf Energieverbrauch, Bleifarbe und Insektenbefall. Das Haus in Esher, das plötzlich wie ein Musterbeispiel sorglosen Grundbesitzes erschien, wurde vermietet, und der größte Teil ihrer Habseligkeiten landete in einem Lagerraum.

»Ich mache das nicht, um euch zu ärgern!«, beteuerte sie noch einmal gegenüber den Kindern. »Ich tue das für mich, weil ich auch ein Leben habe.«

Erst redeten sie gar nicht mehr mit ihr, dann stritten sie weiter. Justin hielt ihr einen Vortrag über familiäre Verpflichtungen und gab ihr die Adresse eines Facharztes, der auf Hormontherapie und Beratung bei Wechseljahrsproblemen spezialisiert war. Lena war außer sich. Zack und Xerxes jammerten und heulten und traten Penelope gegen die Schienbeine, als sie mit ihnen schimpfte.

Penelope liebte ihre Familie, aber sie war überzeugt, dass es ihnen guttäte, eine Weile ohne sie auskommen zu müssen.

Als sie zum Umzug bereit war, war es August. Die perfekte Zeit, um ein altes Haus in der Provence zu beziehen. Sie musste sich noch keine Gedanken um die Heizung machen, und es blieb lang genug hell. Penelope hatte sich einen fast neuen dunkelblauen Range Rover gekauft, um sich auf den Straßen sicher zu fühlen und sich keine Gedanken über den ausgefahrenen Weg zu ihrem Haus machen zu müssen oder darüber, im Winter in den Bergen festzusitzen. Außerdem war der Wagen groß genug für all die lebensnotwendigen Dinge, die sie mitgebracht hatte.

Drei Tage lang fuhr sie durch Frankreich. Unterwegs verwöhnte sie sich mit Übernachtungen in Wellness-Hotels, und die erste Nacht in der Provence verbrachte sie in einer erstklassigen Pension in Avignon. Sie wusste nicht, wann sie das nächste Mal so komfortabel schlafen würde.

Am nächsten Morgen fuhr sie als Erstes nach Ménerbes, wo sie Madame Valencourt in der Agence Hublot die Hand schüttelte und den Schlüssel zu ihrem Anwesen abholte. Die übrigen Schlüssel sollten in einem Holzkasten in einer Küchenschublade liegen.

Trotz der Müdigkeit nach der langen Fahrt packte Penelope die Aufregung. Sie hatte es geschafft! Sie steuerte den Range Rover nach Osten entlang der D900, der Hauptstraße im Tal, mit dem imposanten Bergpanorama des Luberon zu ihrer Rechten. Apfel- und Pflaumenbaumplantagen säumten die Route. Alte steinerne Mühlen und Bauernhöfe standen zwischen Feldern mit geschnittenem Lavendel und Weingärten. Auf den kleineren Hügeln klebten Steingebäude, Burgen und Kirchen wie Zuckergusskleckse auf einem Kuchen. Silbrige Olivenbaumblätter wehten wie zur Begrüßung in einer leichten Brise.

St Merlot war ein verschlafenes Dorf am weniger angesagten Ende des Luberon-Tals, aber genau das machte seinen Reiz aus. Die Straße führte verborgen durch felsige Einschnitte hinab über den Felsvorsprung von Saignon und wand sich dann weiter bergauf durch die hügelige Landschaft.

Penelope bemerkte ein kleines heruntergekommenes Haus, das den Abzweig zum *Le Chant d'Eau* markierte. Aber sie fuhr erst einmal weiter ins Dorf hinauf. St Merlot war ein ursprünglicher und unberührter Ort abseits der gängigen touristischen Routen, ein Flecken aus sonnig goldenem Stein auf einem sanften Hügel, umgeben von Trockenmauern und Wildblumen. Hier gab es weder eine Burgruine noch eine große Kirche.

Die Straße durchquerte ein kleines Wäldchen und dann einen Kirschbaumhain. Der ältere Teil des Ortes mit seinen verwinkelten Straßen und versteckten Gassen, lag auf der linken Seite. Penelope fuhr nach rechts und parkte in der Nähe eines großen Platzes, der von Platanen gesäumt war. An zwei Seiten standen hinter den Bäumen helle, ockerfarben verputzte Häuser mit bunt bemalten Fensterläden. An einer weiteren Seite lief die Straße entlang, und die vierte öffnete sich zu einem atemberaubenden Blick ins Tal.

Der Platz war leer, abgesehen von einem alten Mann, der auf einer Bank im Schatten saß und *La Provence* las. Am Rand stand ein lavendelfarbener Oldtimer-Bus mit der Aufschrift »*Bibliobus*« und dem Bild eines Bücherregals. Hinzu kam eine kleine Tankstelle mit einer einzelnen Zapfsäule, wo ein Mann in Overall und mit Sonnenbrille sich gerade um ein Auto kümmerte. Schön zu sehen, dachte Penelope – guter altmodischer persönlicher Service.

Die *fruiterie-épicerie* auf der anderen Straßenseite bot ebenfalls einen willkommenen Anblick. Vor dem Laden lagen Pfirsiche und Nektarinen aufgestapelt, die verführerisch reif waren und einen süßen Duft verströmten. Penelope betrat das Geschäft. Sie hatte allmählich das Gefühl anzukommen.

Sie kaufte einige Stücke frischen Ziegenkäse, *jambon cru*, Tomaten, Oliven, Pfirsiche, eine orangefarbene Cavaillon-Melone und eine Flasche des regionalen Rosé. Das würde für Mittag- und ein Abendessen reichen.

Als sie nach Brot fragte, wies die Frau hinter dem Tresen auf die andere Ecke des Platzes. Penelope dankte ihr und blinzelte gegen die Helligkeit an, während sie hinüberwanderte. Die *boulangerie* war ein schmales gelbes Gebäude mit ein paar Stühlen und Tischen unter einer mit wildem Wein bewachsenen Pergola. Sie kaufte ein Baguette mit goldener Kruste und bestellte spontan ein Stück Aprikosenkuchen hinzu. Es sah so appetitlich aus, dass sie unmöglich widerstehen konnte. Das konnte künftig zu einem Problem werden.

Als sie schließlich das Ende der von Schlaglöchern übersäten Zufahrt zum *Le Chant d'Eau* erreichte, sank ihre gute Laune abrupt.

Der alte Bauernhof war kaum wiederzuerkennen.

Seit ihrem letzten Besuch im Frühling war das Gras in ungeahnte Höhen emporgeschossen. Als sie die massive Eichentür öffnete, löste sich ein großer Klumpen Putz von der Decke, landete auf dem Fliesenboden, zerplatzte und wirbelte weiteren Staub auf, der bereits schwer in der Luft hing.

Sie atmete tief durch. Ruhig bleiben. »Das ist mein Abenteuer«, sprach sie sich Mut zu. Sie musste sich zusammenreißen und etwas draus machen.

Sie ging zum Auto zurück und holte Mineralwasser, einen Petroleumkocher, ein Campingbett, Kerzen, Streichhölzer, Putzgeräte sowie Wein und weitere Notvorräte ins Haus. Sie legte Schalter um und drehte an den Wasserhähnen mit mehr Hoffnung als Glaube. Nichts geschah.

Zum ersten Mal seit sehr langer Zeit wünschte sie sich, sie wäre nicht alleine. Dass sie jemanden an ihrer Seite hätte, mit dem sie die Verantwortung teilen – und dem sie vielleicht Mitschuld an diesem Wahnsinn geben könnte. Sie zupfte sich ein Stück Putz aus den Haaren, die inzwischen nicht mehr ganz so glänzten wie nach dem Besuch beim Friseur, aber immer noch genug, um Madame Valencourt ein wohlwollendes Nicken zu entlocken, als sie die Schlüssel abgeholt hatte.

Ihr Handy summte.

»Sind Sie angekommen?« Es war Madame Valencourt.

Penelope war geradezu absurd erfreut über den Anruf, obwohl sie hoffte, dass man es ihr nicht allzu deutlich anhörte. »Das bin ich.« Ich habe den ganzen Weg von England bis hierher geschafft, dachte sie. Da sollte man davon ausgehen, dass ich auch von Ménerbes bis St Merlot komme.

»Benötigen Sie einen Mann, Madame?«

»Entschuldigung, wie bitte?«

»Ein Mann, der Ihnen beim Garten hilft. Das Gras ist sehr hoch, nicht wahr?«

Penelope hatte plötzlich das höchst willkommene Bild eines kräftigen Kerls vor Augen, der eine riesige Sense schwang. Sie ging zum Fenster und schaute nach draußen. Ein Meer von sanft wogendem Gras bot einen verlockenden Blick auf den ummauerten Garten und den Pool dahinter. »Sie haben ganz recht, Madame. Ich brauche allerdings ein wenig Hilfe. Ich hatte nicht erwartet, dass der Garten so zuwuchern würde.«

»Ich kenne vermutlich jemanden, der Ihnen helfen kann, Madame. Er bietet auch weitere Dienstleistungen an. Wünschen Sie, dass ich ihn vorstelle?«

»Ich denke, das sollten Sie tun«, gab Penelope schwach zurück. »Möglichst bald.«

»Ich komme morgen mit ihm vorbei.«

»Ach, übrigens! Ich werde wohl auch Strom und Wasser benötigen.«

»Selbstverständlich. Ich kümmere mich darum.«

Penelopes Stimmung hob sich wieder. Einen solchen Service nach dem Kauf hatte sie nicht erwartet. Sie war beeindruckt.

Es war nach sechs, als Penelope schließlich mit Fegen und Staubwischen aufhörte und sich ein Basislager im Haus eingerichtet hatte. Sie überlegte kurz, sich mit einer Tasse Tee zu belohnen. Stattdessen trat sie in den Garten hinaus. Ihr tat der Rücken weh, als sie sich aufrichtete. Ein Adler oder irgendein anderer Greifvogel schraubte sich gemächlich in den Himmel. Alles war still, bis auf das Zirpen der Zikaden.

Penelope inhalierte den Geruch von Pinien und Thymian und entspannte sich. Wie immer schlug die unglaubliche Aussicht sie in den Bann. *Le Chant d'Eau* lag hoch genug, dass die Hügelflanken an den Seiten des großen Tals wie in einem viktorianischen Diorama ausgeschnitten und hintereinander gestaffelt wirkten.

Alles würde gut werden. Eines Tages, sehr bald schon, würde sich dieser Garten in einen hinreißenden Ort voller Düfte und Blüten verwandelt haben. Sie und ihre Freundinnen würden in weißem Leinen umherschlendern, Lavendelzweige pflücken und an Gläsern mit eiskaltem Rosé nippen. Ein wenig harte Arbeit – ziemlich viel harte Arbeit –, und schon hätte sie sich sowohl einen Rückzugsort geschaffen als auch den perfekten Platz, um Gäste zu empfangen.

»*S-ss-salaud!*«

Der Ruf riss sie jäh zurück in die Gegenwart.

Es folgte ein Schwall französischer Schimpfwörter, deren Sinn sie sich erschließen konnte. Er schien aus einem Bambusdickicht in der Nähe zu dringen. Das Gehölz schwankte wild hin und her, dann trat ein kleiner drahtiger Mann hervor. Er torkelte ein wenig, eine durchweichte, handgedrehte Zigarette klebte an seiner Unterlippe.

Penelope starrte ihn an und wusste nicht recht, was sie tun sollte. *Verschwinden Sie von meinem Grundstück*, wäre gewiss keine angemessene Reaktion gewesen.

Der Mann stolperte auf sie zu. Er starrte Penelope aus rattenartigen Knopfaugen an. Asche fiel von der Zigarettenspitze. Sie hoffte, dass er kein Feuer im hohen trockenen Gras entfachte.

»*C'est à moi!*«

Penelope fiel immer noch nichts ein, was sie sagen sollte.

»*Ce terrain – c'est à moi!*«

Dieses Land gehörte ihm? Sie fühlte, wie ihr die Röte ins Gesicht stieg, und suchte dabei nach einer geeigneten französischen Erwiderung auf diese lächerliche Behauptung.

Der Mann machte eine weitschweifende Geste, die den gesamten Garten umfasste, und hielt sich dabei unsicher auf den Beinen. »*Mon terrain!*«

»Entschuldigen Sie«, antwortete Penelope, von oben herab und auf Englisch, um deutlich zu machen, dass sie sich nicht auf eine Diskussion einlassen wollte. Sie wies auf sich selbst. »*Ma maison maintenant.*«

Die Aussage, es sei ihr Haus, führte nur zu einem weiteren unverständlichen Ausbruch. Der Mann stieß mit dem Daumen gegen seine Brust und warf dann beide Arme so heftig in die Höhe, dass er fast das Gleichgewicht verlor.

Penelope rührte sich nicht vom Fleck.

Sie standen einander mehrere Minuten schweigend gegenüber. Penelope fand genug Zeit, sich die grobe blaue Jacke und die schmutzige Hose des Mannes anzusehen. Er trug völlig verschlissene Arbeitsschuhe aus Leder. Das Haar stand in Büscheln vom Kopf ab, als hätte er es nach dem Aufstehen nicht gekämmt. Sein Blick schien zu verschwimmen, nur um sich mit frisch auflodernder Wut erneut auf sie zu konzentrieren.

Keiner von beiden sagte etwas, sie starrten einander nur an. Dann, voll gallischer Entrüstung, tat der Mann einen bedrohlichen Schritt auf sie zu. Sie wich zurück.

Ohne ein weiteres Wort wedelte er ein letztes Mal mit den Armen und machte auf dem Absatz kehrt. Er verschwand durch das Bambusdickicht, und sie konnte beobachten, wie er sich zur Zufahrt durchschlug und dort von einer Seite des Weges zur anderen davontorkelte.

Penelope fühlte sich zittrig und verzichtete auf die weitere Erkundung des Gartens. Stattdessen machte sie sich auf den Weg in den Keller, wo sie ihre Flasche Rosé untergebracht hatte. Bis sie sich einen Kühlschrank besorgt hatte – und den nötigen Strom –, musste sie ihr abendliches Glas Wein weniger kalt genießen, als sie es vorgezogen hätte. Aber in der Not … Sie schenkte sich einen ordentlichen Schluck in einen Kunststoffbecher ein.

Mon terrain! Ma maison maintenant! Der wütende Wortwechsel hallte ihr noch in den Ohren wider.

Sie stellte sich einen Campingstuhl vor die Küchentür auf die Terrasse und trank langsam, während der atemberaubende Ausblick ins Tal seinen Zauber wirkte.

Allmählich beruhigte sie sich und fühlte erneut freudige Erwartung in sich aufsteigen. Nur ein einzelner komischer Kauz. Womöglich ein Landstreicher – gab es so etwas noch in der Provence? Vielleicht hatte er sich hier eingenistet und war wütend, weil er nun ihretwegen weiterziehen musste. Wie aus dem Nichts stieg plötzlich ein Satz in ihr auf. *Gefühle, die man in einem Moment der Ruhe erinnert und gestaltet.*

Zunächst konnte sie sich nicht erinnern, woher die Worte kamen. Dann lächelte sie. Es war eins von Camroses Zitaten. Natürlich von seinem geliebten Wordsworth.

Sie konnte im Geiste hören, wie Camrose es sagte, mit einem Pathologiebericht vor sich auf dem Mahagoni-Schreibtisch. Wie er die Brille abnahm und sich die rechte Schläfe rieb. Die Anspannung in den kornblumenblauen Augen – der Preis für die Enthüllung der schmerzhaften Wahrheiten, die eine Leiche nach einem gewaltsamen Tod zu erzählen hatte. »Gefühle, die man in einem Moment der Ruhe erinnert und gestaltet, Penny. Das ist alles, was ich den Toten bieten kann. Der Rest bleibt den Gerichten überlassen.«

Vermutlich hatte er gerade selbst einen Berghang vor sich und spazierte nach einem langen Nachmittag über Grasmere den Hügel hinab: ein Buch mit *Wainwrights Wanderungen* in der einen Tasche, ein Gedichtband in der anderen; den neuen Richtlinien des Innenministeriums entflohen, der Bürokratie und der politischen Korrektheit, die ein Gräuel waren für Camrose Fletcher – dem bedeutenden und individualistischen Professor für Rechtsmedizin. Er hatte sich für den Ruhestand entschieden, die Freiheit auszusprechen, was er für richtig hielt, und für die Wanderwege in seinem geliebten Lake District.

Zehn Jahre lang war er ein wunderbarer Chef gewesen, ein treuer Freund und, für die Dauer einer Konferenz in Stockholm, auch ein Liebhaber. Nicht, dass sich dadurch in London etwas geändert hätte. Penelope hatte weiterhin glücklich und zufrieden als seine persönliche Assistentin gearbeitet, denn sie beide waren Anhänger jener altmodischen Lebenseinstellung, der zufolge alles, was im Ausland geschah, auch im Ausland blieb.

Penelope hob ihr Glas Richtung Norden.

Er würde wahrscheinlich nie erfahren, wie sehr seine Rechtschaffenheit und sein Glaube an die menschliche Natur ihr geholfen hatten.

*

Das Brot, die Oliven und der Käse ergaben ein köstliches Abendessen an der frischen Luft, und allmählich überwältigte sie die Müdigkeit. Der Pegel in der Weinflasche war erschreckend tief gesunken. »Du bist ja ein spritziges Tröpfchen.« Penelope kicherte vor sich hin. »Davon muss ich mir mehr besorgen!« Sie merkte sich den Weinbauern und, ganz dem Leichtsinn folgend, der sie überhaupt erst hierhergebracht hatte, kippte den Rest in ihren Becher.

Gerade sinnierte sie darüber, wie wunderbar ruhig dieser Ort doch war, als das dumpfe Röhren eines Automotors die Stille durchbrach, aufdrehte und mit hohem Tempo davonschoss. Ein verschwommener roter Fleck blitzte auf der Straße unter ihr kurz in der Kurve auf und verschwand gleich wieder unter Donnergrollen. Penelope runzelte die Stirn. Sie hoffte, dass hier keine der Rennstrecken langführte, auf denen verrückte Fahrer regelmäßig für Krawall sorgten.

Aber so abrupt, wie sie unterbrochen worden war, legte sich die Stille wieder über das Land.

In dieser Nacht schlief Penelope auf ihrem schmalen Campingbett nicht wie ein Stein, sondern sogar wie ein ganzer Felsbrocken.

3

Anmutig schritt Madame Valencourt über den heruntergefallenen Putz an der Haustür hinweg und führte einen kleinen alten Mann ins Haus, der aussah, als wäre er geradewegs den Seiten eines Pagnol-Romans entsprungen. Zwischen den nikotingefleckten Fingern hielt er eine Baskenmütze, die einst blau gewesen sein mochte.

»*Bonjour, Madame Kite.*«

Penelope war nicht gerade in Bestform. Sie hatte den Küchenwänden ihr Leid geklagt, Die Wespen, die in dieser unerträglichen Hitze umhersummten, machten die Sache auch nicht besser. Der Kopfschmerz mahnte sie eindringlich, in Zukunft bei Perrier zu bleiben und diesen speziellen Rosé von der Einkaufsliste zu streichen. Sie hoffte, dass sie nicht gerade den ersten verhängnisvollen Schritt auf dem Weg zum lebenden Klischee getan hatte: das der weinseligen britischen Ausländerin in mittleren Jahren.

»Bitte, Sie können mich jetzt Penny nennen.«

»Selbstverständlich. Penny. Und Sie können mich Madame Valencourt nennen ...« Sie hielt inne und lächelte. »... ein kleiner Scherz, Penny!« Penelope war nicht so überzeugt davon, denn die Französin fuhr fort: »Ich möchte Ihnen Monsieur Charpet vorstellen. Er ist der Gärtner, der bereits für die Vorbesitzer gearbeitet hat.«

Penelope blickte auf das provenzalische Urgestein, das ihr gegenüberstand. Dem walnussfarbenen Teint und den knorrigen Händen nach zu urteilen, hatte der Mann sein ganzes

Leben im Freien verbracht. Sein Alter war schwer zu schätzen, aber er konnte unmöglich jünger als fünfundsiebzig sein. Ein großer herabhängender Schnurrbart verlieh ihm einen Ausdruck tragikomischer Melancholie, die ihn liebenswert machte. Sie stand auf und reichte ihm die Hand.

»*Bonjour, Monsieur Charpet.*«

Fast hätte sie die Hand erschrocken zurückgerissen, als er die Finger ergriff und rasch, mit einer eleganten Verbeugung, einen Kuss auf den Handrücken hauchte.

»*Enchanté, Madame.*« Es folgte ein Strom unverständlichen französischen Dialekts in Richtung Madame Valencourts. Penelope blickte die Maklerin fragend an.

»Er meint, Penny, dass er nicht gewusst hätte, dass englische Frauen so hübsch sein können, und das in Ihrem Alter.«

Autsch. Penelope wusste nicht recht, was sie darauf antworten sollte. Die Schicklichkeit verlangte, dass sie es als Kompliment annahm. »*Enchantée de faire votre connaisance, Monsieur Charpet.*«

Wieder ein Schwall französischer Worte an Madame Valencourt gerichtet.

»Er will wissen, wann er anfangen soll.«

»Aber es gab doch noch gar kein Vorstellungsgespräch – wir müssen die Referenzen klären, das Gehalt!« Penelopes Ansicht zur Stellenvergabe war von der Praxis ihres früheren Arbeitgebers geprägt. »Und dann sind da noch die Arbeitszeiten, Feiertage, der Papierkram, oder?« Wie alle Briten im Ausland hatte sie sich bereits voll und ganz auf den legendären Umfang der französischen Bürokratie eingestellt.

Madame Valencourt lächelte. »Papierkram?«

»Ja, Papierkram – die Stapel amtlicher Vordrucke, die man – wie jeder weiß – in Frankreich ausfüllen muss, bevor irgendetwas geschieht! Was ist mit den Sozialabgaben und den Arbeitgeberanteilen, auf die der Notar in Avignon so deutlich hingewiesen hat?«

»Die werden in diesem Fall nicht notwendig sein.«

»Aber der *notaire* sagte – immer die Belege aufbewahren!«

»In der Tat. Doch nicht im Falle von Monsieur Charpet. Da genügt ein einfacher Handschlag. Er ist vertrauenswürdig und honorabel.«

Monsieur Charpets schwermütiges Gesicht hellte sich plötzlich auf, als ein Wort fiel, das er kannte. Er umfasste Penelopes Hand.

»*L'honneur, Madame, l'honneur*«, wiederholte der neue Angestellte klangvoll und zeigte ein breites und zahnloses Lächeln.

»Gehen wir in den Garten«, sagte Penelope.

Draußen im Freien sog Monsieur Charpet prüfend die Luft ein, stöberte schweigend auf dem Grundstück umher und schaffte es in weniger als zehn Minuten, den Absperrhahn für die externe Wasserversorgung und den Stromzähler zu finden, die unter einer dicken Efeuschicht verborgen lagen.

»*Il faut tout nettoyer, Madame*«, merkte er an, zerrte lange Ranken zur Seite und enthüllte eine Steinmauer darunter.

Er wollte den Garten putzen? Er musste roden meinen, nahm sie an.

In ihrem stetig besser werdenden Französisch erkundigte sich Penelope nach Strom und Wasser.

»*Ah – l'électricité – il faut téléphoner à l'EDF, et pour l'eau, SIVOM.*«

»Wie lange wird es dauern?« Penelope wandte sich an Madame Valencourt.

Monsieur Charpet verzog den Mund zu einem unglücklichen Ausdruck, der an einen Clown denken ließ. »*Beh ... une semaine, peut-être deux, Madame.*«

Zwei Wochen? Penelope verlor den Mut. »*Et la piscine* – der Swimmingpool? Ist er benutzbar?«

Behutsam bahnten sie sich ihren Weg an einem wilden Dornengestrüpp vorbei. Irgendwann, dachte Penelope, wird der Pool in dem ummauerten Gärtchen einen wundervollen Anblick bieten. Im Geiste stellte sie bereits antike Tonkrüge am Beckenrand auf und bepflanzte sie mit Geranien. Vielleicht ließen sich ein paar hergerichtete Statuen auftreiben, die man an den vier Ecken aufstellen konnte, sobald er wieder im alten türkisfarbenen Glanz erstrahlte. Der Blick durch die Bogenöffnungen war eine wahre Freude.

Sie war ganz in ihren Tagträumereien versunken, als sie die Pforte in der Mauer öffneten und die Wirklichkeit betraten. Die alten Zypressen am Becken wirkten brauner und toter denn je. Penelope blickte auf das, was von ihrem Pool übrig war, auf das schmutzige Regenwasser und das verrottete Laub, die das Becken fast komplett ausfüllten. Zumindest ließ sich daraus schließen, dass es nicht undicht war. Das Haus in der sengenden Sommerhitze wieder instand zu setzen, würde harte Arbeit sein. Aber es wäre erträglich, wenn sie wenigstens einen Pool hätte, in dem sie sich abkühlen konnte.

Ein unangenehmer und nicht gerade vielversprechender Geruch stieg aus dem trüben Wasser auf.

Sie blickte Monsieur Charpet fragend an.

Der Gärtner sah finster drein. Er nahm seine Baskenmütze ab und schüttelte den Kopf. Ein rascher Wortwechsel auf Französisch mit Madame Valencourt schloss sich an.

»Was meint er?«, fragte Penelope betont heiter. Vielleicht sprang die Zuversicht auf ihn über.

»Da ist ... er möchte nur etwas überprüfen«, erklärte die Maklerin zurückhaltend.

Charpet betrat das Pumpenhaus und kam mit einer großen

Stange zurück. Er tauchte sie in den Klumpen durchweichter Blätter und schien auf etwas Festes zu stoßen.

»Was ist das?«, fragte Penelope.

»Es könnte ein *sanglier* sein – ein Wildschwein. Manchmal stürzen die Tiere nachts in den Pool, wenn er nicht abgedeckt wird.«

Penelope dachte bei sich, dass das Tier schon sehr entschlossen auf der Suche nach Wasser gewesen sein musste, denn der einzige Zugang waren die Bogenfenster, hinter denen ein schmaler Vorsprung lag.

Von Charpets Stange angestoßen, schien sich das mysteriöse Ding im Wasser aufzublähen wie eine mit Luft gefüllte Stoffbahn. Er schob die Blätter beiseite.

Sie alle schrien unwillkürlich auf.

»*Aye! Mon Dieu!*«

»Iiiih!«

»Verdammte Scheiße!«

Der Körper gehörte nicht zu einem Tier. Es war ein Mensch.

In fassungslosem Schweigen standen sie um das Becken herum. »*Mon Dieu*«, wiederholte Monsieur Charpet mehrmals. Der Körper trieb mit dem Gesicht nach unten im trüben Wasser. Er war mit so etwas wie einer dunklen Jacke bekleidet, die jetzt wieder über dem Rücken in sich zusammensank, während ein Arm vom Körper wegtrieb und frei durch das Vorjahreslaub schwamm.

Madame Valencourt brach abrupt das Schweigen. »*La police. Il faut téléphoner aux gendarmes!*« Sie zog ihr Handy aus der Tasche und sprach im nächsten Moment schon in so schnellem Stakkato hinein, dass Penelope ihr nicht folgen konnte.

Ihr wurde wieder furchtbar übel, dennoch konnte sie den

Blick nicht von der Leiche abwenden. Ein plötzlicher Schwindel befiel sie, und sie taumelte. Die Immobilienmaklerin griff nach ihrem Arm.

»*Madame ... Penny, quelle horreur!*«

Worte konnten nicht ausdrücken, was Penelope empfand. Eine Leiche, in ihrem Swimmingpool. Sie trieb in einer Suppe aus modrigen Ästen und Blättern neben Wasserpflanzen, einem Plastikbecher und sogar einer alten Spielkarte. Das Pik-Ass schwamm ganz unpassend knapp außer Reichweite der verschrumpelten Hand des Toten, ganz so, als wäre sie gerade ausgespielt worden, um ein Spielchen mit ein paar Teichfröschen zu gewinnen.

Penelope ließ sich in den Schatten der Gartenmauer führen und setzte sich dort ins hohe Gras. Die Maklerin stand vor ihr und wischte mit einem lackierten Nagel auf dem Bildschirm ihres Smartphones herum. Monsieur Charpet wartete ein Stück abseits und umklammerte immer noch die Stange, mit der er die Leiche angestupst hatte. Er murmelte vor sich hin.

Niemand wagte, den Ort zu verlassen.

»Wie lange liegt sie schon da?«, brachte Penelope endlich heraus. Madame Valencourt warf ihr einen sonderbaren Blick zu. »Madame, ist Ihnen gestern etwas aufgefallen, als Sie hier eintrafen?«

»Nein, natürlich nicht!«

Penelope sah sie aufgebracht an. All diese juristischen Angaben über das Haus, die der Notar in seinem Büro so laut vorgetragen hatte, all die Prüfungen auf Asbest und Insektenbefall, Tests auf Metallermüdung und Umwelt- und Energiegutachten zur Immobilie ... und nicht bei einer davon war auf Leichen geachtet worden?

»Okay, okay ... wir beruhigen uns alle«, sagte die Maklerin.

Penelope fühlte sich ganz und gar nicht ruhig, aber sie wusste, dass sie die Panik im Zaum halten musste. Zweifellos würde die Polizei genau die gleiche Frage stellen. Sie überlegte gründlich. Hatte sie gestern Abend in den Pool geschaut und nicht darauf geachtet, dass etwas ungewöhnlich war?

Sie hatte Kopfschmerzen.

Es dauerte nicht lange, bis sie in der Ferne Sirenen hörten. Die ersten Polizeibeamten trafen innerhalb von zwanzig Minuten ein. Der Feldweg füllte sich mit blauen Fahrzeugen und Uniformen; sämtliche Polizisten der Umgebung schienen sich auf den Tatort zu stürzen. Penelope saß da wie betäubt, während Gendarmen durch die Pforte in der Gartenmauer zu ihrem Schwimmbecken strömten.

Das alles kam ihr ganz unwirklich vor. In all den Jahren, in denen sie für Professor Fletcher gearbeitet hatte, bei der Abteilung für Rechtsmedizin im Innenministerium und am University College in London, hatte sie zumeist mit detaillierten bebilderten Berichten zu tun gehabt, aber selten ein Opfer leibhaftig vor sich gesehen. Ganz gewiss hatte sie nicht damit gerechnet, dass ihr das ausgerechnet im Ruhestand in der Provence passierte. Sie saß ruhig da und versuchte, ihre Gedanken zu sortieren, da man sie sicherlich befragen würde.

Madame Valencourt war intensiv in ein Gespräch mit einem kräftigen uniformierten Polizisten vertieft. Ein elegant gekleideter Mann in dunklem Anzug traf ein und beteiligte sich sofort an der Unterhaltung. Sie blickten dabei in Penelopes Richtung. Es war offensichtlich, dass man über sie redete.

Penelope schloss die Augen und wünschte sich, das alles möge sich in Luft auflösen. Der Mann im Pool tat ihr leid, wer auch immer er gewesen sein mochte, dazu fühlte sie sich schuldig, weil er ausgerechnet in *ihrem* Pool hatte sterben müssen.

»*Madame Kite?*«

Penelope blickte auf. Die Maklerin hatte den Mann im Anzug zu ihr geführt.

»Madame Kite, ich möchte Ihnen Inspektor Paul Gamelin aus dem Hauptquartier der Gemeindepolizei in Cavaillon vorstellen. Er wird untersuchen, ob hier ein Verbrechen begangen wurde.«

Penelope erhob sich und stand ein wenig wackelig auf den Beinen.

Inspektor Gamelin schüttelte ihr die Hand. Er war ein Mann in den Vierzigern, mit schmalem, gebräuntem Gesicht und grauem Haar. Er blickte ernst drein, als er in ausgezeichnetem Englisch zu ihr sprach.

»Soweit ich verstanden habe, sind Sie erst gestern auf diesem Anwesen angekommen, Madame.«

»Das ist richtig, ja.«

»Ich werde Sie zu gegebener Zeit bitten, auf der Wache eine offizielle Aussage zu Protokoll zu geben.«

Penelope nickte.

»Aber ich möchte, dass Sie mir jetzt schon alles sagen, was Ihnen zu dieser Sache einfällt. Was haben Sie gehört, was haben Sie gesehen?«

»Nichts. Es gibt gar nichts, was ich Ihnen sagen könnte!«

»Können Sie bestätigen, dass gestern bei Ihrer Ankunft noch kein Mann in Ihrem Schwimmbecken lag?«

Sie atmete tief ein. »Es tut mir leid, aber das kann ich nicht mit Sicherheit sagen.«

Gamelin kniff die Augen zusammen. »Warum nicht?«

»Weil ich gestern den Garten mit dem Pool gar nicht betreten habe. Ich hatte es vor – ich bin hinaus in den Garten gegangen, nachdem ich im Haus ein wenig geputzt und meine Sachen aus dem Auto ausgeladen hatte. Wie Sie sehen können –

wie Madame Valencourt Ihnen bestätigen wird –, ist das Haus nicht im besten Zustand. Nach meiner Ankunft habe ich als Erstes versucht, es halbwegs bewohnbar zu machen. Staub wischen, fegen. Es war bereits sechs Uhr durch, als ich damit aufgehört habe.«

Und vielleicht war es auch besser so, dass ich den Poolgarten nicht betreten habe, dachte Penelope. Ich weiß nicht, was ich getan hätte, wenn ich die Leiche allein gefunden hätte. Auf jeden Fall wäre es äußerst unangenehm gewesen. Es war schon besser so, dass es auf diese Weise geschah.

»Ich ging nach draußen, aber ich kam nicht weiter als bis zu diesem Bambusgestrüpp«, fuhr sie fort, »weil dort ein Mann auftauchte, der …« Eine Reihe von Rufen aus Richtung des Pools unterbrach das Gespräch.

Sie eilten zurück in den Poolgarten, wo ein uniformierter Polizist, der anscheinend das Kommando hatte, Anweisungen gab. Der Leichnam wurde bereits von einigen Männern in weißen Overalls aus dem Becken gezogen, während ein weiterer den Tatort fotografierte.

Penelopes erster Gedanke war, dass sie das Ganze anscheinend nicht als Verbrechen ansahen. Andernfalls wären sie sicher sorgfältiger zu Werke gegangen, um keine Spuren zu vernichten. Sie schienen sicher zu sein, dass es sich um einen Unfall handelte.

Abgestoßen und fasziniert zugleich beobachtete Penelope, wie die Leiche aus dem Wasser gehoben wurde.

Schlammtropfen platschten auf die steinerne Einfassung des Beckens und hinterließen Flecke wie von getrocknetem Blut.

Penelope schnappte nach Luft.

»Was ist los?«, fragte Madame Valencourt.

Sie schien Penelope genau im Auge zu behalten.

»Der Mann ... Ich glaube, ich habe ihn schon einmal gesehen.«

Inspektor Gamelin musterte sie eindringlich.

»Ich bin ihm gestern Abend begegnet ... Er kam von der Zufahrt durch das Bambusdickicht aufs Grundstück und schrie mir gleich entgegen, dies wäre *sein* Haus!«

Die wilden Haarbüschel waren nun mit modernden Blättern an den Kopf geklebt, doch er trug genau die Kleidung, an die Penelope sich erinnerte, und dieselben Schuhe. Sie achtete bei Männern stets auf die Schuhe. Sein unflätiger Mund stand offen, die handgedrehte Zigarette fehlte, aber ganz sicher war er es.

»Obwohl ...« Penelope schüttelte den Kopf. »Um die Augen und an den Schläfen sind so viele Prellungen, dass es schwer ist, ganz sicher zu sein.«

Schmieriger und übel riechender Unrat aus dem Pool tropfte vom Haaransatz des Toten und verstärkte die Verfärbungen im Gesicht.

»Ich bin mir jedenfalls so sicher, wie man nur sein kann, dass der Mann, dem ich gestern Abend begegnet bin, diese Kleidung getragen hat. Und ich glaube, dass ich das Gesicht wiedererkenne, aber das kann ich nicht ganz ohne Zweifel sagen.« Sie hatte lang genug an Professor Fletchers Fällen gearbeitet, um zu wissen, dass alles, was man nicht kriminaltechnisch nachweisen konnte, auch nur unter Vorbehalt vorgebracht werden sollte.

Madame Valencourt übersetzte, während Penelope ausführlich erzählte, was am Vorabend geschehen war. Gamelin blickte immer ernster drein. Ein weiterer Beamter gesellte sich ihnen zu. Die Immobilienmaklerin entfernte sich schließlich und telefonierte mit ihrem Handy.

»Was geht hier eigentlich vor? Wer ist – wer war – dieser

Mann?«, fragte Penelope, nachdem Madame Valencourt zurückgekehrt war.

»Ich habe mit *le maire* gesprochen. Er kommt gleich vorbei.«

»Der Bürgermeister?«

»Der Bürgermeister des Dorfes weiß alles, was hier vor sich geht, und er kennt jeden, der hier lebt. Er wird die Leiche identifizieren können.« Madame Valencourt zuckte mit den Achseln. »Sie hätten ihm ohnehin bald vorgestellt werden müssen – aber es sollte ein erfreulicher Anlass werden. Was für eine Schande, dass es unter diesen Umständen geschieht.«

»Warum hätte ich ihm vorgestellt werden müssen?« Penelope widerstrebte der Gedanke. Nach ihren Erfahrungen mit englischen Bürgermeistern waren das meist aufgeblasene, kleinstädtische Wichtigtuer, die sich gern mit Zeremonienketten behängten. Sie hatte nicht das geringste Interesse an einer Diskussion über Verkehrsmanagement oder städtisches Budget. Darum ging es doch bei der ganzen Reise nach Frankreich, nicht mehr tun zu müssen, was von ihr erwartet wurde.

»Alle müssen sich beim Bürgermeister vorstellen.«

Das alles klang ziemlich formell in Penelopes Ohren. Der Gedanke, in die *mairie* zu marschieren, um sich als neueste Mitbürgerin vorzustellen, atmete eindeutig den Geist der englischen Grafschaften. Umso weniger wollte sie so etwas unter solch widrigen Umständen tun, wie eine Leiche in ihrem neuen Haus zu finden, während sie sich vom Kater ihrer Einzugsfeier erholte.

»Wirklich?« Sie verlieh dem Wort eine gewisse Schärfe, die in der Übersetzung anscheinend verloren ging.

»Es ist unumgänglich.«

»Aber …«

»*Le maire de St Merlot* ... Sie werden ihn unbedingt kennenlernen wollen. Er ist *sympa*.«
»*Sympa?*«
»*Sympathique* – nett. Und außerdem ...« Madame Valencourts machte große Augen.
»Ja?«
»Sie werden sehen.«

Weniger als zehn Minuten später schritt ein hochgewachsener Mann von etwa fünfundvierzig Jahren auf sie zu und schlug sich dabei wie Indiana Jones durchs hohe Gras. Penelope verstand sofort, was die Maklerin hatte ausdrücken wollen.

Während ihres Studiums an der Universität von Durham hatte sich Penelope den »Freunden des Französischen Films« angeschlossen, einem Club, der vor allem aus ziemlich selbstgefälligen ehemaligen Privatschülern bestand, die ihre Rebellion durch enge schwarze Anzüge ausdrückten, Gitanes rauchten und nachts dunkle Sonnenbrillen trugen. In den trüben und nebligen Straßen der Stadt führte Letzteres häufig zu Kollisionen mit Fahrrädern, Laternenmasten oder Schlimmerem. In der Gestalt, die nun vor ihr stand, erkannte Penelope jenen gallischen Glamour, den diese Studenten angestrebt hatten. Nur war dies hier das Original. Längeres, sonnengebleichtes Haar. Karamellfarbener Teint. Wangenknochen. Er war atemberaubend.

Der Bürgermeister küsste Madame Valencourt dreimal abwechselnd auf die Wangen und stellte sich dann Penelope in fließendem, wenn auch von starkem Akzent durchsetzten Englisch vor.

»Madame Kiet. Was soll ich sagen? Das muss ein furchtbarer Schock für Sie sein.«

Penelope wurde ein wenig schwummrig. Sie brachte nichts weiter als ein schwächliches »Ja« heraus.

»Machen Sie sich keine Sorgen. Ich bin hier, um Ihnen zu helfen. Und der Polizei. Ich werde mir den Toten ansehen und schauen, ob ich ihn erkenne.«

Penelope nickte stumm.

Der Bürgermeister trat zu der Gruppe Polizisten bei der Leiche. Ein paar Minuten später kehrte er zu Penelope und Madame Valencourt zurück, die vor den Bogenfenstern am anderen Ende des Poolgartens warteten.

»Es ist Manuel Avore«, sagte er. »Wie es scheint, kann unser Monsieur Avore einfach nicht aufhören, Ärger zu machen, selbst wenn er bereits ertrunken ist!«

In der Stimme des Bürgermeisters schwang eine Leichtigkeit mit, die Penelope verstörend fand. Es klang fast, als läge ein Hauch von Erleichterung darin.

»Sie glauben also, dass er ertrunken ist?«

»Nun, ich bin kein Ermittler, Madame. Doch wenn ein Mann, der die meiste Zeit betrunken herumläuft, im Dunkeln auf ein Schwimmbecken trifft, ist das Ergebnis vorhersehbar.«

Penelope war sich da nicht so sicher. »Aber ... was wollte er hier, an *meinem* Swimmingpool?«

»Clémence hat mir erzählt, dass dieser Mann gestern auf Ihr Grundstück trat und Sie anschrie, dass dies *sein* Haus sei.«

»Ganz richtig.«

Der Bürgermeister schüttelte traurig den Kopf. »Sobald ich davon hörte, wusste ich gleich, wer das war. Manuel Avore hat sein gesamtes Leben in diesem Dorf verbracht, und es war kein glückliches Leben. Er war ein fürchterlicher Trinker. Seiner Familie gehörte dieses Land. Er wurde hier geboren. Er wollte niemals fortgehen, doch das Anwesen wurde vor Jahren verkauft. *Hélas*, der arme Manuel hat wohl nie aufgehört, es als sein Eigentum anzusehen. Er zog in das Haus an der Hauptstraße, gleich am Anfang der Zufahrt hier, aber das war nicht dasselbe.«

All das klang sehr tragisch, dennoch konnte Penelope sich des Gefühls nicht erwehren, dass sie trotz aller Unannehmlichkeiten noch einmal davongekommen war. Allein die Vorstellung, dass ein betrunkener Manuel Avore ständig in ihrem schönen Haus und Garten aufgekreuzt wäre, sobald er in sentimentale Stimmung geriet.

Sie wollte nicht darüber nachdenken und nahm sich zusammen. »Nun, es tut mir wirklich leid für ihn. Es ist schlimm, wenn so was passiert.«

»Die Frage ist also, Madame Kiet, haben Sie gestern Abend oder in der Nacht etwas gehört?«

Inspektor Gamelin verfolgte ihr Gespräch nun aufmerksam.

»Keinen Ton. Ich habe tief und fest geschlafen.«

»Was haben Sie gestern Abend gemacht?«

»Ich habe zu Abend gegessen und bin früh ins Bett gegangen. Es war ein langer Tag für mich.«

»Sie waren allein?«

»Ja.«

Penelope musste sich von den bezaubernden Augen des Bürgermeisters losreißen. Es war zutiefst unangemessen, dass sie an nichts anderes denken konnte als daran, wie tiefblau sie waren.

»Das ist bedauerlich«, sagte er.

Sie biss sich auf die Lippe.

»Haben Sie Wein getrunken? Vielleicht haben Sie ein wenig ... zu tief geschlafen gestern Nacht?«

Penelope musste einräumen, dass das der Wahrheit entsprach. Aber wie konnte er es wagen! Der Bürgermeister und Clémence Valencourt wechselten einen Blick. Die beiden kannten einander anscheinend gut.

»Wenn Sie damit andeuten wollen, ich wäre eine dieser typischen Engländerinnen mittleren Alters, die den Wein fassweise runterkippt und nichts weiter tut, als in der Sonne zu braten und den Kontakt mit ihren Landsleuten zu pflegen, dann möchte ich Ihnen versichern, dass Sie danebenliegen.« Penelope versuchte, ihre Würde zu bewahren.

Die Mundwinkel des Bürgermeisters, seine verstörend wohlgeformten Lippen, hoben sich zu einem leichten Lächeln. »Bitte verzeihen Sie mir. Ich bin überzeugt davon, dass dieser furchtbare Zwischenfall nichts weiter als ein Unfall ist. Der Tod eines Mannes, der schon zuvor bis zur Bewusstlosigkeit getrunken hatte.«

»Ich bin mir jedenfalls sicher, dass er gegen Viertel nach sechs betrunken war, als ich ihm begegnet bin«, erklärte Penelope. »Wie furchtbar.«

Weitere Menschen versammelten sich auf dem Weg zur Hauptstraße. Das war nicht gerade die beste Art, sich mit den Einheimischen bekannt zu machen. Penelope hoffte, dass die Leute das alles nicht als schlechtes Omen ansahen – oder womöglich glaubten, sie hätte etwas mit dem Tod ihres Nachbarn zu tun.

Die Männer in Weiß bugsierten den Toten in einen Leichensack. Penelope schaffte es, einen genaueren Blick darauf zu erhaschen. Ein Arm hing lose heraus, und sie erschauderte unwillkürlich. Die blasse, schlaffe Hand, aufgerissen und immer noch tropfend, schleifte durchs Gras. Ein Prickeln zog über ihren Nacken, und sie würgte.

Da spürte sie eine Berührung am Arm. Es war Clémence Valencourt. »Wollen Sie zu mir nach Hause kommen und dort übernachten? Ich könnte es Ihnen nicht verübeln, wenn Sie lieber nicht hier sein möchten.«

Vielleicht hatte die Maklerin Schuldgefühle, weil sie ihrer

Kundin ein Haus mitsamt darin verbliebenem Vorbesitzer – oder vielmehr mit einem im Pool verbliebenen Vorbesitzer – verkauft hatte. Penelope war sich bewusst, dass sie kurz davor war, hysterisch zu werden.

Der Bürgermeister bekräftigte Madame Valencourts Worte. »Ich halte das für eine gute Idee. Die Polizisten werden hier eine Menge zu tun haben, und es wird Stunden dauern, bis sie fertig sind.«

Penelope ließ sich zurück ins Haus bringen. Dort gossen der Bürgermeister und Madame Valencourt ihr ein Glas Cognac ein aus einer Flasche, die scheinbar aus dem Nichts aufgetaucht war. Sie schlugen ihr vor, eine Tasche für die Übernachtung zu packen. Als sie Habseligkeiten in den Koffer warf und gelegentlich erschauderte, wann immer sie an die Leiche dachte, fragte sich Penelope ein weiteres Mal, worauf sie sich eingelassen hatte.

4

»Es war furchtbar – der arme Mann!«, schluchzte Penelope. »Was für eine schlimme Geschichte! Ich bin ganz durcheinander.«

Ihre älteste Freundin Frankie hörte sich am anderen Ende der Leitung die Klagen an. Penelope musste mit jemandem reden, und ihren Kindern gegenüber wollte sie keine Schwäche zeigen. Nicht, nachdem die sie so geringschätzig behandelt hatten.

»Ich weiß, dass ich nach so einer Sache nicht an mich selbst denken sollte – und ich gebe mir wirklich Mühe –, aber ehrlich gesagt, Frankie, ich habe noch nicht einmal ausgepackt, und schon ist es, als hätte ich meinen Job nie aufgegeben. Und ist er ertrunken, oder … nun, das lässt sich wohl kaum auf Anhieb sagen, nicht wahr?«

»Wie schrecklich«, sagte Frankie.

Penelope legte ihre Zahnbürste in den Koffer, der geöffnet auf dem Campingbett lag. »Eine Nacht! Ich verbringe nur eine einzige Nacht hier, und schon passiert so was. Ich denke immer wieder, dass ich irgendetwas hätte tun können, um es zu verhindern. Immerhin geschah es in meinem Pool – aber was hätte ich tun können? Ich war gerade erst angekommen.«

»Nichts. Natürlich konntest du gar nichts tun. Wie furchtbar.«

»Sie lassen mich nicht hierbleiben. Es ist jetzt ein möglicher Tatort. Mein Traumhaus! Nun, weißt du, es mag im Augenblick nicht perfekt sein, aber das hätte es werden sollen.«

»Ich weiß.«

Eine Pause.

»Sie glauben doch nicht, dass du es getan hast, oder?«

»Natürlich nicht!« Penelope schnaufte. »Warum sollten sie? Der Bürgermeister meint, es wäre ein Unfall gewesen, aber die Polizei muss es überprüfen, nicht wahr? Also könnte es ein Tatort sein.«

»Schrecklich.«

»Und sie haben ihn aus dem Pool gefischt, und er war ganz ... aufgequollen und ...«

»Willst du, dass ich vorbeikomme?«

»... und diese wirklich eigentümliche Farbe, weil das Wasser ... was?«

»Willst du, dass ich nach Frankreich komme, um bei dir zu sein?«

Penelope hielt abrupt inne. »Was, sofort?«

»Nun, ich dachte mir, du könntest Unterstützung brauchen.«

Der Gedanke, dass Frankie – ihre älteste und sorglose Freundin – hier hereinplatzen könnte, brachte sie ein wenig zur Besinnung. »Es geht mir gut. Ich wollte nur jemandem erzählen, was passiert ist, nur für den Fall, weißt du ...«

Für den Fall, dass ich wochenlang ohne Kaution in einer Zelle in Südfrankreich lande, dachte sie, sprach es aber nicht laut aus. Unter Gott weiß was für einem Verdacht! Mord aus Ärger über einen betrunkenen Franzosen nach verantwortungslos großen Mengen Rosé in der ersten Nacht meines neuen Lebens?

»Wenn das so ist«, sagte Frankie, »dann ruf mich an, sobald du weißt, was los ist und wo du dich aufhältst. Und gib bloß nichts zu.«

»Was willst du damit sagen?«

»Ein Witz! Etwas unangemessen, entschuldige.«
»Nicht lustig, Frankie.«
»Nein.«
»Sie glauben, dass es ein Unfall war, aber ... ist es nicht ein wenig merkwürdig? Wochen-, monate-, jahrelang steht der Ort leer und gar nichts passiert. Dann komme ich vorbei und ziehe ein ...«
»Du musst dich einfach beruhigen, Pen.«
»Ach, weißt du, all die Jahre, die ich für Camrose gearbeitet habe – die haben mich paranoid werden lassen. Wer weiß, wo das hinführen könnte?«

Penelope blickte über die Schulter auf *Le Chant d'Eau* zurück, als sie in Madame Valencourts rotem Mini Cooper davonfuhr. Sie fragte sich, wann sie ihr neues Zuhause wiedersehen würde.

Der Bürgermeister hatte ihr beschwichtigende Plattitüden angeboten, aber der schweigsame Inspektor Paul Gamelin hatte nur genickt und nicht einmal versucht, Mitgefühl zu zeigen. Das allein war schon beunruhigend genug. Ihm war offensichtlich daran gelegen, sie aus dem Weg zu haben, während er die Untersuchung ans Laufen brachte. Ohne Zweifel würde er eine Menge finden, was bis jetzt übersehen worden war.

Penelope verkrampfte sich, als der Mini in der Straßenmitte bergab raste und in eine nicht einsehbare Kurve fuhr. Einen steilen Hügel hinunter und den nächsten wieder hinauf.

In eben diesem Augenblick ging die Polizei vermutlich ihre persönlichen Sachen durch. Ihr wurde das Herz schwer, als sie sich ausmalte, wie die französischen Beamten die Lektüre an ihrem Bett durchforsteten. Es waren hauptsächlich Kriminalromane. Was würde das für einen Eindruck hinterlassen? Ihr Vorrat von Sonderangebots-Vitaminen zur Menopause. Ganz zu schweigen von der Kollektion an Bauch-weg-Unterwäsche.

Sie konnte sich vorstellen, wie die Polizisten sich gegenseitig ihre Funde zeigten und ihre Witze darüber rissen. »*Qu'est-ce que c'est ›Spanx‹, Madame Kite?*«

Madame Valencourt wich einem Radfahrer aus und brachte einen anderen ins Schlingern, sodass er hinter ihnen im Straßengraben landete. Sie drückte ihren Fuß nur kräftiger aufs Gaspedal. Auch sie schien in Gedanken versunken zu sein. Umso besser, dass die Maklerin nicht weit entfernt wohnte.

Das Dorf Viens lag auf einem Felsausläufer. Ein hoher, wehrhafter Glockenturm ragte aus einer mittelalterlichen Festungsmauer auf. Ein Tor führte in die verwunschene Altstadt. Daneben stand ein Gebäude mit einer steinernen Loggia, die wie die Kulisse einer tragischen Oper wirkte. Madame Valencourt sauste daran vorbei und noch einige Meter bergauf, bevor sie unter einem schmalen Mauerbogen durchschoss, an dem ein Wappen prangte. Mit einer Vollbremsung kam sie in einem gepflasterten Innenhof zum Stehen. Die Maklerin bewohnte eines der bezaubernden prachtvollen Häuser im Herzen des Dorfes.

Penelope stieg aus dem Wagen und blickte zur verwitterten gemauerten Loggia auf. Eine elegante Treppe führte zu einer Haustür, über der ein weiteres eingemeißeltes Wappen den Eindruck verstärkte, dass diese Residenz Madame Valencourts herrschaftliche Wurzeln hatte.

Gemeinsam hoben sie den Koffer aus dem Auto und schleppten ihn ins Haus. Die Eingangshalle war riesig, mit schlichten Wänden und einer hohen Decke. Ein stilvoller Konsolentisch und ein verschnörkelter Spiegel waren die einzigen Möbelstücke.

»Hier entlang«, erklärte die Immobilienmaklerin, als sie nach links in einen breiten Korridor abbog. »Möchten Sie etwas essen?«

»Nein, danke.«

»Ich werde meine Haushälterin bitten, Ihnen Wasser und Obst zu bringen. So, das Gästezimmer. Sie sehen nicht besonders gut aus. Vielleicht sollten Sie sich ein wenig ausruhen.«

Das Zimmer hätte auch zu einem teuren Luxushotel gepasst. Penelope war unwillkürlich beeindruckt, wie das einfache mittelalterliche Ambiente perfekt mit der luxuriösen modernen Ausstattung harmonierte. Es war genau die Art von Haus, in dem man eine Frau wie Madame Valencourt erwartet hätte. Gab es einen Monsieur Valencourt, und wenn ja, was war er für eine Person? Penelope nahm an, *dass* es einen Monsieur Valencourt geben musste, aufgrund der beiden Ringe am Ringfinger von Madame Valencourt – einen großen, rechteckig geschliffenen Diamanten und einen Aufsteckring – und weil der Unterhalt eines so herrschaftlichen Hauses gewiss mehr Mittel erforderte, als das einzelne Einkommen einer Maklerin hergab. Zweifellos würde sie es früh genug herausfinden.

Sobald sie allein war, ließ Penelope sich auf das breite federweiche Bett fallen. Sie schloss die Augen und döste ein paar Stunden, versuchte abzuschütteln, was sie heute gesehen hatte, und schaffte es nicht.

Im Badezimmer fand sie eine Power-Dusche vor, die so wohltuend hart auf sie einprasselte, dass ihr der Atem wegblieb; dazu kamen großartige Seifen, Cremes und Lotionen und flauschige weiche Handtücher. Danach fühlte Penelope sich besser. Für einen kurzen Augenblick ließ sie sich von ihrer misslichen Lage ablenken.

Um halb sieben ging sie nach unten und sah eine ältere, schwarz gekleidete Frau in der Küche arbeiten. Aus einem weiteren Raum war eine Stimme zu hören. Unschlüssig stand Penelope im Flur, bis ihr klar wurde, dass ihre Gastgeberin telefonierte; daher schlenderte sie durch einen offenen Salon auf eine Terrasse, die mit Weinranken überdacht war. Die Aussicht war atemberaubend. Sie trat an die Brüstung und genoss den weiten Ausblick über Hügel und eine Schlucht, hinter der sich Berge in der Ferne erhoben.

Als Madame Valencourt zwanzig Minuten später zu ihr stieß, fühlte Penelope sich entspannt genug, um jeder Krise zu begegnen.

»Irgendetwas Neues?«

Die Französin schüttelte den Kopf.

Ungeachtet ihrer guten Vorsätze entschied Penelope, dass es unhöflich wäre, ein kleines Glas Rosé abzulehnen. Immerhin hatte sie einen üblen Schock erlitten. Ein weiteres Glas folgte zum herrlich leichten Abendessen aus Fisch und geschmortem Gemüse, gefolgt von einer Kinderportion luftiger Zitronenmousse. Zubereitet hatte anscheinend alles die ältere Dame, die es auch auf einem Tisch auf der Terrasse servierte.

Penelope wartete auf eine Gelegenheit, um nach dem Ehemann der Gastgeberin zu fragen. Aber Madame Valencourt lenkte das Gespräch immer wieder auf Penelope und die Gründe, die sie ins Luberon gebracht hatten. Und Penelope ertappte sich dabei, wie sie ungebremst drauflosplapperte, über ihren Exmann und seine Schwächen. Über ihre Kinder und deren abschätzige Äußerungen, dass sie mit dem Umzug überfordert wäre. Sie konnte gar nicht mehr aufhören zu reden. Es war, als habe der Schock ihre Zunge gelockert und jegliche Zurückhaltung in Luft aufgelöst. Das war ziemlich beängstigend. Irgendwann fragte Penelope sich selbst, was sie als Nächstes ausplaudern würde.

Nachdem sie einen Cognac abgelehnt und da erleichtert festgestellt hatte, dass ihr ein Rest gesunder Menschenverstand geblieben war, sprach sie endlich das Thema an, das beständig im Hintergrund gelauert hatte. »Glauben Sie, dass es ein Unfall war?«, fragte sie.

Die Französin zögerte.

»Madame Valencourt?«

»Bitte nennen Sie mich Clémence.«

Das war zumindest ein kleiner Fortschritt. Penelope fragte sich, mit wem die Maklerin am Telefon gesprochen hatte. Ein furchtbarer Gedanke stieg in ihr auf. Wurde ihr Gespräch mit Clémence womöglich an die Behörden weitergeleitet? Nahm sie jetzt in diesem Augenblick sogar ihre Unterhaltung auf, damit die Ermittler sie auswerten konnten?

»Die Polizei wird es uns nicht verraten«, erwiderte Clémence Valencourt. »Ich habe Laurent angerufen, um zu erfahren, ob er weiß ...«

»Wer ist Laurent?«

»Laurent Millais. Der Bürgermeister.«

Penelope schüttelte den Kopf. Diese ganze Geschichte, dass sie dem Bürgermeister vorgestellt werden musste, und sie hatte nicht einmal seinen Namen mitbekommen!

»Aber er meinte, die Polizei habe ihm auch nichts weiter mitgeteilt«, fuhr Madame Valencourt fort.

»Sie wissen also nicht mehr als ich?«

»Natürlich nicht. Warum sollte ich?«

»Ich weiß nicht. Ich habe mich nur gefragt ... Ach Gott, ich fürchte, ich kann im Augenblick gar nicht mehr klar denken«, platzte Penelope heraus. »Sie glauben doch hoffentlich nicht, dass ich dafür verantwortlich sein könnte, oder?« Plötzlich fühlte sie sich erschöpft und wie losgelöst von der Wirklichkeit.

»Wenn das jemand glauben würde, wären Sie gar nicht hier.«

Penelope entspannte sich ein wenig. Aber da war noch etwas. Etwas, das an ihr genagt hatte, seit sie *Le Chant d'Eau* verlassen hatten. Sie hatte eine Weile gebraucht, bis ihr klar geworden war, was sie von Anfang an irritiert hatte. Jetzt konnte sie sich nicht mehr zurückhalten und platzte damit heraus.

»Mit diesem Körper stimmte etwas nicht, Clémence.«

»Ja, Penny, er war tot.«

Penelope gestattete sich ein kurzes Lächeln bei diesem bemühten Scherz – französischer Galgenhumor, *peut-être* – und fuhr wider besseres Wissen fort: »Die Leiche. Sie war nicht … da gibt es etwas, das einfach nicht zusammenpasst.«

Clémence Valencourt beugte sich nach vorne, das Kinn auf eine Hand gestützt. Ihre graugrünen Augen waren fest auf Penelope gerichtet. Zum ersten Mal schien es da eine echte Verbundenheit zwischen ihnen zu geben.

»Das habe ich auch gedacht, Penny. Haben Sie diese furchtbaren Prellungen in seinem Gesicht gesehen?«

»Natürlich, aber mich hat etwas anderes beunruhigt. Das Problem ist … das Problem ist, dass ich einfach noch nicht ganz den Finger darauf legen kann.«

Die Französin wartete geduldig ab. Während des Essens hatte die Nacht sich über die Landschaft gelegt, so zart wie ein Seidentuch. Kleine Gruppen von Lichtern funkelten wie eine Handvoll Diamanten auf den dunklen Hügeln gegenüber.

Penelope starrte in die Ferne. »Mir kam eine Art Eingebung, sie durchzuckte mich wie ein Blitz, doch dann entglitt sie mir wieder. Das plagt mich, seitdem wir ihn gefunden haben, aber ich kriege es einfach nicht richtig zu fassen.«

Sie tranken beide einen Schluck Wasser.

»Ein Schlag gegen die Stirn hätte ihn töten können«, fuhr Penelope fort. »Obwohl alles nach einem Tod durch Ertrinken aussieht, wissen wir es nicht mit Bestimmtheit.«

»Ich dachte im ersten Moment, sein Kopf wäre mit welken Blättern bedeckt. Aber als sie ihn bewegt haben, lösten sich ein paar davon und ich habe die dunklen Flecken an den Schläfen und der Vorderseite des Kopfes gesehen, dort, wo die Haare schon dünn wurden.«

»Womöglich ist er beim Sturz mit dem Kopf aufgeschlagen«, wandte Penelope ein. »Wenn er am Rand des Beckens gestolpert ist, hätte er sich leicht den Kopf an der Steinumrandung anschlagen können, so sehr, dass er nicht wieder rechtzeitig zu Bewusstsein kam, um sich zu retten. Das Wasser war tief genug, um darin zu ertrinken.«

»Das ist vermutlich richtig. Aber was, wenn er einen Schlag von einer Person erhalten hat? Das ist ebenso gut möglich.«

Wieder stieg das Unbehagen in Penelope auf bei der Vorstellung, wie der unglückselige Avore hinab in das trübe Wasser fiel. »Ich nehme an, dass es möglich ist«, sagte sie. »Aber wir können nur abwarten, bis die Polizei die genaue Todesursache ermittelt hat. Es bringt nichts, über den Ablauf der Ereignisse zu spekulieren. Sie werden es uns sicher früh genug sagen.«

Clémence Valencourt schürzte die Lippen und schien damit anzudeuten, dass das erst noch abzuwarten blieb. »Nun, ich werde bei der Haushälterin Pfefferminztee bestellen, und Sie können versuchen, die entwischte Eingebung wieder einzufangen.« Sie stand vom Tisch auf. »Lassen Sie einfach Ihre Gedanken zu dem Augenblick zurückwandern, ohne etwas erzwingen zu wollen.«

Penelope blieb allein auf der Terrasse zurück und schloss die Augen. Sie dachte wieder an die Vorgänge am Swimmingpool. An das stille Wasser und die verrottenden Blätter. Die dunkle Gestalt des Verstorbenen und die aufgebauschte Jacke auf seinem Rücken. Und dann glitt ihr Verstand zurück in die schäbigen Büros der Abteilung für forensische Pathologie im Innenministerium und zu Professor Camrose Fletchers persönlichem, von Büchern gesäumtem Studierzimmer. Zu den detaillierten Berichten und Vorträgen, an deren Erstellung sie mitgewirkt hatte. Fotografien und Tatortrekonstruktionen. Penelope rief sich andere dokumentierte Todesfälle ins Gedächtnis und ging sorgfältig ihre Erinnerungen durch. In Gedanken ließ sie noch einmal durchlaufen, wie Manuel Avore aus dem Becken geholt wurde, wie sein schlaffer Leichnam über den Armen des Polizisten hing, die Hand, die aus dem Leichensack rutschte.

Das war es.

Mit einem leisen, überraschten Aufschrei sprang sie auf, als ihre Gastgeberin zurückkehrte.

»Penny? Alles in Ordnung mit Ihnen?«

»Clémence, ich weiß jetzt, was das Problem war. Dieser Gedanke, den ich nicht richtig greifen konnte!«

Sie standen sich gegenüber.

»Es war dieser schlaffe Arm.«

Madame Valencourt hob die Brauen und drückte eine gewisse Skepsis aus.

»Nein, das ist wichtig. Der Körper war schlaff.«

»Ist das nicht normal bei Toten, Penny?«

»Nein, ist es nicht. In den ersten zirka vierundzwanzig Stunden nach dem Tod ist der Körper steif. Das ist Rigor Mortis, die Leichenstarre. Es dauert nach dem Tod zwei bis sechs Stunden, bis der Körper erstarrt, aber bei warmen Temperaturen sind es eher zwei. Dann vergeht mindestens ein ganzer Tag, bis er sich wieder lockert.«

»Und?«

»Monsieur Avore war weniger als vierundzwanzig Stunden, bevor seine Leiche im Pool gefunden wurde, noch am Leben. Er kam in meinen Garten und schrie mich an. Ich weiß beinahe auf die Minute genau, wann ich meine Arbeit am Haus beendet habe. Das war nach sechs Uhr, und ich musste mich entscheiden, ob ich eine Tasse Tee trinken wollte oder ob schon Weinstunde war.«

Clémence Valencourt runzelte die Stirn.

»Das ist so ein englisches Ding. Die Sache ist jedenfalls die, dass ich mit dem Putzen aufgehört und auf meine Uhr geschaut habe und dann beschloss, in den Garten zu gehen, um frische Luft zu schnappen. Und ich bin deshalb nicht bis zum Schwimmbecken gekommen, weil ich vorher auf Monsieur Avore stieß. Er stand leibhaftig vor mir. Wir haben uns eine Weile unterhalten – nun, es war nicht ganz so der Plausch unter Nachbarn, nach dem sich das jetzt anhört –, und dann stapfte er über die Zufahrt in Richtung Hauptstraße davon. Ich habe gesehen, wie er fortgegangen ist. Also hat er gestern um halb sechs noch gelebt. Seine Leiche wurde heute gegen Mittag gefunden. Diese Zeit reicht nicht aus, um die Leichenstarre zu lösen.«

Clémence verstand allmählich. »Und wenn der Todeszeitpunkt früher liegt …«

»… dann kann Monsieur Avore nicht der Mann gewesen sein, den ich gesehen habe.« Penelope sank auf ihren Stuhl zurück.

Die beiden Frauen schwiegen.

Penelope ergriff als Erste wieder das Wort. »Als ich den Mann in meinem Garten beschrieb, sagte der Bürgermeister sofort: ›Oh, das muss Manuel Avore gewesen sein‹ – und dann, als die Leiche herausgeholt wurde, war er ebenso überzeugt davon, dass es Manuel Avore ist. Aber eine dieser beiden Einschätzungen muss falsch sein, oder nicht?«

Sie versuchte, so klar und logisch zu denken, wie sie es bei der Arbeit getan hatte – wenn die Leichen nicht vor ihrer Türschwelle lagen.

»Und das bedeutet auch, dass dieser Mann entweder bereits

tot im Pool lag, als ich gestern in *Le Chant d'Eau* ankam – oder dass er gestern Mittag irgendwo anders getötet und später im Schwimmbecken versenkt wurde. Vielleicht sogar, während ich letzte Nacht geschlafen habe ... Clémence?«

»*Oui, Penny.*«

»Ich glaube, ich nehme doch diesen Cognac, bitte.«

5

Penelope verbrachte eine verschwenderisch komfortable, aber dennoch unruhige Nacht. Wann immer sie es schaffte einzunicken, ließ die Erinnerung an den makabren Fund im Schwimmbecken sie wieder hochschrecken.

In der Finsternis wanderten ihre Gedanken zu Professor Camrose Fletcher – zu der Arbeit, die sie für ihn geleistet hatte, und den Umständen, die überhaupt zu ihrer Einstellung geführt hatten. Penelopes Vater war Hausarzt und Polizeichirurg in Südlondon gewesen; ein befreundeter Pathologe hatte ihr eine Stelle in seinem Sekretariat angeboten, als ihr Selbstvertrauen gerade am Boden war. Lena studierte mittlerweile, und Justin sollte bald ihrem Beispiel folgen. Penelope war auf Beweise gestoßen, dass David ihr ein zweites Mal untreu geworden war, und sie warf sich selbst vor, dass sie zu langweilig und zu abhängig war. Sie klammerte sich weiterhin an die törichte Vorstellung, dass ihre Ehe noch zu retten sei.

Der Pathologe arbeitete beim Innenministerium in London. Nach einer langen Karriere war er nun hauptsächlich in der Verwaltung tätig und beaufsichtigte die Umstrukturierung im forensischen Dienst. Ein Jahr später ging er in den Ruhestand – aber nicht, bevor er Penelope an einen unkonventionellen Kollegen weiterempfohlen hatte, einen forensischen Pathologen, der eine persönliche Assistentin suchte, die Autopsieberichte und Gutachten für ihn tippte und ihn bei seinen Lehrverpflichtungen an der UCL unterstützte.

Professor Camrose Fletcher sprühte vor Energie und hatte

sich ganz der Suche nach der Wahrheit verschrieben. Er verachtete jede Art politischer Korrektheit, war selbst aber die Freundlichkeit in Person. Er war ein Querdenker und fand oft Antworten, wo niemand sonst sie entdeckt hätte. Die Arbeit erwies sich als faszinierend, obgleich sie gelegentlich schaurig war. Fletcher schätzte Penelopes Einsichten ebenso wie ihre hervorragenden Fähigkeiten im Büro, und so blühte sie bei der Tätigkeit auf. »Sie haben ein gutes Gespür«, pflegte er bei einer Tasse Assam-Tee zu sagen. »Sagen Sie mir doch, was Sie davon halten.«

Und das tat sie dann.

Beim Frühstück in der Küche, deren hohe Gewölbedecke ein wenig an ein stylishes Verlies erinnerte, schwirrte ihr immer noch der Kopf. Die zwei Tassen Kaffee aus frisch gemahlenen Bohnen, die Clémence Valencourts schweigsame Haushälterin auf einem Marmortisch auftrug, beruhigten auch nicht gerade ihre Nerven.

Eine offene, raumhohe Glastür ließ eine Brise von den Hügeln herein. Dies alles bot einen herrlichen Vorgeschmack darauf, wie das Leben im Luberon sein konnte: friedlich und erholsam – wenn man nicht zufällig eine Leiche im Gartenpool fand.

Clémence tauchte nur kurz auf, um Guten Morgen zu sagen und einen kleinen schwarzen Kaffee zu trinken. Dann machte sie sich schon auf den Weg und erklärte, dass sie ganz in der Nähe eine Besichtigung hatte und so schnell wie möglich zurück sein wollte. Ihre Absätze klackerten wie ein Metronom auf dem Steinboden. Noch bevor sie die Haustür erreichte, telefonierte sie bereits auf dem Handy.

Penelope verzehrte geistesabwesend drei köstliche Blätterteig-Croissants mit Aprikosenmarmelade und versuchte, Licht in die Angelegenheit zu bringen.

Durch die offene Terassentür drangen einzelne Noten an ihre Ohren. Der herzergreifende, volle und traurige Klang eines Cellos stieg auf und fiel und wiederholte denselben Satz. Jemand übte. Penelope erkannte eine Sonate von Brahms und schloss die Augen, spielte in Gedanken mit und spürte, wie sich ihre Finger mit den Tönen bewegten. Hätte sie an Zeichen geglaubt, wäre dies ohne Zweifel eines gewesen.

Sie trat an die Tür. Die Haushälterin fegte schweigend die Terrasse.

»*La musique?*«, fragte Penelope sie.

Die Haushälterin zeigte nach rechts unten. »*La répétition pour le concert.*«

Penelope blickte über ein Gewirr von Terrakotta-Dächern hinab auf eine Kirche mit einem hohen, rechtwinklig angelegten Turm.

»*Dans l'église?*«

»*Oui, Madame.*«

Es war der perfekte Ort für ein intimes Konzert in kleiner Runde. Penelope verspürte eine plötzliche Sehnsucht, dort unten zu sein und ihre Sorgen von der Musik davontragen zu lassen.

Madame Valencourt kehrte gegen elf zurück mit der Nachricht, dass Penelope eine Einladung ins Polizeipräsidium der nahe gelegenen Stadt Apt erhalten habe.

»Das klingt bei Ihnen, als wäre der Besuch auf der Wache ein Plausch zum Kaffee«, sagte Penelope. Zu viel Koffein und die Ungewissheit machten sie nervös und reizbar.

»Keine Polizeiwache. Der Termin ist bei der Gemeindepolizei, die im *hôtel de ville* untergebracht ist. Im Verwaltungszentrum der Stadt. Machen Sie sich keine Sorgen. Ich fahre Sie hin.«

»Nun, das ist auch so eine Sache«, entgegnete Penelope. »Dass ich mich von Ihnen durch die Gegend kutschieren lasse. Ganz abgesehen von den offensichtlichen Gefahren für Leib und Leben, sollte ich eigentlich selbst fahren. Ich war gestern so durch den Wind, dass ich mich einfach von Ihnen mitnehmen ließ. Aber genau so hat es die Polizei auch gewollt, nicht wahr?«

Die Französin schüttelte den Kopf. »Was meinen Sie damit?«

»Die Polizei wollte sich meinen Range Rover vornehmen.«

»Wohin wollten sie ihn nehmen?«

»Sie wollten ihn überprüfen, ein paar Tests durchführen. Um zu sehen, ob ich etwas mit dem Verbrechen zu tun habe.«

»Aber es ist kein Verbrechen. Es ist ein Unfall. Monsieur Avore hat sich selbst überflutet.«

»Ertränkt.« Penelope half mit dem richtigen Ausdruck aus. »Ich dachte, wir wären übereingekommen, dass dies unwahrscheinlich ist.«

Clémence warf ihr einen eigentümlichen Blick zu.

»Wir haben gestern Abend darüber gesprochen!«, beharrte Penelope.

»Und das wollen Sie der Polizei erzählen?«

»Ich hatte eigentlich gehofft, dass die derart grundlegende forensische Schlussfolgerungen selbst zuwege bringt.«

Das Polizeipräsidium befand sich in einem großen Gebäude am *Place Gabriel Péri* im Zentrum von Apt – dem *hôtel de ville*. Das war nur ein anderer Name für die *mairie* der Stadt, wie die Maklerin erklärte.

Madame Valencourt stellte Penelope dem Beamten an der Rezeption vor, dann warteten sie, bis jemand herunterkam. Es war der Anzugträger mit dem Windhund-Gesicht, der auch bei der Bergung des Leichnams dabei gewesen war.

Er begrüßte sie kühl, und förmlich schüttelten sie einander die Hand.

»Paul Gamelin. Wir sind uns gestern begegnet.«

»Ja, das sind wir.«

»Ich stelle Sie dem Polizeichef vor.«

Er führte sie eine Treppe hinauf vor eine Tür, die er nach einem flüchtigen Klopfen gleich öffnete. Das Büro war behaglich eingerichtet, mit gerahmten Urkunden und Ehrungen an den Wänden, zusammen mit Fotos, die Gruppen von Sportlern und uniformierten Gendarmen zeigten. Ein kleiner, beleibter Mann von etwa fünfzig Jahren saß hinter dem Schreibtisch. Als er sich erhob und um den Tisch herumtrat, eine Hand auf die Brust gelegt, fühlte Penelope sich mehr als nur ein wenig an Napoleon erinnert. Vielleicht lag es an dem quadratischen Gesicht und an den Haaren, die offensichtlich gefärbt waren.

»Madame Kiet«, grüßte er sie mit huldvoller Herablassung. »Georges Reyssens, *Chef de Police*.« Seine Hand wischte über die ihre, dann wies er auf einen Stuhl vor dem Schreibtisch.

Penelope wollte sich nicht einschüchtern lassen. »Ich bin entzückt, Sie kennenzulernen, *Monsieur le Chef de Police*«, antwortete sie im besten Französisch, das sie zuwege brachte.

Der Polizeichef setzte sich nicht wieder hin. Er stolzierte über einen Teppich auf dem zur Gänze gefliesten Boden, die Hände auf dem Rücken, und erinnerte Penelope an einen Film über die Schlacht von Waterloo, den sie einmal gesehen hatte. Seine roten Lippen zitterten auf eine Weise, die sie unvorteilhaft und faszinierend zugleich fand.

»Madame Kiet, es tut mir leid, dass Ihre Ankunft in unserer schönen Region durch diesen furchtbaren Unfall verdorben wurde. Ich möchte mich dafür entschuldigen, dass Sie gestern Abend Ihr Anwesen verlassen mussten. Sie verstehen sicher, wieso das notwendig war.«

Penelope nickte.

»Leider muss ich Sie nun außerdem bitten, für ein paar weitere Tage nicht in Ihr Haus zurückzukehren.«

»Ach? Warum? Was haben Sie herausgefunden?«

»Herausgefunden? Wir ermitteln dort noch. Wenn die Ermittlungen abgeschlossen sind, wird sich alles aufklären.«

»Also ist der Fall noch nicht geklärt?«, fragte Penelope.

»Nein, das ist er nicht.«

»Sie glauben also nicht, dass es ein Unfall war?«

Aus den Augenwinkeln bemerkte sie, dass Gamelin sie auf höchst beunruhigende Weise musterte. Er hatte kein Wort gesagt, seitdem sie den Raum betreten hatten.

»Dazu kann ich Ihnen nichts sagen«, erwiderte Reyssens.

»Gibt es etwas, was Sie mir über Ihre bisherigen Schlussfolgerungen verraten können?«

Die Mundwinkel des Polizeichefs gingen nach unten, und er zuckte vielsagend die Achseln. »Lassen Sie mich nachdenken ... *non*.«

»Aber sie sind sicher, dass der Tote Manuel Avore ist?« Beide Männer sahen sie an. Aufseiten des Polizeichefs war es ein regelrecht unangenehmes Starren.

»Warum fragen Sie das, Madame Kiet?«

»Weil ... weil ...« Penelope war plötzlich extrem unbehaglich zumute. »Weil es die offensichtliche Frage ist. Ich glaubte, ihn am Vorabend gesehen zu haben, und wenn das der Fall ist ...«

»Der Bürgermeister hat ihn identifiziert. Er kennt Manuel Avore. Er kennt ihn schon seit Langem. Avore war in ganz St Merlot wohlbekannt. Der Körper«, schloss er schließlich gewichtig, als hätte er vorher nicht die Möglichkeit in Betracht gezogen, dass Penelope ein wenig begriffsstutzig sein könnte, »ist eindeutig die Leiche von Manuel Avore.«

Nach einer Unheil verkündenden Pause fuhr er fort: »Und es ist eine sehr merkwürdige Frage für einen Ausländer, der gerade erst seit vierundzwanzig Stunden im Dorf ist.«

»Ich stehe wohl unter Schock«, murmelte Penelope.

»Ich habe Sie heute herbestellt, um Ihnen mitzuteilen, dass Sie noch für einige weitere Tage nicht nach *Le Chant d'Eau* dürfen. Im *Hôtel St Pierre* hier in der Stadt wurde ein Zimmer eingerichtet, das Ihnen in dieser Zeit zur Verfügung steht. Bitte warten Sie ab, bis wir Sie erneut kontaktieren, bevor Sie in Ihr Haus zurückkehren.«

Das war bereits alles. Der Chief wollte sie aus dem Weg haben, und sämtliche Beobachtungen, die sie möglicherweise noch hätte beisteuern können, waren offenkundig nicht erwünscht. Eine Sekretärin führte sie nach draußen und beschrieb ihr den Weg zum Hotel. Zum Glück lag es in Fußentfernung. Das war auch besser so, denn von Madame Valencourt war keine Spur mehr zu sehen.

Das kleine *Hôtel St Pierre* blickte auf ein Flussufer hinaus und schien sie willkommen zu heißen wie eine alternde Lebedame, die sich noch einmal herausgeputzt hatte. Die Pfirsichocker-Fassade mit den lavendelfarbenen Fensterläden war ein Sinnbild der Provence und eine ganz persönliche Bestätigung für Penelope, dass ihr Traum weiterhin lebendig war.

Hinter einer schmiedeeisernen Brücke waren die stuckverzierten Gebäude der Stadt in einem Bogen angeordnet, der einem römischen Amphitheater glich, und noch mehr italienisch anmutende Details boten die winzigen, mit Pflanzen vollgestellten Balkons, die hoch oben unter den Dächern zu sehen waren.

Madame Valencourts Mini Cooper hielt mit kreischenden Bremsen neben ihr.

»Ich habe mich schon gefragt, wo Sie hin sind«, sagte Penelope.

»Ich war zurück in Viens, um Ihren Koffer zu holen. Sie können natürlich gern weiterhin bei mir wohnen, aber nachdem die Polizei vorgeschlagen hat, dass Sie hier unterkommen ...«

»Ist es klüger, diesem Vorschlag zu folgen.«

»Ja.«

»Sehr freundlich von Ihnen.«

Insgeheim war Penelope erfreut, wieder auf eigenen Füßen zu stehen, obwohl sie den Komfort von *Chez Valencourt* vermissen würde. Sie bezweifelte, dass das Bett im *Hôtel St Pierre* in Sachen Luxus mithalten konnte.

»Wenn Sie Hilfe brauchen, rufen Sie mich einfach an«, sagte Clémence. Es war schwer zu sagen, ob das nur eine höfliche Floskel war. Trotzdem dankte Penelope ihr und brachte den Koffer ins Foyer des Hotels. Moderne provenzalische Gemälde hingen an den weißen Wänden. Ein freundlicher junger Mann begrüßte sie an der Rezeption und teilte ihr mit, dass er sie bereits erwartet habe.

Man zeigte ihr ein hübsches Schlafzimmer im ersten Stock mit geschnitzten Holzmöbeln und einem großen Fenster. Ein schwacher Duft nach Lavendel und Mandelblüten hing in der Luft. Man konnte an schlimmeren Orten landen.

»Frankie? Ich bin's. Ich wollte mich nur einmal melden und dich wissen lassen, wo ich stecke.«

Penelope setzte sich auf den Platz am Fenster und sah zu, wie der Fluss träge zwischen Grasbüscheln und trockenen Steinen einherrann. Ein Schild warnte davor, dass der nahe gelegene Parkplatz im »Überflutungsgebiet« lag, aber es war höchst unwahrscheinlich, dass dies in absehbarer Zeit eine Rolle spielen würde.

Wie üblich war Frankie ein übersprudelnder Cocktail aus

Freundlichkeit und guter Laune. Sie hörte zu, während Penelope sie auf den neuesten Stand brachte. Dann fragte sie: »Was sollst du jetzt anfangen?«

»Ja, nun. Meine Renovierungspläne sind vorerst durch die polizeiliche Ermittlung gestört ...«

»Du hast also plötzlich nichts anderes mehr zu tun, als einen Urlaub in Südfrankreich zu verbringen.«

»Wenn du es so ausdrücken möchtest ... nun, ja.« Das war eine der Qualitäten, die Penelope an Frankie zu schätzen wusste. Sie fand immer das Positive an jeder Sache. Obwohl es selbst Frankie schwerfallen sollte, im Tod eines Mannes etwas Gutes zu sehen. Penelope war sich nur zu bewusst, dass dieser Umstand bei all dem Durcheinander und den Unbequemlichkeiten fast vergessen worden war.

»Und wie ließe sich das noch steigern?«, fragte Frankie durchtrieben.

»Was meinst du?«

»Ich meine, dass du das alles nicht allein durchstehen musst. Ich komme vorbei.«

Das habe ich mir jetzt selbst eingebrockt, dachte Penelope. Dennoch – war es wirklich eine so schlechte Idee, wenn sie in dieser Lage die angebotene Unterstützung annahm? Obwohl Frankie gelegentlich eine Bürde sein konnte, so war sie doch eine gute Freundin.

»Wann wolltest du hier sein?«, fragte sie, hin- und hergerissen zwischen Freude und Sorge.

An diesem Abend schlenderte Penelope in die warme Luft hinaus und hatte das Gefühl, dass sie nicht aus dem Blick verlieren durfte, wie begeistert sie von ihrer Ankunft hier war und wie sehr sie sich wünschte, dass ihr Umzug erfolgreich verlief.

Die engen Gassen im Zentrum der Stadt liefen auf eine

mittelalterliche Kathedrale zu. Die Steinmauern und die Bildhauerarbeiten an der Außenseite wirkten alt und verwittert. Zugemauerte Seitenpforten erinnerten an die faszinierende Vergangenheit, und die von den Elementen verwaschenen Gesichtszüge einer Statue waren ganz ausdruckslos nach all den Jahren. Einer Eingebung folgend, betrat Penelope die Kirche und entzündete eine Kerze für den unglückseligen Manuel Avore. Sie wusste nicht, wie sie bei ihrer Rückkehr mit einem Pool umgehen sollte, in dem ein Mann gestorben war – ob durch einen Unfall oder nicht. Rasch schob sie den Gedanken daran beiseite. Irgendwie würde sie damit klarkommen müssen. Aber nicht jetzt. Ein Schritt nach dem anderen.

Sie genoss ein köstliches Abendessen mit Lamm und Ratatouille auf der Hotelterrasse, und auch als sie die *crème brûlée* mit Honig und Thymian und die letzte Tasse koffeinfreien Kaffees geleert hatte, blieb sie noch lange bei Kerzenschein sitzen, gesättigt und tief in Gedanken versunken.

Sie hatte ein wunderbares Anwesen gefunden. Eines Tages, hoffentlich nicht in allzu ferner Zukunft, würde sie hier ein neues Leben angefangen haben, an einem schönen Ort, wo Familie und alte Freunde zusammenkommen konnten. Lena und Justin und ihren Kindern würde es ebenfalls gefallen. Der Umzug in die Provence, das war eine Art, auch mit fünfzig noch zuversichtlich nach vorne zu blicken.

Die Kinder waren alt genug und mit ihrem eigenen Leben beschäftigt, sodass es sie nicht stören sollte – das hatte sie jedenfalls gedacht. Penelope hatte beide Elternteile verloren, und obwohl die Trauer darüber nie ganz verschwand, hatte sie keine Verantwortung für die ältere Generation zu tragen, die viele ihrer Freunde zu Hause festhielt.

Sie erhielt eine angemessene Rente und hatte etwas Geld geerbt, zusätzlich zu einer großzügigen Scheidungsvereinbarung – bei all seinen Fehlern hatte David als Anwalt zumindest gutes Geld verdient. Nun, da die rechtlichen Fragen zwischen ihnen geklärt waren, kamen sie auch weitaus besser miteinander aus. Sie konnte sogar wieder an die guten Zeiten denken, die sie gemeinsam verbracht hatten, ihm verzeihen und in die Zukunft schauen.

»Hier bin ich nun«, sagte Penelope zur Kerzenflamme.

Als sie kurz vor Mitternacht auf ihr Zimmer ging, war sie überzeugt davon, dass sie bald wieder alles genießen konnte, was Südfrankreich zu bieten hatte.

6

Am nächsten Morgen wurde Penelope durch den Lärm von Kleintransportern, Rufen und trauriger Gitarrenmusik geweckt. Noch im Halbschlaf stolperte sie aus dem Bett Richtung Fenster und öffnete es.

Sofort strömten die Eindrücke von allen Seiten auf ihre Sinne ein. Auf jedem verfügbaren Stück Straßenfläche waren Stände aufgebaut. Obst und Gemüse lagen kunstvoll aufgestapelt in den Auslagen. Ballen von farbenfrohem provenzalischem Stoff rangen mit Weinflaschen um die besten Plätze; Seifen in Pastellfarben konkurrierten mit erdigen Gewürzen und ausladenden Schalen voller Oliven. Ein allgegenwärtiges Aroma von Käse, Fisch und Lavendel lag in der Luft. Der Platz füllte sich Menschen. Es war Samstag, wurde Penelope bewusst, der weltberühmte Markttag von Apt. Das Haar stand ihr ungebürstet in die Höhe, ihr Nachthemd war weit offen und der Gitarrenspieler auf der anderen Seite der Straße starrte sie auf eine Art und Weise an, die man nur als unanständig anzüglich bezeichnen konnte. Penelope schlug die Fensterflügel zu und sprang zurück ins Bett, um ihre Gedanken zu ordnen. »Frankie kommt« und »Frühstück« waren dabei die Fixpunkte. Ein oder zwei Gebäckstücke waren angesichts der angespannten Lage gewiss gerechtfertigt.

Frances Turner-Blake war eine Naturgewalt. Sie akzeptierte niemals ein »Nein« als Antwort und konnte durchaus alles noch schlimmer machen. Dennoch hatte ihre Ankunft auch etwas Gutes. Sobald sie nach *Le Chant d'Eau* zurückkehren durften, war ihre alte Schulfreundin genau die Richtige, um das Haus in seinem jetzigen Zustand zu besichtigen. Dieser Tage nannte niemand sie Frances – sie war Frankie, und das war sie gewesen, seitdem sie Johnny geheiratet hatte, einen Bauunternehmer von altem Schrot und Korn. Gemeinsam besaßen und leiteten sie eine große Firma für Grundstücksentwicklung. Was Frankie nicht über Ziegel und Mörtel wusste, war auch nicht von Bedeutung.

In einer vollkommenen Welt hätte Penelope erst ein wenig abgewartet und das Haus selber kennengelernt, bevor sie Frankie einlud, um es sich anzusehen. Aber ohne Zweifel war sie die richtige Person, wenn man eine fundierte Meinung zu einem Bauvorhaben brauchte. Und wahrscheinlich war es am besten, so früh wie möglich eine ehrliche Einschätzung zu erhalten.

Penelope stand auf und duschte. Sie trocknete sich ab und vermied es, ihren Körper im Spiegel allzu genau zu betrachten. Was da alles an Renovierungsarbeiten nötig war, wollte sie gar nicht wissen.

Sie konnte sich vorstellen, wie ihre Freundin das Haus aufnehmen würde – nämlich so, wie alle Bauunternehmer es immer taten. Ein Blick in die Runde, ein mürrischer Gesichtsausdruck und ein scharfes Luftholen mit geschürzten Lippen, gefolgt von einer Einschätzung, deren Umfang der griechischen Bankenrettung nahekam. Aber zumindest würde Frankie geradeheraus sagen, was zu tun war und wie viel es sie kosten würde. Was immer man sonst über sie denken mochte – sie war auf jeden Fall gnadenlos ehrlich.

Bevor Penelope einen Abstecher zum Markt machen konnte, war noch eine dringende Angelegenheit zu klären.

»Clémence, es tut mir leid, Sie am Wochenende anzurufen. Aber ich frage mich, ob Sie bei der Polizei etwas für mich in Erfahrung bringen könnten.« Die Anfrage hatte sicher mehr Gewicht, wenn sie von der Respekt einflößenden Immobilienmaklerin kam, die anscheinend mit jedem weit und breit bekannt war.

»Natürlich. Worum geht es?«

»Um mein Auto. Es parkt immer noch vor *Le Chant d'Eau*, und ich brauche es morgen.«

»Die Polizei hat es nicht für Sie heruntergebracht?«

»Nein, hat sie nicht.«

Madame Valencourt gab einen abfälligen Laut von sich. »Okay, ich rufe sie an.«

Wenige Minuten darauf meldete sie sich wieder. Anscheinend war sie gleich zur richtigen Person durchgedrungen. Penelope konnte nur darüber staunen, wie effizient sie arbeitete.

»Ihr Auto wurde untersucht, und Sie können jederzeit damit fahren.«

»Vielen Dank«, sagte Penelope. »Obwohl ich nicht gerade begeistert bin von der Vorstellung, ein verdächtiges Fahrzeug zu besitzen.«

»Niemand verdächtigt Ihr Auto, Penny.«

»Meinten Sie nicht, es sei untersucht worden?«

»Die Polizei hat die Gelegenheit genutzt und sich vergewissert, dass Ihr Auto in einem guten Zustand ist und hier auf den Straßen des Vaucluse fahren kann. Und jetzt ist alles in Ordnung.«

»Nun, das will ich auch hoffen.« Penelope dachte an die enorme Werkstattrechnung zurück, die sie keine zwei Wochen zuvor bezahlt hatte und die eigentlich sicherstellen sollte, dass ihre Reise reibungslos verlief.

»Und es war ein Glück, dass die Polizei nachgesehen hat«, fuhr Madame Valencourt fort. »Hätten Sie gestern versucht, den Berg hinabzufahren, hätten Sie einen schrecklichen Unfall haben können.«

»Wie meinen Sie das?«

»Die Ermittler haben herausgefunden, dass jemand die Bremsen unbrauchbar gemacht hat.«

Penelope spürte, wie ihr die Knie weich wurden. »Was? Ich kann es nicht glauben. Warum? Wie?«

»Das sollten Sie sich vom Polizeichef erklären lassen.«

Eine Pause.

»Bitte, verraten Sie es mir jetzt. Ich würde es lieber von Ihnen hören«, bat Penelope, obwohl sie gar nicht wusste, ob sie es überhaupt wissen wollte. Und das, wo sie gerade wieder ein wenig mehr Zuversicht gewonnen hatte!

Die Französin zögerte. »Wie es scheint, hat Manuel Avore schon in der Vergangenheit versucht, all diejenigen zu schädigen, die ihn geärgert haben. Den alten Besitzern wurde die Wasserversorgung unterbrochen. Ihr Gemüsegarten wurde mit Unkrautvernichter besprüht. Die Stromversorgung wurde gestört, und in der Nähe des Hauses wurde ein Feuer gelegt.«

»Die alten Besitzer?« Es war zu viel Information auf einmal, um alles zu verarbeiten.

»Die Girards, denen das Grundstück vor Ihnen gehörte.«

So viel zu »Verkauf ohne Gewähr«! Mit all dem hätte sie vermutlich ein todsicheres Regressverfahren gegen Madame Valencourt und die Agence Hublot führen können. Sie versuchte, sich auf das Wesentliche zu konzentrieren. »Haben sie deswegen verkauft? Wegen ihres lästigen Nachbarn?«

»Nein«, erwiderte Madame Valencourt. »Sie sind gestorben. Ihre Kinder haben es verkauft. Wie ich Ihnen gesagt hatte.«

Hatte sie das? »Gestorben? Wie?«

»Bei einem Verkehrsunfall.«

Penelope schluckte. »Hier im Luberon?«

»Auf dem Weg zurück nach Lyon.«

»Was? War es ein Defekt am Wagen, ich meine ...«

»Es hatte nichts damit zu tun. Bitte machen Sie sich keine Sorgen.«

Penelope ließ sich nicht länger beschwichtigen. »Also hat jemand den Bremsschlauch an meinem Range Rover durchtrennt. Und einer meiner neuen Nachbarn hatte eine Vorliebe für solche Dinge – Manuel Avore?«

»Das ist richtig.«

»Und die ganze Zeit, während Sie so erpicht darauf waren, mir das Anwesen zu verkaufen, haben Sie nicht ein einziges Mal daran gedacht, diese Nachteile zu erwähnen?«

»Nein.«

Penelope biss die Zähne aufeinander. »Und würden Sie mir bitte erklären, warum das nicht der Fall war, Madame Valencourt?«

»Weil Manuel Avore kein Problem mehr darstellte. Er war nicht hier. Er saß im Gefängnis wegen Körperverletzung.«

»Doch gewiss nicht für alle Zeiten! Tatsächlich muss seine Freilassung mit erstaunlich unglücklichem Timing genau mit meiner Ankunft in St Merlot zusammengefallen sein. Großartig!«

»Das ist richtig. Aber damit hat niemand gerechnet. Anscheinend hat er sich im Gefängnis besser benommen. Laurent – der Bürgermeister – hat mir versichert, dass Monsieur Avore für sehr lange Zeit eingesperrt bleiben würde, und bei seiner Rückkehr wollte das Dorf ihm helfen, ein normales Leben ohne Alkohol zu führen.«

»Aber haben Sie nie daran gedacht ...«

»Penny, ich weiß, das ist ein Schock für Sie. Aber vergessen Sie nicht, dass Manuel Avore tot ist. Er kann jetzt niemandem mehr etwas tun.«

Dagegen ließ sich kaum etwas vorbringen.

Penelope atmete langsam aus. »Also, nur um das klarzustellen. Mein Auto wurde überprüft. Möglicherweise im Rahmen einer forensischen Untersuchung, um zu sehen, ob es im Zusammenhang mit dem Tod von Manuel Avore steht. Stattdessen fand man heraus, dass die Bremsen manipuliert wurden. Was womöglich Avores Werk ist – und was mich hätte töten können!«

»Penny ...«

»Kommen Sie mir nicht mit ›Penny‹, Madame Valencourt! Ich bin so wütend, dass ich ...«

»Ich fahre zum Polizeipräsidium und hole Ihre Autoschlüssel, und ich werde das Fahrzeug so schnell wie möglich zu Ihnen ins *Hôtel St Pierre* bringen. Ich stimme Ihnen zu. Das war ein sehr unglücklicher Zwischenfall.«

Penelope blickte düster aus dem Hotelfenster. Sie konnte sich nicht länger fürs bunte Markttreiben begeistern. Wie hätte sie jetzt noch in der fröhlichen Menge umherlaufen können, als wäre nichts geschehen? Alles, was sie kaufte, wäre unwiederbringlich mit der Erinnerung an diese schockierende Wendung belastet gewesen.

Sie wartete in ihrem Zimmer auf einen Anruf der Rezeption, dass sie herunterkommen und Clémence Valencourt treffen sollte, aber nichts geschah. Schließlich ging sie von sich aus nach unten ins Foyer und stellte fest, dass ihre Autoschlüssel bereits am Empfang hinterlegt worden waren und der Range Rover frisch gereinigt auf dem Hotelparkplatz stand.

Da sie nicht wusste, was sie sonst hätte tun sollen, stieg sie in den Wagen und überprüfte den Innenraum. Auch der war in einem besseren Zustand, als sie ihn nach der langen Fahrt von Esher zurückgelassen hatte.

Auf einem hohen Felsvorsprung gelegen, war Saignon der Ort, der St Merlot am nächsten lag.

Von unten gesehen wirkte das ganze Dorf wie eine riesige uneinnehmbare Festung, doch die Hauptstraße hätte eine Illustration aus einem alten französischen Schulbuch sein können. Verblasste Schilder und ausgebleichte Fensterläden verschwanden unter einer üppigen Blütenpracht in Blumenampeln und Töpfen. Penelope schlenderte am *lavoir* vorbei, dem früheren Waschplatz mit einem Wasserbecken für die Wäsche der ganzen Gemeinde. Von dem Brunnen vor einem ehmaligen, mit Kletterpflanzen bedeckten Pfarrhaus, mit einer Statue der Ceres geschmückt, drang das Geräusch tropfenden Wassers an ihre Ohren. Das Gebäude war nun ein Hotel, schien aber geschlossen zu sein.

Eine Informationstafel vor der romanischen Kirche aus dem 12. Jahrhundert verriet, dass Saignon einst dem ganzen Tal als Aussichtsposten für Gefahren gedient hatte. Es war schade, dass die Kirchenglocken nicht länger Alarm schlugen, dachte sie. Sie hätte eine Warnung gebrauchen können, als das alles angefangen hatte.

Sie wollte nach Hause. Aber das durfte sie nicht. Allerdings hatte die Polizei ihr selbst auch nichts von dem Auto erzählt, und das hatte sie trotzdem zurückbekommen. Und Clémence Valencourt hatte in ihrem Auftrag mit der Polizei gesprochen, ohne ihr irgendeine Botschaft zu übermitteln, dass sie *Le Chant d'Eau* weiterhin fernbleiben sollte. Vielleicht konnte sie einfach bei ihrem Grundstück vorbeischauen, wenn sie schon in der Nähe war. Sollte die Polizei noch vor Ort sein, konnte sie ja fragen, ob das in Ordnung ging. Und gewiss drohte dort jetzt keine Gefahr mehr ...

7

Auf dem ersten geraden Stück Straße in Richtung St Merlot überholte ein knallroter Ferrari Penelope mit kehligem Knurren. Sie sah noch, wie der Wagen in eine scharfe Kurve beschleunigte und dabei auffällig den Gang wechselte. Jetzt im August traf man hier eine interessante Mischung von Menschen: unbeschwerte Urlauber aus Nordeuropa; Künstler und Fotografen; Wanderer und Radfahrer; die einheimischen Bauern; alle möglichen Leute aus der Umgebung, die den Alltag so angenehm machten; und einige sehr reiche Menschen – Pariser und Schweizer und Amerikaner –, die hier einen Zweitwohnsitz unterhielten. Penelope fragte sich, ob die Leute sie ebenfalls für reich hielten. Sie fühlte sich nicht reich. Wohlhabend vielleicht. Und womöglich zum ersten Mal in ihrem Leben setzte sie etwas Geld aufs Spiel.

Fünf Minuten später bog sie von der Hauptstraße ab. Es waren keine Polizeifahrzeuge zu sehen. Soweit sie feststellen konnte, während sie in verantwortungsvollem Tempo über die ausgefahrene Zufahrt rollte, war überhaupt niemand da. Penelope parkte neben dem Gebäude, wo der Range Rover außer Sicht war. Sie blickte sich um und lauschte aufmerksam in die Runde, bevor sie ausstieg. Weder Absperrband noch irgendetwas sonst deutete darauf hin, dass hier weiterhin ermittelt wurde.

Im Inneren des Hauses wirkte alles so, wie sie es vor zwei Tagen zurückgelassen hatte. Ein Rascheln schreckte sie auf, aber es waren nur ein paar trockene Blätter, die mit der Brise über die Terrasse rollten.

Penelope beruhigte sich wieder und öffnete die Küchentür. Wenn sie in diesem Haus leben wollte, musste sie sich dem Ort des Unfalls stellen – oder was immer es gewesen sein mochte. Am besten brachte sie es ohne viel Trara hinter sich.

In der drückenden Hitze schien sich der Garten vor ihr aufzubäumen. Das strohgelbe Gras stand höher denn je. Nach zwei Tagen Abwesenheit war Penelope aufs Neue schockiert von der Größe der Aufgabe, die sie sich gestellt hatte.

Sie beschwor ihre britischen Tugenden. Wer hätte je von einer Engländerin gehört, die vor ein wenig Gartenarbeit zurückschreckte? Jeder wusste, dass als Nächstes der Kauf eines breitkrempigen Strohhutes, möglicherweise mit Schleier, sowie einer Kelle anstand. Und bevor man noch »Sissinghurst« sagen konnte, war alles voller Rosen, eingefasster Beete mit weißen Blumen unter den Olivenbäumen mit einer geschmackvoll platzierten Eierpflanze für größtmögliche Authentizität. In kürzester Zeit würden sich die Fotografen der Sonntagsbeilagen um die beste Aufnahme schlagen.

Penelope schritt durch ihren Grasdschungel.

Die Tür zum ummauerten Garten mit dem Pool stand offen. Sie versuchte, nicht zu viel nachzudenken, gab der Pforte einen Stups und trat hindurch. Alles sah aus wie zuvor. Das Wasser im Becken war immer noch braun und schlammig, aber kein anhaltendes Grauen ging davon aus. War sie etwa gefühllos geworden, fragte Penelope sich? War das die Folge eines Aufenthalts in einem fremden Land, und was sagte das über sie aus?

Sie stand eine Weile da und versuchte herauszufinden, was sie wirklich darüber dachte. War es ein Akt psychologischer Selbsterhaltung? Möglicherweise. Oder es war einfach so, dass sie sich dank ihres alten Jobs an den Gedanken des Todes im Allgemeinen gewöhnt hatte. Sie beschloss, es dabei zu belassen.

Sämtlichen von ihr unterschriebenen Papieren nach erstreckte sich das Grundstück über 1,2 Hektar, was etwas mehr als zweieinhalb Morgen entsprach. Es gab Teile davon, die sie noch gar nicht gesehen hatte.

Ein alter Obstgarten bildete die südliche Grenze. Bei näherer Betrachtung stellten sich die Bäume als Pflaumen heraus, viele so alt, dass sie ausgetrocknet und umgestürzt waren. Penelope wanderte einen leichten Abhang empor bis zu einem von Unkraut überwucherten Streifen mit Tomatenpflanzen, der vielleicht einmal ein Gemüsegarten gewesen war. Dahinter war alles mit hohem Gras und Buschwerk zugewachsen. Ein großer Maulbeerbaum und weitere Olivenbäume wachten über den Ostrand des Grundstücks.

Neben dem Maulbeerbaum, fast verborgen unter einem Dickicht von Heckenrosen, fand sich ein kleiner Steinbau, der vielleicht einmal ein Stall gewesen war. Sie bahnte sich ihren Weg dorthin. Das Ding würde einen wunderbaren Geräteschuppen abgeben. Möglicherweise war es vorher schon als solcher verwendet worden.

Die verwitterte Holztür war mit einem Vorhängeschloss gesichert. Penelope rüttelte trotzdem daran und zog an dem Schloss. Es blieb verschlossen. Unbeirrt marschierte sie ins Haus zurück und öffnete die Küchenschublade, die eine Sammlung alter Schlüssel enthielt. Sie wühlte darin herum, holte schließlich eine Handvoll heraus und legte sie in das nächste greifbare Gefäß, das zufällig ein Teetablett war mit der patriotischen Inschrift: »Ruhe bewahren und Kuchen essen.«

Sie kehrte zu der Tür zurück und probierte die Schlüssel systematisch durch. Die ersten passten gar nicht, und so sammelte sich rasch ein Haufen aussortierter Schlüssel zu ihren Füßen an, bis sie endlich einen fand, mit dem sie weiterkam. Er glitt leicht genug ins Schloss, ließ sich jedoch nicht drehen.

Und anschließend ließ er sich auch nicht wieder herausziehen. Penelope zerrte wütend daran herum, und ehe sie sich's versah, schwang die Tür quietschend auf. Der Metallbügel am Türrahmen hatte sich gelöst.

Es dauerte eine Minute, bis ihre Augen sich an die Düsternis im Schuppen gewöhnt hatten. Dann konnte sie aufgereihte Blumentöpfe auf einem großen Tisch ausmachen, eine Anzahl von Säcken, mehrere Plastikkanister und, an der Wand gegenüber aufgehangen, eine lange Reihe von Gartengeräten, was eine erfreuliche Überraschung war. Es war stets ein Bonus, wenn man in einem Haus zurückgelassene Gegenstände fand, und diese achtlos aussortierten Arbeitsgeräte würden ihr gute Dienste leisten. Ein Geschenk, das sehr gelegen kam – sie überraschte sich dabei, wie sie bei dem Gedanken lächelte.

Alles hier machte einen ganz alltäglichen Eindruck. Und doch, während sie die Werkzeuge betrachtete, wusste sie, dass etwas nicht stimmte. Die Geräte waren in Gebrauch gewesen, jedes einzelne in der langen Reihe zeigte deutliche Spuren von Dreck und Abnutzung sowie den Rost, der nach der Lagerung in einem feuchten, gemauerten Nebengebäude zu erwarten war. Alle, bis auf eines: eine große Axt. Die war entweder sorgfältig gereinigt worden oder erst vor Kurzem hinzugekommen.

Penelope nahm sie vom Haken. Vielleicht war sie noch unbenutzt? Sie wollte sie zurückhängen, doch im Halbdunkel verfehlte sie den Haken und verfolgte entsetzt, wie das Werkzeug lautstark auf den Steinboden klirrte. Das Blatt der Axt löste sich und flog in einen finsteren, von Spinnweben verhüllten Winkel. Penelope hob die beiden Teile auf und trug sie hinaus ins Sonnenlicht, um sie wieder zusammenzufügen.

Sie drehte das Axtblatt in der Hand, um herauszufinden, wie es auf den Stiel gehörte. Da entdeckte sie am Schaft einen Streifen, der zuvor unter dem Metall verborgen gelegen hatte und nicht gesäubert worden war. Das Holz war an dieser Stelle fleckig und tiefbraun. Genau die Farbe von getrocknetem Blut!

»Heilige Guacamole!«, rief sie aus.

Dann erinnerte sie sich an die durchtrennten Bremsschläuche und erschauderte.

Da es an Kuchen mangelte, versuchte Penelope, ihre Ruhe zu bewahren, indem sie den Campingkocher anheizte, die PG-Tips-Teebeutel und ein wenig Kondensmilch herausholte und sich eine Tasse Tee aufbrühte.

Es war nicht auszuschließen, dass ihr einfach die Fantasie durchging. Oder sie hatte Gehirnerweichung im Zuge der Menopause – es wäre nicht das erste Mal. Was sie nun brauchte, war Logik, keine Stimmungsschwankungen.

Unglücklicherweise führte die erste logische Verknüpfung gleich zu Clémence Valencourts Worten über die Kopfwunden des Toten, an die sie sich noch alarmierend lebhaft erinnerte. Daraus ergab sich die beunruhigende Schlussfolgerung, dass diese Verletzung sehr gut von einer Axt herrühren konnte.

Penelope rührte einen zusätzlichen Erste-Hilfe-Löffel Zucker in den Tee. Nicht, dass es notwendigerweise so sein musste, versuchte sie, sich zu beruhigen. Sie wusste nicht einmal sicher, ob die Flecken auf dem Axtstiel von Blut herrührten. Sie hatte einfach einen Hang zur Schwarzmalerei. So was passierte, wenn man überreizt war. Sie musste dem ein Ende setzen. Der Schaft der Axt – und das Blatt – mussten zunächst kriminaltechnisch untersucht werden, bevor sich etwas darüber sagen ließ, und vermutlich hatten sie gar nichts mit der Leiche im Pool zu tun. Gerade sie sollte es besser wissen und keine voreiligen Schlüsse ziehen.

Mit all der Geistesgegenwart und Sorgfalt, die ihr früherer

Chef so oft gelobt hatte, fotografierte sie die Axt aus verschiedenen Perspektiven mit ihrem Smartphone. Dann ging sie ins Obergeschoss, holte dort die neu gekauften Kissen aus den Plastikverpackungen und legte stattdessen die beiden Teile der Axt in die Tüten. Sie würde die Polizei über ihre Entdeckung informieren, allerdings zweifelte sie daran, dass der Polizeichef begeistert reagierte, wenn sie mit einem seltsamen (und vermutlich ganz und gar irrelevanten) Päckchen um vier Uhr am Samstagnachmittag bei ihm auftauchte. Vor allem dann, wenn noch zweifelhaft war, ob sie überhaupt schon in ihr Haus hätte zurückkehren dürfen.

Sie grübelte gerade darüber nach, wo sie die Tüten aufbewahren wollte oder ob sie sie draußen ins Auto packen und mitnehmen sollte, da hörte sie vor dem Haus Steine knirschen. Ein Fahrzeug kam die Zufahrt herauf. Penelope erstarrte. Was, wenn es die Polizei war? Hatte jemand sie ankommen sehen und das gemeldet?

Es half nichts, die Suppe musste sie jetzt auslöffeln. Vielleicht sollte sie einfach die Tür aufmachen, mit einem breiten Lächeln im Gesicht, als wäre gar nichts geschehen. Andererseits, nein. Eher nicht. Das würde nur aufgesetzt wirken. Lieber ruhig dasitzen und Tee trinken.

Niemand klopfte an die Tür.

Nachdem sie zehn Minuten gewartet hatte, ging Penelope in die Eingangshalle und spähte aus dem Fenster. Es war tatsächlich ein Auto vorgefahren, das nun auf ihrem Grundstück parkte. Ein sehr vertrauter roter Mini Cooper.

Penelope dachte kurz darüber nach, einfach zu bleiben, wo sie war, und so zu tun, als wäre sie gar nicht da. Aber dann würde sie nie erfahren, was die Immobilienmaklerin hier trieb. Nein, langsam wurde es albern. Sie zog die Sonnenbrille an und nahm ein Buch zur Hand. Damit, und mit der Teetasse bewaffnet, lief sie über den Hof und suchte nach einer schattigen Stelle. Keine Spur von ihrer Besucherin. Sie bog um eine Ecke und blieb abrupt stehen.

Vor ihr, beim gemauerten Schuppen, stand die spatzenhafte Madame Valencourt. Eine weitere Gestalt trat aus dem Nebengebäude, das Penelope offen gelassen hatte.

»Heilige Guacamole!« Zum zweiten Malle stieß sie unwillkürlich diesen Ausruf aus.

Clémence Valencourt hielt das »Ruhe bewahren und Kuchen essen«-Tablett in der Hand und beäugte es mit gehobenen, perfekt gezupften Brauen. Penelope konnte sich nicht vorstellen, dass die Französin auf den dort aufgedruckten Ratschlag je angewiesen sein würde. Monsieur Charpet wies auf den Schuppen, und die beiden wechselten ein paar Worte. Bildete sie sich das nur ein, oder wirkten sie besorgt? Was ging hier vor?

Penelope holte tief Luft und setzte zu einem Ruf an, der, wie sie hoffte, beiläufig genug klang. »*Bonjour!*«

Beide zuckten zusammen.

»H... hallo, Penny!« Lag da etwa ein leichtes Zögern in Madame Valencourts Stimme, ein Riss in ihrer gewohnten Selbstbeherrschung?

»Warum haben Sie mir nicht gesagt, dass Sie hier sind?«

»Ich wusste nicht, dass *Sie* hier sind, Penny.«

»Nun, dann sind wir schon zu zweit«, sagte Penelope betont.

»Sie erinnern sich an Monsieur Charpet?« Eine zierliche Hand winkte in seine Richtung.

Der Gärtner mit dem extravaganten Schnurrbart drehte sich rasch herum. Sie alle gaben sich höflich die Hand.

»Nachdem Monsieur Charpets erster Besuch von ... Sie

wissen schon ... unterbrochen wurde, ist er heute auf meinen Vorschlag hin wieder vorbeigekommen«, erklärte die Maklerin. Als Zugeständnis ans Wochenende und die damit gewöhnlich einhergehende Freizeitkleidung trug sie eine enge weiße Jeans und eine Seidenbluse mit Fledermausärmeln, dazu hochhackige Sandalen und eine riesige schwarze Sonnenbrille. Wie ein exotisches Insekt stand sie so im hohen Gras.

»Ich weiß, Ihre ersten Tage im neuen Haus waren alles andere als einfach. Da wollte ich sicherstellen, dass das Grundstück so rasch wie möglich in Ordnung gebracht wird. Dann werden Sie sich bestimmt bald wohler fühlen.«

Zum zweiten Mal an diesem Nachmittag fühlte Penelope sich überrumpelt, dieses Mal jedoch von einem starken Gefühl der Erleichterung. »Das ist sehr freundlich. Sehr aufmerksam. Vielen Dank.«

Madame Valencourt zuckte mit den Achseln. »Nicht der Rede wert. Monsieur Charpet kann noch dieses Wochenende anfangen. Wir wollten uns umschauen und entscheiden, was als Erstes getan werden muss.«

»Die Polizei ist also mit allem fertig, was sie hier tun wollte?«

»Ja, es ist alles abgeschlossen. Sobald ich das erfahren habe, bat ich Monsieur Charpet, sich hier mit mir zu treffen.«

Aber keiner hat daran gedacht, mir Bescheid zu geben, dachte Penelope.

»Haben Sie denn keine Nachricht vom Polizeichef erhalten?«, fragte Clémence, als hätte sie Penelopes Gedanken gelesen oder möglicherweise nur ihren Gesichtsausdruck.

»Nein. Nun, ehrlich gesagt habe ich in letzter Zeit gar nicht auf mein Telefon geschaut. Der Akku ist fast leer, darum ...« Sie grub in ihrer Tasche herum und schaltete das Handy an. Natürlich war eine Textnachricht von der Polizei angekommen, dass sie wieder in ihr Haus zurückkehren konnte. Es fügte sich alles so viel besser, als sie es befürchtet hatte. Wieder verspürte sie eine Woge der Erleichterung »Monsieur Charpet arbeitet also am Wochenende? Das ist großartig.«

Noch so ein Missverständnis über Franzosen, dass kein Arbeiter je in Erwägung ziehen würde, mehr als seine fünfunddreißig Stunden pro Woche tätig zu sein, und ganz besonders nicht zur Mittagszeit oder am Wochenende.

»Möchten Sie beide eine Tasse Kaffee?«, fragte sie, von einem plötzlichen Drang nach Wiedergutmachung getrieben und zutiefst beschämt über ihr ursprüngliches Misstrauen. »Ich habe noch etwas halbwegs warmes Wasser übrig ... nun, ich könnte es wieder aufkochen, allerdings habe ich nur Nescafé ...« Monsieur Charpet wirkte genauso angewidert von dem Gedanken wie seine Begleiterin.

»*Non merci, Madame*«, riefen sie beide im Chor und ein wenig zu schnell, um nicht unhöflich zu wirken.

Sie wanderten im Garten umher und setzten unterwegs ihr Gespräch darüber fort, was als Nächstes dort zu tun sei. Das hüfthohe Gras stand weit oben auf Penelopes Liste, gefolgt von der Reinigung und Begutachtung des Swimmingpools. Sie enthielten sich jeder makabren Bemerkung zu dem Thema, wie sie in England unvermeidlich gewesen wäre. Es war ganz so, als hätte jeder einzelne von ihnen beschlossen, den letzten Besuch am Pool mit keinem Wort mehr zu erwähnen.

Schließlich verkündete Monsieur Charpet, dass er sich wieder auf den Heimweg machen wollte. Wie sich herausstellte, wohnte er auf der anderen Seite von St Merlot, doch es gab einen Trampelpfad durch den Wald, den er zu diesem Zweck gerne nahm.

Sobald er fort war, wandte Penelope sich ohne Umschweife an Clémence. »Ich habe in dem Schuppen etwas gefunden.«

»Oh?«

»Ich möchte es Ihnen zeigen.«

Am Küchentisch löste Penelope behutsam die Plastikfolie von der Axt. Bald lag das Werkzeug in zwei Teilen auf der Kissenverpackung und sah dort recht alltäglich aus.

»Es ist eine Axt, Penny. Wie man sie zum Holzhacken verwendet.«

»Was du nicht sagst, Sherlock«, entfuhr es Penelope unwillkürlich.

»*Pardon?*«

»Ich weiß, dass es eine Axt ist. Aber ich dachte an die Wunde an Monsieur Avores Kopf. Vielleicht war es mehr als eine Prellung. Schauen Sie sich das an.« Penelope trat an die Spüle und zog ein Paar gelber Putzhandschuhe über. Es war das Beste, was sie hier hatte. Sie hob den Axtstiel auf und wies auf die braunen Flecken, ohne sie zu berühren.

»Ich glaube, das ist Blut.«

8

Auf dem Teil der Autobahn, der von Cavaillon fortführte, war sonntagsmorgens nur wenig Verkehr. Penelope musste kaum je den Fuß vom Gaspedal heben. Sie erreichte den Flugplatz von Marseille schon aberwitzig früh am Vormittag. Das letzte Mal war sie einige Jahre zuvor hier gewesen. Sie sah sich nach einem Ort um, an dem sie warten konnte, und bemerkte verärgert, dass ein Burger King an die Stelle des Cafés getreten war, an das sie sich erinnerte. Was ein trauriger Kommentar zum modernen französischen Leben war, dachte sie bei sich, während sie stattdessen den Weg zu einer weiteren Abscheulichkeit einschlug: einem frisch eröffneten Starbucks.

Als Frankies Flugzeug landete, kaute Penelope an einem Croissant, verfluchte sich für ihren Mangel an Selbstbeherrschung und entschuldigte sich zugleich damit, dass sie unbedingt bei Kräften bleiben musste – sowohl für den Wirbelwind von Freundin wie auch für die Schrecken der Autobahn in Richtung des Luberon. Die Straßen waren stets zur Mittagsstunde am gefährlichsten, weil die Franzosen sich auf dem Weg zu einem guten Mittagessen von nichts und niemandem aufhalten ließen.

Als ein Strom offensichtlich britischer Besucher blinzelnd aus der Zollabfertigung trat, bewegte sie sich allmählich Richtung Ankunft.

Der Schrei tönte durch die ganze Halle.

»PENNY ... DU ... SIEHST ... *UMWERFEND* ... AUS ... DU ALTE SCHACHTEL!«

Frankie war die entfesselte Weiblichkeit, tausend Pailletten, die unter dem Neonlicht glitzerten. Mit weit ausgebreiteten Armen stürzte sie sich auf Penelope. Jeder Quadratzentimeter Haut, der nicht unter schreiend rosa Stoff verborgen lag, zeigte einen unmöglichen Orangeton. Unter einem Hut von der Größe eines Couchtisches blitzte eine lächelnde breite Reihe perfekter Zähne hervor. Im nächsten Augenblick fühlte Penelope, wie sie den Boden unter den Füßen verlor, hilflos fortgerissen wie eine Flickenpuppe in einer erdrückenden Umarmung. Frankie war eine große Frau.

»Ich bin hier! Jetzt musst du dir um nichts mehr Sorgen machen! Schön, dich zu sehen, meine Liebe!«

Ungeachtet der verschämten Peinlichkeit, die jeder Engländer bei solchen Gefühlsausbrüchen in der Öffentlichkeit empfand, musste Penelope unwillkürlich lächeln. Sie erwiderte die Umarmung. Frankie mochte übertrieben angezogen sein, mit zu viel Schmuck behangen, erdrückend in ihrem Auftreten und manchmal einfach nur zu laut – aber niemand konnte daran zweifeln, dass sie ein Herz aus Gold hatte.

»Es ist auch schön, dich zu sehen, Frankie. Wunderbar, dass du hier bist.«

»Du weißt, dass ich dich nie im Stich lassen würde, Pen. Was immer nötig ist, hm?«

»Ich weiß. Ich danke dir.«

»Und mit dem Frustfressen kannst du jetzt auch aufhören.«

»Was?«

Frankie hob die Augenbrauen und nickte in Richtung Penelopes Mund. »Krümel von Croissants«, flüsterte sie. »Extrem verraterisch.«

Hastig wischte Penelope die demütigenden Hinweise fort. »Du kennst mich zu gut, Frankie.«

»Na dann, ab in die neue Villa. Ich kann es kaum erwarten,

sie zu sehen. Den ganzen Flug von Heathrow über – der übrigens schlimmer war denn je – habe ich nur davon geträumt, auf der Terrasse deines wundervollen Anwesens zu sitzen, mit einem Glas Rosé in der einen Hand und einer Flasche davon in der anderen, während ich die Aussicht bewundere! Und während wir natürlich versuchen, über das hinwegzukommen, was dort passiert ist«, fügte sie hastig hinzu, als sie den Ausdruck in Penelopes Gesicht bemerkte. »Furchtbare Geschichte.«

Penelope nahm ihren Mut zusammen.

»Nun, die Sache ist die, Frankie …«

»Eine schöne Schale mit Oliven und ein Glas gekühlten Rosé, das ist genau das Richtige, um dich wieder auf die Beine zu bringen …«

»Kleine Planänderung.«

»Planänderung?«

»Das Haus ist nicht ganz …«

»Nicht ganz was?«

»Nicht ganz bereit, um Gäste aufzunehmen – oder auch nur mich, genau genommen …« Penelopes Stimme wurde leiser. »Es ist in keinem Zustand für Besucher. Ich habe für uns beide Zimmer im *Hôtel St Pierre* gebucht.«

Frankie wollte davon nichts hören. »Mach dir um mich keine Sorgen, Pen. Ich bin das einfache Leben gewohnt. Als wir dieses Herrenhaus in Billericay hergerichtet haben, da hatten wir einen Monat lang nur ein Badezimmer!«

»Es gibt kein Wasser.«

»Du kennst mich, Pen. Ich liebe die Herausforderung! Legen wir los und zeigen denen, wie man das macht.«

»Und keinen Strom …«

»Nun, das könnte ein Problem geben, Pen. Kein Strom – kein Föhn! Und keinen Kühlschrank!« Erst allmählich wurden ihr die grauenhaften Konsequenzen bewusst. »Kein Kühlschrank, keine eisgekühlten Drinks!«

»Und eine Decke, die dann und wann wahllos was fallen lässt. Ein Schutzhelm würde nicht schaden.«

»Aber der ganze Sinn meines Besuchs liegt doch darin, dass du dich wieder an den Aufenthalt in deinem Haus gewöhnst, nach … nach allem, was darin geschehen ist. Dass du dich darin wohlfühlst und es sich wieder nach einem Zuhause anfühlt.« Frankie mochte eine gewisse Enttäuschung gezeigt haben, doch sie war eindeutig bereit, ihre Erwartungen für das allgemeine Wohl zurückzustellen.

»Ich weiß, aber …«

»Ich nehme an, das Hotel geht schon in Ordnung. Wahrscheinlich ist es besser so.«

»Wir können das Haus immer noch besichtigen.«

»Natürlich können wir das! Also, wo gehen wir mittagessen?«

Frankie fasste ihren Arm und schob ihre Freundin und ihren voluminösen Designerkoffer Richtung Ausgang.

*

Es dauerte etwas mehr als eine Stunde, um vom Flughafen nach Apt zurückzukehren, obwohl die Zeit bei Frankies aufgeregtem Geplapper nur so dahinflog. Der Firma ging es gut. Johnny war eine Nervensäge, aber sie liebte ihn immer noch – derzeit war er mit seinen Kumpels zum Golfspiel in ihrer Villa in Marbella. Von den drei Kindern war das erste Buchhalter (»sehr nützlich, wenn er die Firma übernimmt«), das zweite studierte Jura und das letzte Krankenpflege. Der Hund war im Zwinger.

Penelope war froh, dass der Hund seine Herrin nicht begleitet hatte. Perky, ein Rottweiler, war nun schon mehrmals fast über sie hergefallen und mochte niemanden außer Herrchen und Frauchen. Jeder andere wurde allenfalls als Gelegenheit wahrgenommen, mal einen Happen außer der Reihe zu schnappen.

Frankie war entzückt, dass das Terrassenrestaurant im *Hôtel St Pierre* immer noch gut gefüllt war mit späten Sonntagsgästen und nach wie vor Mittagessen servierte. Man führte sie zu einem Ecktisch mit Blick auf das fast ausgetrocknete Flüsschen. Die Speisekarte war in der Tat sehr vielversprechend. Die erste Karaffe Rosé war schnell geleert, die zweite folgte gleich darauf.

»Nun, sie sind ziemlich klein, Schätzchen«, bemerkte Frankie.

Neben Frankie wirkte vieles klein. Ihr Gesicht war breit, ihre Schultern ausladend und ihre Hände mit riesigen Ringen besetzt. Ein enormer Rubin passte zu ihren neuerdings roten Haaren.

Penelope lachte. »Du scheinst in bester Form zu sein, muss ich sagen.«

»Topfit!« Frankie legte einen Finger an den Nasenflügel und beugte sich nach vorne. »Hormonersatztherapie. Ich wurde einmal richtig auf Touren gebracht.«

»Oh Gott … Das Einzige, wo ich auf Touren komme, scheint das Essen zu sein. Ich fühle mich ständig hungrig.«

Ihr Essen traf ein.

»Ist es nicht lustig …«, sagte Frankie über die Vorspeise hinweg – Melone und *jambon cru*, garniert mit Salatblättern und Walnüssen. »… wie das Essen hier genau so schmeckt, wie es schmecken soll. Diese Melone ist die melonigste Melone, die man sich vorstellen kann!«

»Ich weiß«, rief Penelope. »Und warte, bis du hier eine Tomate bekommst!« Sie konnte nicht anders, als sich in der Herrlichkeit der provenzalischen Zutaten zu sonnen.

Das Lachsgericht, das sie beide ausgewählt hatten, wurde tatsächlich mit einer kräutergefüllten Tomate serviert, die sie sogleich als unvergleichlich rühmten.

Eine dritte Karaffe Rosé wurde bestellt, was vielleicht unklug war. Frankie ging sie mit Selbstbewusstsein an, während Penelope ihr eher mit Vorsicht zusprach.

»Wir werden vielleicht noch einen Nachtisch brauchen«, erklärte Penelope, als wäre es ein bedauerlicher Umstand. »Nur um den ganzen Alkohol aufzufangen.«

Die *crèmes brûlées* waren einfach göttlich!

»Wenn ich hier länger lebe, werde ich bald selbst so groß wie ein Haus sein«, bemerkte Penelope seufzend. »Aber das ist alles so wunderbar.«

»Du kannst immer noch deine Füße sehen, Pen. Wenn du dich erst eingelebt hast, wird alles anders werden. Ich meine, in England essen wir ja auch nicht jeden Tag Fisch und Chips, oder?«

»Nein, wohl nicht. Es fällt einfach nur so schwer, Gewicht zu verlieren, wenn man die fünfzig erreicht hat! Da futtert man wochenlang nur Salat, um ein paar Pfund loszuwerden, und dann gönnt man sich nur ein paar Tage etwas, und schon trägt man einen weiteren Rettungsring um die Hüften. Das ist ziemlich deprimierend.«

»Du siehst bezaubernd aus. Und die neue Frisur ist ein voller Erfolg. Aber was willst du hier mit dir anfangen, wenn … diese unglückliche Angelegenheit vorüber ist? Ich meine, du kannst ja nicht einfach nur rumsitzen, oder?«

Tatsächlich klang es in diesem Augenblick verlockend, einfach nur herumzusitzen und eine wiederhergestellte Normalität zu genießen. Trotzdem nickte Penelope zu Frankies Worten.

»Natürlich will ich Französisch lernen. Und das Haus herrichten – selbstverständlich. Und ich will mich auch wieder der Musik widmen.«

Frankie strahlte. »Eine gute Neuigkeit! Das freut mich so sehr. Ich habe nie verstanden, warum du das aufgegeben hast. Es war so sehr ein Teil von dir.«

»Es gibt hier auch überall immer wieder kleine Konzerte und Vorträge. Vielleicht könnten wir eines besuchen, wenn du Lust hast.« Penelope wich der Frage aus, die in der Bemerkung ihrer Freundin versteckt lag. Es war schwer zu erklären, weshalb sie ihr geliebtes Instrument aufgegeben hatte, als die Kinder schwierig wurden und sie so unzufrieden mit David gewesen war. Sie hatte sich selbst stets gesagt, dass es ihr an Platz und an Zeit gefehlt hatte, als Justins und Lenas Welt sich erweiterte. Doch auch, als die beiden längst zur Universität gegangen waren, hatte sie für den schwarzen Kasten im Abstellraum keinen Blick übrig gehabt.

»Du hast dein Cello also mitgebracht?«

Penelope lächelte. »Das war einer der Gründe, warum ich ein so großes Auto brauchte!«

Frankie streckte den Arm über den Tisch und drückte ihre Hand. »Oh, Pen! Das ist großartig.«

»Nach all der Zeit werde ich wohl auch wieder ein paar Musikstunden nehmen müssen. Das wird meinem Französisch ebenfalls guttun. Und wer weiß, vielleicht finde ich eine Gruppe, der ich mich anschließen kann.«

Während sie beim Kaffee saßen, beschlossen sie beide, dass ein Nickerchen ihnen guttäte. Frankie war in so guter Stimmung, dass sie den Nebenraum, den Penelope für sie reserviert hatte, gnädig aufnahm. Sie war es dieser Tage gewohnt, mit Stil zu reisen.

Sie zogen sich zu einer Siesta in ihre jeweiligen Betten zurück, nachdem sie sich für sechs Uhr zu einer Fahrt nach *Le Chant d'Eau* verabredet hatten. Penelope legte sich in der Kühle des klimatisierten Raumes nieder und schlummerte weg, eingelullt von dem rhythmischen Schnarchen, das deutlich hörbar durch die Wand drang.

9

Ein Klopfen an der Hotelzimmertür riss sie grob aus dem Schlaf.

»Pen! Pen! Du schläfst nicht mehr, oder? Du schläfst doch wohl nicht mehr! Es ist halb sechs, und ich kann es kaum erwarten, dein neues Zuhause zu sehen!«

»Oje!« Penelope blinzelte. Sie fühlte sich müder und mürrischer als vor dem Nickerchen. »Ich komme gleich!«

Vorsichtig lenkte sie den Wagen den Berg hinauf nach St Merlot. »Ich hoffe, ich habe nicht zu viel getrunken«, sagte sie.

»Das ist Frankreich, meine Liebe.«

»Du würdest dich wundern. Es ist nicht mehr so wie früher, als das niemanden interessiert hat. Inzwischen liegt die Promillegrenze für Autofahrer hier sogar noch unter der in Großbritannien!«

»Nun, es ist nicht weit, oder?«

»Zum Glück nicht.«

Penelope schaute in den Rückspiegel. »Der schon wieder«, sagte sie, halb zu sich selbst.

»Wer schon wieder?«

»Der rote Ferrari. Dürfte uns jeden Moment überholen – in diesen Kurven! Warum sind reiche Menschen immer so ungeduldig?«

Penelope zog so weit wie möglich rechts ran und fuhr langsamer. Ein sattes Knurren erfüllte die Luft, dann schoss der Ferrari an ihnen vorbei und sauste den Hügel hinauf Richtung Dorf.

Aber als sie um die letzte Kurve vor dem Abzweig nach *Le Chant d'Eau* fuhren, stand er auf der Straße und wartete mit laufendem Motor wenige Meter vor der Einmündung. Penelope musste vorbeifahren und vor ihm rechts einbiegen. Durch das Fenster auf der Fahrerseite konnte sie einen Mann ausmachen, der eine wilde silbergraue Lockenmähne und eine dunkle Brille trug. Kaum hatte sie ihn überholt, da fuhr der Ferrari ganz langsam wieder an, fast so, als wollte der Fahrer sich vergewissern, wohin sie fuhr.

»Was für ein Dödel«, stellte Frankie fest.

Penelope entspannte sich erst, als sie den Range Rover behutsam durch den Torbogen gebracht und den Motor abgeschaltet hatte. Frankie ließ den Anblick des Gehöfts auf sich wirken, dessen Mauerwerk sanft und gütig im goldenen Licht des Abenddämmers zu ruhen schien. Die Pinien warfen lange Schatten über den Berghang. »Komm, gehen wir durch den Garten zur Hintertür«, schlug Penelope vor.

Überrascht stellten sie fest, dass schon jemand im Haus war.

Eine Frau sprach rasch und wütend in der Küche.

»Wer ist das?«, flüsterte Frankie.

»Keine Ahnung.«

Leise schoben sie die Tür auf. Clémence Valencourt saß am Tisch und stritt sich mit jemandem über ihr Mobiltelefon. Penelope versuchte, ihren Ärger zu unterdrücken.

Ungeniert stand die Maklerin auf und reichte erst Penelope die Hand, dann ihrer Freundin.

»*Enchantée, Madame ...*«, sagte sie und musterte die schillernden Pailletten mit einem Ausdruck im Gesicht, wie ihn nur eine Pariserin hinbekam.

Frankie packte unerschrocken ihre Hand und plauderte gleich in fließendem Französisch los, sodass Penelope nur mit offenem Mund zusehen konnte. Madame Valencourt stieg begeistert in die Unterhaltung ein, und die beiden schwatzten minutenlang miteinander.

»Ich wusste gar nicht, dass du so gut Französisch sprichst, Frankie!«

»Ja, ihr Französisch ist makellos«, stimmte Clémence Valencourt sofort zu. Was für Vorurteile auch immer die Pailletten geweckt hatten, sie schienen verschwunden zu sein. Mit einem strahlenden Lächeln nickte sie Frankie wohlwollend zu.

Frankie wischte das Kompliment beiseite. »Erinnerst du dich noch, wie ich gleich nach der Schule an diese Sekretärinnen-Fachschule sollte? Nun, das wurde mir rasch langweilig, und ich bin nach Paris geflüchtet. Meinen alten Eltern hab ich nichts davon gesagt. Sie glaubten, ich wäre in Kensington und würde auf der Schreibmaschine das gute alte ›zwölf Boxkämpfer jagen irgendwen quer über den großen Was-auch-immer‹ tippen. Aber ich wollte schon immer tanzen, und für das Ballett war ich zu groß. Also habe ich mich ins Moulin Rouge gemogelt und dort gearbeitet.«

»Was, an der Abendkasse?«

»Nein, Dummerchen. Auf der Bühne! Da gab es jede Menge große englische Mädchen.«

»Frankie – das hast du mir nie erzählt!«

»Du hast nie gefragt. Ich habe es niemandem verraten. Johnny mag es nicht, wenn ich davon rede, seit wir uns in höheren Kreisen bewegen. Aber wie auch immer, ich lernte dort alle möglichen Leute kennen, und mein Französisch ist ordentlich dabei vorangekommen!«

Damit hatte sie Madame Valencourt sichtlich für sich eingenommen. Die Maklerin nickte und lächelte mit einem Ausdruck im Gesicht, der an Bewunderung grenzte, und wieder tauschten sie ein paar rasche Bemerkungen auf Französisch aus.

Penelope hörte »Paris« und »Champs Elysées« heraus, aber viel mehr verstand sie nicht. Das wird sie lehren, nach dem ersten Eindruck zu urteilen, dachte sie bei sich. Und was hatte die Frau schon wieder in ihrem Haus verloren?

»Einen Moment«, rief Penelope und lief hinter ihnen her, als sie sich in Richtung des geräumigen, wenn auch unbewohnbaren Wohnzimmers bewegten und sich dabei weiterhin auf Französisch unterhielten.

Frankie ließ sich nicht aufhalten. Sie war in ihrem Element. Den ganzen Weg über und als sie die Treppe hinaufstiegen, plauderte sie ständig auf Englisch und Französisch weiter, reichlich mit derbem Humor gewürzt. Und Madame Valencourt fand es unerwartet komisch.

»Ihre Freundin, Penelope, sie ist so lustig! Sie spricht ständig von Sex!«

»Ja, Clémence hat recht. Du brauchst dringend einen Mann!« Frankie lachte. Also waren sie schon beim »Clémence« angelangt, soso...

Auf ihrem Rundgang erreichten sie schließlich den Innenhof und stellten fest, dass Monsieur Charpet ebenfalls uneingeladen eingetroffen war. Eine weitere Runde Händeschütteln und französischer Witze schlossen sich an. Mit übertriebener Höflichkeit küsste er feierlich Frankies Hand und löste damit einen weiteren Entzückensschrei aus.

»Das weckt Erinnerungen. Altmodisches Schnurrbartgekitzel! Ein echter französischer Landmann! Ich frage mich, ob er in letzter Zeit ein paar gute Streiks organisiert hat.«

Alles geriet außer Kontrolle, wie ein Karussell, das sich unmöglich anhalten ließ, weil jeder andere an Bord die Fahrt so sehr genoss. Sie bekam nicht einmal die Gelegenheit zu fragen, was zum Teufel die alle hier zu suchen hatten. Allmählich fühlte Penelope sich ausgeschlossen.

»Benimm dich, Frankie. Monsieur Charpet ist mein neuer Gärtner, und ich will es mir nicht gleich mit ihm verderben!«

»Okey-dokey, Pen. Von nun an bin ich ein Ausbund an Taktgefühl.«

Unwahrscheinlich, dachte Penelope. »Was ich nicht verstehe«, sagte sie, ein wenig zu laut, »ist, warum Sie beide heute hier sind. Schon wieder. Es ist Sonntagabend, und ich hätte nicht geglaubt, dass Gärtner oder Immobilienmakler in Frankreich an einem Sonntag arbeiten.« Es kam viel schroffer heraus, als sie es beabsichtigt hatte.

Monsieur Charpet hielt seinen Hut vor dem Leib umklammert und wirkte besorgt.

»Entschuldigen Sie bitte. Ich hätte es erklären sollen«, erwiderte Clémence. »Sie hatten einen schwierigen Anfang hier für Ihr neues Leben in Frankreich. Wir wollen alles tun, damit Sie sich wieder wohlfühlen können. Monsieur Charpet hat schon angefangen, das Gras im Obstgarten zu mähen, und ich brauchte die Zahlen vom Wasserzähler. Als Ihre *immobilière* ist es meine Aufgabe, die Unterlagen für die Wasserwerke fertig zu machen. Morgen habe ich zu viel zu tun, also wollte ich mich heute Abend darum kümmern.«

»Oh.« Penelope schämte sich für ihren Ausbruch. »Es tut mir leid. Das ist sehr freundlich von Ihnen.«

Allerdings fragte sie sich, warum die Maklerin das nicht gleich getan hatte, als Monsieur Charpet am Vortag den Zähler freigelegt hatte.

Natürlich wollte Frankie den Tatort sehen. Gemeinsam schlenderten sie zum Swimmingpool. Monsieur Charpet hatte bereits das Gras hinter der steinernen Einfassung des Pools gemäht. Die Fläche wirkte nun weiter, und das Wasser im Becken war abgelassen worden.

»*Vous avez connu le décédé?*«, fragte Frankie und wandte sich an Penelope. »Ich habe gefragt, ob er den Toten kennt.«

»Danke, so viel verstehe ich noch, selbst wenn ich nicht so gut Französisch spreche wie du.«

Monsieur Charpet nickte. Mit den Händen deutete er die allgemein verständliche Trinker-Geste an. »*C'était le pastis, Madame.*«

Es dauerte nicht lange, bis Frankie ihn zu ihrer Zufriedenheit ausgequetscht hatte, mit einer Reihe von Fragen, die der Gärtner nur allzu gern zu beantworten schien. Madame Valencourt hörte zu, ohne selbst etwas anzumerken.

Plötzlich tänzelte Charpet ein wenig auf der Stelle. Dann bewegte er sich gestikulierend und rufend durch den Poolbereich. Er hob einen alten Besen auf, der an der Wand lehnte, und schwang ihn beunruhigend.

Frankie sah Penelope an. Madame Valencourt riss die Augen auf.

»Was zum Teufel sollte das?«, flüsterte Penelope, als Monsieur Charpet sich wieder zu beruhigen schien.

»Dein verstorbener Nachbar, Monsieur Avore«, antwortete Frankie. »Er war anscheinend ein wenig unberechenbar.«

»Unberechenbar im Sinne von ›axtschwingender Verrückter‹?«

»Er war ein hoffnungsloser Trinker. Im Dorf war er gut bekannt. Die Leute hier sagten stets, dass man nur ein paar Stunden auf dem Dorfplatz sitzen muss, um mitzuerleben, wie er irgendwann umkippt.«

»Aber sie hielten ihn für harmlos, oder? Selbst als er sie eines Besseren belehrte und ins Gefängnis wanderte. Übrigens, Sie haben mir gar nicht erzählt, warum genau er eingesperrt wurde?«

»Er hat zwei Menschen angegriffen«, räumte Madame Valencourt ein.

»Was hatte er für ein Problem?«, fragte Frankie sie auf Englisch.

»*Bof!* Wein zum Frühstück, Wein am Vormittag, Wein zum Mittagessen und danach wieder Wein. Glücksspiel, kein Geld, eine schlechte Ehe – man erzählte sich, er würde seine Frau schlagen – und dazu das unglückselige Hirngespinst, dass *Le Chant d'Eau* sein Eigentum wäre.«

»Augenblick, er hatte eine Ehefrau?«, warf Penelope ein.

»Ah ja. Die Arme.«

»Jesus Maria. Wie furchtbar für sie. Was ist … Ich meine, kommt sie zurecht? Wie geht es ihr?« Penelope hatte nie an eine geprügelte Ehefrau gedacht. Warum in aller Welt hätte sie bei einem betrunkenen Spinner bleiben sollen?

»Ich glaube, sie ist außergewöhnlich glücklich für eine Frau, die kürzlich Witwe wurde«, antwortete Madame Valencourt.

»Das soll sie wohl sein«, befand Frankie. »Wie kam Avore darauf, dass er hier der rechtmäßige Eigentümer sei?«

»Eine sehr lange Geschichte. Aber vor einigen Jahren, als die Vorbesitzer, die Girards, das Anwesen gekauft haben, gab es einen Streit über eine Parzelle des Landes, von der er behauptete, dass sie immer noch ihm gehöre.«

»Und tat sie das?«, fragte Penelope.

»Es … bestand die Möglichkeit. Eine leichte Unstimmigkeit, bevor die Papiere in Ordnung gebracht werden konnten. Es wurde große Sorgfalt darauf verwendet, das zu korrigieren, wie Sie sich erinnern werden.«

»Allerdings erinnere ich mich.« Penelope dachte an den erdrückenden Tag in Avignon zurück, als sie mit dem Notar die Dokumente durchgegangen war.

»Das Problem wurde … gelöst.«

»Nun, das hoffe ich auch.«

»Machen Sie sich keine Sorgen deswegen«, sagte Madame

Valencourt. »Und ich bin überzeugt davon, dass Sie im Laufe der Zeit feststellen werden, dass Ihr anderer Nachbar – Monsieur Louchard – ganz bezaubernd ist.«

»Im Laufe der Zeit?«

»Ja. Anfangs, mitunter, ist er ein wenig ungeschickt mit … im Umgang mit …«

Verdrießlich wartete Penelope auf das Ende des Satzes.

»Mit Ausländern.«

Penelope zog einen Schlussstrich unter die Gespräche über Nachbarn, ob tot oder lebendig, und führte sie alle zurück zum Haus.

»Ich könnte eine Tasse Tee machen«, bot sie an. Das war jedenfalls genau das, was sie jetzt brauchte. »Ich habe meinen Campingkocher und Flaschen mit Mineralwasser.«

»Hast du keinen Wein im Haus?«

»Ich bin noch nicht lange genug hier, um einen Weinkeller einzurichten, Frankie.«

Keiner wollte Tee.

Wie schon beim letzten Mal verabschiedete Monsieur Charpet sich im Garten und kündigte an, dass er nach Hause laufen wolle, sobald er die von ihm verwendeten Geräte weggeräumt hatte.

»Du könntest hier wirklich ein gutes Geschäft machen an diesem Ort, Pen – und ich meine *gîte, gîte, gîte, gîte!*« Frankie klimperte mit einem armreifbesetzten Handgelenk in der Luft herum, während sie der Reihe nach auf jedes Nebengebäude wies.

»Ich habe dich in deinem ganzen Leben selten so oft *gîte* sagen hören, Frankie. Das Letzte, was ich hier tun möchte, ist, ein Geschäft aufzuziehen!«

»Aber denk an das Geld, das du verdienen könntest!«

»Ich brauche es nicht. Das ist jetzt meine Zeit. Ich möchte Cello spielen, Musik hören, vielleicht ab und zu reiten, mich an der Malerei versuchen – oder, wenn ich wirklich wagemutig bin, einfach gar nichts tun. Ich habe bestimmt nicht vor, ein Bed and Breakfast für mäkelige Familien aus Surrey zu führen!«

»Nun, es ist dein Geld, Pen. War nur eine Idee.«

Einen Moment lang klang Frankie verschnupft, aber sie erholte sich schnell wieder, als sie durch die Tür in die Küche traten. »Wie auch immer, vergiss das. Ich sage dir jetzt, was wir mit dem Hauptgebäude anfangen! Die gute Nachricht ist, das Haus ist grundsätzlich solide. Diese ganzen Risse«, Frankie wedelte unbestimmt mit den Händen umher, »die sind gar nichts. Nur ein wenig Bewegung im Lehmboden unter dem Haus. Darum musst du dir keine Sorgen machen.«

»Nun, das ist zumindest eine gute Nachricht.«

»Ja, ich bin mir sicher, dass die Mauern längst eingestürzt wären, wenn sie das vorhätten. Sie sind alt und bewegen sich mit den Jahreszeiten, dem nassen und dem trockenen Wetter. Es sind die modernen Häuser, die auf einem Land wie diesem in Stücke fallen!«

Mit einer Geste gab Madame Valencourt zu verstehen, dass Frankie wusste, wovon sie sprach. Mehr oder weniger jedenfalls.

Nicht gerade eine enthusiastische Bestätigung, fand Penelope, doch in gewissem Umfang beruhigend. »Da spüre ich allerdings noch ein großes ›Aber‹ in der Luft, Frankie.«

»Aber es gibt eine Menge zu renovieren. Die Dächer sind ziemlich hoffnungslos, und viele der Außenwände müssen gründlich neu verfugt werden. Und du musst die Leitungen überprüfen lassen.«

»*Le beurrage?*«, warf Madame Valencourt ein.

»*Oui.* Verfugen. Buttern«, sagte Frankie. »Wie passend. Ja, jede Menge zu buttern.«
»Und der Garten?«
»Nicht mein Fachgebiet, Pen. Wir lassen das stets jemand anders machen. Ich würde ihn deinem französischen Gefolgsmann überlassen – er scheint zu wissen, was er tut.«
Madame Valencourt nickte nachdrücklich.
»Monsieur Charpet ist einer der Besten. Er weiß alles, was es über das Dorf zu wissen gibt, und er hat sich schon immer um dieses Anwesen gekümmert. Wenn Sie ihn einfach tun lassen, was er für richtig hält, wird Ihr Garten bald aufblühen.«
»Und wenn ich will, dass er etwas Bestimmtes damit tut?«
»Ach, Madame – dann hat es bedauerlicherweise wenig Sinn, ihn danach zu fragen. Er wird Sie zweifellos ignorieren!«
Aus dieser beiläufigen Bemerkung, befand Penelope, ließ sich so einiges über die provenzalische Seele lernen.
»Sollen wir morgen der Polizei von der Axt erzählen, die ich gefunden habe?«, fragte Penelope.
»Natürlich. Wir gehen um zehn Uhr dorthin. Ich hole Sie vom *Hôtel St Pierre* ab.«
Kurze Zeit später verabschiedete sich die Französin. Penelope begleitete sie bis zur Haustür und beobachtete, wohin sie ging. Wie sie vermutet hatte, war der rote Mini Cooper außer Sicht geparkt, genau dort, wo Penelope ihren Range Rover abgestellt hatte, als sie nicht gesehen werden wollte. Interessant.
Der Mini Cooper hupte, als er vorbeifuhr, und Penelope antwortete mit einem Winken.

Die Sonne versank als roter Feuerball hinter den Bergen. Die beiden Freundinnen saßen auf der Hotelterrasse und tranken die Tasse starken Tee, nach der Penelope sich die ganze Zeit verzehrt hatte.

»Was hältst du von Madame Valencourt? Wenn man sie so sieht, mag man kaum glauben, dass sie der fürsorgliche Typ ist. Trotzdem hat sie sich sehr um mich gekümmert. Und dich schien sie wirklich zu mögen.«

Frankie trank aus ihrem Becher PG-Tips-Tee von ziegelroter Farbe. Sie lächelte nicht. »Was war das da mit einer Axt und der Polizei?«

Penelope erklärte es ihr.

»Wo ist die Axt jetzt?«

»Sie hat sie zur Verwahrung mitgenommen.«

»Hmmm.«

»Was meinst du mit ›hmmm‹?«

»Hat vielleicht nichts zu bedeuten, Pen. Aber als wir sie in der Küche am Handy überrascht haben, hat sie gerade von einer Axt geredet.«

»Was? Was hat sie gesagt?«

»Nun, also, die Sache ist die: Sie sagte, dass man sich sorgfältig darum kümmern müsse. Ich weiß nicht, ob derjenige, mit dem sie gesprochen hat, ihr da nicht zustimmen wollte, denn es hörte sich an, als hätten sie einen richtigen Streit deswegen. Sie klang ziemlich besorgt.«

»Besorgt worüber?«

»Was diese Axt enthüllen könnte.«

»Hölle und Teufel.«

»Und glauben wir ihr, was sie über den Wasserzähler erzählt hat?«, fuhr Frankie gnadenlos fort. »Wie ist sie überhaupt in dein Haus gekommen? Ist es normal, dass französische Immobilienmakler einen Schlüssel behalten, wenn sie ein Haus verkaufen?«

Darüber hatte Penelope noch nicht einmal nachgedacht. Es gab so viel anderes, was aus allen Richtungen auf sie einprasselte. »Verdammt. Dreimal Hölle und Teufel!«

»Die muss man im Auge behalten, die Frau«, stellte Frankie fest.

»Na, dafür scheint ihr beide ja sehr gut miteinander klarzukommen.«

»Wir haben uns nur gegenseitig auf den Zahn gefühlt.«

»Also, was glaubst du – worum geht es bei der Sache?« Penelope fühlte sich erschöpft.

»Keine Ahnung, aber eins kann ich dir sagen: Ich bin froh, dass ich hier bin, Pen. Ich habe das Gefühl, dass du jede Hilfe brauchst, die du kriegen kannst.«

Sie schwiegen und tranken ihren Tee, während die Sterne einer nach dem anderen am dunklen Himmel zu funkeln anfingen.

»Trotz allem, Frankie, so schrecklich das alles ist – ich gerate immer ins Schwärmen!«

»Dann gönn dir einen Stoß von diesem Anti-Mücken-Zeug.«

»Keine Mückenschwärme. Ich bin verliebt in diese Gegend!«

Noch eine Weile saßen sie in entspanntem Schweigen beisammen. Das Zirpen der Zikaden füllte die warme Dunkelheit. Als sie schließlich vom Tisch aufstanden und ins Hotel gingen, stand der Mond hoch am Himmel.

10

Clémence Valencourt erschien am nächsten Morgen eine Stunde früher als erwartet im Hotel. In einem figurbetonten marineblauen Leinenkleid stakste sie in das Restaurant. Hohe Schichtabsätze brachten ihre schlanken gebräunten Beine zur Geltung. Penelope trat vom Buffet-Tisch fort und widerstand den weiteren Versuchungen des kontinentalen Frühstücks.

»Der Bürgermeister hat uns noch um einen Besuch gebeten, bevor wir die Axt zur Polizeiwache bringen«, sagte sie.

»Der Bürgermeister von Apt?«

»Nein, natürlich nicht. Der Bürgermeister von St Merlot. Wir fahren jetzt dorthin.«

Penelope rannte hinauf in ihr Zimmer, putzte sich erneut die Zähne, überprüfte ihr Make-up und bürstete sich die Haare. Sie stellte sicher, dass sie all ihre Papiere bei sich hatte, und schrieb eine Textnachricht an Frankie, die noch nicht einmal zum Frühstück aufgetaucht war. Zuletzt entfernte sie mit Seife einen Fleck Brombeermarmelade von ihrer lockeren weißen Leinenhose.

Madame Valencourt musterte sie von oben bis unten, als sie im Foyer wieder aufeinandertrafen. »Das wollen Sie tragen?«, fragte sie schnippisch.

»Was ist falsch daran?«

»Nein, gar nichts. Es ist nur ein wenig ... ach, egal. Gehen wir.«

Es war wieder ein heißer Tag, und als Penelope verschwitzt

in den Mini Cooper stieg, fühlte sie bereits den Nachteil der Kleiderwahl.

Sie hatte auf eine Gelegenheit gehofft, während der Fahrt ein paar Fragen zu den Haustürschlüsseln und der Axt loszuwerden, aber den Gedanken verwarf sie rasch. Clémence Valencourt wirkte eindeutig beunruhigt und angespannt. Die Serpentinenstraße nach St Merlot hinauf nahm sie mit Vollgas, überholte unschlüssige Touristen und beschleunigte immer wieder, um die Kurven zu schneiden, anstatt den Fuß vom Gaspedal zu lösen. Eine harmlose Frage über den gut aussehenden Bürgermeister verschlimmerte ihre Stimmung noch. Um Haaresbreite vermied sie einen Frontalzusammenstoß mit einem Lieferwagen, der mit derselben Sorglosigkeit in entgegengesetzter Richtung unterwegs war. Clémence funkelte den Fahrer an und schimpfte.

Penelope umklammerte mit einer Hand den Türgriff und mit der anderen den Sicherheitsgurt, als die Maklerin über eine Kreuzung schoss und mit kreischenden Bremsen am Dorfplatz vorbeiraste, was den alten Mann mit der Zeitung tatsächlich beunruhigt aufblicken ließ. Selbst Clémence wirkte ein wenig außer Fassung, als sie aus dem Auto stieg. Als sie vor der *mairie* ankamen, parkte ein blauer Streifenwagen davor.

Die *mairie* von St Merlot war ein modernes Gebäude, das am Rand des Dorfes ein Stück von der Straße zurückgesetzt stand. Neben einem hübschen Arrangement von Wandelröschen und Olivenbäumen in großen verzinkten Metalltöpfen plauderten ein paar Dorfbewohner. Ein *La-Poste*-Schild wies auf das Dorfpostamt hin, das gleichfalls im Gebäude untergebracht war.

Madame Valencourt öffnete den Kofferraum ihres Wagens und holte die Axt heraus. Sie steckte immer noch in der Plastikfolie, in die Penelope sie gepackt hatte. Die Maklerin marschierte in die *mairie* hinein, Penelope folgte ihr. Hinter dem Tresen gegenüber dem Eingang blickte eine korpulente junge Frau mit ungeschickt gefärbten blonden Haaren von ihrem Computer auf.

»Es tut mir leid, Madame, aber der Gegenstand, den Sie da tragen, dürfte zu groß für eine normale Postsendung sein.«

Madame Valencourt war nicht in der Stimmung für Höflichkeiten. »Ich will das nicht verschicken! Ich will es *Monsieur le Maire* zeigen!«

»Er hat gerade ein Treffen mit der Polizei – und er hat darum gebeten, nicht gestört zu werden«, sagte die Frau am Empfang.

Die Maklerin beachtete sie nicht weiter und ging zu einer Tür an der rechten Seite. Nach einem brüsken Anklopfen stieß sie sie gleich auf.

Mit einem umwerfenden Lächeln blickte der Bürgermeister zu ihnen auf. Noch nie hatte ein Mann charmanter auf eine Störung reagiert. Penelope fühlte, wie ihr in Gegenwart von Laurent Millais die Knie weich wurden, nur ein wenig. Das weiße Hemd mit den zwei geöffneten Knöpfen betonte nur seinen dunklen Teint und die dunkelblauen Augen. Er sah noch besser aus, als sie ihn in Erinnerung hatte.

»*Bonjour, Clémence! Et Madame Kiet*, willkommen in der *mairie* von St Merlot!«

Er weiß auch, wie man eine Jeans trägt, dachte Penelope. Sie nahm sich zusammen und versuchte, konzentriert zu bleiben. Es war höchst beunruhigend, dass derlei längst verschüttet geglaubte Gedanken nun wieder in ihr aufstiegen.

Laurent Millais wandte sich dem uniformierten Polizisten zu, der bei ihm war, und stellte ihn als Daniel Auxois vor. »Er ist einer der Gemeindepolizisten. Sie werden ihn im Dorf häufiger sehen.«

Daniel war ein sympathisch wirkender Junge mit kurz geschorenen Haaren und breiten Schultern. Aufregenderweise – oder auch nicht, je nachdem, wie man es betrachtete – stellte sein schwarzer Ledergürtel eine ernst zu nehmende Bewaffnung zur Schau, einschließlich einer Pistole.

»Zunächst einmal, Madame Kiet, wie steht es derzeit mit Strom und Wasser in Ihrem Haus?«

Penelope fühlte, wie die Wärme von ihren Knien nach oben stieg. »Es gibt ein paar Fortschritte, aber nicht viele«, stieß sie hervor. »Eine furchtbare Angelegenheit. Ich meine den Pool. Nicht die Elektrizität. Tut mir leid.« Das war peinlich. Tief durchatmen. »Madame Valencourt tut ihr Bestes, um Letzteres zu regeln, danke der Nachfrage.«

»*C'est normal.* Wenn ich Ihnen behilflich sein kann, zögern Sie bitte nicht, mich zu fragen. Wir haben einen guten Elektriker im Ort. Ich kann ihn bitten, bei Ihnen vorbeizuschauen.«

»Das ist sie«, verkündete Madame Valencourt schroff. Sie legte die eingehüllte Axt auf den Schreibtisch.

Es lag ein entschieden frostiger Unterton in ihrer Stimme. Penelope fragte sich, ob es der Bürgermeister gewesen war, mit dem sie am Vorabend am Telefon über die Axt gestritten hatte.

Wieder zeigte der Bürgermeister ein entzückendes Lächeln, das die Maklerin jedoch nicht im Geringsten zu erreichen schien. Er winkte Penelope näher zu sich, als er das Päckchen auspackte. Sie unterdrückte verschiedene völlig unangemessene Gedanken dabei. Lag da ein Hauch von Schalk in seinen blauen Augen?

Die Axt – und potenzielle Mordwaffe – ruhte auf der ausgebreiteten Folie. Der Bürgermeister und der junge Gendarm achteten darauf, sie nicht zu berühren. Penelope warf Madame Valencourt einen verstohlenen Blick zu. Sekundenlang herrschte Schweigen.

»Ich fand sie in dem kleinen Steingebäude beim Maulbeerbaum«, erklärte Penelope. »Das war voller alter Werkzeuge und Gerümpel, aber nichts davon sah so aus, als wäre es in den letzten Jahren benutzt worden. Außer der Axt hier. Keine Spur von Rost. Sie sieht frisch gesäubert aus.«

Alle schauten genauer hin. Die Axt schimmerte im hellen Sonnenlicht, das durchs offene Fenster fiel.

»Allerdings wurde sie nicht besonders gut gesäubert. Und gar nicht unter dem Axtkopf. Sehen Sie hier!« Penelope wies auf eine Stelle, ohne sie anzufassen. »Ich glaube, das ist Blut. Getrocknete Blutflecken.«

Alle beugten sich noch näher heran.

»Haben Sie das so aufgefunden, oder haben Sie den Axtkopf entfernt?«, fragte der Bürgermeister.

»Die Axt ist mir heruntergefallen, und der Kopf hat sich gelöst. Sehen Sie, was die Blutflecken angeht … Ich verfüge da über ein gewisses Fachwissen …«

»Sie behaupten, Sie hätten das im Schuppen des Gärtners gefunden?«

Er schaute nicht Penelope an, obwohl die Frage an sie gerichtet war. Seine Augen waren auf Clémence gerichtet, die den Blick ebenso eindringlich erwiderte.

»Ja. Ja, das habe ich.«

»*Dans la borie d'Henri Charpet?*« Das ging nun eindeutig an die Französin, welche die Achseln zuckte.

»Monsieur Charpets Schuppen? *Mon Dieu!*«, entfuhr es Penelope. Natürlich. Der Gärtner musste ihn benutzt haben, als er für die Vorbesitzer gearbeitet hatte.

Der Bürgermeister beriet sich mit dem jungen Polizisten und wandte sich dann an Penelope.

»Niemand von uns kann glauben, dass Monsieur Charpet hinter dieser Sache steckt – er ist ein Ehrenmann. Ausgeschlossen! Er war als Junge im Widerstand! Ich danke Ihnen für Ihre

Hilfe, Madame Kiet, aber Sie irren sich, wenn Sie annehmen, dass Henri Charpet etwas mit dem Tod von Manuel Avore zu tun haben könnte.«

»Ich denke nicht, dass ich so was behauptet hätte.« Wieder durchfuhr sie eine Hitzewelle. »Mir kam gar nicht in den Sinn, dass Sie glauben könnten, ich wollte Monsieur Charpet beschuldigen. Was ich auch nicht getan habe.«

»Trotzdem, die Beweise sind bedauerlich. Monsieur Charpet besitzt einen Schlüssel zu diesem Schuppen«, warf Madame Valencourt ein. Sie wirkte bedrückt.

»Moment«, sagte Penelope. »Ich habe die Schlüssel im Haus durchprobiert, um das Schloss zu öffnen, aber als einer darin stecken blieb, stellte ich fest, dass der Verschlussbügel gar nicht richtig verankert war. Er fiel einfach ab. Das könnte darauf hindeuten, dass sich jemand gewaltsam Zugang verschafft und den Bügel nur notdürftig wieder festgesteckt hat, damit niemand sofort bemerkt, dass die Tür aufgebrochen wurde.«

Eine spürbare Welle der Erleichterung durchlief den Raum.

»*Impeccable!*«, sagte der Bürgermeister. »Dann können Sie die Axt jetzt zum Polizeichef bringen. Und erzählen Sie ihm unbedingt auch von dem kaputten Schloss. Daniel, schreib dir diesen Hinweis bitte auf.«

»Ich verstehe nicht ...«, sagte Penelope.

»Ich muss sicherstellen, dass ich alle Fakten weiß. Ich kenne jeden in diesem Dorf, und nach diesem tragischen Todesfall gab es viele Fragen. Ich brauche diese Informationen, um die Unschuldigen zu schützen.«

Penelope hoffte aufrichtig, dass das auch sie mit einschloss. »Ist das ... hier so üblich?«, fragte sie.

»Die Polizei hat mir freundlicherweise gestattet, die Beweise unter kontrollierten Umständen einzusehen.« Er nickte in Richtung des Dorfgendarmen.

Penelope kam das sehr ungewöhnlich vor. Sie war überzeugt davon, dass so was zu Hause in England gewiss nicht vorgekommen wäre. Frankreich kam ihr plötzlich sehr viel fremder vor.

»Ich habe ebenfalls Neuigkeiten«, fuhr der Bürgermeister fort. Er strich sich mit der Hand durch sein dichtes herabhängendes Haar. Seine Hände waren gebräunt und wohlgeformt. »Die Obduktion hat ergeben, dass Manuel Avore nicht ertrunken ist. Er war bereits tot, als man ihn ins Schwimmbecken legte.«

»Nun, genau das habe ich auch gesagt!«, entfuhr es Penelope. Sie sah Clémence Valencourt an. »Ich wusste es! Ich habe schon an vielen Mordfällen gearbeitet.«

Der Bürgermeister wirkte verblüfft. »Sie waren Polizistin, Madame?«

»Natürlich nicht! Ich war leitende Sekretärin in der Rechtsmedizin des Home Office und später die persönliche Assistentin des führenden Pathologen dort.«

»Sie haben von zu Hause aus an Mordermittlungen mitgearbeitet?« Der Bürgermeister sah immer verwirrter aus.

»Nein! *Das* Home Office – Sie wissen schon – das Innenministerium!« Penelope war inzwischen so gereizt, dass sie die Worte beinahe herausschrie.

Der Bürgermeister wirkte gekränkt. »Warum haben Sie Inspektor Gamelin oder dem Polizeichef nichts davon erzählt, Madame?«

»Das habe ich versucht«, erwiderte sie.

Daniel Auxois begleitete sie auf dem Weg zurück nach Apt. Er fuhr im Polizeiwagen voran, und Clémence sah sich gezwungen, in vergleichsweise normaler Geschwindigkeit hinter ihm herzufahren. Sie klopfte mit den rot lackierten Fingernägeln aufs Lenkrad, suchte auf ihrem Smartphone nach Nachrichten und richtete im Rückspiegel ihr Make-up.

»Ist es normal, dass man dem Bürgermeister eines Dorfes die Beweise vorlegen muss, bevor die Polizei sie zu sehen bekommt?«, fragte Penelope und beschloss, die angespannte Atmosphäre zu ignorieren.

»Nein. Das ist nicht normal.«

»Ach?«

»Er denkt, er sei Gott, dieser Laurent Millais.«

»Ach.«

»*Salaud!*«

»Er ist also nicht so nett, wie er aussieht?«

»Bitte, Penny, ich will nicht über ihn reden.«

»Ich dachte, Sie wären Freunde!«

»Pah!«

»Wenn er die Axt sehen wollte, warum hat er sich dann nicht einfach mit uns auf der Polizeiwache getroffen?«

»Er hasst den Polizeichef, deswegen.«

»Aber in diesem Fall ...?«

»Bitte, Penny! Wir fahren zur Polizeiwache, wir geben die Axt ab und gehen wieder. Ich wende mich wieder meiner Arbeit zu, und Sie können mit Ihrer Freundin Urlaub machen. Zu viel Wein trinken, wie alle Engländer. Zu viel essen. Alle werden glücklich sein.«

Was für eine Frechheit!

Wohlgemerkt, Madame Valencourt klang alles andere als glücklich, als beide Fahrzeuge eine rote Ampel missachteten und mit einer letzten, viel zu scharfen Wende rasant auf den Parkplatz der Wache einbogen.

Penelope hatte eine weitere Befragung durch den Polizeichef erwartet, doch der Besuch fiel erfreulich kurz aus. Paul Gamelin, der Anzugträger, kam nach unten, um sie zu treffen, aber Madame Valencourt übergab ihm einfach die in Plastik gehüllte Axt, Penelope unterschrieb für die Übergabe, und das war's.

*

Zurück auf der Terrasse des *Hôtel St Pierre* fand sie Frankie in einem funkelnden silbernen Lamé-Oberteil vor. Als Penelope ankam, schrieb sie gerade Zahlen in ein Notizbuch, sprang dann aber so schnell auf, dass ein Mann am Nebentisch sein Getränk verschüttete. »Weißt du, Pen, du könntest hier wirklich auf eine Goldgrube gestoßen sein.«

»Wie das?«

»Nun, ich habe einige Berechnungen angestellt, und mit ein paar Sanierungsarbeiten, ein wenig von diesem »Buttern« und einem Hauch von Farbe möchte ich annehmen, dass du drei *gîtes* hinbekommst, die du verkaufen oder vermieten kannst. Und wenn die Preise in den Fenstern der Immobilienmakler hier irgendetwas zu bedeuten haben, kannst du damit leicht den gesamten Kaufpreis wieder zurückgewinnen und noch mehr darüber hinaus, und das Hauptgebäude behältst du außerdem.«

»Ich dachte, wir hätten dieses Gespräch bereits geführt.«

»Das haben wir, aber ich weiß, dass du immer etwas Zeit brauchst, um dich für eine gute Idee zu erwärmen. Wie ist es gelaufen?«

»Ganz gut, nehme ich an. Also, was willst du mit dem Rest des Tages anfangen?«

Zwei Stunden und weitere drei (»ziemlich kleine, wirklich«) Karaffen des schön gekühlten Rosés später, verbunden mit einer ausgiebigen Würdigung der Mittagskarte, hatte Frankie alles ausgearbeitet. Penelope hingegen war umso verwirrter.

Sämtliche Umbaupläne waren zu einem sehr umfangreichen Diagramm zusammengefasst worden, das Frankie beständig als »Gantt« bezeichnete. Voraussichtliche Zeitpläne und Liefertermine gaben einander in Penelopes Geist die Hand, bis sie völlig den Überblick verlor.

Sie blickte über den gepflasterten, von Bäumen gesäumten *Place de la Bouquerie* hinweg, wo sich eine Statue auf einer hohen schlanken Säule über einem Brunnen erhob. Ein Haufen von Leuten stand, ins Gespräch vertieft, vor einem Restaurant namens *Chez Mon Cousin Alphonse*.

»Mit dem richtigen Bauunternehmer an der Hand könntest du in drei Monaten alles erledigt haben. Johnny und ich kennen da ein paar fantastische polnische Bautrupps, solide Handwerker und sehr zuverlässig. Ich kann ohne Weiteres ...«

»Ich werde französische Arbeiter beauftragen. Eine Firma vor Ort.«

»Bist du verrückt, Pen? Die Hälfte deines Geldes wird für dreistündige Mittagspausen und Blitzstreiks draufgehen.«

»Ist mir egal. Ich will hier leben, Frankie, und mich als Teil des Ganzen fühlen. Wenn ich ausländische Arbeiter herbringe, während es hier so viel Arbeitslosigkeit gibt, wie wird das auf die Leute wirken, mit denen ich mich anfreunden will?«

»Ich habe dich nie als so einen moralisierenden *Guardian*-Leser eingeschätzt, Pen. Meine Güte!«

»Das ist genau die Art von kleinkariertem, vereinfachtem Denken, das mich überhaupt erst aus Surrey vertrieben hat. Ich will einfach nur das Richtige tun.«

Sie stritten noch ein wenig weiter, aber auf freundschaftliche Weise, und konnten sich schließlich über die Arbeiter einig werden, gerade als ein energisches Tick-Tack hoher Absätze letztendlich an ihrem Tisch zum Stehen kam. Es war wieder Clémence. Benutzte die Frau denn nie ein Telefon? Sie war erschienen, um Penelope wissen zu lassen, dass der Papierkram für Wasser und Strom endlich erledigt war und Monsieur Charpet an diesem Nachmittag noch sicherstellen wollte, dass beides auch zur Verfügung stand.

»Haben Sie Zeit für einen Kaffee?«, fragte Frankie sie.

Die Französin beäugte Frankies silberglänzendes Lamé und schaffte es nicht, ein kurzes Aufflackern von Grauen in ihrem Gesicht zu unterdrücken.

»Setzen Sie sich und sagen Sie mir, was Sie von diesen Plänen halten. Wir könnten vielleicht ein paar Empfehlungen für brauchbare lokale Bauunternehmer gebrauchen«, fuhr Frankie unbeirrt fort. Sie bestellte drei Kaffees bei einem vorbeikommenden Kellner.

Überrumpelt nahm die Maklerin Platz.

»Wie lautet der französische Ausdruck für ›irgendwann‹? Renovierung! Wie auch immer … kommen wir zur Sache.« Frankie schob eine Seite mit ihren Berechnungen über den Tisch.

Die Maklerin räusperte sich. »Ich weiß nicht, ob Sie nach diesem unglücklichen Vorfall überhaupt im *Le Chant d'Eau* wohnen bleiben und es renovieren lassen wollen. Das könnte schwer für Sie werden.«

»Hä?«, stieß Penelope hervor. »Nun, anfangs könnte es sich ein wenig seltsam anfühlen«, räumte sie ein. »Aber ich war ja noch nicht wirklich eingezogen. Um ehrlich zu sein, es fühlt sich jetzt schon an, als wäre es vor meiner Zeit passiert. Jeder weiß, dass alte Häuser ihren Anteil an Todesfällen erlebt haben. Ist an diesem hier irgendetwas anders? Ich meine, abgesehen von den Hinweisen, dass irgendwer da ein falsches Spiel gespielt hat.«

»Falsches Spiel?«, entgegnete Clémence. »Ich glaube nicht, dass das ein Spiel ist.«

»*Tricherie, acte criminel*«, übersetzte Frankie.

»Ganz genau! Warum sollte eine Frau allein an so einem Ort bleiben wollen?«

Penelope hatte geglaubt, das bereits zur Genüge erklärt zu haben, dennoch unternahm sie einen weiteren Versuch. Ungeachtet aller Umstände empfand sie immer noch einen Anflug von Überschwang bei dem Gedanken, den Hof wieder in alter Herrlichkeit auferstehen zu lassen.

Aber Clémence Valencourt schien gar nicht mehr zuzuhören. Wie schon früher wirkte sie plötzlich abgelenkt. Penelope folgte ihrem Blick über den fast ausgetrockneten Fluss hinweg. Ein roter Sportwagen hielt dort am Straßenrand und ließ die Warnblinker laufen. Er glich auffällig dem Ferrari, den sie immer wieder zu sehen bekam. Eben stieg der Bürgermeister auf der Beifahrerseite aus. Er hob eine Hand, und der Wagen fuhr los. Dann schlenderte er an der bemalten Tür eines Ladens vorüber, in dem kandierte Früchte verkauft wurden.

»Entschuldigen Sie mich. Ich muss los«, sagte Clémence, und schon klackerte sie hastig davon.

»Das war seltsam«, befand Penelope. »Erst legt sie alles darauf an, mir das Haus zu verkaufen. Und jetzt macht es fast den Eindruck, als wolle sie mich dort weghaben.«

»Vielleicht spekuliert sie auf einen raschen Weiterverkauf. Das wäre allerdings wirklich hinterhältig.«

»Und warum ruft sie mich nicht einfach an oder schreibt eine SMS, um mir mitzuteilen, dass die Leitungen bald in Betrieb sein sollten, statt ständig bei mir aufzutauchen? Und hast du bemerkt, wie sie abwechselnd superhilfsbereit und im nächsten Moment verdammt unhöflich ist? Das ist seltsam«, wiederholte Penelope.

»Lass dich davon nicht aufregen. Du wiederholst dich ständig, wenn du dich aufregst«, sagte Frankie. »Und jetzt tue ich dasselbe. Vielleicht sollten wir etwas trinken.«

»Das sollten wir nicht. Wir hatten eindeutig genug.«

Sie verbrachten den Nachmittag damit, durch Apt zu spazieren, im Geschäft *Senteurs et Provence* neue Parfüms auszuprobieren, das Museum zu besichtigen sowie das Labyrinth der unterirdischen Ausgrabungen der römischen Stadt Apta Julia, die unter der Kathedrale begannen und sich bis unter die heutigen Gehwege erstreckten. Was praktische Dinge anbelangte, bestellte Penelope zwei Betten, die am nächsten Tag geliefert werden sollten, dazu Bettwäsche und Handtücher, einen Kühlschrank und eine Waschmaschine.

»Das ist genug weiße Ware«, befand Frankie. »Jetzt kommt das Rosa. Wo geht's zum Weinhändler?«

11

Am nächsten Morgen im Sonnenlicht lag *Le Chant d'Eau* so malerisch verfallen da wie eh und je und ließ Penelopes provenzalischen Traum erneut aufleben. Sie war erleichtert, dass ausnahmsweise niemand überraschend vorbeizuschauen schien.

»Also gut. Der Augenblick der Wahrheit.« Penelope betätigte einen Lichtschalter in der Küche. Nichts geschah. Sie öffnete den Wasserhahn über dem Waschbecken. Zwei Huster waren zu hören, dann polterte es in den Rohren, und das Wasser sprudelte heraus. »Hurra!«

»Die Hälfte ist geschafft«, stellte Frankie fest.

Rasch packten sie einen umfangreichen Vorrat an Speisen und Wein für ein Mittagessen im Freien aus, und anschließend begleitete Frankie sie noch einmal durch das Bauernhaus und führte aus, wo sie mit der Renovierung anfangen sollte und was sie ausgeben durfte. Sie war in ihrem Element.

»Nur ein *Centime* mehr, und du schickst den Betreffenden zu mir, Pen. Ich übernehme die Verhandlungen dann und sorge dafür, dass du das bestmögliche Angebot bekommst.«

In der zupackenden Gesellschaft ihrer alten Freundin sah auch der verwilderte Garten viel mehr wie etwas aus, das sich bewältigen ließ. Penelope machte einen Abstecher zum geleerten Schwimmbecken und war erleichtert, dass es ihr nicht allzu schlecht dabei ging. Tatsächlich fühlte sie sich beinahe gut. Sie starrte auf die braunen Zypressen, die dort Wache standen, und fragte sich, ob die Bäume sich mit einer speziellen Bewässerung wohl wieder zum Leben erwecken ließen. Sie überlegte, wo man am besten bequeme Liegen und einen Sonnenschirm aufstellen konnte.

»Bei all dem Regenwasser, das sich darin gesammelt hatte, gehe ich davon aus, dass der Beton keine undichten Stellen hat.«

»Eine berechtigte Annahme«, stimmte Frankie ihr zu. »Jedenfalls sehe ich keine offensichtlichen Risse. Vielleicht hast du Glück, und es ist nichts weiter als eine gute Reinigung und ein wenig Instandsetzung an der Technik nötig. Ich übernehme gern die Anrufe und suche dir eine Firma dafür, wenn du möchtest. Mal sehen, was wir getan kriegen, bevor wir uns heute Abend ein erstklassiges Essen verdient haben.«

Frankie nahm ihr Smartphone zur Hand, fand einen Platz mit brauchbarem Empfang und suchte im Internet nach Firmen.

Ein Geräusch von der Zufahrt her ließ sie beide zusammenzucken. Das Kreischen von Bremsen folgte.

Madame Valencourt schritt durch den Garten.

»Und wieder da«, murmelte Penelope. »Wer hätte gedacht, dass französische Immobilienmakler so hart arbeiten?«

Die heutige Kundenbetreuung bestand darin, einen Mann in blauer Serge – die allgegenwärtige Kleidung des französischen *paysan* – hereinzuführen. »Madame Kite, darf ich Ihnen Ihren Nachbarn vorstellen, Monsieur Pierre Louchard?«

»*Enchantée, Monsieur Louchard*«, sagte Penelope. Ihr Ärger verflog bei dem Vergnügen, das die altmodischen Höflichkeiten des sozialen Umgangs in Frankreich ihr bereiteten.

Monsieur Louchard war ein großer Mann, der in seinen jüngeren Jahren durchaus gut aussehend gewesen sein mochte – bevor die Sonne und die Arbeit auf dem Land ihren Tribut gefordert hatten. Nun bewegte er sich mit einem leichten Hinken und gebeugten Schultern; sein kahl rasierter Kopf ließ ihn wie einen Raubvogel wirken, der dort an der Tür lauerte.

»Monsieur Louchard ist ein örtlicher Bauer«, erklärte Clémence überflüssigerweise.

Frankie wurde offiziell vorgestellt, und der Bauer schüttelte jeder Frau nacheinander die Hand ohne die Spur eines Lächelns in seinem Gesicht. Er zog eine Flasche Wein und ein Glas Honig aus einem großen Beutel. »*Pour vous, Madame.*«

»*Merci beaucoup, Monsieur Louchard.*« Penelope wandte sich an Madame Valencourt. »Ich würde euch beiden gern einen Kaffee anbieten, aber da wir die Küche noch nicht richtig eingerichtet haben …«

»Das ist kein Problem, Madame. Monsieur Louchard möchte Sie zu einem Kaffee auf seinen Hof einladen. Er liegt nur wenige Hundert Meter weiter den Weg entlang.«

Monsieur Louchard stand da und starrte finster drein. Und sein Blick schien nur noch mürrischer zu werden, als Madame Valencourt ihn *sotto voce* beiseitenahm.

Madame Valencourt wandte sich wieder an Penelope. »Sie müssen die Einladung annehmen!«, flüsterte sie.

»Was ist mit den Lieferungen, die ich erwarte?«

»Ich hänge meine Handynummer an Ihre Tür. Wenn jemand kommt, wird er mich anrufen.«

Penelope sah keinen Ausweg mehr und nickte. »*C'est très gentil, Monsieur.*«

Langsam wanderten sie auf seinen Bauernhof zu. Aus den Mundwinkeln flüsterte Frankie ihr zu: »Ich weiß nicht, was deine Maklerin vorhat. Er jedenfalls wollte nichts damit zu tun haben.«

Schweigend schritten sie durch das Tor und betraten Louchards Hof. Es lag ein Hauch von Vernachlässigung über dem Anwesen, mit einer Ausnahme: In einer offenen Garage parkte ein strahlend blauer Traktor, der spiegelblank poliert war.

Louchard führte sie zu einigen staubigen Stühlen, die vor dem Haus standen, murmelte etwas und verschwand im Inneren.

»Er will uns hier nicht haben, Clémence. Warum hast du ihn dazu genötigt?« Penelope fühlte sich halb verlegen, halb gereizt.

»Weil das die Art ist, wie man einen neuen Nachbarn empfängt, ob man nun ein Problem mit Ausländern hat oder nicht. Machen Sie sich keine Sorgen um Pierre. Er ist scheu und mag keine Veränderungen. Er kann auch manchmal wütend werden, aber tief im Inneren ist er ein guter Mensch.«

Frankie ließ sich auf einen der Stühle fallen und wirbelte eine große Staubwolke damit auf. »Lasset die Spiele beginnen!«

Wenige Minuten später tauchte der Bauer wieder auf und brachte ein Tablett mit Kaffeetassen, Gläsern und einer Flasche mit einer tiefvioletten Flüssigkeit. Er goss vier Gläser davon ein. »*Prunier.*«

»Pflaumenlikör«, flüsterte Frankie.

»*Santé*«, sagte Louchard.

»*Santé*«, antworteten die Übrigen, und dann schloss Penelope die Augen und leerte das Glas auf einen Zug. Die Flüssigkeit brannte sich ihren Weg durch den Hals und knurrte bedrohlich in ihrem Magen.

Sie stellten die Gläser wieder auf den Tisch, wo sie gleich nachgefüllt wurden.

Das Gespräch verlief stockend, vor allem deshalb, weil Louchard auf jede Frage nur sehr einsilbig antwortete. Madame Valencourt versuchte tapfer, die Unterhaltung immer wieder in Gang zu setzen, doch wie die Gewässer in einer ausgedörrten Landschaft schlängelten sich die Sätze träge dahin und versickerten rasch.

Das einzig Positive an der unangenehmen Zusammenkunft war für Penelope der Pflaumenschnaps. Nach eigenem Rezept aus eigener Ernte gebrannt, schien dieses Getränk auf wunderbare Weise den Geist eines jeden zu erwärmen, als sie immer mehr davon herunterkippten. Besonders Madame Valencourts Stimmung hob sich deutlich. Selbst die Züge des alten Bauern wurden ein wenig weicher, doch sein Gesicht verfinsterte sich rasch wieder, als Frankie auf den verstorbenen Nachbarn zu sprechen kam.

»Avore!« Monsieur Louchard umklammerte sein Glas so heftig, dass die Knöchel an den Händen weiß hervortraten. Er stieß einen Strom unverständlicher französischer Worte hervor, bei denen Penelope das Gefühl hatte, dass sie nicht für eine höfliche Gesellschaft taugten.

Frankie wandte sich an Penelope. »Unser Freund hier mochte Manuel Avore auch nicht besonders.«

Ein weiterer Sturzbach von gallischen Beschimpfungen.

Penelope öffnete den Mund, um dieser faszinierenden Spur weiter nachzugehen, doch Madame Valencourt versuchte, ihn mit Fragen zur Lavendelernte wieder zu beruhigen. Anschließend lenkte sie das Thema auf ihren Lieblingsbürgermeister und vertraute ihnen an, dass sie auf dem Weg zu einem Treffen mit ihm war.

»Wir werden über Ihre Stromversorgung reden. *Le Chant d'Eau* ist definitiv am Netz, aber manchmal werden auf dem Land die Drähte von den Wildtieren gefressen.«

»Natürlich.« Penelope verdrehte die Augen. Sie kicherte, als plötzlich ein Bild in ihr aufstieg, wie Bären und Wölfe an den Leitungen nagten. »*Les petits animaux*, hoffe ich?«

»*Loirs*«, erklärte die Maklerin. »Wie *écureuils* – Eichhörnchen mit großen Augen.«

»*Loirs!*« Der Bauer hob die Arme und tat so, als hielte er ein Gewehr. »Peng, peng!«, rief er, gefolgt von etwas Unverständlichem.

Sie tranken noch eine Runde Pflaumenschnaps.

»*Au trésor du Chant d'Eau!*« Louchard hob sein leeres Glas.

»*Quoi?*«, fragte Penelope, eher knapp als wortgewandt. »*Le trésor* – Schatz?«

»*Oui, Madame.*«

Der Schnaps hob definitiv die Stimmung.

Frankie sprang im Nu auf das Schatz-Thema an, und es folgte ein Sturzbach wechselseitiger Worte. Madame Valencourt hielt sich würdevoll heraus, als hätte sie das alles schon viel zu oft gehört.

»Das ist großartig, Pen! Man erzählt sich im Ort, dass hier ein Schatz vergraben läge. Nicht, dass wirklich jemand daran glaubt oder je etwas gefunden wurde. Ich sag dir was, ich schenke dir einen Metalldetektor zum nächsten Geburtstag!«

Penelope glaubte allmählich, dass sie lieber etwas essen sollten, um den ganzen Alkohol auszugleichen. Die Vorräte, die sie für ihr Picknick zusammengekauft hatten, waren schon sehr üppig ausgefallen und würden leicht für alle vier reichen. Vielleicht sollte sie rasch zum Haus zurücklaufen und das Essen holen. Aber Monsieur Louchard erhob sich mit einiger Mühe von seinem Stuhl und verkündete, dass es Zeit sei, die Versammlung aufzulösen. Ein Handschlag für jeden, und sie waren entlassen.

Die Frauen machten sich auf den Weg.

»Wie es aussieht, hatte niemand im Dorf viel für Monsieur Avore übrig«, wagte Penelope anzumerken.

»Er war ständig betrrrrunken, von morgens an«, erzählte die Maklerin, ohne sich anscheinend ihres eigenen Zustands bewusst zu sein. Sie rollte die »Rs« energisch. »Die Leute im Dorf wollten ihm helfen, doch sie konnten nicht. Avorrrre wollte nicht hörrrren. Er trrrrank, und er trrrrank, und in diesem Zustand zeigt sich, wie schwarz das Herz eines Mannes ist. Und Avorrrre, sein Herz war sehr schwarz. Er war zu vielen Menschen gemein. Er hat seine Frau geschlagen, heißt es. Niemand im Dorf mag ihn, aberrrr was kann man tun? *Hélas!*«

Was Penelope am liebsten gesagt hätte, als sie zum Haus zurückgingen, war: »Also, nur damit ich das richtig verstehe, Clémence. Als Sie mir dieses Anwesen verkauft haben, da wussten Sie, dass ich es auf der einen Seite mit einem Psychopathen und auf der anderen mit einem Mann zu tun haben würde, der Ausländer hasst?« Aber sie hielt sich zurück. Solange Clémence mit Pflaumenschnaps abgefüllt war, bot sich Gelegenheit, die Antwort auf ein paar drängende Fragen zu erhalten. Beispielsweise, warum sie immer unerwartet auftauchte, was genau es mit dem Haus für Probleme gab, ob Manuel Avore etwas mit dem tödlichen Unfall der Vorbesitzer zu tun haben konnte und warum sich dieser Louchard so von ihr schikanieren ließ.

Doch das unverwechselbare Geräusch eines großen Fahrzeugs auf der unbefestigten Strecke zum Haus kündigte das Eintreffen der ersten Lieferung an.

Sobald Penelope sich um Kühlschrank und Waschmaschine gekümmert hatte, bereitete Madame Valencourt sich schon auf die Abfahrt vor.

»Darf ich zuvor Ihr Badezimmer benutzen?«

Zehn Minuten später kam die Maklerin wieder heraus, mit gerichteter Frisur und frisch aufgetragenem Make-up.

»Ich hoffe, sie ist noch fahrtauglich«, merkte Penelope an, als sie dem über die Auffahrt davonbrausenden Mini Cooper nachblickten. »Ich wette, sie hatte kein richtiges Frühstück heute Morgen, und dann hat sie diesen ganzen Pflaumenschnaps runtergekippt. Es wundert mich nicht, dass der ihr zu Kopf gestiegen ist.«

»Französische Frauen essen keine Croissants«, sagte Frankie. »Und wenn sie beim Frühstück eine Schwäche zeigen, würden sie nicht einmal daran denken, vor dem Abendessen wieder etwas zu sich zu nehmen.«

Penelope zog den Bauch ein.

»Wenigstens hat sie's nicht weit«, befand Frankie. »Nur zur *mairie*, um Laurent Millais zu treffen. Sie hofft, dass sie in seinem Haus zu Mittag essen werden und sie den Rausch danach ausschlafen kann, wenn du verstehst, was ich meine.«

»Was *meinst* du damit? Clémence und der Bürgermeister?«

»Mh-mh. Sie haben seit Monaten eine Affäre, auch wenn sie glaubt, dass er vielleicht kalte Füße bekommt.«

»Nein! Woher um alles in der Welt weißt du das?«

»Sie hat alles ausgeplaudert. Sie ist verrückt nach ihm, doch langsam geht die Luft raus. Verdammt, dieser Pflaumenschnaps ist ein regelrechtes Wahrheitsserum. Sie macht sich schon seit Tagen Sorgen deswegen – und weißt du was, Pen, das könnte sogar der Grund dafür sein, warum sie ständig auftaucht und sich in die ganze Angelegenheit so einmischt. Es ist eine Ausrede, um immer wieder nach St Merlot und zu ihrem Traummann in der *mairie* zurückzukehren.«

Penelope stieß einen leisen Pfiff aus. »Nun, das würde Sinn ergeben. Und es erklärt auch, warum sie gestern so angespannt war, als wir die Axt dort raufgebracht haben. Warum sie gleich losgestürmt ist, als wir ihn gestern in Apt gesehen haben.«

»Aber wo steckt Monsieur Valencourt in dieser ganzen Angelegenheit? Hast du ihn getroffen, als du die Nacht in ihrem Haus verbracht hast?«

»Nein, er war nicht dort.«

»Apropos Essen«, sagte Frankie.

Sie gingen ins Haus und stärkten sich mit frischen Baguettes, weichem Camembert, Schinken, Pastete, Salami, Tomaten, Selleriesalat mit Mayonnaisen-Dressing, Trauben, Melonen, Nektarinen und einem großen Himbeerkuchen.

»Nur ein leichtes Mittagessen.« Penelope zwinkerte.

»Schade, dass der Kühlschrank noch nicht lang genug läuft, um den Rosé kühl zu kriegen«, sagte Frankie.

»Den brauchen wir jetzt wirklich nicht«, erwiderte Penelope. »Keine Ahnung, was Frankreich da mit einem macht, aber jedes Mal, wenn ich beschließe, vernünftig zu bleiben und einen trockenen Tag einzulegen – oder auch nur eine Mahlzeit –, dann kommt irgendwer an und macht eine Flasche auf.«

»Nur für die Ferienlaune, Pen.«

»Tut mir leid, ich will dir den Spaß nicht verderben. Schenk dir was ein, wenn du Lust hast.«

Am Ende teilten sie sich eine große Flasche Perrier, die noch kalt vom Supermarkt war, und Penelope fühlte sich gleich viel besser.

»Also, was kommt da wohl raus mit Avore und der Axt?«, fragte Frankie und bediente sich großzügig vom Baguette.

»Da kann ich auch nicht mehr sagen als du.«

»Zweifellos wird deine Maklerin heute Nachmittag hinter den Fensterläden des Bürgermeisters einige Informationen einholen.«

Penelope kicherte. Wie aufregend und schön musste es sein, so schlank zu sein wie Clémence Valencourt und einen so wunderschönen französischen Liebhaber zu haben. Sie ließ das Brot aus und schnitt sich mehrere Scheiben von der Melone ab.

»Er ist überaus attraktiv, nicht wahr? Der Bürgermeister.«

»Das ist er in der Tat. Ich würde den nicht von der Bettkante schubsen.«

Penelope lächelte. Sie kannte Frankie gut genug, um zu wissen, dass sie dieser Tage nur noch eine lose Zunge hatte. Penelope nahm seit Langem schon verwundert zur Kenntnis, dass trotz der Extravaganz ihrer Freundin und ihres offensichtlichen Appetits auf die guten Dinge im Leben (einschließlich

Männer) Frankies Ehe mit Johnny grundsolide war. Sie hatte die meisten anderen Beziehungen im Umfeld überlebt, nicht zuletzt auch Penelopes eigene.

»Anscheinend ist er einer dieser Männer, die sich rasch langweilen. Er hat alle möglichen Dinge getan, von der Arbeit fürs Fernsehen bis hin zur Gründung einer Immobiliengesellschaft. Geschieden. Zwei Kinder, die mit der Ex-Frau in Paris leben.«

Nicht zum ersten Mal fragte sich Penelope, wie Frankie das geschafft hatte. In zehn Minuten hatte sie mehr herausgefunden, als Penelope überhaupt je gelungen wäre. »Wir schweifen ab«, sagte sie.

»Nach allem, was wir über Avore wissen«, fasste Frankie zusammen, »war der Tote ein unbeliebter Trinker. Niemand im Dorf mochte ihn, trotzdem versuchten alle, ihm zu helfen. Er kam wegen Körperverletzung ins Gefängnis. Louchard hasste ihn. Und es klingt so, als wären viele Leute – einschließlich Avores Frau – froh über seinen Tod.«

»Warum hätte eine Frau bei ihm bleiben sollen?«

»Frauen bleiben aus allen möglichen Gründen, Pen. Gerade du solltest das wissen.«

»Hatten sie Kinder?«

»Das wissen wir nicht, oder?«

Eine Weile aßen sie schweigend weiter. Frankie türmte immer mehr perfekt gereiften Camembert auf ihr Brot und schloss verzückt die Augen, als sie hineinbiss. Penelope genoss den wolkenlos blauen Himmel und die gewaltigen, zerklüfteten Anhöhen hinter ihrem eigenen lieblichen Olivenhain.

»Wir könnten auch zur *mairie* gehen«, schlug Frankie vor. »Wir könnten sogar den Bürgermeister und seine Freundin besuchen.«

»Klingt ein wenig stalkerisch.«

»Ganz und gar nicht«, erklärte Frankie, ohne die Miene

zu verziehen. »Es gibt jede Menge Dinge, die du noch klären musst. Beispielsweise ein Briefkasten an der Einmündung zur Straße. Wenn du das erledigt hast, wäre es nur natürlich, wenn du dich mit den Anwesenden ein wenig unterhältst. Ich begleite dich als Übersetzerin. Man weiß nie, was wir herausfinden könnten.«

12

Zum Glück traf der Lieferwagen mit den Betten um kurz nach zwei ein. Sobald er wieder weg war, beschlossen Penelope und Frankie, ins Dorf zu laufen. Alles war ruhig, bis auf das beständige Zirpen der Zikaden. Sie erreichten das Ende des Weges, der zum Haus führte, beäugten das schlecht instand gehaltene Häuschen der Avores und bogen hangaufwärts auf die Hauptstraße ein. Von hier aus genossen sie einen wahrhaft majestätischen Ausblick auf den Mont Ventoux und die andere Seite des Tals. Clémence hatte recht, es war wirklich ein ganz besonderer Ort.

Sie näherten sich gerade einer scharfen Kurve gegenüber dem Kirschbaumhain, als plötzlich der rote Mini Cooper an ihnen vorbeifegte. Penelope blieb eine Sekunde Zeit, den verkniffenen Ausdruck der Fahrerin wahrzunehmen, bevor sie sich nach einem kräftigen Stoß im Straßengraben wiederfand. Frankie landete auf ihr, die Hände immer noch auf Penelopes Rücken gelegt.

»Geht es dir gut?«, stieß Penelope atemlos hervor.

»Ja. Und dir?«

»Ich denke schon. Keines unserer eleganteren Manöver. Verdammt, Frankie, das war knapp! Ich glaube, du hast mir gerade das Leben gerettet.«

»Wir können wohl davon ausgehen, dass das Mittagessen mit dem Bürgermeister nicht allzu gut verlaufen ist«, stellte Frankie fest.

Sie klopften sich gegenseitig ab und wischten sich den

Staub von der Kleidung. In der Kurve unterhalb ihres Standorts konnten sie noch einen verschwommenen roten Umriss ausmachen, der die Straße entlang Richtung Stadt raste.

Vorsichtig gingen sie weiter.

Das Dorf sah nach wie vor verlassen aus, abgesehen von dem alten Mann, der die *La Provence* las und anscheinend nie seinen Platz neben dem Boulefeld unter den Platanen verließ.

»Der saß schon da, als ich letzte Woche ankam«, stellte Penelope fest.

»Ist er auch tot?«, fragte Frankie.

»Nicht lustig. Der Schlagzeile zufolge ist das die Zeitung von heute.«

Auf Grundlage dieses Beweises verzichteten sie darauf, den Puls des Mannes zu überprüfen, als sie an ihm vorbeikamen; und sie zuckten nur leicht zusammen, als er plötzlich mit der Zeitung raschelte und ein kehliges »*Bonjour, Mesdames*« murmelte. Sie erwiderten den Gruß und liefen weiter zur *mairie*.

Die Post war geschlossen, wie man sie wissen ließ, als sie an den Tresen traten. Nachmittags war sie immer geschlossen, erklärte die fröhliche, mollige Frau dahinter. Dank Frankies Sprachkenntnissen konnten sie allerdings mithilfe einer Dame an einem angrenzenden Schreibtisch feststellen, dass die Schließung nur Briefe und Pakete betraf. Ein Gespräch über die Einrichtung eines Briefkastens war hingegen zulässig.

Die rundliche Frau stellte sich als Nicole vor und legte dar, dass sie zwar Penelopes Daten fürs Postamt registrieren würde, dass jedoch schwer zu sagen sei, wann der Kasten tatsächlich aufgestellt würde.

»Wie lautet Ihre Adresse?« Nicole tippte auf einer Computertastatur herum.

»*Le Chant d'Eau*, St Merlot.«

Die Hände erstarrten über den Tasten. Voller Mitgefühl

blickte Nicole zu ihnen auf. »Was für eine furchtbare Tragödie – und so kurz nach Ihrer Ankunft.«

»Ja, das war es.«

»Sie wollen trotzdem dort bleiben?«

»Ja, das will ich«, erwiderte Penelope mit größerer Entschlossenheit, als sie tatsächlich empfand.

»Was erzählen denn die Leute im Dorf darüber?«, fragte Frankie, deren makellose französische Aussprache ihr einen gewissen Respekt einbrachte.

»Nun«, setzte Nicole an, »die meisten glauben, dass Manuel Avore früher oder später so enden musste. Um ehrlich zu sein, es war keine Überraschung. Er war kein netter Mensch, ganz und gar nicht. Auch wenn ich nur ungern schlecht über die Toten rede.«

Penelope gab sich alle Mühe, mit dem Wortschwall der Frau und ihrem provenzalischen Akzent Schritt zu halten.

»Wie lange war Manuel Avore schon aus dem Gefängnis zurück?«, fragte Frankie weiter.

»Ein paar Wochen.«

»Und hat er nach seiner Rückkehr mit irgendwem in St Merlot Probleme gehabt?«

»Nun … sagen wir einmal, seine Frau war nicht sehr glücklich darüber, ihn wiederzusehen! Sie dachte, er bliebe länger hinter Gittern. Monsieur Charpet war auch nicht sonderlich erfreut, denn Manuel machte ständig Ärger und hat ihm oft die Gartenwerkzeuge geklaut. Bei Monsieur Louchard war es dasselbe. Ihm hat jemand die Autoreifen aufgeschlitzt, nachdem er Manuel zur Rede gestellt und ihn gezwungen hat, die gestohlenen Gegenstände wieder herauszugeben.«

»Vergiss Jacques nicht«, warf die andere Frau ein.

»Wer ist das?«, fragte Penelope.

Die Tür zum Büro des Bürgermeisters öffnete sich, und

Laurent Millais trat heraus. »Ja, danke Nicole und Marie-Lou, das reicht völlig!« In einem blauen Hemd, das zu seinen Augen passte, sah er so überwältigend gut aus, dass Penelope unwillkürlich ein Seufzer entfuhr. Das Paillettenherz auf Frankies Brust kräuselte sich sichtbar.

»*Bonjour, Madame Kiet. Madame ...?*« Er nickte Frankie zu.

»Frankie Turner-Blake. *Enchantée*, überaus *enchantée.*«

Der Bürgermeister schenkte ihr ein umwerfendes Lächeln, das Penelope allmählich für seine Allzweckwaffe hielt. »Bitte glauben Sie nicht alles, was im Dorf erzählt wird. Wir sind hier eine sehr freundliche Gemeinschaft.«

»Das hoffe ich doch«, erwiderte Frankie mit einem widerlich affektierten Lächeln.

Benimm dich, bedeutete Penelope ihr.

»Haben Sie noch etwas über die polizeiliche Untersuchung erfahren?«, fragte sie den Bürgermeister.

»Leider nein.«

»Vielleicht sollten wir uns darüber unterhalten«, schlug Frankie vor, immer noch mit glitzerndem Busen. »Es wäre sehr hilfreich, alles, was passiert ist, noch einmal durchzugehen.«

»Ich bedaure, das wird nicht möglich sein. Inzwischen geht es um die Ermittlung in einem Mord. Aber wir bleiben zweifellos in Verbindung. Eine andere Sache: Ich habe den Elektriker gebeten, so schnell wie möglich bei Ihnen vorbeizuschauen. Sie sollten zu Hause auf ihn warten.« Der Bürgermeister wandte sich an Marie-Lou. »Ich werde mich jetzt mit dem Priester treffen. Können Sie mir vielleicht die Bauanträge heraussuchen, damit ich sie durchsehen kann, sobald ich zurückkomme?«

Er hob eine cremefarbene Jacke von einem Haken am Eingang, verabschiedete sich und ging zu einem dunkelblauen Mercedes Cabriolet, das auf dem Parkplatz stand. Ich wette, das hat er auch nur gekauft, um seine Augen zur Geltung zu bringen, dachte Penelope. Was für ein berechnender Charmeur.

Sie sahen zu, wie er davonfuhr, und machten sich dann auf den Rückweg.

»Also, mit mir kann er in Verbindung bleiben, wann immer er will«, bemerkte Frankie.

»Frankie!«

»Was? Kein Wunder, dass die gute Clémence so verärgert war, weil sie heute nicht mehr von ihm bekommen hat.« Frankie verzog anzüglich das Gesicht.

»Du siehst aus wie Les Dawson, wenn du das tust.«

Ihre Freundin wirkte nicht sonderlich beschämt. »Also, ist er unterwegs zum Priester, um mit einer raschen Beichte sein Gewissen zu beruhigen? Nach allem, was Clémence mir heute Morgen erzählt hat, gibt es einiges, wofür er Abbitte leisten müsste.«

*

Der Elektriker wartete bereits auf sie, als sie ankamen. Entgegen allem, was Penelope erwartet hatte, war der Service in Frankreich wirklich hervorragend.

»Didier Picaud«, stellte er sich vor. Er war ein stämmiger junger Mann Ende zwanzig, trug ein T-Shirt und knielange Shorts. Sein wildes braunes Haar stand senkrecht nach oben, als hätte er gerade mit den Fingern eine Steckdose überprüft. Munter und mit voll aufgedrehtem Lächeln wanderte er im Haus umher.

Als Vertreter der jüngeren Generationen schien er auch daran interessiert zu sein, sein Englisch zu verbessern. »In diesen alten Häusern gibt es ständig Probleme«, erklärte er mit leicht amerikanischem Einschlag.

Penelope zeigte ihm den Sicherungskasten im Küchenschrank.

»Alles gut, Madame. Sehen Sie das hier?« Er wies auf einen kleinen Aufkleber, den sie nicht einmal wahrgenommen hatte: *JRM Électriciens*. »Unser Unternehmen. Meine Familie hat eine lange Beziehung zu diesem Haus, und ich werde diesen Dienst gerne fortsetzen.«

»Das sind gute Nachrichten, danke«, sagte Penelope.

Nacheinander zog er die Sicherungen heraus und pustete sie ab.

»Ihre Familie lebt also schon seit vielen Jahren im Dorf?«, fragte Frankie.

»Vielleicht seit Jahrhunderten.«

»Dann muss es Ihnen hier gefallen«, sagte Penelope.

Frankie kam gleich zur Sache. »Sie und Ihre Familie müssen Manuel Avore gekannt haben – was halten Sie von dem, was ihm passiert ist?«

Wenn Didier Picaud überrumpelt war von ihrer Direktheit, ließ er sich das jedenfalls nicht anmerken. »*Bof!* Natürlich war es schrecklich, aber ... es war nicht überraschend, dass er gestorben ist. Es war immer klar, dass irgendetwas mit ihm passieren würde.«

»Warum sagen Sie das?«, fragte Penelope.

»Er machte ständig Schwierigkeiten. Selbst nach drei Jahren im Gefängnis, eine anständige lange Strafe, die ihm eine Lektion hätte erteilen sollen, war er gleich nach der Entlassung wieder bereit zu stehlen, zu trinken und sich zu prügeln, genau wie vorher.«

»Er war wegen Körperverletzung im Gefängnis – stimmt das?«

»Ja, er hat ein paar Geldeintreiber geschlagen.«

»Hatten Sie Streit mit ihm?«, wollte Frankie wissen.

»Das hatten wir alle.«

»Und was war Ihr Problem?«, bohrte Frankie weiter.

»Er schuldete mir Geld.«

»Eine unbezahlte Rechnung?«

»Er sagte, er könne nicht bezahlen, nachdem ich ein Problem mit der Elektrizität in seinem Haus behoben habe. Er meinte, ich solle es umsonst für ihn tun, weil jeder wüsste, dass er kein Geld hat und jedem Ärger macht, der ihm nicht hilft.«

»Das ist Erpressung. Als würde er um Schutzgeld bitten!«

Didier Picaud unterbrach seine sorgfältige Überprüfung der Schutzschalter und blickte auf. Er schien nichts gegen ein wenig Klatsch zu haben, was genau das war, worauf Penelope gehofft hatte. Seine lebhaften braunen Augen glänzten. Vielleicht gefiel es ihm, dass er die Möglichkeit hatte, sich hier einmal umzusehen und der neuen Dorfbewohnerin auf den Zahn zu fühlen. Obwohl der Austausch natürlich in beide Richtungen lief, wie Penelope sich ins Gedächtnis rief. Sie war überzeugt davon, dass sie und Frankie ebenfalls Gegenstand so manchen dörflichen Tratsches sein mussten.

»Wir haben Manuel Avore vor allem um seiner Frau willen geholfen«, fuhr Picaud fort.

»Ja, was ist mit seiner Frau, die bei ihm geblieben ist? Wie konnte sie das ertragen?« Penelope schüttelte den Kopf.

»Ah, arme Mariette. Sie ist eine nette Frau. Sehr religiös. Sie versuchte, ihn zu ändern, und sie glaubte, dass sie es schaffen könnte. Sie hat sehr gelitten. Er schlug sie, und sie ließ das zu. Und es hat sich gar nichts geändert. Es war sehr traurig.«

»Aber jetzt geht es ihr hoffentlich gut – endlich«, sagte Penelope.

»Ja, es geht ihr gut. Obwohl sie sich für seinen Tod verantwortlich fühlt.«

»Verantwortlich? Sie meinen, sie könnte es getan haben?«

»Nein, Sie meinen schuldig, nicht wahr?«, mischte sich Frankie ein. »Das richtige Wort ist ›schuldig‹. Schuldig, weil sie es nie geschafft hat, sein Trinken und sein zerstörerisches Verhalten zu ändern.«

»Ja, genau.« In einer mitfühlenden Geste zog er die Mundwinkel nach unten.

»Monsieur Louchard scheint ziemlich … schüchtern zu sein. Allerdings bin ich überzeugt davon, dass er ganz reizend ist, wenn man ihn besser kennenlernt.« Penelope gab sich alle Mühe, eine gewisse Wertschätzung für ihren neuen Nachbarn auszudrücken, weil sie hoffte, dass sich das bis zu ihm herumspräche. »Und Monsieur Charpet genauso. Er wird wie schon bei den Vorbesitzern für den Garten sorgen. Ich bin sehr froh, dass ich die beiden in der Nähe habe.«

»Das sind schon zwei … Persönlichkeiten, allerdings! Louchard, er war beim Militär. Selbst jetzt noch gilt er als der beste Schütze im Dorf. Man erzählt sich, dass die Armee ihn verändert hat. Er hält Abstand, bis er die Menschen besser kennt. Vielleicht ist er nur schüchtern, wie Sie es ausdrücken.« Der Elektriker hob jedoch die Augenbrauen und deutete an, dass er an dieser Sichtweise seine Zweifel hegte.

»Und was glauben Sie?«, fragte Frankie.

»Ich glaube, Sie sollten ein wenig vorsichtig sein. Er mag keine Ausländer. Nicht einmal Franzosen, die nicht aus der Gegend stammen. Wie ich hörte, gab es einige Schwierigkeiten zwischen ihm und den früheren Besitzern dieses Hauses.«

»Schwierigkeiten?« Penelope gefiel nicht, wie sich das anhörte.

Picaud sah sich verschwörerisch um und trat noch einen Schritt näher an sie heran. »Ich habe gehört, Madame, dass er nach einem Streit ihre Katze erschossen hat.«

»Worüber haben sie gestritten?«

Er zuckte mit den Achseln. »Ach, wenn man in so einem Dorf lebt, kommt es ständig zu irgendwelchen Streitereien. Hier eine Meinungsverschiedenheit, dort eine Beleidigung ... Im Sommer und bei der sengenden Hitze geht schnell das Temperament mit den Leuten durch.«

Frankie wechselte abrupt das Thema.

»Apropos Dorfleben«, fragte sie und tauschte einen Blick mit Penelope. »Gibt es einen eigenen Geistlichen im Ort?«

»Nein, wir haben keine Kirche hier.«

Penelope erwiderte Frankies Blick und konzentrierte sich wieder auf das Haus. Sie führte den Elektriker ins Obergeschoss, wo er sich einen ersten Eindruck vom Zustand der Leitungen verschaffte und weiter über allerhand Belanglosigkeiten plauderte. Er löste einen Lichtschalter aus der Wand, warf einen kurzen Blick dahinter und schraubte ihn wieder fest. Dann drückte er darauf.

»*Voilà!*«, verkündete er, als eine nackte Glühbirne an der Decke aufleuchtete.

»Fantastisch! Ich danke Ihnen vielmals!«

»Ich komme wieder, um eine komplette Überprüfung durchzuführen«, kündigte er an. »Erst dann kann ich sicher sein, dass wirklich alles in Ordnung ist. Aber zunächst müssen Sie sich keine Sorgen mehr machen. Sie haben Strom, und ich nehme an, dass vorläufig alles sicher ist.«

Sie stellten die neuen Betten auf und entschieden, dass es am besten wäre, die Nacht im *Le Chant d'Eau* zu verbringen.

»Ich will sichergehen, dass es dir hier gut geht, bevor ich nach England zurückkehre«, sagte Frankie. »Also, ist der Kühlschrank inzwischen richtig kalt? Ooh, ja, das ist er.« Sie legte ein paar Flaschen Rosé hinein.

Sie holten ihre Sachen aus dem *Hôtel St Pierre* und gingen

weiter zum *M. Bricolage*, wo sie einen Gartentisch und Stühle erwarben. Der große Karton passte so eben in den geräumigen Kofferraum des Range Rover.

Wie erwartet, war Frankie die Fachfrau für Möbelaufbau, und eh sie sich's versahen, hatte Penelope einen verzinkten Metalltisch und vier Stühle auf der Terrasse vor der Küchentüre stehen. In kürzester Zeit gesellten sich eine gekühlte Flasche und zwei Gläser hinzu.

»Prost, meine Liebe«, sagte Frankie. »Ein Neuanfang!«

»Vielleicht kann ich so tun, als wäre das meine erste Nacht hier«, antwortete Penelope. »Prost! Und danke, Frankie. Du warst der absolute Hit.«

»Weißt du was, Pen: Dieser Ort wird großartig sein, wenn du ihn erst einmal so hergerichtet hast, wie du ihn haben willst.«

»Ich kann es kaum erwarten, die Familie einzuladen. Ich weiß, dass sie es lieben werden, und für die Jungs ist es fantastisch – der ganze Platz zum Herumrennen und Erkunden und natürlich der Pool.«

»Die Zuneigung wächst mit der Entfernung, was?«

»Die Familie hat mir stets viel bedeutet. Und Lena und Justin auch, wirklich. Die Scheidung hat sie schwerer getroffen, als ich erwartet hatte. Sie haben nie verstanden, warum ich so einen endgültigen Strich ziehen musste.«

»Du hast sie immer geliebt, als wären es deinen eigenen, Pen.«

Eine Pause.

»Das habe ich.«

»Wo du keine eigenen Kinder … und all das.«

»Nein.« Penelope hoffte, dass Frankie es dabei beließe, aber natürlich tat sie das nicht.

»Es sollte einfach nicht sein.«

»Inzwischen ist es schon lange her. Auch wenn es sich mitunter noch wie gestern anfühlt.«

»Scheußlich, diese letzte Fehlgeburt.«

»Gott sei Dank, dass du da warst«, sagte Penelope. »Obwohl ich immer noch das Gesicht des Verkehrspolizisten vor mir sehe. Rotlicht. Kanariengelber Dragster. Schreiende, schwangere Frau.«

»Zwei schreiende Frauen«, berichtigte Frankie. »Ich habe ihn angeschrien, aus dem Weg zu gehen. Wir waren ein Notfall. Johnny war gar nicht erfreut, dass sein Wagen vor dem großen Rennen verschwunden war, aber auf dem Weg zum Krankenhaus hat die Karre schon gezeigt, was in ihr steckt.«

»Hat uns in zehn Minuten bis zur Notaufnahme gebracht. Immer noch Rekord in Surrey, nehme ich an.«

Frankie streckte den Arm aus und drückte Penelopes Hand. »Reden du und David eigentlich wieder miteinander?«

»Ja, das tun wir tatsächlich. Nicht viel, aber ich habe ihn vor meiner Abreise bei Lena getroffen, und er war bemerkenswert höflich. Wir haben gemeinsam über die Wochenendausflüge in den Zoo gelacht, die wir früher unternommen haben, als die Kinder noch klein waren. Ich glaube, Zacks und Xerxes' Verhalten am Kaffeetisch hat ihn an das Affenhaus erinnert.«

»Es war also nicht alles schlecht.«

»Natürlich war es das nicht. Es braucht nur seine Zeit, bis die Wut nachlässt und man wieder daran denken kann.«

Sie füllten die Gläser wieder auf und stießen darauf an.

»Wärest du nicht so wütend gewesen, hättest du nie für den legendären Camrose Fletcher gearbeitet«, rief Frankie ihr ins Gedächtnis.

»In der Tat«, bestätigte Penelope.

Ihr war ein wenig wehmütig zumute, als sie an ihr Bewerbungsgespräch zurückdachte, das bei einem Gin Tonic in

Bloomsbury stattfand. Er hätte bescheidener nicht sein können. Er war groß und breit gebaut, mit einer athletischen Ausstrahlung, die sie bei einem Mann, der seine Tage mit den Toten verbrachte, nicht erwartet hätte. Sein Haar und sein gepflegter Bart waren weiß, doch sein Gesicht war gebräunt, und die verblüffend kornblumenblauen Augen schienen ständig belustigt hinter der schwarz gerahmten Brille zu funkeln. Sie hatten sich über Bergwandern und Kammermusik unterhalten, und er hatte das Treffen mit der Bemerkung beendet, dass er bereits wusste, dass sie den Job machen konnte, dass es nur darum ging, ob sie auch miteinander klarkamen.

»Er hat dich wiederaufleben lassen, Pen.«

»Wahrscheinlich hast du recht.«

»Hast du noch Kontakt mit ihm?«

»Ich habe ihn schon eine ganze Weile nicht mehr gesehen. Aber, ja.«

»Er hat nie geheiratet, oder?«

»Er war mit seiner Arbeit verheiratet«, sagte Penelope.

Doch sosehr sie es auch versuchten, trotz aller Ablenkung durch den wundervollen Ausblick über das Tal, wo die Anhöhen in einer rosa- und aprikosenfarbenen Abenddämmerung verschwammen und die duftenden Pinien lange, violette Schatten den Garten hinaufwarfen – sie schafften es nicht, ein Gespräch über die Geschehnisse rings um den Toten im Schwimmbecken gänzlich zu vermeiden.

»Etwas Seltsames geht da vor«, stellte Frankie fest und zündete eine Öllampe an, die Penelope im Keller gefunden hatte. »Erst waren alle so überzeugt davon, dass es ein Unfall sein musste, und jetzt ist es definitiv Mord. Mister Umwerfend oben in der *mairie* möchte am liebsten alles unter Verschluss halten, damit niemand im Dorf in Verdacht gerät. Er kommt nicht mit dem Polizeichef klar, seine Geliebte schickt er zum Teufel, wenn sie gerade auf ein wenig Nachmittagsvergnügen hofft, und dann schwirrt er ab, um ›den Priester zu treffen‹. Den Priester treffen, so ein Scheiß! … 'tschuldige meine Wortwahl.«

»Aber das sind alles nur Vermutungen, nicht wahr?«, wandte Penelope ein. »Wir stehen außerhalb und können nicht alles sehen. Es besteht immer die Möglichkeit, dass wir alles aus der Sicht unserer Kultur beurteilen und nicht nach der ihren. Wir denken leicht, dass die Franzosen genauso sind wie wir, weil wir heutzutage so einfach hin und her reisen können. Doch in Wahrheit sind sie uns ebenso fremd wie früher. Auf eine gute Art, natürlich. *Vive la différence* und so weiter. Apropos, meine englische Konstitution verträgt diesen ganzen Wein auf leeren Magen nicht.«

Sie gingen hinein und holten die Reste ihres Mittagspicknicks.

»Also, denken wir einmal über das wenige nach, das wir heute Nachmittag herausgefunden haben und nicht schon vorher wussten.« Penelope stellte das Baguette, den Käse, die Oliven und die Früchte auf den Tisch. Es gab immer noch genug, um eine ganze Armee zu versorgen, und sie bedienten sich fröhlich. Penelope schob sich eine Scheibe Camembert in den Mund. »Nicole von der Post hat uns bestätigt, dass Avores Frau nicht gerade begeistert war, ihn wiederzuhaben.«

»Wie lange war er im Gefängnis?«, fragte Frankie.

»Didier Picaud sprach von drei Jahren. Und er wurde vorzeitig entlassen.«

»Hat sie nicht auch deinen Gärtnerburschen erwähnt, Monsieur Charpet? Avore pflegte sich an seinen Werkzeugen und Gartengeräten zu bedienen, und sie erzählte außerdem, dass Avore seiner Meinung nach nur Ärger machte. Und dein Nachbar, Monsieur Louchard, hatte gleichfalls unter Avore zu leiden. Lass mich einen Augenblick nachdenken …«

Sie tranken beide einen tiefen Schluck Wein, um die Gedanken in Fahrt zu bringen. Der Rosé aus dem Roussillon war wirklich überaus leicht und lecker.

»Der geht sehr gut runter«, stellte Frankie fest. »Gut, dass wir gleich ein paar Flaschen davon gekauft haben. Also dann, was wissen wir über Charpet und Louchard? Sie hatten beide ihre Probleme damit, dass Avore sowohl ein Dieb wie auch ein schlechter Nachbar war. Reicht das als Motiv, um ihn zu töten?«

»Ich würde Louchard auf jeden Fall als Verdächtigen sehen. Leicht reizbar, militärischer Hintergrund, und er konnte Avore nicht ausstehen. Aber der Bürgermeister klang ziemlich empört bei dem Gedanken, dass jemand Monsieur Charpets Beteiligung überhaupt in Erwägung ziehen könnte, was mit dessen Vergangenheit als junges Mitglied in der Résistance zu tun hat. Er muss älter sein, als er aussieht, nicht wahr?«

»Das liegt an der Sonne und dem fantastischen Essen hier. Harte Arbeit im Freien trägt auch dazu bei, dass sie alle so lange und gesund leben.«

»Die meisten von ihnen.« Penelope hob eine Augenbraue.

»Schau, ich bin ja genauso der Meinung, dass Charpet vermutlich eher nichts damit zu tun hat. Doch man weiß ja nie«, sagte Frankie. »Was ist mit der Frau?«

»Nun, sie hatte wahrscheinlich das stärkste Motiv von allen. Aber wenn sie ihn erledigt hat und nicht gerade eine Riesin ist, hätte sie Hilfe gebraucht, um den Körper die Straße runter und bis zum Becken zu schaffen«, befand Penelope. »Also, wer könnte ihr Helfer sein?«

»Mach noch eine Flasche auf, Pen, und wir denken darüber nach.«

Nach einem weiteren Glas fragte Penelope: »Wer ist Jacques?«

»Hä?«

»Als wir in der *mairie* waren, sagte eine der Frauen sofort: ›Vergiss nicht Jacques‹ – der vermutlich ebenfalls Streit mit Avore hatte. Erinnerst du dich nicht mehr?«

»Vage …«

»Dann hat der Bürgermeister uns gestört. Darum sollten wir nach Jacques Ausschau halten. Wer auch immer er ist.«

13

Am nächsten Morgen fühlte Penelope sich deutlich weniger unternehmungslustig. Ein Klopfen an der Tür kündigte eine dampfende Tasse Tee an und Frankie, gerüstet mit kakifarbener, seidener Cargohose und einem ziemlich furchterregenden Leopardengesicht auf ihrem Oberteil. Die Augen der Raubkatze glitzerten, als das Morgenlicht auf grüne und goldene Pailletten fiel.

»Auf, auf!«

Penelope stöhnte und drehte sich auf die andere Seite. Sie fluchte auf ihren Kater und auf die Unempfindlichkeit ihrer Freundin gegenüber weinbedingten Kopfschmerzen. War auch das eine Folge der Hormonersatztherapie? Die Tasse Tee wurde – ein wenig zu laut nach ihrem Empfinden – auf dem Steinboden abgestellt.

»Wir sehen uns in einer halben Stunde, Pen.«

Die Tür fiel wieder zu.

Penelope tastete nach der Packung Anadin Extra und warf zwei davon ein. Sie fragte sich, ob sie wohl durch die Trinkerei in Frankreich von Schmerzmitteln abhängig würde. Ihre Stimmung ging in den Keller. Noch etwas, worüber sie sich Sorgen machen konnte.

Zum Glück erholte sie sich rasch, nachdem sie zwanzig Minuten lang die Augen geschlossen, den Tee getrunken und sich mit einer kalten Dusche wieder belebt hatte. Unten auf der Terrasse warteten eine Kanne Kaffee und ein Haufen warmer, buttriger *pains au chocolat* und Mandelhörnchen auf sie.

»Wie schön! Danke, Frankie.«

»Kein Problem. Ich bin mit den Vögeln aufgestanden, also hab ich gleich einen Spaziergang ins Dorf unternommen. Diese *boulangerie* ist phänomenal, nicht wahr?«

»Unglücklicherweise, ja. Ich bin erst einmal dort gewesen. Sie könnte mein Verhängnis werden.«

»Der Bäcker ist auch ein netter Bursche. Er wartet schon auf dich.«

»Was?«

»Wir sind ins Gespräch gekommen, und ich habe ihm erzählt, dass du bald seine Stammkundin sein wirst. Er fragte mich, ob du die Engländerin mit dem bedauerlichen Vorfall am Pool bist.«

Penelopes Laune hob sich rasch wieder. Gewiss gab es nichts Schöneres als ein sommerliches Frühstück unter freiem Himmel. Die Aussicht auf einen Tag, an dem sie mit Frankie das Tal erkunden und ihr einige der atemberaubenden Höhendörfer zeigen konnte, weckte ihre Lebensgeister. »Vielleicht können wir ein paar Klamotten kaufen oder eine Kunstgalerie besuchen. Das wäre eine Abwechslung zu all den Dingen, um die ich mich hier kümmern muss.«

Sie lehnte sich auf ihrem Stuhl zurück. Das letzte Croissant schien bereits den Weg unter ihren Hosenbund gefunden zu haben.

Frankie zuckte die Achseln und biss in ein zweites *pain au chocolat*.

»Du willst doch bestimmt shoppen gehen oder durch ein Lavendelfeld wandern oder ein paar Sehenswürdigkeiten besichtigen? Sollten wir nicht rausgehen und das tun, was Leute normalerweise während eines kleinen Urlaubs in der Provence unternehmen?«, beharrte Penelope.

»Ich bin nicht unter normalen Umständen hier«, rief Frankie ihr ins Gedächtnis. »Und wie auch immer, wir können jetzt nicht einfach aufhören.«

Penelope seufzte. »Ich sage nicht, dass wir aufhören sollen. Wir brauchen nur etwas Abwechslung. Vielleicht einen neuen Blickwinkel.«

Ein weiterer wolkenloser Tag, und der blaue Himmel erstreckte sich endlos. »Das ist die Provence, die ich dir zeigen wollte«, sagte Penelope und fühlte sich glücklicher.

Sie drosselten das Tempo, als sie am Haus der Avores vorbeikamen. Bedrückend bröckelte es vor sich hin, die Läden fest verschlossen, ohne eine Spur der schwer fassbaren lustigen Witwe.

In Bonnieux parkte Penelope den Range Rover in der Nähe einer beeindruckenden Kirche an den unteren Hängen des Dorfes, und sie wanderten durch schmale gepflasterte Gassen bis zu einem Aussichtspunkt auf dem Gipfel. Hinter ihnen ragte ein weiterer Kirchturm gen Himmel. Vor ihnen erstreckte sich das Luberon-Tal, nun aus einer ganz anderen Perspektive.

»Siehst du die Burgruine da drüben?« Penelope zeigte auf ein benachbartes Hügeldorf. »Das ist Lacoste. Die Burg war einst Heimat des berüchtigten Marquis de Sade.«

»Die Peitschen, die Peitschen!«

»Genau der. Damals lagen die beiden Dörfer ständig im Streit miteinander. Heilig und gottlos. Kirche gegen Obszönitäten.«

»Und gewiss viele Heuchler, die auf der Straße nach Lacoste unterwegs waren.«

Penelope lachte. »Die Burg, oder was davon übrig ist, gehört heute dem Modedesigner Pierre Cardin. Jeden Sommer veranstaltet er dort ein Opernfestival, sehr aufwendig.«

Sie schlenderte ins Zentrum des Dorfes hinab, vorbei an den offenen Türen der Geschäfte, die so gut dufteten, wie sie aussahen. Jede Auslage bot eine Fülle strahlender Farben. Das glänzende dunkle Lila eines Haufens reifer Auberginen wetteiferte im Lebensmittelgeschäft mit hundert Schattierungen von Grün und Rosa sowie Orange und Rot. Stücke von parfümierter Seife: Lavendel und Feige und Patschuli und Vanille. Ein weiterer Laden verkaufte gemusterte provenzalische Stoffe in Gelb und Rot sowie Gelb und Violett, die alle hübsch mit den verblassten, silbergrün lackierten Fensterläden des Gebäudes kontrastierten.

Eine Weile lungerten sie vor einem Schokoladengeschäft herum und bewunderten die köstliche Auswahl von Pralinen und *ganache* und weiteren verführerischen Bonbons. Nach ein paar Minuten überwand der Kakaoduft ihre Willenskraft, und sie gingen hinein, um einige sorgfältig überlegte, wenn auch immer noch beträchtliche Einkäufe zu tätigen.

Daraufhin beschloss Frankie, dass sie auch ein paar Andenken aus der Provence kaufen sollte, darunter ein Hundespielzeug mit Lavendel, das übererregbare Haustiere beruhigen sollte.

»Er wird es lieben«, schwärmte sie. Wie so viele Hundebesitzer neigte sie zu einer absurden Sentimentalität und Realitätsferne, wenn es um ihr geliebtes Haustier ging.

Insgeheim rechnete Penelope sich aus, dass es allenfalls eine Minute dauern würde, bis der Höllenhund das Spielzeug in seine grundlegenden Bestandteile zerlegt hatte.

Die Straßen wurden immer belebter. Die Tische vor den Restaurants füllten sich.

»Lust auf einen schnellen Schluck?«, fragte Frankie hoffnungsvoll.

»Aber wirklich nur einen kleinen.«

Sie ließen sich an einem Tisch für zwei Personen nieder, in einem hinreißend schönen Restaurant an einem Steinbrunnen im Schatten mehrerer Platanen. Menschenmassen schlenderten vorüber und stauten sich, als größere Gruppen von den monumentalen ausdrucksstarken Gemälden im Kunstatelier gegenüber angezogen wurden. Die Frauen bestellten eine Karaffe mit Rosé, und als der Kellner ihnen die Mittagskarte brachte, gab es kein Zurück mehr.

»Wäre unhöflich, das abzulehnen«, stellte Frankie fest.

Das wäre es in der Tat gewesen. An den anderen Tischen wurden bereits appetitlich aussehende Speisen aus heimischem Gemüse und Hummer sowie schwarzer Oliven-Tapenade mit Croûtons aufgetragen. Penelope knurrte der Magen.

Gerade waren sie halb fertig mit ihrer exquisiten *galette de legumes provençaux avec mozzarella et tapenade*, als Frankie abrupt die Gabel niederlegte und in Richtung der vorbeiziehenden Menge nickte. »Pssst!«, zischte sie.

»Was, jetzt schon? Ich kann es nicht glauben, Frankie. Wir haben eben erst mit der zweiten Karaffe angefangen, auch wenn du bereits mehr getrunken hast als ich, weil ich fahre.«

»Nein. ›Pssst‹ bedeutet, sieh da rüber, aber verhalte dich unauffällig.«

Penelope hob den Blick vom Teller und schaute in die Richtung, in die Frankie genickt hatte. Sie konnte nichts Ungewöhnliches ausmachen. »Wonach halte ich Ausschau? Einer Person?«

»Ja.«

»Jemand, den wir gut kennen?«

»Nein.«

Penelope richtete den Blick auf die Straße. Gerade wollte sie Frankie mitteilen, dass sie mit den albernen Spielchen aufhören und es ihr einfach sagen sollte, da erkannte sie, was ihre Freundin entdeckt hatte.

Clémence Valencourt betrat ein anderes Lokal und wurde an einen Tisch geführt. Dort wartete Penelopes Nachbar auf sie, Monsieur Louchard, wie für einen besonderen Anlass mit Anzug und passenden Schuhen bekleidet.

»Interessant«, sagte Frankie.

»Und wie.«

Sie setzten beide ihre Sonnenbrillen wieder auf und schauten genau hin, während sie gleichzeitig so taten, als läge ihre Aufmerksamkeit anderswo. In dem anderen Restaurant wurden zwei Gläser Champagner an den Tisch gebracht, und Madame Valencourt erhob das ihre zu einem Toast, den Monsieur Louchard erwiderte.

»Eine Feier?«, fragte Penelope.

»Sieht eher aus wie nach einer erledigten Arbeit. Oder einem Geschäftsabschluss.«

»Ob das etwas damit zu tun hat, wie sie ihn gestern an ihren Fäden tanzen ließ, als wir bei ihm Pflaumenschnaps trinken gingen?«

Sosehr sie es auch versuchten, sie konnten nicht herausfinden, ob die Begegnung wichtig war oder nur einer dieser Zufälle, die bedeutsamer erschienen, als sie waren.

»Vielleicht hat Clémence ihn angeheuert, um das Kommen und Gehen des Bürgermeisters auf der Dorfstraße aufzuzeichnen. Gewiss bezahlt sie Monsieur Louchard dafür, dass er ihn in einem dieser Autos verfolgt, die so aussehen, als wären sie aus Wellblech zusammengeschweißt«, spekulierte Penelope kichernd.

»Oder dass er seinen Traktor aus der Einfahrt setzt, wenn der Bürgermeister versucht, in seinem Mercedes Cabrio loszubrausen und eine andere Frau zu treffen!«

Sie prusteten vor Heiterkeit.

Unvermittelt hörte Frankie auf zu lachen. Sie packte Penelope am Arm. »Ui ui … vielleicht aber auch nicht. Rate mal, wer gerade von links die Bühne betreten hat?«

Penelope tat so, als würde sie in eine andere Richtung schauen, und ließ die Augen hinter der dunklen Brille hin und her wandern. Es war der Bürgermeister selbst, der mit lässigem Charme zwischen den Tischen einherschritt. »Das ist ja alles sehr kuschelig da drüben«, stellte sie fest. »Ich frage mich, was da vor sich geht.«

»Vielleicht sollten wir rübergehen und Hallo sagen.«

»Und vielleicht sollten wir das nicht.«

»Sie könnten trotzdem auf uns aufmerksam werden«, sagte Frankie. »Spielt das eine Rolle?«

»Ich bin paranoid, nicht wahr?« Penelope schüttelte den Kopf und fächelte sich mit der Serviette Luft zu.

»Oh, es geht los. Das wird der Bürgermeister-Effekt sein«, flüsterte Frankie.

»Ganz bestimmt nicht.«

Frankie wischte sich mit ihrer eigenen Serviette die Stirn, als Laurent Millais an den Tisch von Madame Valencourt und Monsieur Louchard trat. »Entweder ist es heute sehr heiß, oder er hat auf mich dieselbe Wirkung – und ich bin nicht nur glücklich verheiratet, sondern genieße auch die beste Hormonersatztherapie, die man für Geld kriegen kann.«

»Aber er setzt sich nicht zu ihnen«, bemerkte Penelope. »Er zeigt auf die Straße hinaus und schaut auf seine Uhr.« Sie beobachteten, wie die drei einander zunickten und der Bürgermeister in die von ihm angewiesene Richtung ging.

Sie diskutierten, was das bedeuten mochte, während sie ihre Desserts bestellten. Sie mussten ihr Essen noch weiter ausdehnen, um zu sehen, was als Nächstes geschah. Die weiße Schokoladenmousse mit Traubenkirsch-Kompott war himmlisch.

Frankie bestand darauf, die Rechnung zu bezahlen, bevor sie mit den Espressos fertig waren. Dann blieben sie am Tisch sitzen, umhüllt vom Aroma des starken Kaffees. Als die Maklerin und Monsieur Louchard sich schließlich erhoben und einander die Hand reichten, waren auch die beiden Freundinnen bereit zum Aufbruch.

»Du folgst Louchard, und ich nehme Valencourt«, sagte Frankie. »Wir treffen uns beim Auto.«

Sie warteten, bis ihre jeweiligen Opfer davongingen, dann reihten sie sich in den Strom der Touristen dahinter ein. Monsieur Louchard folgte der Richtung, die der Bürgermeister gewiesen hatte. Penelope behielt ihn auf der schmalen Straße bergab im Auge. Er hielt nicht an, um in eins der Geschäfte oder Lokale zu blicken, bis er ein Café am Ende der Straße erreichte.

Das lag an der Kreuzung gegenüber der großen Kirche, ganz in der Nähe des Parkplatzes, auf dem der Range Rover stand. Die wenigen Tische und Stühle vor dem Café waren nicht besetzt. Als Louchard hineinging, huschte Penelope in einen Türdurchgang und fragte sich, was sie als Nächstes tun sollte.

Sie musste nicht lange warten. Schon ein paar Minuten später tauchte Louchard wieder auf, mit dem Bürgermeister und einem anderen Mann, der ihr bekannt vorkam. Er musste um die sechzig sein, hatte sich aber gut gehalten, mit silbernen Locken und einem Bart. Mit seinem elegant geschnittenen Anzug aus schwarzem Leinen und den spitzen italienischen Schuhen hatte er etwas von einem Filmstar an sich, eine Ausstrahlung, die der des Bürgermeisters glich.

Zügig schritten alle drei auf die Parkplätze unter den Bäumen vor der Kirche zu. Sie blieben neben einem Auto stehen, das Penelope mit einem Anflug von Unbehagen gleichfalls erkannte.

14

»Schnell!«, quiekste Penelope, als Frankie auf sie zurannte. »Es ist wieder dieser rote Ferrari!«

Sie ließ den Range Rover an, während Frankie die Tür öffnete. Mit dem Knirschen von Kies unter den Reifen fuhren sie los, bevor die Tür wieder zu war.

»Clémence ist übrigens weg«, berichtete Frankie und legte den Sicherheitsgurt an. »Ihr Mini blockierte den Bürgersteig gleich um die Ecke vom Restaurant. Sie ist wie ein geölter Blitz verschwunden. Der Typ im Lieferwagen, den sie geschnitten hat, hat sie pantomimisch erwürgt.«

Sie erreichten die Stelle, wo der Ferrari gestanden hatte, und Penelope schaute sich um. »Verdammt! Als ich auf der anderen Straßenseite vorbeikam, haben sie noch geplaudert.«

»Sie können nicht weit gekommen sein«, sagte Frankie.

»Nein, können sie nicht. Der Parkplatz ist noch frei. Im Sommer ist jeder Parkplatz auf dieser Straße im Nu wieder belegt.« Penelope gab Gas.

Sie erreichten den Dorfrand und fuhren um die erste Kurve der Straße, die talwärts führte. Dort hatten sie einen klaren Blick auf die Landschaft darunter.

»Da sind sie ja!« Frankie wies die Richtung.

Ein flaches, rotes Auto raste auf die Hauptstraße nach Avignon zu. Penelope lenkte den Range Rover wie eine hitzesuchende Rakete hinterher.

»Hoppla! Warte, Pen, was tun wir da?«

»Ihnen folgen, natürlich!«

»Aber warum?«

Das war eine gute Frage. »Nenn es weibliche Intuition«, erwiderte Penelope grimmig.

»Weil du dieses Auto ein paarmal gesehen hast? Du bist doch wohl nicht hinter einem potenziellen reichen Ehemann her, oder?«

»Sei nicht albern.«

Sie sausten um eine weitere Kurve.

»Ich will nur wissen, was diese Leute vorhaben«, erklärte Penelope. »Du kannst mich misstrauisch nennen, aber mir kommt das nicht koscher vor. Ich habe das Gefühl, dass ich hier irgendwie reingelegt werden soll, und das gefällt mir nicht. Erscheint es dir nicht wie ein großer Zufall, dass Madame Valencourt und der Bürgermeister und jetzt auch mein Nachbar Monsieur Louchard alle den Silberfuchs im roten Ferrari zu kennen scheinen, der anscheinend überall auftaucht?«

»Silberfuchs?«

»Der Typ, der mit Louchard und dem Bürgermeister aus dem Café kam. Es ist sein Auto. Ich hatte ihn schon einmal gesehen, als er gleich vor dem Weg zu meinem Haus angehalten hatte.«

»Ist es eine gute Idee, ihm hinterherzufahren?«

»Wahrscheinlich nicht. Aber ich mache es trotzdem.«

»Deine Entscheidung. Wenn du auf die Straße achtest, behalte ich den Ferrari im Auge.«

Penelope ließ den Motor aufheulen und setzte zum Überholen an.

»Ich erinnere mich nicht, dass du je so einen Bleifuß hattest, Pen.«

»All die Jahre im Elterntaxi … Da lernst du alles über Durchsetzungsvermögen und rücksichtsloses Fahren. Wenn nötig, hab ich das immer noch drauf.«

Sie machten gegenüber dem Ferrari ein wenig Boden gut, als er vor der Hauptstraße kurz aufgehalten wurde. Er bog Richtung Avignon ein, und Penelope konzentrierte sich darauf, ihn in Sicht zu behalten, ohne dabei zu nah heranzukommen. Bald fuhr er wieder ab und nahm den Abzweig nach Gordes auf der anderen Seite des Tals.

»Gut ... konzentrier dich, Frankie. Wir wollen ihn hier nicht verlieren.«

»Dann musst du etwas näher heran. Und an diesem holländischen Wohnwagen vorbei. Jetzt ... fahr!«

Penelope scherte blind aus und schaffte es gerade wieder zurück auf die rechte Straßenseite, bevor ein BMW auf der Gegenspur an ihnen vorbeischoss.

»Das war knapp«, sagte sie.

»Willst du das durchziehen oder nicht?«

Penelope umklammerte das Lenkrad fester.

Das Dorf Gordes war ohne Zweifel eine Schönheit. Wie eine prachtvoll geschmückte Hochzeitstorte erhob es sich auf einer felsigen Hügelkuppe, Schicht um Schicht charmante Steinhäuser und Gärten voll streng arrangierter Zypressen, Oleander und Geranien. Die Burg auf dem Gipfel hob sich weiß gegen das tiefe Blau des Himmels ab.

»Ich hoffe, wir verlieren ihn nicht. Um diese Jahreszeit treiben sich Massen von Touristen hier herum«, sagte Penelope.

Sie fuhren weiter bergauf. Die Straße wand sich vor ihnen, und Bäume verdeckten den Blick in den Kurven. Minutenlang verloren sie den Ferrari aus den Augen. Frankie öffnete das Fenster.

»Tu das nicht, wir brauchen die Klimaanlage.«

Frankie hörte nicht auf sie und lehnte sich nach draußen. »In Ordnung, ich kann den Motor vor uns brummen hören.

Dieses Grollen eines Ferraris ist unverkennbar. Johnny hat einen Freund, der einen fährt und ...«

»Herrjemine!«, rief Penelope.

»Was ist jetzt los?«

»Das Bollern eines Ferrari-Motors. Es *ist* unverkennbar ... Genau das ist es, was ich in meiner ersten Nacht gehört habe! Meine erste Nacht im *Le Chant d'Eau*!«

»Äh, Pen. Korrigier mich, wenn ich falschliege, aber dieser Tage sind alle möglichen Autos auf den Straßen unterwegs. Wie wär's damit als Erklärung?«

»Nein ... Okay, du hast recht. Ich hasche nach Strohhalmen. Es ist nur ... meine Güte!« Penelope seufzte frustriert und fuhr an einem belgischen Auto vorüber, dessen Insassen plötzlich angehalten hatten, um die Aussicht zu bewundern. Sie gab wieder Gas und fragte sich allmählich, auf was für einen Unsinn sie sich da eingelassen hatte.

Frankie lehnte sich weiter aus dem Fenster, während sie immer näher an das Dorf herankamen. »Er biegt links ab. In etwa hundert Metern.«

Penelope folgte ihm. Die Straße führte rasch vom Dorf wieder fort und hinaus in eine Landschaft mit schroffen Hügeln und steilen Felshängen. Nach einer Weile verengte sie sich und ging in ein bewaldetes Tal hinunter.

»Wenn du anhalten kannst, tu es«, sagte Frankie. »Vielleicht gibt es einen Aussichtspunkt oder eine Haltebucht. Dann können wir sehen, wohin sie fahren, ohne selbst gesehen zu werden.«

»Hier kann man nirgendwo anhalten.«

Weitere Kurven folgten, und immer noch gab es keine Möglichkeit zu stoppen. Aber das Panorama wurde besser, je weiter sie den Hang hinabfuhren. Unten in der Schlucht stand ein atemberaubendes altes Gebäude, umgeben von bunt gesprenkelten Feldern. Herrlicher Lavendelduft wehte durch das offene Fenster herein.

»Ich weiß, wo wir sind«, sagte Penelope. »Ich erkenne es von den Postkarten. Die *Abbaye de Sénanque*.«

»Ein Kloster? Ausgerechnet ...«

»In diesem Teil der Provence findet man viele mittelalterliche Klöster und Abteien. Die Zisterzienser hatten beschlossen, dass dies genau der richtige Ort war, um Armut und Einfachheit zu predigen, während man das Land bestellte. Wie sich herausstellte, war ihre Landwirtschaft sehr ertragreich, und statt als Selbstversorger lebten sie bald im Überfluss.«

Sie wurde langsamer, um den guten Ausblick nicht zu verlieren, und so sahen sie zu, wie der rote Ferrari in die Einfahrt des Klosters bog.

»Was machen wir jetzt?«, fragte Frankie.

»Nun, hier können wir nicht stehen bleiben. Wir müssen weiter runter und dort parken. Da unten ist genug los, dass sie uns nicht bemerken werden.«

Tatsächlich ging es um die *Abbaye de Sénanque* herum sehr geschäftig zu. Sie war einer der Höhepunkte jeder touristischen Reiseroute durch das Luberon-Tal. Und die Gründe dafür lagen klar auf der Hand. Die grauen Steine der mittelalterlichen Abtei strahlten Ruhe aus. Das Lavendelfeld, das bis unmittelbar vor den Eingang reichte, war kürzlich erst geschnitten worden. Die violetten Blüten trockneten nun in der Sonne, und Duftwolken trieben in der warmen Luft.

Penelope fädelte den Range Rover in eine Lücke ein. »Hast du dein Handy dabei?«, fragte sie.

»Ja.«

»Lass uns nachschauen, ob wir beide ein Signal bekommen, dann trennen wir uns. Spiel einfach die Touristin und laufe herum, bis du herausfindest, wo sie hin sind. Die Erste, die den Ferrari sieht, schreibt eine Textnachricht, okay?«

»Zehn, vier«, sagte Frankie.

»Was bedeutet das?«

»Keine Ahnung. Es klang einfach passend.«

»Wenn du das nicht ernst nimmst ...«

»Beruhig dich, Penny. Komm, erledigen wir das. Ich nehme diese Seite des Parkplatzes.«

Sie setzten breitkrempige Sonnenhüte auf und machten sich auf den Weg.

Penelope ging zur anderen Seite der Parkfläche und dann an den Reihen der Fahrzeuge entlang. Sie starrte auf jedes einzelne. Keine Spur vom Ferrari.

Menschen in Shorts und Sandalen schlenderten ziellos umher, posierten und fotografierten vor dem Lavendelgarten, aber es blieb überraschend ruhig. Niemand ließ seine Kinder kreischen und herumrennen, und Penelope war diese vernünftige kontinentale Erziehung gleich sympathisch. Vielleicht brachte sie auch ihre Großfamilie eines Tages hierher, um ihnen zu zeigen, wie es gemacht wurde.

Sie wanderte zur Abtei. Der Lavendelduft wurde stärker. Über einer runden romanischen Kapelle im ältesten Teil des Gebäudes erhob sich ein Glockenturm. Alles war still. Keine Zisterziensermönche arbeiteten auf dem Feld, kein Fahrzeug störte an dieser Stelle die Szenerie.

Penelope beschloss, hinter den Flügel zu schauen, der sich ans Lavendelfeld anschloss. Es war der einzig mögliche Ort, an dem der Ferrari noch sein konnte. Sie beschleunigte ihre Schritte und fragte sich, was sie sagen würde, wenn jemand sie jetzt zur Rede stellte.

Der Weg war von Bäumen beschattet und breit genug für ein Auto. Sie brachte eine Stimme in ihrem Kopf zum Schweigen, die ihr sagte, dass dies Wahnsinn sei – dass sie viel zu viele Krimis gelesen habe. Sie straffte die Schultern und marschierte weiter.

Sie entdeckte die Nase des Ferraris, kurz bevor die Bewegung eines Busches und ein britisches Schimpfwort sie auf Frankies Anwesenheit aufmerksam machten. Sie versteckte sich hinter einer Orangenblume und versuchte vergebens, eine SMS loszuschicken.

Penelope klopfte ihr auf den Arm.

»Wah!« Frankie zuckte zusammen.

Penelope legte den Finger auf die Lippen und gesellte sich zu ihr hinter den Busch.

Nach einer Weile flüsterte sie: »Warten wir hier, oder soll eine von uns zu meinem Auto zurückgehen?«

»Was hältst du davon, wenn ich hierbleibe und sehe, wer rauskommt, während du zum Auto zurückkehrst und dich bereit machst, ihnen zu folgen, sobald sie aufbrechen?«, schlug Frankie vor.

»Meinst du, das klappt?«

»Ich renne zum Parkplatz, wenn der Ferrari losfährt. Wenn du ihn vorbeifahren siehst, wartest du an der nächstgelegenen Stelle am Weg auf mich. Auf der schmalen Straße können sie nicht so schnell davonfahren.«

»So langsam kommst du auf den Geschmack, was? Okay, dann machen wir das so«, stimmte Penelope zu.

Sie zog sich aus dem Busch zurück, blickte sich um und eilte dann den Weg entlang. Ihr Herz pochte wild, als sie den Range Rover erreichte. Sie stieg ein, riss sich den Hut herunter und wühlte in ihrer Tasche nach einem Tuch, um sich die Stirn abzuwischen. Dann starrte sie auf die Ausfahrt und wagte es nicht, den Blick abzuwenden.

Eine halbe Stunde später brannten ihr die Augen. Es war

eine alberne Aktion, und immer mehr schämte sie sich für sich selbst. In ihrem Alter sollte sie es besser wissen und sich nicht von selbst gemachten Dramen fortreißen lassen.

Der Ferrari schnurrte vorüber.

Penelope wartete, bis er am Ausgang war, dann setzte sie aus der Parklücke zurück und sauste los, um Frankie abzuholen.

Atemlos nach einem Dauerlauf auf dem Weg hinter der Abtei ließ Frankie sich schließlich auf den Sitz fallen. Sie fächelte sich mit dem Hut Luft zu, während Penelope sich an die Verfolgung machte.

»Was hast du gesehen?«, fragte Penelope.

»Lass mich Atem holen … huuu … huuu … huuu … nicht so fit, wie ich gedacht habe …«

Penelope trieb den Range Rover die kurvenreiche Hügelstraße aufwärts zurück nach Gordes und vertraute darauf, dass der Ferrari vor ihnen war.

»Also gut, huuu … Dein Nachbar Pierre Louchard kam aus einer Hintertür heraus, vielleicht der Lieferanteneingang, mit einem silberhaarigen und bärtigen Mann. Ist das dein Silberfuchs? Er trug einen locker geschnittenen dunklen Anzug.«

»Das ist er. Kein Bürgermeister?«

»Nur die beiden. Aber denk einmal drüber nach, es gibt nur zwei Sitze in diesem Ferrari.«

»Ist dir sonst noch etwas aufgefallen?«

»Monsieur Louchard trug einen großen braunen Umschlag und eine altmodische Arzneimittelflasche.«

»Die hatte er noch nicht, als er Bonnieux verlassen hat.«

»Die Sache ist die, Pen, hat das alles wirklich irgendetwas zu bedeuten?«

Penelope verzog das Gesicht. »Findest du es nicht seltsam, dass Clémence und der Bürgermeister und Louchard sich ein gutes Stück entfernt von St Merlot treffen? Dass der Mann im roten Ferrari angehalten hat, um einen ausgiebigen Blick auf die Straße zu meinem Haus zu werfen – du warst da, Frankie, du hast ihn gesehen. Ich kann verstehen, warum Louchard, der Bauer, sich mit dem Bürgermeister unterhält, aber was hat er mit einem Dandy im Ferrari zu schaffen? Das wirkt schon ziemlich verdächtig. Sie alle haben eine Verbindung zu meinem Haus, und sie alle sind seit dem Mord dort gewesen! Und da ist noch etwas ...«

Doch während sie das sagte, fragte sie sich bereits, ob sie wohl überreagierte. Möglicherweise musste sie ihre Dosis an Vitaminen für die Wechseljahre erhöhen. Traubensilberkerze hatte sie nicht einmal ausprobiert, und die sollte sehr gut helfen. »Schau, ich will nur wissen, wo sie hinwollen. Hab Nachsicht mit mir.«

»Da vorne, nach rechts!«, kreischte Frankie.

Der Ferrari schnurrte am Südrand von Gordes vorbei und folgte derselben Straße, auf der er gekommen war. Er fuhr nicht mehr annähernd so schnell wie vorher.

»Als wir ihnen hierhergefolgt sind, waren sie womöglich spät dran für ein Treffen in der Abtei, mit wem auch immer«, schlug Frankie vor.

»Oder sie haben was vom Honiglikör der Abtei getrunken, und der Silberfuchs lässt es nun ruhiger angehen, damit ihn niemand wegen Alkohol am Steuer drankriegt.«

Sie folgten dem roten Ferrari bis St Merlot. Er durchquerte das Dorf und verschwand dann auf einer privaten, von Bäumen gesäumten Zufahrt.

»Nun«, stellte Penelope fest. »Das war's.«

»Wenigstens sind wir nicht weit von zu Hause entfernt. Fahr mal einen Moment langsamer.«

Als sie an der Einfahrt vorbeikrochen, spähte Penelope die

lange Allee entlang auf das große graue Steingebäude am Ende. Ein Name war am Torpfosten eingraviert, aber durch Moos und Flechten unkenntlich geworden.

*

An diesem Abend nahmen sie nur eine kleine Mahlzeit zu Hause zu sich. Penelope versuchte, weniger zu essen oder zu trinken als an den vorangegangenen Tagen, während Frankie den Poirot für die bisher aufgedeckten Fakten des Falles gab.

»So, da haben wir also einen fremdenfeindlichen Ex-Militär als Nachbarn – der Avore offensichtlich gehasst hat. Weitere Verdächtige?«

»Jeder sagt, dass es unmöglich Monsieur Charpet gewesen sein kann – aber ist das allein nicht schon verdächtig?«, fragte Penelope.

»Und wer behauptet immer wieder, dass Charpet es nicht getan haben kann? Deine Madame V., die anscheinend ständig um irgendeine Ecke kommt. Und ist sie ehrlich zu dir, Pen? Die muss man im Auge behalten.«

Penelope konnte dem nicht widersprechen. Sie lehnte sich zurück.

»Und was ist dann mit Madame Avore?«

»Wir müssen mehr über sie herausfinden.« Frankie goss Rosé in ihr Glas. »Aber denken wir einmal nach. Mariette Avore ist eine religiöse Frau, und dieser Priester, den der Bürgermeister treffen wollte …«

»Wir drehen uns im Kreis«, befand Penelope. »Und ich habe keine Ahnung, wie du darauf kommst, dass dieser Besuch des Bürgermeisters bei dem Priester irgendeine Bedeutung hat.«

»Vielleicht hat er das nicht. Es könnte auch eine Priesterin gewesen sein, auf die unser alter Alain Delon aus der *mairie* ein Auge geworfen hat.« Frankie klopfte sich an die Seite ihres Kopfes. »Benützen wir ünsere kleineen grauen Zelleen, *non?*«

Penelope verdrehte die Augen.

»Ünd, isch dachtee, das interessiert disch, weil isch gesehen habee, wie dü ihn anschaust, diesen Bürgermeisteer!«

»Um Himmels willen, Frankie! Sei nicht albern.«

»Das ist nicht so albern für jeden, der erleebt hat, wie Penelopee Wilmo' im Alter von fünfzehn verrückt war nach Düran Düran, ünd ganz besonders nach dem seehr 'übschen John Taylor ... wir wissen sie zu deuten, die Zeichen der Liebee ...«

»Hör auf damit. Und kannst du auch damit aufhören, diese furchtbar fischige Poirot-Imitation zu geben!«

»Du machst das immer noch! Du bist immer noch so steif und überkorrekt, wenn du dich aufgezogen fühlst. Stehst du auf ihn oder was?«

»Ich glaube, du hattest genug Rosé für einen Tag.« Penelope schnappte sich die Flasche und goss sich die letzten Zentimeter selbst ein. »Außerdem ist der Priester keine Frau, oder?«

»Hört sich nicht so an.«

»Als wir oben waren, hat Didier Picaud mir erzählt, dass es in St Merlot keine Kirche mehr gibt. Also auch keine Stelle für einen Dorfpriester. Aber er glaubte, dass der Bürgermeister einen guten Freund hat, der zu einem nahe gelegenen Kloster in den Hügeln im Osten gehört, beim Dorf Reillane.« Penelope stellte ihn sich in Kutte und Sandalen vor, wie er durch einen mittelalterlichen Kreuzgang wandelte.

»Vielleicht ist das eher ein Cadfael-Fall«, sinnierte sie.

»Ein was?«

»Cadfael. Eine Reihe von Kriminalfällen, die von einem Mönch des zwölften Jahrhunderts gelöst werden. *Die Cadfael-Chroniken* von Ellis Peters.«

Frankie starrte sie an. »Jetzt bist du wirklich albern.«

15

Am nächsten Morgen fuhr Penelope mit relativ klarem Kopf ihre liebste und anstrengendste Freundin zurück zum Flughafen nach Marseille.

Sie mussten beide mit anpacken, um Frankies Koffer zu bewegen, der noch schwerer und sperriger war als bei ihrer Ankunft, vollgestopft mit Lavendeldüften, Seifen, Kerzen, einem todgeweihten Hundespielzeug und einem großen luftgetrockneten Bio-Schinken.

»Den bekommst du doch nie durch den Zoll«, stellte Penelope fürsorglich fest, als sie das Gepäck Richtung Check-in schleppten.

»Unsinn, Pen – ich bin sogar schon einmal mit den Resten eines griechischen Osterlamms durchgekommen. Ein Leckerbissen für Perky.«

Penelope schüttelte den Kopf. »Es fällt mir schwer, das zu glauben.«

Frankie kümmerte sich gekonnt um die Gebühr für ihr Übergepäck, dann umarmten sie sich ein letztes Mal vor den Abflug-Terminals.

»Frankie, vielen Dank. Es hat wirklich Spaß gemacht, dich hier zu haben, und ich fühle mich jetzt so viel besser bei allem.«

»Ganz meinerseits, Pen. Beim nächsten Mal bringe ich Johnny mit – er kann sich dann um den Garten kümmern, während wir plaudern. Vergiss nicht, dass du immer anrufen kannst, wenn du mich brauchst. Und ich will unbedingt wissen, was hier als Nächstes passiert.«

Frankie warf sich die riesige glänzende rosa Dolce-&-Gabbana-Tasche über die Schulter und verschwand in der Menge der wartenden Passagiere, bereit für einen letzten Angriff auf die Shops am Flughafen.

Mit einem Lächeln schlenderte Penelope zum Auto zurück.

Sie beschloss, von Marseille aus über Aix-en-Provence und dann über die Luberon-Gebirgskette zurückzufahren, statt erneut die Autobahn um die Berge herum zu nehmen. Die Straße erwies sich stellenweise als Serpentinenstrecke, und die Augenblicke, wenn sie um uneinsichtige Kurven fuhr und hinter der Biegung unvermittelt große Lastwagen oder Autos auf sich zurasen sah, genoss sie nicht gerade. Doch dann, plötzlich, erreichte sie die Gipfel, und das weite Tal des Luberon lag ihr zu Füßen.

Zwischen grünen Feldern und Wäldern erstreckten sich unregelmäßig violette und graue Vierecke, die Lavendel- und Olivenfelder markierten. Die Luft war so klar, dass sie in der Ferne die Gipfel der Voralpen ausmachen konnte, obwohl diese hundert Kilometer entfernt sein mussten. Die Aussicht war atemberaubend. Sie stellte fest, dass sie bereits anfing, diese Gegend als ihr Zuhause zu betrachten.

Der Nachmittag war beinahe vorüber, als Penelope schließlich die Anhöhe nach St Merlot emporfuhr, von der Ostseite her durch Les Garrigues. Zu ihrer Rechten sah sie die von Bäumen gesäumte Zufahrt, in die gestern der Ferrari eingebogen war. Etwas fiel ihr ins Auge. Sie trat hart auf die Bremse und wendete. Zum Glück war kein anderes Fahrzeug in Sicht.

Das vermooste Schild auf dem steinernen Torpfosten war gerade lesbar, nachdem sie angehalten hatte: »*Le Prieuré des Gentilles Merlotiennes*«, las sie laut vor.

Sie hätte es nachschlagen müssen, um sicherzugehen, aber sie glaubte, dass »*Prieuré*« Priorat bedeutete.

Sie spürte die Versuchung, direkt in die Einfahrt zu fahren – es gab kein Tor davor, das dies verhindert hätte. Sie zögerte. Das sollte sie wirklich nicht tun. Penelope fuhr um eine Ecke, lenkte den Range Rover an den Straßenrand und parkte. So war er vom Eingang aus nicht zu sehen.

Zu Fuß kehrte sie zur Einfahrt zurück und blickte die Platanenallee hinunter in Richtung des dunklen Gebäudes am anderen Ende. Die Bäume waren offenbar seit Jahren nicht mehr gepflegt worden, die dicken Äste wuchsen ineinander und tauchten den Weg darunter in tiefe Schatten. Das verlieh der ganzen Szenerie einen düsteren und schwermütigen Anstrich, obwohl die Sonne grell vom Himmel schien. Penelope blickte nach links und rechts und trat dann ins Dämmerlicht des Tunnels ein. Alles war still. Das Land zu beiden Seiten schien brachzuliegen, voll wilder Wiesenblumen.

Vor einem schmucklosen Steingebäude erweiterte sich die Zufahrt. Das Gemäuer lief in einer Kapelle aus, mit einer hölzernen Pforte, aber ohne Fenster. Wenn es sich um eine sakrale Anlage handelte, dann hatte sie jedenfalls sehr viel familiärere Dimensionen als die *Abbaye de Sénanque*. Anscheinend sollte sie auch nicht für die Öffentlichkeit zugänglich sein. Waren die *Gentilles Merlotiennes* eine Gemeinschaft für Nonnen?

Sie gelangte an einen mit Schotter bedeckten Wendekreis vor einer breiten, niedrigen Treppe, die zu einer imposanten Eingangstür emporführte. Tatsächlich, befand Penelope, glich sie weniger einer Haustür als dem Tor einer mittelalterlichen Festung, mit schwarzen Eisennieten beschlagen und bewacht von einem eigentümlichen, furchterregend aussehenden Wasserspeier.

Penelope zögerte. Eine kleinere quadratische Tür war in dem größeren Torflügel eingelassen, darüber hing ein Glockenzug.

Sie stieg die Steintreppe empor und zog an der Klingel. Von innen war kein Laut zu hören, und es kam auch niemand an die Tür. Sie zog kräftiger und sprang erschrocken zurück, die Hand vor den Mund gelegt, als die Schnur plötzlich nachgab und schlaff in ihrer Hand hängen blieb. Stille. Ihre Atemzüge beruhigten sich wieder.

Penelope untersuchte den Glockenzug, dann drückte sie einer Eingebung folgend gegen die Pforte. Sie ließ sich mühelos öffnen. Das konnte natürlich bedeuten, dass sie nicht alleine hier war, also legte sie sich ihre Ausreden zurecht. Verlaufen und auf der Suche nach dem richtigen Weg. Historische Forschung. Faszination für sakrale Bauten ... Nichts davon klang auch nur im Entferntesten überzeugend.

Das Innere war kühl und dunkel. Auf Zehenspitzen lief sie über den Steinboden. Als sich ihre Augen ans Zwielicht gewöhnt hatten, bemerkte sie große Porträts an den Wänden von heilig aussehenden alten Frauen, die auf sie herabblickten. Eine dicke Staubschicht bedeckte alles, in der sich eine Reihe ziemlich frischer Fußabdrücke abzeichnete, die in einen langen Korridor zur Linken führten. Vereinzelte dünne Sonnenstrahlen drangen dort durch die geschlossenen Fensterläden, wo das Holz vom Alter rissig war. Das Licht reichte gerade aus, dass Penelope weitergehen konnte.

Sie folgte dem Korridor und platzierte dabei behutsam die eigenen Schritte in den vorhandenen Abdrücken. So gelangte sie an eine weitere große Tür, die in eine Bibliothek oder eine Art Arbeitsraum führte. Bücherregale – die meisten davon leer – füllten die Wände, und in der Mitte des Raumes standen ein Klapptisch und drei Campingstühle. Auf dem Tisch lag ein Stapel Papier.

Ihr Ex-Mann David hatte mehr als einmal gesagt, dass ihre Neugierde sie noch in Schwierigkeiten bringen würde. (Tatsächlich war es ihre hartnäckige Neugier gewesen, die *ihn* in den Morast eines Scheidungsverfahrens getrieben hatte, aber sie schob solche Gedanken nun beiseite und konzentrierte sich auf das Hier und Jetzt.) Das Problem war nur, es war zu dunkel, um am Tisch zu lesen, und sie wollte die Papiere nicht entfernen. Was, fragte sie sich, hätte Camrose getan?

Die Fensterläden öffnen war viel zu riskant, selbst wenn sie die Riegel aufbekam. Eine Taschenlampe hatte sie nicht. Ihr Handy! Besser noch – die Scan-App, die ein genervter Justin ein paar Monate vor ihrer Abreise heruntergeladen hatte, als sie ihm einige Dokumente schicken sollte, die in seinem alten Zimmer zu Hause zurückgeblieben waren.

Sie hielt das Handy im Scan-Modus über die erste Seite und hoffte, dass das Licht des Geräts ausreichte. Dann suchte sie nach etwas, um die Blätter zu bewegen. Sie fand einen getrockneten Lavendelzweig. Davon würde man nicht so leicht Fingerabdrücke nehmen können, und außerdem konnte sie ihn mitnehmen.

Ein gedämpftes Poltern erklang aus der Tiefe des Gebäudes. Penelope erstarrte. Auf Zehenspitzen schlich sie zur Tür. Spähte um die Ecke. Der Lichtkegel einer Taschenlampe tanzte im fernen Korridor auf sie zu.

Leise trat sie in den Raum zurück, bis in den hintersten Winkel, und kauerte sich dort hinter einigen alten Kisten nieder. Bei normaler Beleuchtung hätte sie sich da nicht einen Augenblick lang verbergen können, aber in der Dunkelheit mochte es gerade reichen.

Die Schritte erreichten die Tür, und eine groß gewachsene Gestalt kam herein – wahrscheinlich ein Mann, wie Penelope aus dem Gewicht der Schritte schloss. Oder eine besonders kräftige Nonne. Es gab eine kurze Pause, dann hörte man Papier rascheln. Vermutlich sammelte jemand die Dokumente auf dem Tisch zusammen – deshalb war die Tür offen geblieben. Einen Moment später irrte das Licht der Taschenlampe ziellos im Zimmer umher und verschwand dann, als die Tür zufiel. Schritte hallten im Korridor wider und entfernten sich, bis schließlich in der Ferne eine Tür zugeschlagen und abgeschlossen wurde.

Mit klopfendem Herzen wartete Penelope einige Zeit hinter den Kisten ab, bevor sie sich wieder hervorwagte. Der Nachmittag war schon weit fortgeschritten, und ihr kam in den Sinn, dass sie an einem Ort wie diesem nicht über Nacht eingesperrt bleiben wollte. Sie musste einen Weg nach draußen finden, ohne gesehen zu werden.

Penelope eilte zum Eingang zurück und fand die Tür wie befürchtet verschlossen vor. Daher tastete sie sich mit den Händen an den Wänden entlang, bis sie am anderen Ende eine weitere Tür aufspürte. Mit einem lauten Knarren schwang diese auf.

Sie stolperte in eine große Halle mit langen Tischen und Bänken. Möglicherweise das Refektorium. Auf der anderen Seite drang stärkeres Licht durch eine Tür in den Raum. Penelope eilte dorthin und gelangte in eine alte Küche. Dort gab es keine Läden an den Fenstern, und einige der Glasscheiben waren zerbrochen.

Hinter den Fenstern wucherte ein regelrechter Urwald. Einst mochte der Flecken ein Gemüsegarten gewesen sein, doch nun erinnerte er Penelope an den Zustand ihres eigenen Gartens bei ihrer Ankunft. Die Hintertür sah verwittert aus, und es fehlten bereits ein paar Scheiben darin. Das Holz gab sofort nach, als Penelope mit dem linken Wanderstiefel dagegen trat. Nach einigen weiteren Tritten hing die Tür schräg an einer Angel, sodass man in den hinteren Garten gelangen konnte.

Durch das schulterhohe Gras, durchzogen von alten ungeschnittenen Ranken und Lavendelbüschen dazwischen, folgte sie einer hohen Ziegelmauer, bis sie endlich auf ein Holztor in die Außenwelt stieß. Sie atmete tief durch und seufzte erleichtert. Die Pforte war so altersschwach wie alles andere hier und hatte ihrem Körpergewicht nichts entgegenzusetzen. Tatsächlich gab sie ein wenig zu schnell nach. Doch zumindest war Penelope nun aus dem Gebäude heraus und konnte einen Weg ausmachen, der zurück zur Straße führte.

Als Penelope das Auto zum Stehen brachte, zauste eine leichte Brise die großen Platanen, die über *Le Chant d'Eau* wachten. Sie atmete tief ein und wollte sich entspannen, bevor sie ihr Handy herauszog. Hatte der Scan überhaupt funktioniert? Das war das Problem mit Apps, sie waren entweder zu einfach, um wahr zu sein, oder absurd kompliziert für jeden, der noch nie ein Computerspiel gespielt hatte.

Das gescannte Dokument sah ziemlich verschwommen aus, und es war bedauerlich, dass sie nicht mehr hatte scannen können. Aber die Seite, die sie aufgenommen hatte, versetzte ihr einen Ruck.

PROJET DE CONTRAT
ENTRE
Investissements Paris-Midi
[BdeR]
[LM]
et
Monsieur Pierre Xavier Louchard
Monsieur Manuel Alain Avore
[Datum xx]

Ein Vertrag – ein Vertragsentwurf? Zwischen BdeR und LM und ihrem mürrischen Nachbarn sowie einem kürzlich ermordeten Mann? LM – Laurent Millais? Die Geschichte wurde definitiv interessant.

16

Penelope schlug die Autotür hinter sich zu. Die Erleichterung, wieder daheim zu sein, wurde noch gesteigert durch ein ganz neues Gefühl von Weite. Die Atmosphäre im *Le Chant d'Eau* wirkte irgendwie heller, ungeachtet ihres hämmernden Herzens.

Es dauerte eine Weile, bis sie erkannte, woran es lag. Als sie die Hintertür zur Terrasse öffnete, wurde ihr klar, dass Monsieur Charpet während ihrer Abwesenheit endlich die gesamte Wiese gemäht hatte. Ein gepflegter Park erstreckte sich nun außerhalb des Hauses. Der Innenhof war frei. Ein Teil des Efeus war vom Haus entfernt worden, und wundervoll helle Steinmauern kamen darunter zum Vorschein. Der Ort wirkte nun tatsächlich bewohnt. Eine kleine Träne rann über Penelopes Wange.

Etwa zwanzig Minuten später tauchte Monsieur Charpet auf einem motorisierten Aufsitzmäher am Horizont auf. Penelope musste sich mit Mühe zurückhalten, um ihm nicht in den Weg zu springen und ihn zu umarmen.

Dieses Maß an Vertraulichkeit hatten sie jedoch beide noch nicht erreicht. Penelope schüttelte ihm kräftig die Hand, als er kurz darauf an der Küchentür erschien und ihr mitteilte, dass er für heute fertig sei. Seine Hand war schwielig und hart wie Stein.

»*Merci, Monsieur, merci bien!*«, wiederholte sie mehrmals. Sie wusste, dass sie es übertrieb, aber sie konnte einfach nicht aufhören.

Sie war auch Clémence Valencourt etwas schuldig. Was immer die Frau ansonsten an Rätseln aufgab, sosehr Freundlichkeit und Hochmut sich bei ihr auch die Waage hielten, sosehr sie Penelope auch über wichtige Dinge im Unklaren gelassen hatte – die Wahl ihres Gärtners war genial gewesen. Der Mann vor ihr strahlte eine gewisse sture Verlässlichkeit aus, ähnlich den Granitfelsen in den umliegenden Bergen, die von unzähligen Tagen Mistral und Regen verwittert waren. Alles würde gut werden.

»*À demain!*«

Wir sehen uns morgen! Was noch weitere Fortschritte in Aussicht stellte! »*À demain, Monsieur Charpet*«, antwortete sie und schüttelte ihm immer noch die Hand. »*La transformation – c'est magnifique!*«

Zeigte sich da etwa eine kaum wahrnehmbare Röte unter dieser Olivenhaut? Er befreite sich aus ihrem Griff, nahm das Kompliment an und ging.

Im Licht der Abendsonne blickte Penelope mit einem Gefühl großer Zufriedenheit auf ihr Anwesen. Sie kochte sich eine Tasse Tee und nahm draußen Platz, um über die Geschehnisse der letzten Tage nachzudenken. Bald verlor sie sich im Ausblick auf die Lichter im Tal, die nach und nach zu leuchten begannen. Auf der Rückfahrt hatte sie sich gefragt, ob sie sich jetzt, da Frankie fort war, einsam fühlen würde. Aber sie fühlte sich nur müde und seltsam glücklich.

In der Ecke des Wohnzimmers unter der Balkendecke stand die große Tragetasche, zerkratzt und gezeichnet vom Alter.

Einst war Penelope eine gute Cellistin gewesen. Eine sehr gute sogar. Gut genug, um das Stadium zu erreichen, in dem ständige Übung erforderlich war, um auch nur die vorhandenen Fähigkeiten zu erhalten. In der Schule und an der Universität hatte sie für ihr Spiel mehrere Preise gewonnen und irgendwann sogar über eine ernsthafte Karriere nachgedacht. Doch als sich ihr mit einem Vorspielen an der Royal Academy of Music tatsächlich ein Einstieg in die unbarmherzige Welt der professionellen Musik eröffnete und sie den anderen Bewerbern lauschte, erkannte sie, dass sie – so gut sie auch war – nie die Höhen erreichen würde, die dort erwartet wurden. Sie beschloss, eine begabte Amateurin zu bleiben, und besuchte die Sekretärinnen-Fachschule. Der Plan war, in der Musikbranche oder für einen Konzertveranstalter zu arbeiten, doch auch dazu war es nicht gekommen, nachdem sie David getroffen hatte. Im Laufe der Jahre war der Cellokasten seltener und seltener geöffnet worden, und schließlich hatte sie ganz damit aufgehört.

Das war fast zwanzig Jahre her, sinnierte sie, während sie die Tasche aus der Ecke zog und die rostigen Schlösser aufschnappen ließ. Aber sie fühlte immer noch die Vorfreude, als der Kasten aufklappte und das goldbraune Cello enthüllte, das auf seinem roten Samt ruhte, so vollkommen wie an jenem Tag, als ihr Vater es ihr zum achtzehnten Geburtstag geschenkt hatte. Sie setzte sich auf den Stuhl und zog das Instrument zu sich. Den Bogen spannen, das Bogenharz auf und ab über das straffe Pferdehaar reiben, die Saiten stimmen – dies alles war Teil des aufwendigen Rituals, das dem Musizieren voranging und in der richtigen Reihenfolge durchgeführt werden musste. Es beruhigte das Gemüt und stimmte sie auf das Spiel ein.

Sie war ziemlich aufgeregt, als sie den Bogen aufnahm. Sie hatte keine Ahnung, wie sehr ihre Technik in den Jahren der Vernachlässigung gelitten hatte, und im Stillen verfluchte sie das Leben, das ihr die Möglichkeit genommen hatte, sie weiter voranzubringen. Sie war sich nicht ganz sicher, ob sie sich an die Stücke erinnern würde, die sie einst auswendig gekannt hatte. Mit geschlossenen Augen zog sie den Bogen über die Saiten, zum ersten Mal seit Jahrzehnten.

Die nächste Stunde war durchsetzt von unzufriedenem Grunzen, Fluchen und gelegentlichen Tonfolgen. Die Finger schmerzten ihr von der ungewohnten Haltung, und das Wissen, wie gut sie einmal gewesen war, machte die jetzigen Versuche umso schlimmer. Sie konnte es im Kopf noch hören, wie es klingen sollte, aber das, was sie dem Instrument entlockte, blieb weit hinter den Erwartungen zurück. Dennoch – als sie innehielt, empfand sie ein tiefes Gefühl der Freude. Sie schwor sich, in Zukunft wieder diszipliniert zu üben. Der Zauber war immer noch spürbar.

Sie spielte weiter.

Zwei Stunden später saß sie halb in Trance am offenen Fenster. Ihr war so, als könne sie weiterhin ein Echo der geliebten Mendelssohn-Sonate in der Nachtluft schweben hören. Wie so oft hatte die Musik nicht nur ihren Geist beruhigt, sondern sie mit dem besten Teil ihres Selbst verbunden. Sie konnte klar denken. Wie sie das vermisst hatte!

Vielleicht hätte sie in ihrer Ehe weniger selbstlos sein sollen. Vielleicht hätten Lena und Justin sie dann nicht als so selbstverständlich genommen. Nun war es zu spät dafür, doch der Gedanke machte ihr deutlich, dass sie nach Frankies Abreise auf sich selbst gestellt war. Sie musste auf ihre eigenen inneren Reserven zurückgreifen, wenn ihr Leben allein in St Merlot gelingen sollte.

Aber es war kein sehr vielversprechender Anfang gewesen.

Was ging hier wirklich vor? Warum tauchte Clémence Valencourt immer wieder auf? Nur wegen ihrer Affäre mit dem Bürgermeister? Und wenn es andere Gründe gab, machten ihre Handlungen sie dann verdächtig oder hing sie nur mit drin – insbesondere, wenn »LM« im Vertragsentwurf tatsächlich für Laurent Millais stand? Hatte der Vertrag etwas mit Avores Tod zu tun? Hatte Clémence Penelope dazu gebracht, *Le Chant d'Eau* zu kaufen, weil sie eine Ausländerin war und man so gut wie sicher sein konnte, dass sie nicht durchschaute, was hier vorging? Penelope runzelte die Stirn. Es blieb abzuwarten, ob sie wirklich auf derselben Seite standen.

Dann war da noch der charmante Bürgermeister. Was wusste er, das er vor ihr verheimlichte? Er war so überzeugt davon gewesen, dass es Manuel Avore war, der sie am ersten Abend hinter dem Haus bedroht hatte – aber was, wenn er sich irrte? Oder schlimmer noch, sie absichtlich in die Irre führte? Niemand, nicht einmal der Polizeichef, schien sich für die entscheidende Tatsache zu interessieren, dass der Mann im Garten und der Mann im Pool unmöglich beide Manuel Avore sein konnten.

Steckten Laurent Millais und Clémence zusammen in der Sache – was auch immer das für eine *Sache* war? Wo hielt sich ihr niemals greifbarer Ehemann auf? Und was konnte überhaupt dazu führen, dass sie es für nötig erachteten, einen unliebsamen alten Nachbarn aus dem Weg zu räumen?

17

Am nächsten Morgen hing der Nebel tief über den blauen Hängen, eine erste Mahnung, dass der Sommer nicht ewig dauern würde. Penelope begrüßte Monsieur Charpet und einen jungen Mann namens Olivier, der mit ihm ankam. Olivier holte Leitern vom Dach seines Lieferwagens und machte sich sofort wieder an die Arbeit. Er zog Efeu von den Wänden, während Charpet das Unternehmen leitete.

Penelope hätte ihm gerne ein paar Fragen zu Clémence Valencourt und dem Bürgermeister gestellt, entschied aber, dass sie ihn nicht gut genug dafür kannte. Das konnte mehr Schaden anrichten, als es wert war. Sie ließ die beiden machen und fuhr nach Apt, wo sie eine Menge Putzgeräte, etwas Spachtelmasse und weiße Farbe sowie einen kräftigen Staubsauger kaufte. Bei ihrer Rückkehr fand sie das Haupthaus und die Nebengebäude von verknäuelten Efeuhaufen umringt.

Vollständig freigelegt sahen die Nebengebäude noch viel besser aus, als Penelope es sich je vorgestellt hatte. Das größte musste früher einmal eine Ansammlung von Ställen oder Scheunen gewesen sein, die alle miteinander verbunden waren, aber Dächer von unterschiedlicher Höhe hatten, dazu schöne Bogentüren. Sie hörte Frankies Stimme in ihrem Kopf widerhallen: »*Gîte, gîte, gîte!*« Jetzt konnte sie selbst erkennen, was sie gemeint hatte. Die hier würden perfekte kleine Ferienwohnungen abgeben, wenn Penelope je entschied, sich auf so etwas einzulassen. Das nächste Gebäude, eine kleine Scheune, eignete sich ideal als Atelier. Mit dem richtigen Licht ließ sich dort womöglich malen – oder gar (Penelope fühlte, wie ihr Herz schneller schlug) ein behagliches, einladendes Musikzimmer einrichten. Doch auf dem Gelände gab es noch mehr Wunder zu entdecken. Der Obstgarten wirkte bereits doppelt so groß wie am Morgen.

Auf der Mauer der Terrasse lag ein Häuflein kleiner rosa Pflaumen. Sie fühlten sich fest an, aber als sie von einer kostete, schmeckte sie köstlich süß. Sie nahm es als ein Zeichen, als aufmerksame Gabe von Monsieur Charpet und dem Obstgarten.

Der Nachmittag verging im ermüdenden Kampf gegen die Staubschichten, die sich im Laufe der Jahre angesammelt hatten. Je häufiger Penelope hinsah, desto mehr bemerkte sie die hässlichen Spinnweben und eine große Anzahl von allen möglichen lebenden und toten Insekten. Aber sie lernte die Räume auch aus verschiedenen Blickwinkeln kennen, und ihr gefiel, wie großzügig sie geschnitten waren. Im Wohnzimmer stieg die Decke bis auf über fünf Meter Höhe an. Die Balken darin, in traditioneller Weise zwischen Putz auf Putzträger gesetzt, würden atemberaubend wirken, wenn sie erst einmal weiß gestrichen waren. Die roten Fliesen am Boden ließen sich mit einer professionellen Poliermaschine wieder zum Leben erwecken. Gerade dachte sie daran, dass der riesige steinerne Kaminsims im Winter über einem echten Holzfeuer thronen könnte, da klopfte es ans Fenster.

Didier Picaud, der Elektriker, strahlte in voller Wattzahl und winkte.

Penelope bedeutete ihm, zur Hintertür zu kommen. »*Bonjour, Monsieur Picaud.*« Sie führte ihn in die Küche. Er trug ein T-Shirt mit dem Aufdruck »I (Herz) London« mit dem Bild eines roten Doppeldeckerbusses darüber. »Sind Sie gekommen, um die Kabel neu zu verlegen?« Der Tag schien ihr schon ein wenig fortgeschritten zu sein, um damit noch anzufangen.

»*Bonjour, Madame.* Bitte nennen Sie mich Didier. Nein ... Es geht nicht um Arbeit. Ich will Sie um etwas sehr Wichtiges bitten.« Der aufmerksame Blick seiner braunen Augen traf den ihren und wandte sich dann zur Seite, als ob er nervös wäre.

»Natürlich, worum geht's?«

»Danke, Madame.«

Er fuhr sich mit einer Hand durch sein zerzaustes Haar. Trotz des breiten Lächelns wirkte er ein wenig verlegen und unbeholfen, bemerkte sie. »Ich spreche gerne Englisch, Madame. Und Sie sind Engländerin. Die einzige in diesem Dorf.«

Penelope war außerordentlich erfreut, das zu hören. »Sie wollen, dass ich mit Ihnen Englisch rede, ja?«

Er nickte. »Ich liebe alles Englische. Die Beatles, Heavy Metal, die Queen.« Er blickte todernst drein. »Jams Pond.«

»Pond?«

Er nahm eine Pose ein und wies mit dem Finger auf sie, als würde er mit einer Pistole zielen. »Pond. Jams Pond. Null null sieben!«

»Ah! Ganz recht, James Bond.«

»*Oui.* Ich sehe mir die Filme auf Englisch an. Ich liebe das Englische. Rrroger Moorrre. Sean Connery. *Dark Zide of ze Moon.*«

»Aaah, Pink Floyd.« Penelope dachte an ihre Schulzeit zurück und grinste bei der Erinnerung an dunkle verschwitzte Partys, wo die Alben der Gruppe immer als Soundtrack zum Knutschen gespielt wurden.

»Und ich habe Em.«

»Em?«

Didier pfiff. Ein großer schwarzer Labrador schob sich mit wedelndem Schwanz an der Küchentür vorbei. Es war ein bezauberndes Geschöpf.

»Ist sie nicht ein Schatz! Schau sich einer diese Schokoladenaugen an!«

Didier strich seinem Hund über den Kopf. »Ihr Name ist Shoo-dee, aber ich nenne sie Em.«

»Shoo-dee ... Judi! Nach Judi Dench. M!« Zu Didiers sichtlichem Vergnügen verstand Penelope die Anspielung.

»Sie ist sehr intelligent. Bye-bye!«, befahl er und sah seinen Hund an. »M« hob die Vorderpfote und winkte majestätisch.

Penelope kicherte.

»Ich mag alles Englische, auch Hunde«, erklärte Didier.

Penelope zollte seinem guten Geschmack Anerkennung und schob einen echten Test hinterher. »Eine Tasse Tee?«

»Köstlich.«

»Ich setze Wasser auf, dann können wir ein wenig miteinander plaudern.«

Anschließend gab es kein Halten mehr. Didier rasselte die Titel von Pink-Floyd-Stücken herunter, die sich in den dunklen Nischen von Penelopes Gedächtnis verborgen hatten. Ohne Zweifel war er ein großer Fan. Er erzählte ihr von einer Reise nach London, die er mit einundzwanzig unternommen hatte, und von einer Fahrt nach Liverpool, um den Cavern Club zu sehen. Sein Englisch war wirklich ziemlich gut.

Es dauerte eine Weile, bis Penelope ihn zu den für sie interessanteren Themen lotsen konnte. »Wie waren sie, die früheren Besitzer dieses Hauses?«

»Es waren nette Menschen. Ich kann nicht sagen, dass ich sie sehr oft gesehen habe. Sie haben hier nie viel Zeit verbracht. Sie blieben lieber in Lyon.«

»Ich dachte, sie wollten hier ihren Ruhestand verbringen. Doch anscheinend sind sie nie dazu gekommen, das Haus zu renovieren. Wie kommt das?«

Didier zuckte mit den Achseln. »Vielleicht hatten sie nicht das Geld. Renovierungen sind immer teurer, als man erwartet.«
»Das stimmt.«
»Sie taten mir etwas leid. Sie waren ziemlich alt. Sie haben vielleicht zu spät bemerkt, dass sie das überfordert. Jaguar! Aston Martin«, wechselte er abrupt das Thema. »Range Rover! Darf ich Ihr Auto ansehen? Es ist so englisch! Darf ich drin sitzen?«
»Wenn Sie möchten.«
Schließlich, nach einer langen Unterhaltung über die Vorzüge von Aston Martin gegenüber dem Lotus als bestem Bond-Fahrzeug, leerte Didier den Rest seiner schon kalt gewordenen Tasse Tee und erhob sich.
»Madame, ich muss jetzt gehen. Aber ich komme bald zurück und lege die neuen Leitungen.«
Penelope schüttelte ihm herzlich die Hand. »Und rufen Sie einfach an, wann immer Sie ein wenig Englisch reden wollen.«
»Es wäre mir ein Vergnügen. Vielleicht wollen Sie Ihr Französisch üben? Wenn Sie wollen, können Sie zu einem *Pétanque*-Spiel ins Dorf kommen? Ich spiele Sonntagabend. St Merlot gegen Rustrel.«
»Das wäre wunderbar.« Penelope fühlte sich angenehm berührt.
Es war immer noch heiß und hell, als Didier und M aufbrachen. Der Hund winkte ihr noch einmal mit königlicher Geste zum Abschied.

Penelope grub ein Paar robuste Wanderschuhe aus ihrem Gepäck und ging nach draußen. Ein Spaziergang am späten Nachmittag war genau das, was sie jetzt brauchte. Sie folgte dem Weg in entgegengesetzter Richtung zur Hauptstraße und schlenderte dort entlang, umhüllt vom Duft wilden Thymians und dem allgegenwärtigen Zirpen der Zikaden. Vögel zogen über ihr ihre Kreise, Schmetterlinge flatterten.

Im Nu erreichte sie den Eingang von Pierre Louchards Hof. Und dort stand er auch schon.

Sie winkte. »*Bonjour, Monsieur!*«

»*Bonjour, Madame*«, antwortete Monsieur Louchard ohne größere Begeisterung. Er trug ein langes Gewehr unter dem Arm und hielt ein öliges Tuch in der Hand.

In ihrem bestmöglichen Französisch erklärte sie ihm, dass sie einen Spaziergang unternahm und die Landschaft erkunden wollte.

Der Bauer verzog das Gesicht. »*Pourquoi?*«

Warum? »*Il fait très beau, Monsieur.*«

Das Wetter war tatsächlich schön, stimmte er zu, doch er glaubte, dass es später noch regnen würde. Penelope blickte zum tiefen, wolkenlosen Blau des Himmels empor und lächelte. Ihr war bereits aufgefallen, dass der Wetterbericht in der Provence oft Wolken vorhersagte, während in Wahrheit nichts weiter geschah, als dass die Sonne eine halbe Stunde lang verschleiert war. An einem Ort, an dem sie so viele Monate im Jahr verlässlich vom Himmel brannte, schienen die Einheimischen jede Wolke als eine persönliche Beleidigung anzusehen.

»*Faites attention à la chasse!*«

»*La chasse?*«

Er strich über seine glänzende Flinte, hob sie an die Schulter und tat so, als würde er in die Luft schießen.

»Jäger! *Oui, je comprends.*« Penelope erklärte, dass sie auf den Wegen bleiben würde. Auf Französisch kam das vielleicht nicht ganz so gut heraus, wie sie gehofft hatte, aber sie war überzeugt davon, dass er das Wesentliche mitbekommen hatte.

Monsieur Louchard rasselte ein paar Sätze herunter, und Penelope gab ihr Bestes, um sie zu verstehen. Sein Dialekt war sehr ausgeprägt, und sie bekam nur einen Teil von dem mit, was er sagte.

»*Est-ce qu'il y a un problème, Monsieur?*«

Soweit sie es deuten konnte, gingen nicht alle Jäger so bedachtsam vor wie er, wenn sie dem Steinhuhn nachstellten. Ihm zufolge stolperten viele einfach nur in den Wäldern umher und schossen auf alles, was sich bewegte, ob Tier, Pflanze, Stein ... oder Mensch.

»*Alors, je vous dis, Madame, faites attention!* Vorsichtig!«

»Das werde ich, danke.«

Penelope konnte sich schwer vorstellen, dass irgendein Jäger eine englische Spaziergängerin mit einem Wildschwein verwechseln könnte, es sei denn, er wäre hochoffiziell blind. Oder, wenn es doch geschah, würde sie auf jeden Fall an L'Oréal schreiben und ihr Geld zurückverlangen. Sie ging weiter und ärgerte sich über sich selbst, weil sie keine Möglichkeit gefunden hatte, ihn nach *Le Prieuré des Gentilles Merlotiennes* zu fragen. Beim nächsten Mal, wenn sie Zeit gehabt hatte, darüber nachzudenken ... Sie konnte nicht einfach damit herausplatzen.

Der Pfad führte in den Wald hinein. Ab und an lichteten sich die Steineichen und Pinien und gaben den Blick frei auf Reihen von geschnittenem Lavendel, einen Weinberg, der unter dem Gewicht der Trauben ächzte, oder ein brachliegendes Feld. Auf einer Lichtung fand sie eine lange Reihe von Bienenstöcken. Sie hörte und sah nichts, was auf Jäger hinwies.

Nach kurzer Zeit stieß sie auf die Überreste einer Steinmauer, die bei näherer Betrachtung Teil eines größeren Bauwerks zu sein schien. Penelope packte ihre großformatige Wanderkarte aus. Ein kleines Kreuz markierte die Ruine einer Kapelle. Sie verließ den Weg und stöberte im Unterholz umher. Sie konnte die Anlage des Gebäudes gerade noch erkennen, auch wenn allenfalls die Hälfte des einstigen Mauerwerks verblieben war. War dies einst die Dorfkirche gewesen? Die Umrisse alter Fenster durchbrachen die moosverkrusteten Steine.

Sie blickte an den Überresten der Kirchenwände empor, als plötzlich etwas an ihrem Ohr vorbeizischte, gefolgt von einem lauten Knall.

»Heiliger Strohsack!« Kein Zweifel. Das war ein Schuss!

Instinktiv duckte sie sich und presste sich an eine kühle, feuchte Außenmauer.

Eine weitere, bedrohlich laute Folge von Schüssen war zu hören.

Einen Moment lang geriet Penelope in blinde Panik. Sollte sie aufspringen und mit den Armen wedeln, um zu zeigen, dass sie keine potenzielle Rehkeule oder Wildschwein-*Saucisson* war? Zum Glück gewann ihr logischer, forensisch geschulter Verstand ebenso schnell wieder die Oberhand. Sie sprang in die Ruine hinein.

Eine große Steineiche wuchs in der Mitte dessen, was vormals wohl das Kirchenschiff gewesen war. Penelope kroch vorsichtig über den wild wuchernden Efeu, der sich überall schlängelte, und versuchte, kein Geräusch dabei zu machen. Zwischen den Mauern der Kapelle kauerte sie sich zusammen.

Ein weiterer Schuss trieb sie noch tiefer in die Ruine, und sie kauerte sich enger an eine Wand. Eine ganze Salve erklang, viel zu nah für ihren Geschmack.

So muss es im Ersten Weltkrieg gewesen sein, dachte Penelope mit klappernden Zähnen. Sie schloss die Augen. Es schien eine Ewigkeit zu dauern, bis das unregelmäßige Gewehrfeuer allmählich verklang. Hörte sie da Stimmen, die sich entfernten, oder bildete sie sich das nur ein?

Penelope blickte zu den Überresten der Kapellenwände auf und versuchte, den sichersten Platz für einen Blick nach draußen zu finden. In der hinteren Ecke erhob sich ein großer Hügel aus Erde und Steinen unter einer Fensteröffnung. So leise wie möglich bahnte sich sich einen Weg dorthin.

Sie kletterte langsam auf die Steine, hielt Ausschau nach etwas, an dem sie sich festklammern konnte, und packte dann eine Efeuwurzel an dem Erdhaufen. Aufgewühlter, als sie zugeben wollte, hielt sie inne. Das Herz hämmerte wild in ihrer Brust. Arme und Beine waren von Dornen zerkratzt. Behutsam, tastend versuchte sie, sich aufzurichten. Ihr Blick blieb auf das Fenstersims gerichtet. Ihr Ziel war es hinauszuschauen, ohne gesehen zu werden.

Die Efeuwurzel löste sich aus dem Grund.

Penelope kippte nach vorn und griff instinktiv nach dem nächsten Halt. Auch der gab nach. Sie sah genauer hin.

Und erstarrte.

Sie hielt einen großen Knochen in der Hand, bleich und mit schwarzen Schimmelflecken.

»Heiliger Strohsack!«

Penelope hatte genug Fotos von Knochen gesehen, um zu wissen, dass dies hier ein Musterbeispiel für einen Radius war, den seitlichen und etwas kürzeren der beiden Unterarmknochen. Die Efeuwurzel, die sie zuerst gepackt hatte, war keine Efeuwurzel. Es war ein Fingerknochen. Und sie hatte damit Händchen gehalten!

»Heiliger verdammter Strohsack!«

Sie wusste, dass sie die Knochen nicht berühren durfte – obwohl sie den Schauplatz weiß Gott schon genug gestört hatte –, aber sie schob Efeu und Unkraut beiseite, bis sie sicher sein konnte, dass sie nicht furchtbar danebenlag.

Das war nicht der Fall. Aus dem Erdhügel in der Ecke der verfallenen Kapelle, nahe der Wand und der Fensterbank, ragten Teile eines großen skelettierten Armes heraus. Eine verdreckte Spielkarte steckte zwischen den verbliebenen Fingerknochen. Das Pik-Ass.

In ihrem Kopf schwirrte es, als könne sie jederzeit in Ohnmacht fallen. Sie schloss die Augen. Sie bekam einfach das Bild der Karte nicht aus dem Kopf. Ein einzelnes Pik-Ass – wo hatte sie das in letzter Zeit schon einmal gesehen? Sie musste einige Male tief durchatmen.

Dann erinnerte sie sich. Das Gegenstück war in ihrem Schwimmbad geschwommen, als hätte Manuel Avore es auf dem trüben Wasser ausgespielt.

Ungeachtet des Schocks kam nun ihre langjährige Berufserfahrung zum Tragen. Dem Zustand der Speiche nach zu urteilen, ging ihre erste Einschätzung dahin, dass sie bereits seit einigen Jahren im Boden lag. Allerdings wirkte keiner der Knochen spröde und ausgetrocknet. Sie waren gut erhalten. Jahre also, jedoch keine Jahrzehnte, seit sie hier vergraben worden waren.

Alle Gedanken an Jäger waren verschwunden. Penelope stand auf. Sie klopfte ihre Hosentaschen ab und hätte vor Erleichterung weinen können, als sie ihr Handy noch in der Tasche fand. Sie schoss ein paar Fotos von ihrem Fund, und zwar genau so, wie sie ihn vorgefunden hatte. Mit einem trockenen Ast bog sie mühsam die Spielkarte zurück, sodass sie die Rückseite sehen konnte, und machte auch davon ein Foto. Alte Gewohnheiten ließen sich nur schwer abschütteln. Das galt zumindest für ihr Wissen, wie man dem forensischen Pathologen seine Arbeit erleichterte.

Sie trat zurück und versuchte, vernünftig an die Sache heranzugehen. Gewiss lag sie falsch. Da steckte nichts Beängstigenderes hinter der Sache als ein alter Leichnam, der wieder an die Oberfläche gekommen war, bewegt von Jahrzehnten – Jahrhunderten sogar – des Winterwetters und durch Insekten- und Tieraktivitäten. Der Erdhügel in der entlegenen Ecke mochte durchaus durch sintflutartige Regenfälle und die Kraft des Windes entstanden sein, der durch die Länge des Tales brauste. Lehmboden trocknete im Sommer und riss auf. Womöglich ging einfach ihre Fantasie mit ihr durch. Penelope atmete tief durch den Mund aus, wie sie es im Yoga gelernt hatte. Ruhig … ruhig … ruhig, die ruhige Mitte, wiederholte sie das Mantra.

Als sie wieder zurück auf den Weg trat, zogen aufkommende Regenwolken vor die rasch kühler werdende Sonne. Erneut waren zwei Schüsse zu hören. Sie blieb stehen. Lauschte. Die Schüsse schienen etwas weiter entfernt gefallen zu sein. Sie war eindeutig ein wenig zittrig auf den Beinen, als sie den Weg zurückstolperte, den sie gekommen war.

Monsieur Louchard hielt sich immer noch vor seinem Haus auf, als sie auf den Hof zurannte. Sie musste sehr erschrocken wirken, denn sobald er sie erblickte, eilte er zu seinem Tor. Die Besorgnis stand ihm ins Gesicht geschrieben, und er führte sie zu einem Stuhl am Gartentisch.

Er ging ins Haus und kehrte mit einer Flasche Pflaumenschnaps zurück. Ein kleines Glas wurde vor sie hingestellt und aufgefüllt. Er selbst nahm sich auch eines. Penelope kippte es ganz hinunter und schnappte nach Luft, als sich die Flüssigkeit feurig durch ihre Kehle brannte. Sie erfüllte ihren Zweck.

»*Mais qu'est-ce qui s'est passé, Madame?*«

»Was mit mir passiert ist? *Les chasseurs!* Auf mich wurde geschossen, Monsieur! Peng, peng!« Sie war vollkommen durcheinander und nicht in der Lage, Französisch zu sprechen. »Es war, als würden sie mich jagen! *Je suis gibier* – ich war die Beute!«

Louchard wirkte entsetzt. »*Non!*«, rief er aus und schüttelte den Kopf. Penelope beschrieb ihm, in was für eine Lage sie geraten war, und nachdem er noch mehrmals seine Überraschung bekundet hatte, schien der Bauer ihr schließlich zu glauben.

»*Incroyable! Horrifiant! Les maudits!*«, murmelte er.

»*Mais une autre chose.*« Sie brachte es kaum über sich, darüber zu reden.

»*Quoi?*«, fragte Louchard.

»*Un corps* – eine Leiche. Besser gesagt, die Knochen!«

Louchard blickte noch besorgter drein. »*Un corps?* Wo izzz denn?«

»In der Kapelle, der verfallenen Kapelle. Wo ich mich versteckt habe, nachdem ich die Schüsse gehört hatte. Ich habe versucht rauszukommen und dann ...«

»Sie sind sischer?«

»Natürlich bin ich mir sicher! Ich weiß, wie Knochen aussehen!« Penelope sackte auf dem Stuhl zusammen und barg den Kopf in den Händen. Hatte sie einen schrecklichen Fehler gemacht? Womöglich hatte sie ein rechtmäßiges Grab gestört. Vor langer Zeit *wurden* Tote in Kapellen begraben.

Aber Louchard hatte bereits sein Handy herausgeholt und schrie wild gestikulierend hinein. Penelope wurde klar, dass er die Polizei anrief. Sie fühlte sich bedrückt.

Der Himmel hatte sich nun zugezogen. Sie spürte die ersten Tropfen. Der Bauer blickte nach oben und lächelte, als der Regen immer dichter fiel. Regentropfen prallten vom eisernen Cafétisch ab und zischten auf dem Lauf des Gewehrs, das an seinem Stuhl lehnte.

Louchard beendete sein Telefongespräch und wandte sich wieder Penelope zu. Er hob den Kopf in Richtung der Wolken und zuckte die Achseln, als wolle er ausdrücken: »Ich hab es Ihnen ja gesagt.«

»*Madame*, wir gehen jetzt zurück zur Kapelle. Der Polizeichef, er kommt.«

18

Während Monsieur Louchard und Penelope zum Schauplatz der jüngsten unglücklichen Ereignisse zurückwanderten, hielt er ihr einen Vortrag über die Bruderschaft der Waidmänner. Es gab zwei Arten von einheimischen Jägern: Die verantwortungsbewussten (zu denen er sich eindeutig selbst zählte), die sich an die Regeln hielten, ihre Beute und deren Gewohnheiten genau kannten und ihr mit List und Erfahrung nachstellten; und diejenigen, die zu viel tranken, im Unterholz umherirrten und auf alles schossen, was sich bewegte. Penelope war offensichtlich und unglücklicherweise auf eine Gruppe dieser zweiten Art getroffen. »*Les Cro-Magnons avec fusils!*«

»Sie hatten Glück, *Madame*. Jedes Jahr gibt es ein oder zwei Tote bei Unfällen im Wald.« Er warf einen abschätzigen Blick auf ihre schmutzige Gartenhose und das schwarze Top. »Wenn Sie das nächste Mal spazieren gehen, tragen Sie etwas Helles, rate ich. Rosa! Türkis! Gelb!«

Als sie die Kapelle erreichten, fuhr hinter ihnen leise ein Auto heran. Das Fahrzeug holperte über die unebene, steinige Strecke, und der Polizeichef stieg heraus. Er starrte in den Himmel hinauf und dann auf Penelope, als wäre das alles ihre Schuld – einschließlich des Regens.

Einen Moment später traf auch schon der Bürgermeister ein, zu Fuß und mit einem großen Golfschirm. Er wirkte beunruhigter als sonst. Wie um alles in der Welt kriegt er das immer so schnell mit?, überlegte Penelope, während sie sich den Schlamm aus dem Haar wischte.

»Nun, Madame Kiet«, sagte er in ruhigem und sachlichem Tonfall. »Würden Sie uns bitte zeigen, was Sie gefunden haben?«

Penelope nickte und führte ihn durch das zugewachsene Kirchenschiff. Zwei junge Gendarmen, von denen sie einen als Daniel Auxois erkannte, stolperten lautstark über lose Steine hinter ihnen her.

»Da!« Sie wies darauf.

Sie alle schauten es sich an, einschließlich des Polizeichefs, der plötzlich mit dem Kopf voran zu ihnen stieß, nachdem er über einen Strang Efeu gestolpert war. Daniel half ihm wieder auf. Die übrigen taten so, als hätten sie es nicht mitbekommen.

Der Regen wurde schlimmer.

Penelope blieb ein Stück weiter hinten stehen. Sie wartete darauf, dass Reyssens und der Bürgermeister mitleidig den Kopf schüttelten und sie wissen ließen, dass im Umkreis alter Kirchen sehr häufig vergrabene Leichen zu finden waren. Aber niemand sagte etwas Derartiges. Vielleicht hielten sie sich auch nur freundlich zurück, weil sie annahmen, dass Penelope psychische Probleme haben könnte.

Der Bürgermeister, Monsieur Louchard und Polizeichef Reyssens sprachen miteinander. Die Gendarmen gingen methodisch ihrer Arbeit nach. Penelope saß wie ein Häufchen Elend auf einem niedrigen Stück Wand abseits des Geschehens.

Zwanzig Minuten später hatte man den Bereich mit Flatterband abgesperrt, und inmitten der eingestürzten Mauern der Kapelle war ein Zelt aufgestellt worden. Ein weiterer unmarkierter Lieferwagen tauchte auf, diesmal mit Männern in weißen Overalls, mit Masken und verschiedenen Grabungswerkzeugen. Allmählich ließ der Regen nach. Penelope fiel auf, wie still und zurückhaltend dieser Polizeieinsatz vonstattenging, ganz im Gegensatz zum letzten Mal.

»Geht es Ihnen gut?«

Penelope blickte auf. Es war Laurent Millais.

Sie nickte nur, weil sie nicht sicher war, dass sie etwas Vernünftiges herausbrachte.

»Es ist unglaublich«, sagte er. »Wie hoch ist wohl die Wahrscheinlichkeit?«

»Wie bitte?«

»Wir sollten uns bei Ihnen entschuldigen. Was für ein Start in Ihr neues Leben in Frankreich! Es ist unglaublich!«

Ihm blieb keine Zeit, um mehr zu sagen. Der Polizeichef kam auf sie zu und wischte dabei an den Schlammstreifen auf seiner Uniform herum. Der Blick, den er Penelope zuwarf, besagte eindeutig, dass dies ebenfalls ihre Schuld war.

»Wie es aussieht, Madame, haben Sie ein Talent dafür, Leichen aufzufinden.« Er schnaubte. Anscheinend war er bei etwas gestört worden, was er deutlich lieber tat, als hier zu sein, und war deswegen nicht in bester Stimmung.

Penelope wehrte sich gegen die Anschuldigung, die darin mitschwang. »Mir scheint es so, *Monsieur le Chef de Police*, dass die Bewohner von St Merlot ein Talent dafür haben, unter verdächtigen Umständen ihr Leben zu verlieren!«

Sie hielten alle kurz inne und sahen zu, wie der zweite Leichensack des Sommers an ihnen vorbei und zum Zelt getragen wurde.

»Und ich nehme an, Sie haben keine Ahnung, wer das ist«, stellte sie rundheraus fest.

»Wir werden es untersuchen«, erwiderte Reyssens, »und ich muss Sie dringend bitten, vorerst mit niemandem im Dorf darüber zu reden. Ihnen ist vielleicht aufgefallen, dass wir uns bemüht haben, keine Aufmerksamkeit auf diesen Fund zu lenken.«

Penelope nickte, während er weitersprach.

»In solchen Fällen gibt es oft eine lokale Verbindung, und wir möchten nicht, dass sonst noch jemand in der Gegend davon erfährt.«

Penelope überlegte, wie sie wohl im Avore-Fall vorankamen, beschloss jedoch, lieber nicht danach zu fragen. Sie fühlte sich ausgelaugt und antwortete einfach nur auf seine Fragen, wann sie ihr Haus verlassen hatte; wann genau sie die Schüsse gehört und die Knochen gefunden hatte; und wer ihre Version der Ereignisse bestätigen konnte.

Der Polizeichef klappte seinen Notizblock zu und entließ sie schroff.

»Und wollen Sie gar nichts zu den Gefahren sagen, die von diesen außer Kontrolle geratenen Jägern ausgehen?«, schrie sie wütend. »Anscheinend haben Sie vergessen, dass auf mich geschossen wurde! Was, wenn sich dieser Körper als Jagdopfer herausstellt?«

Er fuhr auf dem Absatz herum. Das unstete Grinsen, mit dem er sie nun anschaute, wirkte eher beunruhigend. »Ach ja, Madame. Die Jäger.« Er klang nun eindeutig fröhlich und freundlich.

»Ich nehme an, Sie werden gerne erfahren, dass wir die Ergebnisse zu Ihrer Mordwaffe haben. Diese Axt, die Sie mir gebracht haben!« Er sprach sehr deutlich auf Englisch, als wollte er jedes Missverständnis ausschließen. »Das Geheimnis der Axt ist gelöst.«

Meine Güte, dachte Penelope, zumindest scheint er da etwas gefunden zu haben, was ihm gefällt. War die Untersuchung im Fall Avore etwa abgeschlossen? Einige wenige Sekunden lang erlaubte sie sich, im Geiste die Schlagzeilen der

La Provence vor sich zu sehen: »Mordfall von scharfsinniger britischer Zugereisten aufgeklärt. Miss Marple *de-nos-jours* liefert den entscheidenden Hinweis.«

»Dann lassen Sie es uns wissen«, sagte der Bürgermeister.

»Madame«, setzte der Polizeichef an und sah nun mehr wie Napoleon aus als je zuvor. »Wir haben die Ergebnisse aus unserem Labor.«

»Also *ist* Blut an der Axt?«

»Ja, es ist Blut. Sie haben eine ausgezeichnete Beobachtung gemacht, Madame. Herzlichen Glückwunsch.«

»Danke.« Penelope fühlte, wie eine Woge des Stolzes sie erfasste.

»Und wie Sie uns genauso mitgeteilt haben, lässt es sich auch belegen, dass jemand diese Axt kürzlich benutzt und gesäubert hat. Das Blut war noch vergleichsweise frisch.«

»Ich wusste es!«

Penelope sah den Bürgermeister an. Er erwiderte ihren Blick auf eine Weise, die sie höchst beunruhigend fand. Verlegen blickte sie beiseite und fühlte sich wie ein Teenager.

»Ah, das Blut, Madame!« Der Polizeichef konnte kaum einen belustigten Unterton unterdrücken, den Penelope angesichts der Umstände als geschmacklos ansah. Der Bürgermeister schwieg.

»Das Blut, Madame, es hat das Rätsel der Axt für uns gelöst. Wir haben es mit allen verfügbaren modernen Techniken analysiert und wissen nun genau, von wem es stammt.«

»Und?« Penelope war es allmählich leid, wie der Polizeichef sich durch seinen Monolog in Szene setzte.

»Bis vor Kurzem floss dieses Blut durch die Adern von … von …« An dieser Stelle konnte der Polizeichef sich nicht länger zurückhalten und brach in Gelächter aus.

Fassungslos richtete Penelope sich höher auf. »Es tut mir

leid, aber in England würde man so ein Verhalten als höchst unangemessen ansehen. Der Staatsanwalt würde kaum ...«

»... die Adern von ... wie sagt man in England? ... ein paar Häschen ... Kaninchen!«

»Kaninchen?«

Der Mund des Bürgermeisters zuckte, als er ein Lächeln unterdrückte.

»Madame, viele der Bauern hier stellen Kaninchenfallen auf und töten die unglücklichen Kreaturen, die sie darin fangen, üblicherweise durch einen kurzen heftigen Schlag mit irgendeinem großen Werkzeug – in diesem Fall Ihrer Axt.«

Penelope antwortete nicht. Sie spürte, wie die Röte in ihrem Gesicht aufstieg, als sie nach den passenden Worten suchte.

»Machen Sie sich keine Sorgen, Madame. Es ist ein verzeihlicher Fehler, und zumindest können wir den unschuldigen Monsieur Charpet nun von unserer Liste der Verdächtigen streichen.« Herablassender Spott klang aus der Stimme des Polizeichefs.

Penelope spürte, wie die Hitze in ihrem Leib emporstieg. Der Bürgermeister trat vor. »Ich denke, Madame, ich sollte Sie nach Hause begleiten.«

Benommen stimmte sie zu.

In unbehaglichem Schweigen wanderten sie Richtung *Le Chant d'Eau*. Penelope fühlte sich ernüchtert. Sie hatte nur versucht zu helfen. Sie überlegte, ob sie das Pik-Ass bei Manuel Avores Leichnam erwähnen sollte. Doch gewiss war diese Übereinstimmung auch der Polizei nicht entgangen; wenn es Penelope aufgefallen war, hatten die Ermittler es bestimmt ebenfalls bemerkt. Auf den Fotos, welche die Forensiker am Tatort gemacht hatten, sollte es klar erkennbar sein. Sie wollte ihnen keine weitere Gelegenheit geben, sie dumm dastehen zu lassen.

In einer freundlichen Geste legte der Bürgermeister kurz eine Hand auf die ihre. Sie zuckte zusammen. Sei nicht albern, ermahnte sie sich streng und riskierte, dem Blick dieser unglaublich blauen Augen zu begegnen.

»Ärgern Sie sich nicht, Madame. Der Polizeichef hat es vielleicht nicht erwähnt, aber der Fund war tatsächlich sehr hilfreich. Ein nützliches Stück Detektivarbeit.«

»Was, weil wir dadurch herausgefunden haben, dass Monsieur Charpet verdammte Kaninchen tötet, was ihn unter allen Bauern hier ungemein hervorhebt? Kommen Sie!«

»Nein, Madame. Wer immer die Axt verwendet hat, um Kaninchen zu töten, es war nicht Monsieur Charpet. Sehen Sie, Monsieur Charpet sagt, er hat diese Axt niemals benutzt, weder für Kaninchen noch für sonst irgendetwas. Es ist nicht seine Axt. Er hat sie nie zuvor gesehen, und wir glauben ihm.«

»Also muss jemand anders das Werkzeug gebraucht und in der *borie* abgelegt haben!«

Der Bürgermeister neigte den Kopf und signalisierte wortlos seine Zustimmung. »Die Axt könnte immer noch für den Mord an Monsieur Avore verwendet und anschließend gesäubert worden sein – aber der Mörder hat nicht unter dem Axtkopf geputzt, wo das meiste Kaninchenblut gefunden wurde.«

Penelopes Stimmung hob sich wieder. »Also, wer hat sie dort abgelegt und warum? Selbst wenn Kaninchenblut nachgewiesen wurde, heißt das nicht, dass sie nicht auch als Mordwaffe gedient haben könnte! Ich meine, was, wenn sie vor der Reinigung gegen Manuel Avore eingesetzt wurde – und anschließend hat man damit ein Kaninchen geschlachtet, nur um die Ermittler zu verwirren? Oder es wurde nur der Schaft verwendet?«

Der Bürgermeister schloss es nicht gleich rundheraus aus.

»Warum war der Polizeichef dann so gehässig deswegen?«

»Ach, das ist nur seine Art. Beachten Sie es gar nicht. So halte ich das.«

»Er hat einen seltsamen Sinn für Humor, nicht wahr?«, sagte Penelope. »Also, ist man nun der Aufklärung des Mordes an Manuel Avore irgendwie näher gekommen?«

»Ich glaube nicht.«

»Und was ist mit den Jägern? Es kann Ihnen doch nicht recht sein, dass irgendwelche Dummköpfe mit Waffen hier ums Dorf herumballern.«

»Nein, ist es nicht.«

»Aber ist das für Sie auch nur ein wenig traditioneller Zeitvertreib wie für Monsieur Louchard – oder können Sie etwas dagegen tun?«

»Es tut mir leid, dass Sie diese Erfahrung gemacht haben, Penny. Wenn die Jäger aus St Merlot kommen, werde ich ein sehr ernstes Wort mit ihnen reden. Sie wollen gewiss nicht ihre Waffenscheine verlieren.«

An ihrer Tür verabschiedeten sie sich voneinander.

Erst als sie in den Badezimmerspiegel schaute, wurde ihr klar, wie zerzaust ihr Haar war. Wimperntusche lief über ihre Wangen, ein Streifen Schmutz zog sich quer über ihr Kinn. Außerdem hatte sie die Gelegenheit verpasst, nach den Initialen LM auf dem Vertragsentwurf zu fragen.

»Ach … verdammt!«, rief Penelope.

Unter der tröpfelnden Dusche schrubbte sie fester und fester ihre Oberschenkel mit einem Peeling-Handschuh, während sie versuchte, das Ganze zu verstehen.

Würde man einem Leichnam eine Spielkarte in die Hand legen, wenn man ihn für eine Beerdigung vorbereitet? Dieser Umstand ließ gewiss daran zweifeln, dass die Knochen aus einem regulären Grab stammten. Nein, das Vorhandensein des Pik-Ass deutete auf ein Verbrechen hin. Und machte es außerdem höchst wahrscheinlich, dass auch der Karte, die sie in ihrem Schwimmbecken neben Avores Leiche hatte treiben sehen, eine unheilvolle Bedeutung zukam.

19

Wikipedia zufolge war das Pik-Ass ein Symbol des Todes. Es wurde Zeit, einen Gefallen einzufordern.

Wie üblich hob er nach dem vierten Klingelton ab. »Camrose Fletcher.«

Die vertraute kraftvolle schneidende Stimme ihres ehemaligen Chefs ließ zum ersten Mal so etwas wie Heimweh in ihr aufsteigen. Er redete immer noch viel zu laut am Telefon. Sie hielt den Hörer ein Stück von ihrem Ohr weg.

»Cam, ich bin's, Penny.«

Die Stimme am anderen Ende lachte herzlich und schlug einen weicheren Ton an. »Penny, wie schön, von dir zu hören! Sag mir, wie lebt es sich in *la belle Provence?*«

»Nicht ganz so *belle* wie erwartet, insgesamt gesehen Cam. Aber trotzdem schön. Ich brauche deinen Rat in einer Sache.«

Ohne Luft zu holen, fasste Penelope die Geschehnisse seit ihrem Umzug für ihn zusammen. Von ihrem Smartphone aus schickte sie ihm die schärfsten Fotos von Hand und Spielkarte als E-Mail zu, und er öffnete sie auf seinem Computer. Gelegentlich unterbrach Camrose ihren Bericht mit einer Bemerkung, mitfühlendem Gemurmel oder auch ein- oder zweimal mit einem überraschten Ausruf. Als sie mit ihrer Geschichte am Ende war, herrschte erst einmal Stille.

Schließlich reagierte er mit dem Understatement, das für Engländer mit gewissem Hintergrund so typisch war.

»Zwei Leichen. Wie lästig! Fast so, als wäre man wieder bei der Arbeit.«

»Nun, durchaus«, antwortete Penelope.

Professor Fletcher glitt wieder in seinen professionellen Modus. Seine Fähigkeit, sich zu konzentrieren, war in der ganzen Abteilung für forensische Pathologie legendär gewesen. Mit einer unaufhörlichen Abfolge von Fragen sondierte er den Fall und entlockte den vorhandenen Beweisen sämtliche Details, die ihn zielstrebig zur Wahrheit führten, auch wenn man festhalten musste, dass Penelope stets akribische Beobachtungen und bei mehr als einer Gelegenheit sogar entscheidende Erkenntnisse beigesteuert hatte.

»Du hast völlig recht mit Avores Leichnam und der Rigor Mortis, aber das weißt du genauso gut wie ich. Er muss mindestens sechsundzwanzig Stunden lang tot gewesen sein, damit die Starre verfliegt und der Körper wieder schlaff werden kann. Das ist das Erste.

Was den zweiten Leichnam anbelangt, so ist es beinahe unmöglich für mich, eine professionelle Einschätzung darüber abzugeben, ohne die Knochen selbst zu untersuchen. Aber das weißt du ebenfalls. Ich kann allerdings begründete Vermutungen anhand der Fotos anstellen.«

Es folgte ein kurzes Schweigen am anderen Ende der Leitung. Penelope wusste, dass Camrose in diesem Moment in dem Haus stand, das er im Lake District für den Ruhestand erworben hatte, und seine Brille reinigte, während er die Informationen durch sein beeindruckendes Gehirn fließen ließ. Schließlich fuhr er fort:

»Da der Körper vollständig verwest ist, muss er schon einige Jahre dort gelegen haben. In welcher Art von Boden wurde er gefunden?«

»Hauptsächlich Ton. Eine dunkle, gelegentlich feuchte Stelle. Vegetation: Efeu, Brombeere, Steineiche.«

»Soweit ich erkennen kann, wirken diese Knochen nicht

stark erodiert oder sonderlich fleckig. Also schätze ich etwa fünf oder sechs Jahre, vielleicht ein wenig länger. Auf keinen Fall mehr als zehn Jahre in der Erde.«

»Das habe ich mir auch gedacht.«

»Nach Speiche und der Größe der Hand im Verhältnis zur Spielkarte zu urteilen, männlich. Vollständig ausgewachsene Person, aber genauer kann ich das Alter nicht angeben …«

»Diese Spielkarte ist interessant«, warf Penelope ein. »Die Karte des Todes – richtig?«

»Ganz recht. Symbol für Unglück und alte Geheimnisse.«

Eine Pause. Penelope hörte, wie er auf die Tastatur an seinem Computer hämmerte.

»Warte eine Minute«, sagte er. »Ich verbessere nur eben die Auflösung. Nützlicherweise habe ich es geschafft, mit meinem alten Computer aus dem Innenministerium rauszumarschieren.«

»Ich weiß«, erwiderte Penelope. »Ich musste dich decken. Diese neuen Personaler haben mir geglaubt, als ich ihnen erzählte, dass das Ding komplett veraltet sei. Praktisch dampfbetrieben, genau wie du.«

»Haha.«

Penelope lächelte. Vor ihrem geistigen Auge sah sie das Funkeln seiner kornblumenblauen Augen, das dichte weiße Haar und die wettergegerbte Bräune in seinem Gesicht, die von den geliebten Wanderungen zurückgeblieben war. »Diese neuen Besen hatten keine Ahnung, was sie da rausgekehrt haben«, sagte sie. »Ich konnte nicht einfach zurück in den Sekretariatspool, nachdem du gegangen warst.«

»Du warst immer ein Juwel, Penny. Du und dein phänomenales Gedächtnis und dein Auge für die Einzelheiten. Ich nehme an, die hatten auch keine Ahnung, was für ein Kleinod du warst.«

»Nun ... eher nicht.«

»Aber das hier genieße ich jetzt! Ich bin vielleicht im Ruhestand, doch das heißt nicht, dass ich komplett aus dem Spiel sein will. Es ist schön, von dir zu hören.«

Ich ebenso wenig, dachte sie. *Ich vermisse das alles.* In vielerlei Hinsicht war Camrose Fletcher seit dem Ende ihrer Ehe der Mann in ihrem Leben. Nicht, dass er es wusste oder jemals erfahren würde.

»Nun ... diese Karte ... sehr interessant«, fuhr er fort.

»Kannst du mir sagen, wie lange sie unter der Erde lag? Insektenschäden? Ich habe nachgesehen, und es gibt jede Menge Ameisen, Käfer und Asseln am Standort.«

»Es ist eine relativ moderne kunststoffbeschichtete Spielkarte. Das Plastik zersetzt sich nicht. Wo die Beschichtung abgenutzt ist, gibt es leichten Schimmelbefall. Aber das ist nicht das, was ich mir ansehe. Da ... ein Schnitt an einer Kante.«

»Nicht von einem Käfer angeknabbert?«

»Auf keinen Fall. Ich kann es ganz deutlich sehen, und es ist ein guter, scharfer Schnitt.«

»Was bedeutet?«

»Es ist eine markierte Karte, Penny.«

»Was?«

»Ich schätze, es ist die Art von altmodisch gezinkten Karten, wie sie von professionellen Gaunern und Falschspielern verwendet werden.«

»Die Karte mit dem höchsten Wert im Spiel.«

»In der Tat.«

»Das *ist* interessant.«

»Was ist mit der anderen Karte, der ersten? Hast du von der auch eine Nahaufnahme?«

»Nein. Ich habe sie nur gesehen. Ich habe mir nichts dabei gedacht.«

»Ich nehme an, die Polizei hat sie jetzt.«

»Davon gehe ich aus«, antwortete Penelope, obwohl sie nicht ganz überzeugt war. »Wie groß ist die Wahrscheinlichkeit, dass da eine Verbindung besteht?«

»Meine professionelle Einschätzung müsste lauten, dass man das unmöglich sagen kann, ohne beide Karten zu untersuchen. Aber ich persönlich halte eine Verbindung zwischen dem hier und dem Leichnam aus der Kapelle für sehr wahrscheinlich. Obwohl das natürlich nur eine Vermutung unter Freunden sein kann.«

Eine Vermutung, die auf langjähriger Erfahrung beruhte, dachte Penelope. »Das habe ich mir auch gedacht.«

Am anderen Ende der Leitung war ein Husten zu hören. »Kommen wir zu bedeutsameren Dingen.«

»Bedeutsamer?« Penelope blieb beinahe die Luft weg. »Was könnte wichtiger sein als zwei Tote?«

»Praktisch alles, meine Liebe«, kam die Antwort. »Aber um es genauer zu spezifizieren … wann willst du mich eigentlich einladen?«

Penelope grinste. »Wer sagt, dass ich das will?«

»Nun, in diesem Fall wird morgen früh eine Rechnung über mein Beraterhonorar in der Post landen. Und ich kann dir versichern, dass es beträchtlich ausfallen wird. Oder du lässt es anschreiben, und ich werde das nächste Mal, wenn ich in Südfrankreich bin, bei dir zu Abend essen.«

»Abgemacht!«, sagte Penelope.

»Mach's gut, Penny. War schön, von dir zu hören. Kopf hoch!«

Sie legte auf und lächelte wieder. Camrose Fletcher verstand es stets, sie aufzuheitern.

Das ganze Wochenende über hielt sie die Türen verschlossen und putzte wie eine Frau, die für etwas Buße tat. Sie hatte Anrufe von der Polizei erwartet – oder von Clémence, die gewiss schon von den Vorfällen erfahren hatte. Doch sie blieb auf sich allein gestellt. Der einzige Mensch, mit dem sie noch sprach, war Frankie.

Penelope hatte Mühe, ihre Freundin davon abzuhalten, mit dem nächsten Flug gleich wieder in die Provence zu reisen. »Ehrlich, es geht mir gut. Ich wollte nur, du weißt schon, dich auf dem Laufenden halten. Wenn irgendetwas Neues passiert, bist du die Erste, die davon erfährt.«

»Nun, wessen Knochen sind das jetzt? Hast du eine Ahnung? Wer wird vermisst?«

»Ich weiß es nicht! Niemand sagt mir was!«

»Steht etwas in der Zeitung? Wie kannst du mehr herausfinden?«

»Nein, und ich bin mir nicht sicher. Was auch geschieht, ich muss bis Montag warten.« Penelope war allein schon von dem Telefongespräch erschöpft. Was furchtbar unfair war, das wusste sie, denn Frankie wollte nur helfen.

»Und du willst bestimmt nicht, dass ich zurückkomme?«

»Ganz bestimmt.«

Positives Denken und Tagträumereien darüber, wie das Haus am Ende aussehen und welche Gesellschaften sie dort geben konnte, spornten Penelope zu immer neuen Anstrengungen mit Schrubber und Scheuerschwamm an.

Am Sonntagabend um sechs spazierte Penelope zum Dorfplatz. Erneut fiel ihr auf, wie schön es dort war, mit den hellen Stuckgebäuden so anmutig im Schatten hinter den Platanen. Sie bewunderte den Überschwang der kastanienbraunen, himmelblauen und meergrünen Fensterläden. Als sie sich herumdrehte und durch die offene Seite des Platzes zurückblickte, kam es ihr so vor, als würde die ganze Szenerie hoch am Himmel schweben. Eines Tages, dachte sie, würde sie wissen, wer hier wohnte, und mochte sogar mit dem ein oder anderen davon befreundet sein. Würde sie dann in liebevoller Nostalgie auf diese Erinnerung zurückblicken, auf die Zeit, als sie noch voller Hoffnung unterwegs in ihr neues Leben war?

Zwei Mannschaften hatten sich auf dem unebenen, staubigen Spielfeld unter den Bäumen versammelt, eine in Bordeauxrot, die andere in Dunkelblau. Es gab alte und junge Spieler. Die ältere Generation trug Baskenmützen, und viele rauchten. Scharfe Qualmwolken stiegen in die Luft, der süße Tabak der ungefilterten Zigaretten, der so sehr an das alte Frankreich erinnerte. Der alte Mann auf der Bank hatte seine Zeitung abgelegt und bewegte sich geringfügig, um einen besseren Blick zu bekommen. Ein paar Kinder liefen umher, und die Frauen unterhielten sich. Das war eindeutig das, was in der Welt des provenzalischen Pétanque als die Anspannung vor dem Spiel durchging.

In dem Haufen der ernst beisammenstehenden Mannschaft, die bordeauxfarbene Westen und eine eigentümliche Auswahl an ausgebeulten, knielangen Shorts trug, waren zwei bekannte Gesichter auszumachen. Erst hob Didier grüßend eine Hand, dann tat Monsieur Charpet es ihm gleich. Penelope fand einen Platz auf der niedrigen Steinmauer und setzte sich. Ein paar andere Zuschauer waren erschienen, aber es war eindeutig kein großes Spiel.

»Ah, Penny, ich bin so froh, dass Sie gekommen sind«, sagte Didier. »Wir fangen sofort an. Sie kennen doch *pétanque?*«

»Es ist eine Form von Boule, oder?«

Didier ließ es sich nicht nehmen, seine Englischkenntnisse vor seinen Freunden zu präsentieren. Er hatte eindeutig an den

Formulierungen gearbeitet und wollte sie unbedingt ausprobieren.

»Das«, fing er an und zeigte auf die Zielkugel, »dieser kleine Ball ist *le cochon*, das Schwein ... Diese – großen Bälle, *les boules*.« Didier hob ein Paar gewichtete Silberkugeln in die Höhe.

Penelope biss sich auf die Lippen, um nicht zu lachen.

Jeder Spieler in beiden Mannschaften hörte zu, fragte sich vielleicht, wer sie war und warum Didier Picaud mit ihr auf Englisch sprach.

Didier war nun richtig in Fahrt. »Das Spiel! Großer Ball, wirf in die Nähe des kleinen Schweins.« Er schob eine Pause ein, damit das Publikum ihm zustimmen konnte »Großer Ball liegt am dichtesten beim kleinen Schwein, du gewinnst!«

Anscheinend erforderte das Spiel eine Kombination von Geschicklichkeit, Rücksichtslosigkeit und extremer Geschwätzigkeit. Penelope hatte noch nie einen Wettkampf gesehen, bei dem die Spieler zehn Minuten lang über Winkel und Geschwindigkeit diskutierten, lautstark und wild gestikulierend.

Ab und zu wurde das langsame Tempo des Wettstreits durch den aggressiveren Versuch einer Seite unterbrochen, das Spiel zu wenden.

Penelope sah aufmerksam zu, wie ein kräftiger Kerl aus Rustrel auf den Fersen wippte, die Knie beugte und eine *boule* von unten auf das Ziel zuwarf. Er erstarrte für einige Sekunden in einer seltsamen Haltung, die an einen kauernden alten Ägypter erinnerte, eine Handfläche vor und die andere hinter sich. Die *boule* schlug mitten zwischen den anderen auf, die um das Schwein herumlagen, und zerstreute sie in alle Richtungen. Aus den Reihen der Besucher stieg ein triumphierendes Brüllen auf.

Penelope bemerkte, dass die *Boulangerie-Bar* an der Ecke des Platzes geöffnet hatte. Die Tische im Freien waren überfüllt. Sämtliche Spieler hielten Gläser mit milchigem Pastis in der Hand, die sie auf der niedrigen Mauer am Spielfeldrand abstellten, wenn sie an der Reihe waren. Sie fragte sich, ob es wohl unhöflich wäre, wenn sie vom Spielfeld forttrat und sich etwas zu trinken holte. Zu ihrem Glück bemerkte Didier ihren sehnsüchtigen Blick und kam zu ihr, als das Spiel gerade ins Stocken geriet.

»Die Nachrichten sind gut, Madame. Wir liegen einen in Führung, aber es ist noch genug Zeit, dass sie gewinnen können.«

Hinter ihm hielt Monsieur Charpet in ihre Richtung einen Daumen in die Höhe. Unter seinem herabhängenden Schnurrbart zeigte sich ein Lächeln. Die Abendsonne schimmerte auf mehreren Goldzähnen in seinem Mund, als er die Baskenmütze zurechtschob und sich darauf vorbereitete, die Ehre von St Merlot zu verteidigen.

»Wenn Sie etwas von der Bar wollen, hole ich es Ihnen«, sagte Didier. »Dann kommt die zweite Hälfte. Es wird spannend werden!«

Mit einer kalten Orangina versorgt, verfolgte Penelope den Rest des Spiels. Als es sich dem Höhepunkt näherte, wurde deutlich, dass es wirklich eine knappe Sache war. Gitanes verglommen bis zum letzten Stummel, die Stimmen wurden lauter, und bei einer Gelegenheit musste selbst der normalerweise so ruhige Didier davon abgehalten werden, einem gegnerischen Spieler vor die Brust zu stoßen.

Der Abschluss war dann eine sehr dramatische Angelegenheit, denn St Merlot und die Gastmannschaft standen immer noch Kopf an Kopf. Monsieur Charpet hatte den letzten Wurf. Wenn er eine gegnerische *boule* ausstechen konnte, würde

St Merlot gewinnen. Es lastete viel auf seinen alten Schultern, vielleicht zu viel. Er näherte sich dem Wurfkreis, nur um wieder kehrtzumachen, zum anderen Ende zu gehen, sich eine weitere Zigarette anzuzünden und noch einmal mit seinen Kameraden die Taktik zu besprechen. Dieser Vorgang wiederholte sich mehrmals.

Schließlich, nach einigem ermutigendem Schulterklopfen und einem beruhigenden Schluck Pastis, ging er im Kreis auf ein Knie – ein Abbild tiefster Konzentration. Penelope konnte sehen, wie Didier im selben Moment die Luft einsog, als Charpet seinen Arm nach hinten nahm. Mit einem Schwung aus dem Handgelenk, um für Drall zu sorgen, warf der alte Mann. Einen Augenblick lang schien die Kugel reglos in der Luft zu hängen, dann fiel sie auf den perfekten Punkt herab, wo sie landete, sofort liegen blieb und das Schwein berührte. St Merlot brach in Jubel aus.

Penelope hielt sich zurück und schaute einfach zu, empfand aber ein ungeheures Vergnügen dabei. Die Mannschaftsmitglieder klopften sich gegenseitig auf den Rücken und ließen sich von den Zuschauern beglückwünschen. Die Ehefrauen applaudierten und riefen nach ihren Kindern. Charpet, der Mann der Stunde, wurde zur Bar geschleppt, noch bevor sie die Möglichkeit hatte, ihre eigenen *félicitations* hinzuzufügen. Didier schloss sich den anderen an, hielt jedoch bei ihr inne. Er schien keine eigene Frau oder Freundin im *mêlée* zu haben.

»Gut gemacht! Was für ein Spiel«, rief sie.

»Es ist immer gut, Rustrel zu schlagen!«

»Sind das eure großen Rivalen?«

»Nein, wir hassen Rustrel einfach nur. Aber nicht so sehr, wie wir Saignon hassen. Obwohl wir Bonnieux verachten, diese arroganten Schweine. Und wir verabscheuen Viens und

Caseneuve. Und von Gignac und Gordes fangen wir gar nicht erst an.«

»Meine Güte«, sagte Penelope. »Gibt es überhaupt jemanden, den ihr mögt?«

»Nun, da wäre St Merlot. Aber ehrlich gesagt, die meisten Leute hier mögen wir auch nicht.«

Penelope lachte, bis sie bemerkte, wie ernsthaft er dabei nickte.

»Nicht, bevor wir nicht überzeugt davon sind, dass wir ihnen vertrauen können«, fügte er hinzu.

»Kehren denn nun alle in der Bar ein? Vielleicht sollte ich ebenfalls mitkommen und schon mal anfangen, bei den Sportlern von St Merlot Punkte zu sammeln.«

Didier lächelte traurig. »Penny, wo bleibt Ihre britische Zurückhaltung? Haben Sie eine andere Frau gesehen, die mit den Männern zur Bar ging? Das ist immer noch ein sehr traditionelles Dorf, in vieler Hinsicht. Frauen kommen zum Spiel, um die Männer zu unterstützen, aber sie gehen danach nicht in die Bar.«

»Meine Güte, ziemlich altmodisch, nicht wahr? Ich dachte, es wäre der perfekte Zeitpunkt, um hier ein paar Leute kennenzulernen.«

»Was mich angeht, mir ist es egal. Aber einigen der Älteren nicht. Kann ich Ihnen einen Rat geben, Penny? Lassen Sie ihnen einfach etwas Zeit, sich an Ihren Anblick im Dorf zu gewöhnen. Danach können Sie an sie herantreten. In St Merlot entwickeln sich Beziehungen sehr langsam.«

Er schüttelte ihr die Hand mit einer Förmlichkeit, die er in ihrem Haus nicht gezeigt hatte. Dann überquerte er die Straße zur Bar. Penelope wanderte wieder den Hügel hinunter nach Hause und fühlte sich ausgelaugt. Sie hatte eben damit angefangen, sich in St Merlot zu Hause zu fühlen. Und nun, da sie einen ersten Einblick ins lokale Leben erhalten hatte, schien alles so viel komplizierter zu sein, als es ihr zuerst vorgekommen war.

Andererseits ging es in jedem kleinen Dorf auf dem Land genauso zu, überall auf der Welt; Didier war einfach ehrlich. Erst als sie das Haus der Avores an der Einmündung des Weges erreichte – die Fensterläden waren alle zu, und es sah leer aus –, wurde ihr bewusst, dass nicht einer im Dorf sie mit besonderer Neugier beäugt hatte. Vielleicht wirkte sie einfach nur wie eine Touristin. Aber das war besser, als wenn man sie überall gleich als die Engländerin hervorhob, die Manuel Avore tot in ihrem Pool gefunden hatte.

Und wie viele von ihnen wussten von den Knochen in der Kapelle? Gewiss hatte die Nachricht sich verbreitet. Das geschah in kleinen Dörfern ganz unvermeidlich.

Vielleicht war es gut so, dass Didier sie nicht ermuntert hatte, an dem Siegesumtrunk in der Bar teilzunehmen.

20

Am Montagmorgen wurde endlich die lang ersehnte Telefonleitung mit Internetanschluss installiert, aber bevor Penelope sich an die Arbeit machen konnte, hielt ein glänzender Van vor dem Haus. An seiner Seite war eine Meerjungfrau abgebildet, zusammen mit der Aufschrift »*Geret et Fils – Piscine Claires*«.

Zwei Männer stiegen aus. Der ältere schüttelte Penelope herzlich die Hand und äußerte, wie froh er sei, dass das Haus wieder bewohnt wäre. Sein provenzalischer Akzent war so ausgeprägt, dass sie ihn nur mit Mühe verstehen konnte. Der jüngere – vermutlich der »und Sohn« – blickte mürrisch und ausgesprochen desinteressiert drein. Er trug zerrissene Lederhosen – bei der Hitze! –, die mit punkigen Reißverschlüssen und Sicherheitsnadeln verziert waren.

Penelope wies in Richtung des ummauerten Gartens und dachte gerade, wie gern sie jetzt jemanden zum Übersetzen hier hätte, als sie das vertraute Knirschen von Reifen auf dem Kies vernahm.

Augenblicke darauf entschuldigte sich Madame Valencourt für ihre Verspätung und löste eine weitere Runde Händeschütteln aus. Monsieur Geret gehörte eindeutig zu ihrem weitläufigen Bekanntenkreis. Sie übernahm sofort die Führung und ging zum ummauerten Garten voran.

Sie alle betrachteten den Pool, bis auf den Punk-Nostalgiker, der an einem verschorften Kratzer auf seiner Hand zupfte. Geret *père* beäugte die alte Pumpe und spähte anschließend in das trockene Becken hinein, verzog das Gesicht und schüttelte den Kopf. Er lief auf und ab und erklärte dann, dass es einen Versuch wert wäre, es zu reinigen. Er ließ nicht erkennen, dass er von den makabren jüngsten Vorfällen hier wusste.

Er rasselte etwas auf Französisch herunter. Penelope gab rasch auf und versuchte nicht einmal mehr, den Worten zu folgen. Sie blickte verzweifelt auf Madame Valencourt.

»Er ist überglücklich, dass Sie beschlossen haben, es zu renovieren«, erklärte die Maklerin. »Tatsächlich sagt er, dass er den Pool dort vor etwa zwanzig Jahren gebaut hat. Er und Plastic Bertrand hier ...«

Meine Güte, dachte Penelope. Ein Witz von Clémence, der sich auf Kontinentaleuropas einzigen erfolgreichen Punk-Act bezog? Sie war definitiv besserer Laune. Vielleicht hatte sie sich wieder mit dem Bürgermeister getroffen.

»... sie werden es mit dem Hochdruck-Wasserstrahl säubern und die Risse ausbessern. Morgen kehren sie zurück und prüfen, ob das Becken dicht ist.«

Penelope staunte über die Beständigkeit, die sie umgab. Genau wie letztens, als der Elektriker Didier Picaud ihr den Aufkleber mit dem Namen seines Familienunternehmens auf dem Sicherungskasten gezeigt hatte. »Dann lasse ich Sie machen«, antwortete sie.

Der mürrische junge Mann war der Einzige, der ein wenig misstrauisch in den Pool schaute. Zum ersten Mal fragte sich Penelope, ob sie sich wirklich gut dabei fühlen würde, wenn sie in einem Becken schwamm, in dem eine Leiche getrieben hatte. Tatsächlich hatte sie sich bisher bemüht, nicht allzu sehr darüber nachzudenken.

Sie atmete tief durch und lächelte.

»*Allons-y, mon brave*«, sagte Geret zu seinem Sohn. »Ich versuche, ihm das Geschäft beizubringen, Madame. Aber er interessiert sich mehr für seine Musik. *Les* Sex Pistols!« Er schüttelte den Kopf. »*Le punk rock* war für meine Generation, und selbst da gefiel es mir nicht! Schrecklich … aber es gibt heutzutage keine gute Musik für die Jugend. Sie alle schauen in die Vergangenheit.«

»Ich verstehe, was Sie meinen«, sagte Penelope. »Was den Punk angeht, meine ich. Obwohl die Stranglers ziemlich gut waren.«

»Strangler? Was heißt das?«

Penelope wünschte sich, sie hätte nichts gesagt. Es kam ihr nicht richtig vor, unter diesen Umständen über etwas zu diskutieren, was man in irgendeiner Form mit Mord in Verbindung bringen konnte. Wie leicht konnte das zu Missverständnissen führen. »Gar nichts. Vergessen Sie es.«

Im Nu machten sich Geret und sein maulfauler Sohn mit dem Wasserhahn im Garten und dem Druckstrahl ans Werk.

Penelope musste sich entscheiden, was sie mit Clémence bereden sollte. Natürlich hatte die Maklerin nicht vorher gefragt, ob die Poolreiniger gerade gelegen kamen. Konnte es tatsächlich sein, dass sie sich bezüglich des Todes von Manuel Avore mit dem Bürgermeister verschworen hatte? Das kam ihr weniger wahrscheinlich vor als Frankies Theorie, dass sie nur deswegen so oft in St Merlot auftauchte, weil ihr das die Gelegenheit gab, Laurent zu sehen.

Als das Wasser gegen die Wände des Schwimmbeckens zischte, malte Penelope sich aus, wie der ummauerte Garten aussehen würde, wenn sie ihn fertig bepflanzt hatte. An den Mauern konnte sie Kletterpflanzen ansiedeln – duftende Kletterpflanzen. Dabei wurden ihre Vorstellungen immer ehrgeiziger und schlossen nun Statuen nachdenklicher griechischer Jungfrauen mit ein, die Füllhörner mit Früchten trugen.

»Ich habe gerade von den Schüssen erfahren! Warum haben Sie mich nicht angerufen?« Clémence brach den Bann von Penelopes innerer Gertrude Jekyll.

Penelope fuhr erschrocken herum. Clémence starrte auf ihr Telefon, als könne sie nicht glauben, was sie dort gehört oder gelesen hatte.

»Ja«, erwiderte Penelope. »Kein Grund zur Sorge, nur weil ich von Jägern beschossen wurde und dann menschliche Überreste fand. Nur ein alltäglicher Spaziergang in dieser Gegend.«

»Es ist bedauerlich, ja. Aber keine Sorge. Die Polizei hat alles im Griff.«

»Natürlich hat sie das.« Penelope fragte sich, ob die Maklerin wohl schon britischen Sarkasmus gemeistert hatte. »Der Polizeichef war ziemlich ungehalten, weil ich ihm zusätzliche Arbeit beschert habe. Ach, es hat sich außerdem herausgestellt, dass tatsächlich Blut an der Axt war, das jedoch absolut nichts mit Monsieur Charpet zu tun hatte. Nicht, dass irgendwer das vorher überhaupt angenommen hätte. Hatte mit Jägern und Kaninchen zu tun. Ich konnte es nicht wirklich nachvollziehen. Ich will nur, dass die Polizei jetzt endlich mit ihrer Arbeit weiterkommt.«

Es musste offensichtlich gewesen sein, dass Penelope eine schreckliche Lügnerin war. Aber Clémence wollte auf etwas anderes hinaus.

»Haben Sie mit Laurent darüber gesprochen?«

»Er stand neben mir, als ich die wortreiche Belehrung erhielt.«

Clémence schien scharf nachzudenken.

»Wahrscheinlich wissen Sie trotzdem mehr über die Sache als ich«, fügte Penelope hinzu.

Die Französin warf ihr einen vernichtenden Blick zu.

»Wurde hier in den letzten zehn Jahren jemand vermisst?«

Clémence hob die Hände. »Dumme Jäger! Und für die Knochen wird es auch eine Erklärung geben.«

»Oh, ich bin überzeugt davon, dass es eine geben wird.« Penelope konnte den Sarkasmus nicht mehr zurückhalten.

»Ich habe noch eine Neuigkeit. Penny, an dem Tag, als Sie Pierre Louchard kennengelernt haben, als wir seinen Pflaumenschnaps tranken, ist Ihnen aufgefallen, wie wütend er wurde, als wir Manuel Avore erwähnten?«

»Aufgefallen? Er hatte die Hände zu Fäusten geballt – ich dachte, er würde sein Glas zerbrechen!«

»Ich weiß jetzt, warum, Penny! Laurent hat es mir verraten.« Die Augen der Französin leuchteten auf. »Monsieur Louchard ist verliebt!«

»Verliebt? In wen?«

»Er liebt Mariette Avore. Er liebt sie seit vielen, vielen Jahren.«

»Warum hat sie ihn dann nicht geheiratet? Er wirkt viel netter als dieser furchtbare alte Säufer.«

»*Hélas*, die beiden Familien von Louchard und Avore hassen einander. Seit Generationen gibt es böses Blut zwischen ihnen. Und Mariette war eine Cousine von Avore. Es konnte nicht geduldet werden.«

»Wie die Montagus und die Capulets.«

»*Exactement! Romeo et Juliette!*«

»Also musste die arme Mariette ihren Cousin heiraten? Einen Cousin zu heiraten, selbst einen Cousin zweiten Grades, ist nie eine gute Idee.«

»Die Familie hat es arrangiert. Sie war noch sehr jung. Sie hatte keine Wahl. Sie wollten eine Braut für Manuel, und niemand sonst wollte ihn nehmen. Aber denken Sie an das ganze Leben, das sie verpasst hat!«

»Woher wissen Sie das alles, so plötzlich?«

»Der Bürgermeister, vielleicht hat er es mir ins Ohr geflüstert.«

Ich wette, dass er das hat, dachte Penelope.

»Jedenfalls wurde den beiden jungen Liebenden, Mariette und Pierre, von ihren Eltern die Heirat verboten. Pierre Louchard zog los und schloss sich der Fremdenlegion an. Eine sehr altmodische Reaktion, aber sie zeigt, wie sehr es ihm zu Herzen ging. Lange Zeit hat niemand von ihm gehört, nicht einmal seine Eltern. Erst vor zehn Jahren, als sein Vater starb, kam er zurück und übernahm den Hof. Seit dem Tod seiner Mutter im vergangenen Winter lebt er allein. Und anscheinend liebt er Madame Avore immer noch.«

»Nun, sie ist jetzt Witwe, also … Gewiss steht es nicht so schlimm zwischen den Familien, dass sie sich nicht versöhnen könnten?«

»Eine Sache gibt es hier in dieser Gegend, die ist so schlimm. Die Familie von Monsieur Avore stand im Verdacht, während des Krieges kollaboriert zu haben. Vieles kann vergeben werden. Das nicht. Das ist der Grund, warum Monsieur Charpet sich kaum dazu durchringen konnte, mit dem Mann zu reden. Er hat so viele Freunde verloren, so viele wurden verraten, und er wird es niemals verzeihen.«

»Augenblick. Ich dachte, jeder im Dorf hätte sich sehr bemüht, Monsieur Avore zu unterstützen, obwohl er ihre Geduld immer wieder auf die Probe stellte?«

»Das war eine Idee des Bürgermeisters. Er glaubte, wenn das Dorf zeigt, dass es Manuel Avore vergeben hat, würden andere Familienfehden enden.«

»Also ist der Bürgermeister ein religiöser Mann?« Penelope erinnerte sich an den Priester. »Vergebung und all das …«

Blitzte da der Hauch eines Lächelns auf den Lippen der Französin auf? »Nein, der Bürgermeister ist nicht religiös.«

»Sie würden also sagen …«

Aber Penelopes Versuch, ein komplizierteres Gespräch über den Avore-Louchard-Vertragsentwurf anzufangen, wurde jäh durch einen Schrei aus dem ummauerten Garten unterbrochen. Der Jungpunk rannte heraus, Panik ersetzte nun die Streitlust in seinem Auftreten.

»Um Himmels willen, was ist jetzt schon wieder?«, fragte Penelope.

»*La piscine! Il y a un …*«

Die beiden Frauen wechselten einen entsetzten Blick. Sie eilten zum Swimmingpool.

Monsieur Geret stand wie erstarrt im leeren Becken und blickte in die Ecke des tiefen Endes, wo einige Blätter verblieben waren. Sie folgten der Richtung, die sein ausgestreckter Arm anzeigte.

Diesmal lebte der ungebetene Gast noch, und es dauerte eine Weile, bis sie ihn loswerden konnten. Es war eine braune Schlange, etwa einen Meter lang. Das anschließende Palaver ließ Penelope keine Gelegenheit mehr, Clémence nach den Louchards und den Avores zu fragen und nach ihrem eigenen Interesse an *Le Chant d'Eau*.

Als sie endlich allein war, machte sich Penelope eine Tasse Tee und warf ihren Laptop an. Erstaunlicherweise war die Internetverbindung viel schneller als British Telecommunications im Bolingbroke Drive. Es war eine Frage von Sekunden, bis Google erschien.

Online waren keine Nachrichten über in St Merlot aufgetauchte Gebeine zu finden. Es gab auch nichts über den Tod von Manuel Avore, was sie nicht schon in der Zeitung gelesen hätte.

Penelope wandte sich ihrem nächsten Forschungsthema zu.

Sie würde sich nicht ohne Gegenwehr verspotten lassen. Der Bildschirm füllte sich mit Bildern von Äxten. Sie scrollte sich durch die Seiten und fand schließlich, was sie gesucht hatte. Sie verglich es noch einmal mit dem Foto auf ihrem Handy.

Dann tippte sie den Hersteller der Axt in die Suchmaske – Strauss. Die Homepage wurde geladen. Sie klickte sich durch den Webauftritt des Unternehmens. Erstaunlicherweise gehörte der deutsch klingende Name zu einer Firma in Dagenham, die nach ganz Europa lieferte. Sie fuhr mit dem Finger über die aufgeführten Länder, bis sie Frankreich erreichte. Ein weiterer Klick.

Es gab nur sieben Geschäfte, die Äxte und Messer von Strauss auf Lager hatten. Penelopes Aufregung wuchs, als sie die Liste durchging. Drei um Paris herum, viel zu weit weg, um infrage zu kommen. Für das in Lyon galt dasselbe. Eines lag in der Nähe der deutschen Grenze und konnte genauso ausgeschlossen werden. Blieben noch zwei. Der Laden in Nizza passte ins Raster, wenn auch nur gerade eben.

»Ja-a!« Penelope boxte ganz undamenhaft in die Luft. Vaucluse, der letzte Ort auf der Liste. *Darrieux SARL, rue des Monts Sauvages, Coustellet, Vaucluse.*

Coustellet war ein großes eintöniges Dorf an der Hauptstraße, die von Avignon fortführte, das beinahe an ein Industriegebiet erinnerte. Sie war schon hindurchgefahren, hatte dort aber nie angehalten. Es war fast zu schön, um wahr zu sein, doch gewiss gab es eine Chance, dass die Axt dort gekauft worden war.

Sie gönnte sich nur ein einziges Glas Rosé an diesem Abend. Sie hatte am nächsten Morgen etwas vor.

21

Nach einem Frühstück mit schwarzem Kaffee sprang Penelope in den Range Rover. Wenn sie der Polizei helfen konnte – natürlich nicht, indem sie allein einen Mörder fasste, sondern indem sie zeigte, dass sie eine aufrechte Bürgerin war –, würde sie auch schneller in St Merlot akzeptiert werden. So jedenfalls rechtfertigte Penelope ihren Plan. Sie wollte nur ein normales Leben führen, doch um das zu erreichen, musste sie etwas tun. Umso mehr, da ihr Bauchgefühl ihr weiterhin sagte, dass ihr Verdacht in Bezug auf die Axt richtig war. Polizeichef Reyssens konnte sie gerne auslachen, aber das hieß nicht, dass er richtiglag.

Professor Fletcher hatte ihren Instinkten stets vertraut. Penelopes exzellentes Gedächtnis und ihr Gespür für Details hatten sie manchmal Verbindungen entdecken lassen, die erfahrenen Profis entgangen waren. Und sie konnte den Eindruck nicht loswerden, dass hier nur ein weiteres Beispiel vorlag für einen Mann – in diesem Fall den Polizeichef –, der viel um die Ohren hatte und deshalb allzu schnell bereit war, einfach nur das zur Kenntnis zu nehmen, was er glauben wollte.

Ein großer Supermarkt mit zwei Bäckereien am Ortseingang kündigte Coustellet an. Vor der einen Bäckerei war eine lange Schlange zu sehen sowie ein kleiner Vorplatz, auf dem es zuging wie beim Autoscooter auf einem Jahrmarkt. Die andere Bäckerei war leer. Penelope bog an der Kreuzung links ab und fand eine Lücke auf dem gigantischen Parkplatz.

Dieses große alltägliche Dorf, am Ende des Kleinen Luberon gelegen, war eine seltsame Ansammlung von Weingenossenschaften, modernen Straßen und Geschäftsräumen. Zwischen einem Sushi-Restaurant und einem Laden, der eine Mischung aus Bio-Lebensmitteln und hartem Brot zu atemberaubend hohen Preisen anbot, stand eine Metzgerei. Ein Computergeschäft war geschlossen.

Penelope zog die Karte zurate, die sie grob nach dem Internet skizziert hatte, ging weiter und fand eine Straße, die im rechten Winkel abging. Rue des Monts Sauvages. Und da, ein langes gelbes Schild: »Darrieux«. Ein Eisenwarenhändler mit einem Schaufenster voll Elektrowerkzeugen und hundert verschiedenen Arten von Hämmern. Der Anbau daneben hatte Plakate mit Landmaschinen im Fenster und einen Büroraum dahinter.

Im Inneren des Ladens erstreckten sich lange Reihen von schimmernden neuen Werkzeugen. Und dort, auf halbem Weg entlang einer Wand, war auch eine Auswahl von Äxten ausgestellt. Ihr Herz schlug schneller, als sie nach einem genauen Gegenstück suchte.

Da war es.

Sie trat auf den großen Mann an der Verkaufstheke zu. »*Bonjour, Monsieur.* Ich suche eine Axt für meinen Garten.«

»*Oui, Madame.*«

»Könnten Sie mir bitte die Äxte zeigen, die Sie haben?«

»*Oui, Madame.*« Der Ladenbesitzer machte keine Anstalten, hinter dem Tresen hervorzutreten.

Das läuft nicht besonders gut, dachte Penelope. Wie soll ich ihn in ein Gespräch über die Vorzüge unterschiedlicher Axtfabrikate verwickeln, wenn er nur »*Oui, Madame*« sagen kann?

»Können Sie mir helfen, eine Axt auszuwählen – welche Marke ist Ihrer Meinung nach die beste?«

»Das kommt darauf an, Madame.«

Penelope verspürte einen Hoffnungsschimmer, nachdem sie seinen Wortschatz derart erweitert hatte. Sie setzte nach in der Hoffnung, dass ihr Französisch der Aufgabe auch gewachsen war.

»Ich habe eine Freundin, die vor einiger Zeit hier eine Strauss-Axt gekauft hat. Für allgemeine Gartenarbeit. Sie hat sie mir ausgeliehen, und ich habe festgestellt, dass sie genau das war, was ich benötige. Efeu! Sehr gut geeignet, um Efeu zu beseitigen.« Penelope improvisierte frei. »Vielleicht haben Sie eine davon?«

Der Mann schnaubte, ziemlich unverschämt, nach Penelopes Empfinden. Dann bewegte er seinen Bauch endlich um die Theke herum. Er führte sie zu der Wand, wo die Äxte hingen.

»Ich glaube, es könnte diese sein«, bemerkte Penelope beiläufig und zeigte auf die mittelschwere Strauss. »Ich nehme nicht an, dass Sie eine Liste der Kunden haben, die diese Axt bei Ihnen erworben haben – nur damit ich sicher sein kann, dass es die richtige ist?«

Er schüttelte den Kopf.

»Ah«, sagte Penelope. »Ist es ein beliebtes Modell?«

»Eigentlich nicht.«

Eindeutig ein Mann weniger Worte. Er starrte sie an und fügte dann hinzu: »Warum sind Sie so interessiert an dieser Strauss-Axt?«

Verhielt sie sich etwa zu verdächtig? Aber darauf hatte sich Penelope vorbereitet und eine Geschichte zur Tarnung vorbereitet. »Ah, Sie sind einfach zu schlau für einen Testeinkäufer, Monsieur! Ich komme aus Dagenham in England«, log sie mit würdevoller Selbstgefälligkeit. »Ich arbeite für den ausgezeichneten Werkzeugbauer Strauss. Wir möchten gerne das soziale

Profil unserer Kundschaft in Frankreich kennen. Das ist Teil einer europaweiten Marketing-Erhebung, die für den Entwurf künftiger Modelle von entscheidender Bedeutung ist!«

Der Ladenbesitzer nickte weise, und Penelope atmete auf, bis er erneut das Wort ergriff.

»Ihre Firma ist in der Tat äußerst gewissenhaft, Madame. Einer Ihrer Vertreter hat in dieser Woche bereits mit mir gesprochen!«

»Was?« Penelope richtete sich kerzengerade auf. »Ah, ich muss mich entschuldigen ... für unseren übertriebenen Eifer. Wie Sie sehen, nehmen wir unsere Pflicht gegenüber Kunden ... und Einzelhändlern ... sehr ernst.«

»Ja, eine Ihrer Kolleginnen kam vorbei und stellte dieselben Fragen über dieselbe Axt.«

Penelope wurde ganz aufgeregt.

»Eine meiner Kolleginnen ... oh ... ja, natürlich ... Sie sollte mir helfen – und muss früher angefangen haben, oder es lag für sie auf dem Weg ... nehme ich an!«

Penelope geriet ins Schwimmen und fügte so beiläufig sie konnte hinzu: »Es muss unsere französische Vertreterin gewesen sein. Ich bin ihr noch nicht begegnet – wie sah sie aus, Madame, Madame ...«

»Sehr elegant. Ich muss zugeben, ich war überrascht, dass eine so zierliche, mondäne Frau ein Interesse an Strauss-Werkzeugen hat. Madame Va... Valin, irgendetwas in der Art, denke ich – blondes Haar, typisch Pariser Aussehen und Akzent.«

Penelope war sich nicht sicher, ob sie ihre Überraschung hatte verbergen können. »Ah ja. Madame Valencourt. Ich werde mit ihr sprechen und ihr erklären, dass Sie alle Einzelheiten, die Sie herausbekommen, an mich schicken können, da ich von der Muttergesellschaft komme.«

»Ich habe ihr bereits alles gegeben, was ich dazu habe.«

Penelope fühlte sich ebenso aufgeregt wie aufgebracht. Also war auch Clémence Valencourt an dem Fall dran, oder? Dieselbe Wichtigtuerin, die ihr immer erzählte, dass sie die Sache auf sich beruhen und den Experten überlassen sollte, sammelte insgeheim selbst Informationen!

»Das werden wir sehen«, murmelte sie, als sie in den Range Rover stieg und die Tür zuknallte.

22

Penelope starrte auf das Mobilteil ihres frisch installierten Festnetzanschlusses und überlegte, was sie Clémence Valencourt sagen wollte oder ob sie lieber gleich persönlich bei der Immobilienagentur in Ménerbes vorbeifuhr. Prompt klingelte der Hörer in ihrer Hand.

»*Bonjour, Madame Kiet.* Hier ist Laurent Millais.«

»Oh!«, quiekste sie. Wie um alles in der Welt kam der Bürgermeister an ihre Nummer? »Hallo.«

»Ich habe mich gefragt, ob Sie mit mir zu Mittag essen möchten. Tut mir leid, dass das so kurzfristig kommt.«

Penelope betrachtete ihren Küchentisch, auf dem eine erschreckende Menge an Essen ausgebreitet lag, das sie auf dem Heimweg gekauft hatte. Wieder einmal schüttelte sie den Kopf über ihre Unfähigkeit, sich angesichts der französischen Versuchungen zurückzuhalten. »Sie meinen jetzt?«

»Ich hoffe, ich kann Sie aus Ihrem Haus locken. Ich würde mich sehr freuen, wenn Sie heute mit mir speisen würden. Es gibt eine Reihe von Dingen, über die wir uns unterhalten sollten. Sagen wir, gegen eins?«

»Lassen Sie mich in meinen Kalender schauen«, sagte sie und wartete ein paar Sekunden, in denen sie mit den Seiten der *La Provence* raschelte. »Ja, *Monsieur le Maire*, ich habe gerade keine anderen Termine und würde mich freuen, mit Ihnen zu Mittag zu essen.«

»Ausgezeichnet. Sollen wir uns beim *Le Sanglier Paresseux* treffen?«

Das faule Schwein? »Ist das ein Restaurant oder ein Posten auf der Speisekarte?«, fragte Penelope.

Der Bürgermeister lachte. Wollte er ihr Honig um den Bart schmieren, um etwas bei ihr zu erreichen? »Es ist ein Restaurant, nicht weit weg, in Caseneuve«, erklärte er. »Es ist sehr gut.«

»Ich sehe Sie dann dort. Um dreizehn Uhr?«

»*Impeccable.*«

Penelope setzte sich rasch in Bewegung. Es gab viel zu tun, insbesondere an ihrem Gesicht. Diesmal wollte sie ihm mit makellosem Make-up gegenübertreten. Sie hatte sich an diesem Morgen die Haare gewaschen, zur Abwechslung fielen sie einmal so, wie sie sollten. Penelope wählte ein bordeauxfarbenes Leinenkleid, das ihre Taille betonte und gut zu ihren rotgoldenen Haaren passte. Sie wusste selbst nicht, warum sie sich überhaupt diese Mühe machte. Nur ihr eigener Stolz, vermutete sie, als sie auf einem Paar hochhackiger Sandalen ausrutschte. Eine klobige goldene Halskette vervollständigte das Outfit.

Blieb nur die Frage, ob es eine gute Idee war, dem Bürgermeister ihr Herz auszuschütten. Konnte sie ihm vertrauen, oder versuchte er nur, sie an seiner Seite zu halten, um die Bewohner seines kostbaren St Merlot zu schützen? Je mehr sie über das Dorf erfuhr, desto bestürzter war sie über die Fehden und Machenschaften darin. Oder war es in allen kleinen Gemeinschaften dasselbe, überall auf der Welt?

Das *Le Sanglier Paresseux* war leicht genug zu finden und lag im Schatten von Caseneuves karger, bedrohlicher Burg. Laurent Millais wartete an einem Tisch im Freien auf sie, unter einem mit Weinreben berankten Dach, von dem dicke, violette Trauben hingen. Der Blick von der Terrasse erstreckte sich nach Westen über die ganze Länge des Tals in Richtung Avignon, zu beiden Seiten umrahmt von blaugrauen Bergen.

Er stand auf, um sie zu begrüßen, was an sich schon ein großartiger Anblick war. Penelope bemerkte die verstohlenen Blicke der Damen an den anderen Tischen. »Ist es in Ordnung, hier zu sitzen – oder möchten Sie lieber hineingehen?«, fragte er.

»Draußen ist perfekt. Ich bin Britin – im Sommer muss man uns nach drinnen schleppen, selbst wenn die Sonne seit Tagen nicht durch die Wolken gekommen ist.« Oh Gott, dachte Penelope. Hoffentlich fange ich nicht an zu plappern. »Hier war ich noch nie. Es ist schön«, fügte sie mit ein wenig mehr Zurückhaltung hinzu, während sie an einem Tisch Platz nahm, der mit einem frisch gestärkten Leinentuch gedeckt war.

»Das Dorf wurde überhaupt erst durch dieses Restaurant bekannt. Nun – möchten Sie einen Aperitif mit mir trinken? Sie bieten einen ausgezeichneten Brombeer-Kir an.«

»Das klingt wunderbar. Ja, bitte.«

Mit einem Funkeln in den Augen gab der Bürgermeister die Bestellung auf. Nicht zum ersten Mal in seiner Gegenwart ermahnte sich Penelope, sich zusammenzureißen.

Sie studierte die Speisekarte. »Was empfehlen Sie?«

»Nehmen Sie das Schwein.«

Penelope unterdrückte ein Kichern. Sein Lächeln war ziemlich frech, befand sie. Er wollte doch gewiss nicht mit ihr flirten … Sie hatten noch nicht einmal ein Getränk bekommen. Viel wahrscheinlicher war es, dass er sich über sie amüsierte.

»Das Schweinefleisch ist ausgezeichnet«, wiederholte er. »Die *pata negra* – mit Eicheln gemästete Schweine.«

»Dann nehme ich das Schwein«, erklärte sie nachdrücklich, um deutlich zu machen, dass sie sich nicht einwickeln ließ, was immer er auch im Sinn hatte. Für sie war das ein rein geschäftliches Treffen. Es bot sich die Gelegenheit, alle möglichen Informationen zu erhalten, und die wollte sie nicht verstreichen lassen.

»Monsieur Millais, ich ...«

»Laurent, bitte.«

»Laurent ...«

»Darf ich Sie Penny nennen?«

»Natürlich. Nun, ich wollte fragen ...«

Die funkelnden Brombeer-Kirs trafen ein, zusammen mit einigen köstlichen *amuse-bouches*. Laurent unterhielt sich kurz mit dem *maître d'*, der ihn offensichtlich gut kannte, und berichtete Penelope dann von den Orten in England, die er besucht hatte. Seine Lieblingsstadt war Brighton, und der schlimmste Ort, den er als Besucher erlebt hatte, war das Elephant and Castle, nämlich in der Hinsicht, dass es überhaupt nichts dort gab, was dem Namen auch nur annähernd gerecht wurde. »Ich gehe gerne ins Theater an der Drury Lane und zum Abendessen ins Ritz!«

»Ooh ja«, erwiderte Penelope und verlor rasch ihre Hemmungen, als der Aperitif zu wirken begann. »Dieser rosa und goldene Speisesaal ist unwiderstehlich!«

»Ah ja«, sagte Laurent, als ob ihn das daran erinnert hätte. »Penny, Sie fragen sich vielleicht, warum ich mit Ihnen sprechen wollte.«

Unsanft kam sie wieder auf dem Boden auf. Sie durfte nie aus den Augen verlieren, dass sie nur deswegen mit diesem Mann hier zu Mittag aß, weil sie seit ihrer Ankunft zwei Leichen gefunden hatte und der Bürgermeister sich um Schadensbegrenzung bemühte. »Ich würde annehmen, dass Sie Neuigkeiten zu den polizeilichen Ermittlungen für mich haben.«

»Nun, in gewisser Weise habe ich das. Es handelt sich um eine delikate Angelegenheit, und ich wollte aus St Merlot fort sein, wenn ich darüber rede – man weiß nie, wer an der Tür zu meinem Büro lauscht!«

»Schießen Sie los!« Unter den gegebenen Umständen eine unglückliche Formulierung. Sie errötete. »Ich meine, erzählen Sie, worum es geht. Weiß die Polizei, zu wem die Gebeine aus der Kapelle gehörten?«

»Sie arbeiten noch daran.«

»Haben sie das ganze Skelett geborgen?«

»Das kann ich nicht sagen.«

»Wenn der Schädel vorhanden ist, werden sie Zahnarztunterlagen prüfen.«

»Ich bin überzeugt davon, dass die Ermittler Fortschritte machen. Obwohl mich das an etwas erinnert. Wir haben interessante Informationen zu Manuel Avore erhalten, die uns vorher nicht bekannt waren. Wie es scheint, war er tiefer ins Glücksspiel verstrickt, als wir glaubten.«

»Hieß es nicht, dass er kein Geld hatte?«, fragte sie.

»Er hatte kein Geld. Das war das Problem. Er hat sich viel aus dubiosen Quellen geliehen, um seine Wetten zu finanzieren.«

»Also hat er sich etwas geliehen und konnte es dann nicht zurückzahlen.«

»Genau. Er hat alles verspielt oder für Alkohol ausgegeben.«

»Warum ist das erst jetzt herausgekommen? Ich kann nur schwer glauben, dass niemand davon wusste. Gewiss hat seine Frau etwas mitbekommen?«

»Anscheinend nicht. Erst als die Geldeintreiber der Banden, die sich im Umfeld der Casinos bewegen, drohend an ihrer Tür standen …«

»Mehr als eine Bande?«

»Trauriger weise, ja.«

»Worauf wollen Sie nun hinaus?«, fragte Penelope.

Der Bürgermeister beugte sich verschwörerisch nach vorn und fuhr fort: »Nun, derzeit haben wir nichts weiter als Theorien, aber eines ist klar. Es ist äußerst unklug, sich Geld zu leihen, um im Casino zu spielen, und es dann nicht zurückzuzahlen. Vor allem, wenn die Kreditgeber Verbindungen zur Marseiller Unterwelt haben.«

»Warum Marseille?«

»Ein großer Teil des organisierten Verbrechens in der Region konzentriert sich auf Marseille – Sie erinnern sich, *The French Connection*, nicht wahr?« Theatralisch hielt er inne und blickte sich um: »Hier im Umland sind eher die kleinen Fische unterwegs, doch die sind bösartig genug, insbesondere gegenüber ihren Schuldnern.«

Penelope tat er leid, dieser kleine, verbitterte Mann, der sie am ersten Abend in ihrem Garten angeschrien hatte. Und mehr noch seine Frau. »Der arme Kerl, auch noch spielsüchtig. Er muss verzweifelt gewesen sein.« Plötzlich fiel ihr etwas ein. »Haben Sie die Spielkarte im Pool gesehen, als sein Körper geborgen wurde?«

»Eine Spielkarte? Nein.«

»Ich habe es. Mehr noch, ich glaube, das könnte ein Zusammenhang zwischen den beiden Todesfällen sein. Sie nicht auch?«

Der Bürgermeister betrachtete sein Gedeck und blickte dann auf. »Wenn ich Ihnen einen Rat geben darf, Madame? Ich denke, Sie sollten die Polizei ermitteln lassen. Ich weiß, dass Sie helfen wollen, doch es hilft niemandem, wenn Sie mit Ihren Theorien zu denen kommen. Es nützt nichts.«

»Aber da ist noch etwas«, fuhr Penelope fort. »Und es beschäftigt mich. An dem Tag, als wir die Leiche im Pool fanden, habe ich den Mann beschrieben, der am Vorabend in meinen Garten kam, und Sie meinten sofort: ›Das war Manuel Avore.‹

Doch wenn Avore der Tote war, kann er nicht der gewesen sein, den ich lebend gesehen habe. Die Zeit reicht einfach nicht, dass die Leichenstarre abklingen kann und der Arm so schlaff wird. Hat die Polizei darüber etwas gesagt?«

Es gab eine unangenehme Pause. »Nein, nicht mir gegenüber. Spielt das eine Rolle? Der Tote war Avore. Da können wir sicher sein. Vielleicht irren Sie sich bei der Zeit? Oder all der Alkohol im Körper macht einen Unterschied.«

Penelope runzelte die Stirn. »Aber ...«

»Nun, Sie haben Ihren Nachbarn Pierre Louchard getroffen, wie ich höre.«

»Das habe ich, ja.«

»Welche Art von Likör hat er Ihnen angeboten?«

»Woher wissen Sie davon?«

Laurent legte einen Finger an den Nasenflügel. »War es Pflaumenschnaps?«

»Das war es tatsächlich.«

»Das ist eine sehr gute Nachricht für Sie. Es bedeutet, dass er Sie mag. Oder dass er beschlossen hat, Sie zu mögen. Es ist eine Art Code im Dorf. Seit den Tagen des Widerstands während des Krieges. Pflaumen bedeuten ›ein Freund‹.«

Dieser Umstand machte das kleine Geschenk von Monsieur Charpet auf der Mauer umso berührender.

»Es ist erstaunlich, wie oft hier noch über den Krieg und den Widerstand geredet wird. Ist die allgemeine Meinung über Manuel Avore immer noch so sehr von der angeblichen Kollaboration seiner Familie damals beeinflusst?«

»Wahrscheinlich, ja.«

Das Essen wurde aufgetragen, zwei sehr appetitliche Teller mit saftigem Schweinefleisch, geschmackvoll präsentiert, und das Gespräch bewegte sich von dem unglückseligen und unbetrauerten Mann fort.

Eine Flasche Vacqueyras wurde geöffnet und mit einer gewissen Feierlichkeit verkostet. Wider besseres Wissen – Rotwein zur Mittagszeit forderte nach Penelopes Erfahrung den Ärger förmlich heraus – ließ sie sich zu einem Glas verführen. Es schmeckte grandios.

Penelope hörte zu, während Laurent erklärte, warum dieser Wein so typisch für den Boden der Region war. Sie hatte Mühe, sich an die Fragen zu erinnern, die sie stellen wollte. Zwei Drinks hatten ihn bereits gefährlich attraktiv gemacht.

Es schien wirklich wahr zu sein, dass in Frankreich fürs Mittagessen alles zum Erliegen kam, und dazu gehörte auch, den Geschmack des Essens mit Unterhaltungen über Morde zu verderben.

Der Bürgermeister lenkte das Gespräch auf ihre Familie, und sie erzählte ihm von Justin und Lena und dem ruinösen Mangel an Disziplin, den Lenas Söhne Zack und Xerxes an den Tag legten.

»Sie sind eine Großmutter? Wie kann das möglich sein?«, rief der Bürgermeister aus.

Penelope errötete und war wütend auf sich selbst, weil sie das erwähnt hatte. »Ich habe sehr jung geheiratet ... fast eine Kinderbraut ... Eigentlich sind Justin und Lena meine Stiefkinder.«

Aus dem, was Frankie von Clémence erfahren hatte, wusste sie, dass Laurent eine Ex-Frau in Paris hatte. Flüchtig dachte sie darüber nach, ob er inzwischen eine neue Lebensgefährtin hatte, noch neben seinem Tête-à-Tête mit Clémence. Besser, sie fragte nicht. Doch sie war fest entschlossen, die Gelegenheit zu nutzen und mehr darüber herauszufinden, was er mit Louchard und dem Silberfuchs im roten Ferrari in Bonnieux gemacht hatte. Sie griff das Thema Ehe auf, so dünn das auch war.

»Ich habe neulich zum ersten Mal die Abbaye de Sénanque besucht«, berichtete sie. »Finden dort auch Hochzeiten statt?«
Die Augen des Bürgermeisters funkelten. »Hochzeiten? Nein.«
»Oh.«
»Denken Sie daran, wieder zu heiraten?«
»Ich? Nein! Auf keinen Fall. Nein, ich habe mich das nur gefragt. Es wäre ein sehr schöner Ort für eine Hochzeit, das ist alles.«
»Ah.«
»Es gibt eine *prieuré* gleich außerhalb von St Merlot, nicht wahr?«
»Ja. *Le Prieuré des Gentilles Merlotiennes.*«
»Sind das Nonnen – die freundlichen Damen des Merlot?«
»Leider sind keine mehr da. Wegen sittlichen Fehlverhaltens mussten sie im fünfzehnten Jahrhundert gehen.«
»Meine Güte. Das Gebäude steht noch?«
»Das tut es.«
»Wofür wird es heutzutage verwendet?«
»Nichts, im Augenblick. Obwohl derzeit ein paar interessante Entwicklungsmöglichkeiten geprüft werden.«
»Klingt faszinierend. Erzählen Sie mir mehr.«
Der Bürgermeister grinste, erklärte aber nichts weiter.
Sie legte Messer und Gabel beiseite und bemühte sich um eine Kunstpause in der Hoffnung, dass er die Stille mit einigen Einzelheiten füllte.
»Also, Penny, von den offensichtlichen Problemen der letzten Zeit abgesehen, wie genießen Sie Ihr neues Leben in der Provence?«
Enttäuschend. »Ich liebe es hier. Trotz allem, was passiert ist, bin ich sehr froh, dass ich nach St Merlot gekommen bin. Ich hoffe nur, dass wir das alles hinter uns lassen können, wenn

sich die Lage erst einmal wieder beruhigt hat nach diesem … Sie wissen schon.«

Laurent lächelte. »Und wir freuen uns, dass Sie zu uns gestoßen sind. Manchem wäre es zwar lieber, dass niemand von außerhalb hier jemals Grundbesitz erwirbt. Doch ohne das ausländische Geld stünden viele Häuser leer.«

Penelope überlegte einen Augenblick.

»Sie dulden uns nur wegen des Geldes, das wir herbringen?«

»Nein, das ist nicht wahr. Nun, vielleicht denken einige Leute so, aber nicht alle. Sie bringen auch Farbe und Abwechslung!«

»Ich fühle mich jetzt nicht so schlecht dabei, wie es der Fall sein könnte. Ich habe bereits festgestellt, dass ich hier immer eine Ausländerin sein werde – doch die Definition von ›Ausländer‹ fängt schon in ein paar Kilometern Entfernung an. Der Polizeichef beispielsweise. Er zählt als Auswärtiger und kommt gerade einmal aus Apt!«

»Wie wahr!« Der Bürgermeister hob sein Glas auf ihre Auffassungsgabe.

»Warum mögen Sie ihn nicht?«, fragte sie und nutzte ihren gegenwärtigen Vorteil.

»Weil er die schlimmste Art von Ausländer ist. Er versucht nicht einmal, uns zu verstehen!«

Sie lachten beide.

»Auf dem Land ist es doch überall auf der Welt dasselbe«, stellte Penelope fest.

Er leerte die Flasche Rotwein in ihre Gläser – wie um alles in der Welt hatten sie so viel getrunken? –, dann bestand er darauf, dass sie ein Dessert, das sich *Le Tout Chocolat* nannte, bestellten.

»Oh, in Ordnung. Wenn wir müssen.« Penelope hoffte, dass er den ironischen Unterton in ihrer Stimme verstand. Andererseits, wahrscheinlich hielt er sie einfach für gefräßig, was – leider – der Wahrheit auch nahe kam.

Bei Kaffee und einem seltsamen einheimischen Likör, der in einer Flasche in der Form einer großen Aubergine kam (und von Penelope abgelehnt wurde), versuchte sie, ein wenig mehr über ihn herauszufinden.

»Wie lange sind Sie schon Bürgermeister von St Merlot?«

»Fast vier Jahre.«

»Ist es ein Vollzeitjob?«

»Nicht wirklich, nicht für mich.«

»Haben Sie noch eine andere Arbeit?« Sie erinnerte sich daran, was Frankie herausgefunden hatte – dass er alle möglichen Eisen im Feuer hatte. Sie hoffte, er würde ihr mehr darüber erzählen, vielleicht über seine Tätigkeit fürs Fernsehen.

Laurent lehnte sich auf seinem Stuhl zurück und grinste sie an. »Das war ein unerwartetes Vergnügen«, sagte er.

Das war es gewiss. Penelope fühlte sich weder zu voll noch zu beschwipst, sondern gerade richtig.

»Ach, übrigens, werden Sie Clémence Valencourt bald wieder treffen?«, fragte sie so beiläufig, wie sie konnte.

»Davon gehe ich aus. Sie ist häufig in der Gegend, mal hier, mal dort, mal überall.«

»Wem sagen sie das!«, antwortete Penelope. »Sie ist sehr … geschäftig. Taucht immer an den unerwartetsten Stellen auf.«

»Das ist richtig.«

»Sie beide kennen sich ziemlich gut, nicht wahr?«

Er hob bestätigend die Hand, eine Geste, die alles oder gar nichts bedeuten konnte.

»Ihr Haus ist wunderschön. In welchen Geschäften ist Monsieur Valencourt tätig, dass sie in solcher Pracht leben können?«

»*Mon Dieu!* Schon so spät? Es tut mir leid, ich muss zurück nach St Merlot!«

Er verlangte die Rechnung und bestand darauf, sie zu bezahlen. Er winkte ab, als sie Einwände erhob, und scherzte mit dem Kellner darüber, dass er zurück in sein Büro musste, wo die Verwaltung seines Dorfes ihn schon vermissen würde. Sie brachen gemeinsam auf, und Penelope hielt nach seinem auffälligen Mercedes Ausschau. Es war keine Spur davon zu sehen.

»Würde es Ihnen etwas ausmachen, mich zurückzufahren?«, fragte er.

Jemand musste ihn hergebracht haben. Also war er nicht ganz so leichtsinnig beim mittäglichen Trinken gewesen, wie sie angenommen hatte. Gut, dass sie es auch nicht übertrieben hatte.

Er stieg in den Range Rover, nachdem er erst einmal automatisch an die falsche Seite getreten war. »Es ist so seltsam, das Lenkrad auf der rechten Seite des Autos zu haben! Es muss schwierig sein, so auf unseren Straßen zu fahren, oder?«

»Es ist ganz in Ordnung, solange man aufpasst. Tatsächlich ist es sogar nützlich, wenn ein anderes Fahrzeug entgegenkommt und man rechts an den Straßenrand ziehen muss – man sieht genau, wie weit man auf manchen Bergstraßen vom steilen Abgrund entfernt ist!«

Sie fuhr besonders vorsichtig nach St Merlot zurück und folgte der steilen, kurvenreichen Abkürzung, die er ihr zeigte.

Das einzige andere Auto, auf das sie trafen, schoss wie aus dem Nichts mitten auf der Straße auf sie zu.

»*Oh, là là* – diese Mittagsfahrer sind immer eine Gefahr.«

»Aber es geht auf vier Uhr zu!«, rief Penelope aus.

»Ja. Jetzt kehren sie zur Arbeit zurück.«

Bei der nächsten Kurve bremste Penelope bis zu einem ängstlichen Kriechen herunter.

»Ah, schauen Sie! Haben Sie das Schild dort gesehen? Die Straße führt zum besten Ziegenkäse in der Gegend.«

Den Rest der Fahrt über, bis sie ihn bei der *mairie* absetzte, ließ er sich über die besten Restaurants im Umland aus und über die empfohlenen Schleichwege für Fahrer, die gut gegessen und getrunken hatten.

So fragte sie ihn nie, warum die Maklerin selbst Nachforschungen über die Herkunft der Axt anstellen sollte. Oder nach den Papieren, die sie gefunden hatte. Sie verstand auch nicht wirklich, weshalb er sie überhaupt zu diesem Mittagessen eingeladen hatte.

Als sie in die Einfahrt fuhr, waren sofort alle Gedanken wie weggeblasen. Die Tür zu ihrem Haus hing schräg an ihren Scharnieren. Sie war aufgebrochen worden.

23

Sie wusste, dass sie die Polizei rufen sollte, aber der Gedanke an Reyssens gekräuselte Lippen war zu viel für sie. Sie könnte Clémence anrufen. Doch durfte sie ihr vertrauen? Warum genau hatte die Maklerin im Laden in Coustellet nach der Axt gefragt?

Penelope setzte Wasser für eine Tasse Tee auf, um sich Zeit zum Nachdenken zu verschaffen, schaltete ihn jedoch gleich wieder aus. Sie blickte sich genauer in der Küche um. Hatte jemand in ihren Papieren gewühlt? Schwer zu sagen, sie hatte sie schon ein wenig durcheinander zurückgelassen. Hatte sie ihren Computer eingeschaltet gelassen, als sie losgefahren war? Das war durchaus möglich, wenn man bedachte, wie sie die Treppe hinaufgestürmt war, um sich aufzutakeln. Hatte womöglich ein Eindringling ihre Internetrecherchen überprüft? Sie musste sich Gewissheit verschaffen.

Dann stieg Übelkeit in ihr auf. Hatte Laurent Millais sie absichtlich weggelockt, um diesem Eindringling ein paar ungestörte Stunden zu verschaffen? »*Ich hoffe, ich kann Sie aus Ihrem Haus locken.*« Hat er das nicht tatsächlich so ausgedrückt?

Sie rief die Polizei.

Das Gespräch mit Laurent ging ihr in Dauerschleife im Kopf herum. War er der LM auf dem Vertragsentwurf, über den sie im Priorat gestolpert war? Und was hatte es zu bedeuten, wenn dem so war? Was war von der Marseille-Mafia-Theorie zu halten? Meinte er das ernst oder war es nur eine falsche Fährte, um sie abzuschrecken?

Zu den Sachen, die ihr aufgefallen waren, gehörte die Art, wie er Englisch sprach. Als er das erste Mal in ihrem Garten erschienen war, an dem Tag, als man Avore aus dem Pool gefischt hatte, hatte der Bürgermeister wie das Idealbild eines Franzosen geklungen. Dasselbe, als sie in der *mairie* über Monsieur Charpet sprachen, über die Vorgeschichte des alten Mannes im Widerstand und darüber, dass er unmöglich in ein Verbrechen verwickelt sein konnte. Aber während ihres Gesprächs beim Mittagessen war sein Akzent fast verschwunden. Womöglich beeinträchtigten tiefe Gefühle seine Sprachkenntnisse.

Er hatte sie auch davor gewarnt, den polizeilichen Ermittlern auf die Füße zu treten. Vielleicht war das der Grund, warum er erzählt hatte, was für eine Spur derzeit verfolgt wurde – damit sie das Gefühl hatte, dass sie auf dem Laufenden war, ohne dass sie weitere Informationen liefern musste.

Jede andere Frau mittleren Alters, die neu in Südfrankreich eingetroffen war, hätte den Hinweis möglicherweise befolgt. Aber Penelope Kite war geschult darin, Einzelheiten wahrzunehmen, die selbst den besten Experten für forensische Pathologie im Innenministerium aus irgendeinem Grund entgangen waren.

Als persönliche Assistentin von Professor Fletcher hatte Penelope geholfen, seine Autopsieberichte für die Polizei und die Gerichte vorzubereiten, aber selten einen Autopsieraum oder einen Tatort besucht. Doch sie hatte sämtliche Fotos gesehen. Zum ersten Mal hatte sie sich eingemischt, als ein Ex-Sträfling, der im Gefängnis das Stricken gelernt hatte, kurz nach seiner Entlassung wegen Mordes verhaftet wurde. Seine Fingerabdrücke wurden auf Stricknadeln gefunden, die in einem halb fertigen Schal steckten.

Dabei ging es um ein Detail aus dem Bereich Handarbeiten, das den meisten Frauen aufgefallen wäre – wenn auch offenbar nicht jenen, die an diesem Fall arbeiteten. So wenig wie dem wahren Mörder. »Dieser Schal ist nicht gestrickt«, ließ Penelope ihren Chef wissen. »Das ist eine Häkelarbeit.«

Schließlich wiesen die Ermittler nach, dass die Stricknadeln von einem anderen Ex-Sträfling aus dem Werkraum des Gefängnisses gestohlen worden waren, um den Verdächtigen damit zu belasten.

Penelopes Selbstvertrauen wuchs, und sie wurde mutiger.

Sie rettete die Lage, als im Fall eines Mordes an einer jungen Frau ein entscheidender Hinweis verloren ging. Nachdem Proben der Polsterung aus dem Fahrzeug, mit dem das Opfer entführt worden war, verschwanden, fand Penelope durch hartnäckige Nachforschung heraus, dass diese Beweismittel zur Analyse an das falsche Labor geschickt worden waren. So konnte die Staatsanwaltschaft schließlich in dem Fall fortfahren.

In einem weiteren Fall hatte ein Fingerabdruck-Experte keine Übereinstimmung festgestellt, aber Penelopes Intuition sagte, dass etwas nicht stimmte. Der betreffende Forensiker hatte spürbare Schwierigkeiten, sich zu konzentrieren, als sie mit ihm telefonierte. Bei Tee und Kuchen in einem Café gegenüber des Laborgebäudes schenkte sie dem jungen Wissenschaftler ihre Aufmerksamkeit, als der ihr von den Problemen mit seiner untreuen Freundin erzählte. Dann holte sie stillschweigend eine zweite Meinung über den Fingerabdruck ein. Dieses Mal fiel sie positiv aus. Der Wissenschaftler wurde in Sonderurlaub geschickt, und mehrere ungeklärte Fälle wurden wieder aufgerollt, was zur Verurteilung eines Serienmörders führte.

Und jetzt sollte sie kneifen? Den Teufel würde sie tun!

Avore war also ein notorischer Glücksspieler gewesen. War das von Bedeutung? Zog sie die Knochen in der Kapelle in

Betracht, den Leichnam im Pool und den rätselhaftesten Aspekt überhaupt: das Pik-Ass an beiden Tatorten – dann, so entschied sie, musste es wohl so sein.

Aber vorläufig saß sie fest. Sie wartete auf die Ankunft der Polizei, die schließlich zur Teezeit eintraf. Ein sehr jugendlicher Beamter überprüfte den Schaden, nahm Fingerabdrücke, rief einen Schlosser für sie an, machte sich fleißig Notizen und stellte Fragen, die sie nicht beantworten konnte. Wer könnte ein Interesse daran haben, in ihr Haus zu gelangen? Sie hatte keine Ahnung. Wurde etwas mitgenommen? Nichts, was ihr bisher aufgefallen wäre. Gab es etwas, wonach die Eindringlinge hätten suchen können? Möglicherweise. Aber was? Der Mord an Manuel Avore und das Skelett kamen nicht einmal zur Sprache.

Der Schlosser traf ein, während der Beamte noch bei ihr war, und gemeinsam hatten sie die Tür in kürzester Zeit wieder befestigt. Es war fast so, als wollten sie sichergehen, dass Penelope ihnen keinen weiteren Ärger machte.

Penelopes Befürchtungen wischte der junge Polizist beiseite.

»Wenn im Haus nichts durcheinandergebracht wurde«, stellte er auf Englisch fest, »dann war es wahrscheinlich der Wind, der die Tür aufgerissen hat.«

»Echt jetzt?«

»Der Wind bläst sehr stark hier oben am Hang. Stürmisch! Das Holz der Tür ist unbeschädigt. Sehen Sie? Vielleicht haben Sie nicht richtig abgeschlossen, bevor Sie losgefahren sind?«

Penelope war überzeugt davon, dass sie das getan hatte, aber es brachte auch nichts, nun länger darüber zu diskutieren.

Am nächsten Morgen spazierte Penelope zum Dorfplatz hinauf. Wenn sie wirklich Detektivin spielen wollte – und, um der Wahrheit ins Auge zu schauen, diese Entscheidung schien längst gefallen zu sein, fast ohne dass sie sie bewusst getroffen hätte; ihr natürliches Widerstreben, sich einzumischen, war schlicht von den Ereignissen überholt worden –, musste sie mehr Einheimische unter ganz alltäglichen Bedingungen sehen.

Die *Boulangerie-Bar* war um acht Uhr überfüllt. Penelope fühlte sich verpflichtet, lokale Unternehmen zu unterstützen, doch sie fürchtete um ihre Taille angesichts dieses Bäckers und seines vortrefflichen *pain tradition* mit dünner, knuspriger Kruste und weichem Inneren, seiner zuckerbestäubten, gewendelten *sacristan*, der runden, mit Vanillepudding gefüllten *tartes tropéziennes*, der zimtgewürzten *palmier*-Kekse, *religieuses* aus Brandteig mit *crème pâtissière* und tropfend vor Schokolade, zarte *macarons*, *mille-feuilles* und *madeleines* in üppigen Geschmacksnoten mit Veilchen und Walderdbeeren. Diese Entdeckung süßer Leckereien, von deren Existenz sie bislang nicht einmal etwas geahnt hatte, stellte ihre Willenskraft auf eine harte Probe.

Penelope reihte sich in die Warteschlange ein und nickte allen grüßend zu. Sie atmete das himmlische Aroma von frisch gebackenem Brot und karamellisiertem Zucker, Vanille und Kaffee ein. Bildete sie sich das nur ein, oder gab es da gelegentliche Seitenblicke von den Einheimischen, als wüssten diese genau, wer sie war, ohne dass sie geneigt waren, sich selbst vorzustellen? Penelope nahm die Schultern zurück und lächelte, bevor sie ihren Blick auf die Herrlichkeiten hinter der Theke zurücklenkte, wie jeder normale Mensch es tun würde.

Eine große Frau wickelte Brot in Papier und packte Kuchen und Torten in weiße Kartons, während der Bäcker selbst – wie Penelope aus seiner weißen Haube und seiner Schürze schloss – schlagfertig mit den Kunden plauderte. Auf der Schürze trug er den Namen Jacques Correa eingestickt, genau wie es ein renommierter Koch getan hätte. Jacques! Penelope schaute gleich noch einmal hin.

Es war so viel passiert, dass sie fast ihre Suche nach einem Jacques vergessen hätte – einem Jacques im Dorf mit dem Motiv, Avore zu töten! Aber es war ein alltäglicher Name, nicht wahr? Dieser hier sah nicht gerade nach einem wahrscheinlichen Kandidaten aus. Er war vierzig und stämmig, mit Unterarmen, die kräftig waren vom Kneten und Heben der Teigmassen, dennoch bewegte er sich wie ein Tänzer auf seinen kleinen Füßen, sauste hierhin und dorthin. Er trug ein breites Grinsen im Gesicht, während er auf Spezialitäten und neue Rezepte hinwies und gleichzeitig eine Tasse Espresso in der Hand hielt.

Dann war Penelope an der Reihe. »*Bonjour Monsieur, Madame, une baguette et un croissant, s'il vous plaît.*«

Die Frau, selbst ein wenig teigig um die Körpermitte herum, das Haar zu einem Dutt wie ein Landbrot zurückgebunden, griff nach den Backwaren.

»*La dame anglaise? Le Chant d'Eau?*«, fragte der Bäcker. »*On vous attendait* – wir haben Sie bereits erwartet! Sie werden eine gute Kundin sein. Mögen Sie keine *pâtisseries*? Ihre Freundin meinte, Sie lieben *pâtisseries!*«

»Oh, das tue ich«, seufzte Penelope, die sich nur zu bewusst war, dass alle anderen Kunden aufmerksam zuhörten. »Sehr gerne. Etwas zu gerne.«

»Aber Sie müssen meine *puits d'amour* kosten – die kleinen Brunnen der Liebe, ja? Gelee aus roten Johannisbeeren im Inneren der Küchlein, glasiert mit Karamell.«

Wie hätte sie da ablehnen können? Sie kaufte eines, dazu das großzügig dimensionierte Croissant zusammen mit dem Baguette, einer Ausgabe der *La Provence* und einer Tasse Kaffee mit Milch, die sie an einem der Tische vor dem Laden trinken wollte. Ein Morgenkaffee, bei dem sie zugleich ihr Französisch durch die Lektüre der Zeitung verbesserte, wurde rasch zu einer angenehmen Gewohnheit.

Sie überflog ein paar Seiten und las einen langweiligen Bericht über den Mangel an Fortschritten im Fall des Avore-Mordes in St Merlot. Wenn es irgendwelche neuen Informationen gab, hatte die Polizei sie offensichtlich noch nicht freigegeben. Ein Blick auf eine andere Seite enthüllte jedoch eine faszinierende Entwicklung.

»Penny!«

Auf hohen Absätzen eilte der Störenfried über den Schotter auf sie zu. Fast so, als wäre mir jemand gefolgt, dachte Penelope. Ausschließen wollte sie das nicht.

»Madame Valencourt.« Sie nickte steif.

Die Französin bemerkte offenbar die Förmlichkeit der Begrüßung. Mit einer hochmütigen *froideur* fragte sie im Gegenzug, ob sie sich Penelope zugesellen durfte.

»Bitte tun Sie das.«

»Ich bin froh, Sie zu treffen. Es gibt etwas, worüber ich mit Ihnen reden muss, Penny.«

»Warum, was ist los?«

»Laurent hat mich gestern Abend angerufen.«

»Laurent, der Bürgermeister?«

»Wer sonst? Ja, der Bürgermeister.«

Penelope zog eine Augenbraue in die Höhe, als ihr Gegenüber – nur für einen Bruchteil einer Sekunde! – ein wenig die Fassung verlor und den Hauch einer Röte zeigte.

»Oh, Penny, ziehen Sie keine voreiligen Schlüsse! Tatsächlich ist es genau das, worüber Laurent mit mir sprechen wollte. Er glaubt, dass Sie sich zu sehr in die Ermittlungen einbringen, dass Sie zu viele Fragen stellen.«

»Tatsächlich?« Penelope war nicht gerade begeistert darüber, dass man derart über sie redete.

»Sie müssen verstehen, es ist sehr peinlich für ihn – ein Mord in seinem Dorf, und jetzt die mysteriösen Knochen! Solche Dinge sind hier seit Jahren nicht mehr passiert, und es ist wichtig, dass man St Merlot als ein ruhiges und friedliches Dorf ansieht. Er befürchtet, dass es seine Aussichten auf eine Wiederwahl im nächsten Monat beeinträchtigt. Vielleicht will er auch nicht, dass eine der großen Familien im Dorf verdächtigt wird. Es stehen viele Stimmen auf dem Spiel.«

»Also wird einfach alles vertuscht.«

»Ich bin froh, dass Sie es verstehen, Penny.«

»Nun, Clémence, die Sache ist die: Als ich gestern mit Laurent zu Mittag aß ...«

Die Maklerin riss kaum merklich die Augen auf.

»Er rief aus heiterem Himmel an und hat mich eingeladen – und er war auch derjenige, der als Einziger über den Avore-Fall sprach. Ich habe nur zugehört. Nun, vielleicht habe ich ein paar Fragen gestellt, aber nur, um im Gespräch zu bleiben. Und Sie haben recht ...« Penelope hob die Hand, um deutlich zu machen, dass sie nicht unterbrochen werden wollte. »... ich will Antworten, und zwar auf viele Fragen. Wie kann ich nicht neugierig werden, wenn in St Merlot plötzlich unter jedem Stein eine Leiche auftaucht? Etwas geht hier vor, und wir können nicht einfach alles unter den Teppich kehren.«

Clémence sah bestürzt aus, als Penelope all ihren aufgestauten Ärger herausließ, doch sie ließ sie weiterreden.

Penelope senkte die Stimme und hoffte, dass niemand in der Nähe ihre Worte mitbekommen hatte. »Dieser Avore, was für ein furchtbarer Mensch er auch gewesen ist, wurde ermordet«, zischte sie. »Wer immer es getan hat, scheint versucht zu haben – wenn auch nicht sehr geschickt –, Monsieur Charpet die Schuld in die Schuhe zu schieben. Und er hat entschieden, dies alles gerade an dem Tag zu tun, an dem ich in ein Haus einziehe, das seit Jahren leer steht. Warum genau *dann?* Um mich zu vergraulen? Um mir das Leben schwer zu machen? Um mich in das Verbrechen zu verwickeln? Ich verstehe das überhaupt nicht, also, ja – ich will dazu Fragen stellen!«

Die Immobilienmaklerin öffnete den Mund.

Doch Penelope hob wieder die Hand und fuhr fort. »Denn es kommt noch mehr hinzu. Als ich spazieren ging, wurde ich beinahe erschossen. Es hätte sehr leicht eine weitere Leiche in St Merlot geben können. Alle sagen, es waren die Jäger. Aber was, wenn dem nicht so war? Hat sich je einer diese Frage gestellt? Dann wurde erst gestern in mein Haus eingebrochen, jedoch nichts daraus entfernt. Warum?«

»Es tut mir leid, das zu hören, Penny. Die Polizei wird sicher ihr Bestes tun, um herauszufinden, wer das war.«

Penelope schnaubte ungläubig. »Das bezweifle ich. Ein sehr junger Beamter erklärte mir bereits, dass es wohl der Wind gewesen ist!«

»Ah. Dazu kann ich nichts sagen. Aber denken wir über die Schüsse nach. Um diese Jahreszeit jagen die Jäger. Sie sind aufgedreht und können es nicht erwarten, ihren Sport wieder aufzunehmen. Vielleicht sind sie auch nicht so gut darin, weil sie es seit Monaten nicht mehr geübt haben.«

»Ich bewundere Ihre Kaltblütigkeit, doch für meinen Geschmack war es ein wenig zu knapp.« Penelope hatte altmodische Vorstellungen, was die Konsequenzen anbelangte, die Schüsse auf Engländerinnen im Ausland haben sollten. »Was, wenn jemand hinter mir her war? Die Behörden sollten wirklich etwas dagegen unternehmen. Diese Menschen sind … sind … eine Gefahr für sich selbst und andere!«

Clémence hatte sich während des ganzen Ausbruchs zurückgelehnt. Nun zog sie einen Schmollmund. »Aber die Polizei ...«

»Die Polizei weiß, dass das, was mit Manuel Avore passiert ist, Mord war – doch was tun sie dagegen?«

»Sie ... wie sagt man auf Englisch? ... jagt dem Verdacht nach?«

»Geht den Hinweisen nach? Clémence, etwas nachzugehen impliziert auch eine gewisse Bewegung, und die sehe ich in diesem Fall überhaupt nicht! Ich glaube, sie wollen die Sache einfach nur von den Füßen haben.«

»Und wäre das so schlimm? Avore war ein sehr unangenehmer Mann. Seine Frau muss jetzt viel glücklicher sein.«

»Nun, sollen wir es herausfinden?«

»Was schlagen Sie vor, Penny?«

»Dass Sie und ich sie besuchen gehen ...«

»*Mon Dieu*, das können wir nicht machen!«

»Sagt wer?«

»Dem Bürgermeister wird es nicht gefallen! Und die Polizei ...«

Penny entschied, dass es an der Zeit war, ihre Trumpfkarte auszuspielen.

»Aber Clémence – Sie *müssen* sich doch dafür interessieren, was wirklich geschehen ist!«

»Ich denke, wir sollten das den Experten überlassen.«

»Es war also nur ein Zufall, dass Sie den Laden in Coustellet aufgesucht haben, um nach der Axt zu fragen?«

»Woher wissen Sie das?«

»Weil ich es auch getan habe.«

Einen Moment lang starrten sich die beiden Frauen an.

Dann zuckte die Pariserin mit den eleganten Schultern. »Es scheint, Penny, dass wir beide mehr Interesse zeigen, als wir sollten ...«

»Sind Sie deshalb immer wieder bei mir aufgetaucht?«
»Es kann sein.«
»Also, stehen wir auf derselben Seite? Zwei kleine Schnüffler …«, sagte Penelope.
»Das bedeutet … Oh«, sie legte einen Finger an ihre hübsche kleine Nase. »Ich glaube, ich verstehe.«
Sie lächelten beide.
»Also, haben Sie etwas über die Axt herausgefunden und über ihren möglichen Käufer?«, fragte Penelope.
»Nein, noch nicht.«
»Es hat wohl keinen guten Eindruck hinterlassen, dass wir beide in dem Geschäft aufgetaucht sind und dieselben Fragen gestellt haben«, befand Penelope. »Vielleicht arbeiten wir lieber zusammen. Was meinen Sie?«
Madame Valencourt zuckte die Achseln.
»Ja?«
»Klingt sinnvoll«, sagte die Maklerin schließlich.
Penny hob die Kaffeetasse. »Auf die ›Luberon Ladies‹-Detektivagentur!«
»*L'entente cordiale investigative!* Aber seien Sie vorsichtig.« Verstohlen sah sich ihre neue Partnerin über die Schulter um. »Laurent darf es nie erfahren.«
»Geht klar für mich«, erwiderte Penelope. »Also, haben Sie das gesehen?« Sie schob die Zeitung über den Tisch. »Mir ist es gerade aufgefallen, als Sie angekommen sind. Doch ich denke nicht, dass wir hier darüber reden sollten.«

In ihren jeweiligen Autos fuhren sie den Hügel hinunter. Penelope tuckerte im Range Rover voran wie eine Mutterente, die ein aufgeregtes Küken hinter sich auf Linie hielt.
»Müssen Sie sich eigentlich nie um Ihre Arbeit kümmern?«, fragte Penelope, als sie in *Le Chant d'Eau* ausstiegen.

»Von jetzt bis Weihnachten ist es sehr ruhig. Aber ich will ohnehin überprüfen, was Monsieur Geret mit Ihrem Pool gemacht hat.«

Auf der Terrasse vor ihrer Küche wies Penelope auf eine Anzeige in der Zeitung hin:

FÊTE VOTIVE DE SAINT MERLOT
2–3 Septembre
Grand Concours de Pétanque
Aioli – Place de la Mairie
Grand Bal avec L'Orchestra Echeverria
Grand Prix – Meilleur Tracteur du Luberon 2017

»Sehen Sie, wer als Sponsor des Wettbewerbs um den besten Traktor im Luberon auftritt? Es scheint ein Geschäft in Coustellet zu sein …«

»Darrieux SARL!«, las Clémence vor.

»Was ich nun gern wissen würde, ist, warum in aller Welt ein Laden in Coustellet eine Veranstaltung in einem kleinen Dorf meilenweit entfernt sponsert? Tun sie das jedes Jahr? Ist es bloß ein Zufall?«

Madame Valencourt schüttelte den Kopf. »Ich weiß es nicht.«

»Also, was fangen wir als Nächstes an?« Penelope konnte es kaum erwarten loszulegen. »Wir gehen der Sache auf den Grund, selbst wenn es sonst niemand will.«

»Ich frage mich, wer im Festausschuss sitzt …«

»Der Bürgermeister weiß es bestimmt. Aber Sie meinten ja, den durften wir nicht einweihen.«

»Ich frage Monsieur Charpet«, sagte Clémence. »Er wird es wissen.«

»Was kann ich dann tun?«

»Sie sollten vielleicht Madame Avore besuchen. Nur ein Höflichkeitsbesuch als neuer Nachbar.«

»Das wollte ich ja schon tun, doch dann habe ich mir überlegt, ob es nicht seltsam wäre unter den gegebenen Umständen?«

»Normalerweise, vielleicht, ja. Aber ich habe gehört, dass sie nun eine sehr glückliche Frau ist. Ihre Situation ist nicht normal. Warum gehen Sie nicht jetzt zum Haus der Avores? Sie wissen, wo es ist, nicht wahr?«

»Es ist schwer zu übersehen. Sollte ich etwas mitnehmen?«

»Nicht unter diesen Umständen. Gehen Sie hin und machen Sie Ihre Aufwartung, stellen Sie sich vor – und warten Sie ab, ob sie Ihnen etwas Brauchbares erzählt.«

Penelope folgte dem unbefestigten Weg bis zum maroden Haus an der Hauptstraße. Es wirkte immer noch wenig einladend. Große Risse liefen über eine der Außenmauern, Efeu griff von den Bäumen über und überwucherte einen großen Teil des Daches. Rostige Ackergeräte lagen in der Einfahrt, die im langen Gras kaum mehr zu erkennen war. Das ganze Anwesen strahlte Vernachlässigung aus, und Penelope fiel es schwer zu glauben, dass Madame Avore nicht schon seit Langem fort war. Ein Polizeisiegel klebte auf der Tür, und es gab kein Anzeichen für irgendwelche Bewohner. Sie klopfte – es war ein altmodischer Löwenpfoten-Klopfer, stark verrostet –, aber es kam keine Antwort.

Sie kehrte nach Hause zurück und fand Clémence auf der Terrasse sitzend vor, wo sie die Grundstücksanzeigen der *La Provence* studierte.

»Hat nichts gebracht«, berichtete Penelope. »Madame Avore war nicht da. Es sieht so aus, als wäre die Polizei drin gewesen.«

»Vielleicht ist sie bei Freunden untergekommen«, sagte Clémence.

»Denken Sie an jemand Bestimmten?« Penelope ahnte bereits, worauf das hinauslief, doch sie wollte es ausgesprochen hören.

»Ihr Nachbar am anderen Ende der Zufahrt? Monsieur Louchard ...?«

»Der sie schon immer geliebt hat ... und jetzt gibt es nichts mehr, was sie davon abhält, zusammen zu sein«, stellte Penelope fest. Sie setzte sich auf die Steinmauer. »Ist es das, was Sie andeuten möchten? Dass Avores Frau und Monsieur Louchard ihn hätten töten können?«

»Ich weiß nicht. Ich nehme an, wir müssen es in Betracht ziehen.«

»Ich habe gehört, dass er eine dunkle Seite hat.«

»Wer hat Ihnen das erzählt?«

»Ach ...« Penelope bremste sich, bevor sie zu indiskret wurde. »Wissen Sie, ich kann mich selbst nicht mehr genau erinnern. Ich glaube, jemand hat es zu Frankie gesagt. Er meinte, Louchard sei ein wenig unberechenbar. Das hört man über einige Ex-Militärs, nicht wahr? Sie haben Probleme, sich anzupassen.«

»Also ein leidenschaftlicher Mann, möglicherweise?«

Immerhin sind wir in Frankreich, dachte Penelope. »Aber man kann nicht einfach alles auf Liebesgeschichten zurückführen, oder?« Andererseits, vielleicht konnten sie es doch.

»Es wäre möglich, mehr habe ich nicht gesagt.«

»Sie haben recht, es ist möglich. Aber ist es wahrscheinlich?«

»Das ist es, was wir herausfinden müssen.«

Penelope schwieg und überlegte, wie sie das anstellen sollten. »Unterhielt Louchard irgendwelche geschäftlichen Beziehungen zu Avore?«, fragte sie.

»Ich weiß es nicht.«

»Nichts … was sie möglicherweise hätte vertraglich verbinden können?«

»Es ist unwahrscheinlich, aber ich kann mich umhören. Wie auch immer, Penny, es gibt gute Nachrichten. Monsieur Geret hat am Schwimmbecken ausgezeichnete Arbeit geleistet, ganz wie ich erwartet habe. Es ist *impeccable!* Sie müssen es ausnutzen. Der September ist ein wunderbarer Monat zum Schwimmen. Keine Wespen! Sie schwimmen, entspannen sich und versuchen, die Provence zu genießen!«

»Wäre das nicht schön! Endlich ein wenig Ruhe und Frieden.«

Sie verabschiedeten sich, nicht ohne einander zu versprechen, den jeweils anderen über alle neuen Entwicklungen auf dem Laufenden zu halten. Sie beschlossen auch, am kommenden Wochenende das Fest in St Merlot zu besuchen.

Ruhe und Frieden müssen warten, dachte Penelope grimmig. Sie beobachtete, wie Clémences rote Rücklichter um die Kurve hinab nach Apt verschwanden, und ging zu ihrem eigenen Wagen. Sie fragte sich, ob das Baguette und der Kuchen, die sie absichtlich unter dem Tisch in der *boulangerie* hatte liegen lassen, noch da waren oder ob sie neue kaufen müsste. So oder so, es spielte keine Rolle. Es war jetzt fast zehn, und der frühmorgendliche Ansturm in der Bäckerei war vorüber.

Unter dem Tisch, an dem sie gesessen hatte, stand keine Tasche mehr. Gut, dachte Penelope.

Sie ging hinein.

Die große Frau lächelte, verschwand hinter dem Tresen und hielt ihre Einkaufstasche in die Höhe.

»*Merci beaucoup!*«, sagte Penelope und grinste, während sie sich in gespielter Verzweiflung an den Kopf fasste.

»Kann ich Ihnen noch etwas bringen, noch einen Kaffee?«

Penelope fühlte sich jetzt schon ganz aufgedreht, doch das schien ihr die beste Gelegenheit zu sein, ein Gespräch anzufangen. »Ja, bitte. Aber mit viel Milch, eine *grande crème*.«

»Ich bringe es Ihnen nach draußen.«

»Ich kann warten. Ich würde gern noch einmal Ihre wunderbare *Pâtisserie* betrachten. Machen Sie das alles selbst?«

»Alles. Mein Mann steht jeden Morgen um vier Uhr auf und fängt an zu backen. Ich bereite um Mitternacht alles für ihn vor, bevor ich schlafen gehe. Außerdem bereite ich die *macarons* zu und die *petits gâteaux génoises*, die Biskuittörtchen. Meine Spezialitäten. Das Geheimnis liegt in der präzisen Konsistenz von Eiweiß und Zucker sowie in der besten Schokolade. Wir haben uns auf der Bäckerei-Schule getroffen, wissen Sie.«

»Eine gelungene Partnerschaft«, stellte Penelope fest. Sie war noch dabei, das Gespräch in Gang zu bringen, bevor sie es auf ein nützlicheres und weniger appetitanregendes Gebiet lenken konnte, als Jacques Correa durch eine Abtrennung hinter der Theke trat. Offensichtlich hatte er gerade einen weiteren Durchgang in der Backstube begonnen. Schweiß tropfte ihm vom Haaransatz und zog Rinnen durch den Mehlstaub auf seinen Schläfen.

»Der zweite Besuch des Tages – Sie sind schon Französin, Madame!«

»Ach? Kommt denn jeder zweimal am Tag hierher?«

»Die Franzosen sind sehr anspruchsvoll. Das Brot muss absolut frisch sein. Die präzise Konsistenz und Knusprigkeit der Kruste. Die Mitte muss weich, aber dennoch fühlbar beim Kauen sein. Doch Brot lebt und verändert sich. Was mittags perfekt ist, ist beim Abendessen nicht mehr gut.« Der Blick seiner dunklen Augen war eindringlich, als er über sein Handwerk sprach. Dann wechselte er abrupt das Thema. »Es tut mir leid, von dem Einbruch zu hören, Madame.«

Woher um alles in der Welt wusste er davon? Penelope vermutete, dass dies wohl etwas über die Effizienz der Gerüchteküche in kleinen französischen Dörfern aussagte.

»Es ist nicht so schlimm, danke. Es wurde nichts mitgenommen«, erklärte sie. Dann, halb zu sich selbst: »Ich nehme an, das ist ausnahmsweise einmal ein Verbrechen im Dorf, das man nicht Manuel Avore anlasten kann.«

Ohne, dass sie mehr sagen musste, ließ er sogleich einen Wortschwall auf sie niederprasseln, in dem der Name Manuel Avore eine prominente Rolle einnahm. Wie kam sie damit zurecht? Was für eine furchtbare Sache, die da am ersten Tag in ihrem neuen Haus passiert war. Oh, sie alle wussten genau darüber Bescheid. Natürlich wussten sie das! Wie hätte man in einem Dorf wie St Merlot ein Geheimnis bewahren können?

»Konnten Sie Monsieur Avore auch nicht ausstehen?«, fragte Penelope.

Die Winkel seines ausdrucksstarken Mundes gingen herab. »Ich? Nein. Ich kam mit ihm zurecht. Er tat mir leid. Ich gab ihm das alte Brot umsonst. Nun, nicht wirklich alt, nur nicht mehr ganz so frisch, wie jeder sonst es erwartet. Gelegentlich eine *pâtisserie*, die schon etwas zu lange dalag.«

»Sie sind der Erste, von dem ich ein gutes Wort über ihn höre.« Das war wohl nicht der Jacques, der sich gewünscht hatte, dass Avore verschwindet, dachte sie. Es musste jemand anders sein.

»Brot ist Leben. Es muss mit großem Herzen gefertigt und gegeben werden.«

Seine Frau nickte weise. »Wie kommen Sie mit Ihrem überlebenden Nachbarn zurecht – Pierre Louchard?«

»Nun ... ganz okay, nehme ich an.«

»Er war höflich, er hat nicht versucht ... Ah, Jean-Luc!«

Penelope drehte sich um. Ein Mann trat nach vorne, und er

und der Bäcker klopften einander auf die Schultern. Er nickte ihr höflich zu. Sie hoffte, dass er nicht zu viel von ihrem Gespräch mitbekommen hatte.

»Willkommen in St Merlot, Madame«, sagte Jean-Luc und wirkte umgänglich genug. Er war ein weiterer gut aussehender Mann in den Vierzigern, nicht übertrieben groß, aber mit dunkler Haut und glänzenden dunklen Haaren. Seine Jeans war mit Staub bedeckt, doch er sah auf lässige Art stilvoll aus. Auch er schien zu wissen, wer sie war, ohne dass man es ihm erst erklären musste.

»Danke.«

»Wie geht es Ihnen? Es war schlimm, was passiert ist. Wir waren alle entsetzt.«

»Mir geht es den Umständen entsprechend gut.«

»Schön, das zu hören.« Er streckte ihr die Hand entgegen. »Jean-Luc. Neben anderen Geschäften gehört mir auch die Werkstatt da drüben.« Er nickte in Richtung der malerischen kleinen Tankstelle.

Sie schüttelte ihm die Hand. »Penelope Kite.«

»Du bist wegen des Pfirsich-Pistazien-*gâteau* hier, nehme ich an?«, wandte sich Correa an ihn. »Kümmerst du dich darum, Sylvie?«

»Oooh.« Penelope seufzte unwillkürlich. »Das klingt wunderbar.«

Seine Frau holte eine große weiße Schachtel aus dem hinteren Teil des Ladens.

»Bewahre ihn bis sechs Uhr im Kühlschrank auf, dann bis gegen neun irgendwo im Schatten. Du wirst ihn doch nicht vor neun essen, oder?«

»Perfekt«, sagte Jean-Luc. »Übrigens, hast du gehört, was mit dem Priester und seinem alten Freund los ist?«

Anscheinend waren sie geübt im Dorftratsch. Penelope

schwirrten die Ohren, aber sie redeten so schnell, dass man nur schwer etwas verstehen konnte, und sie achteten darauf, nicht zu viele echte Namen zu nennen. Penelope wäre zu gern auf den Bürgermeister zu sprechen gekommen, doch sie besann sich eines Besseren. Was immer sie sagte, würde sich herumsprechen. Sie musste es hier langsam angehen lassen. Und vermutlich mit unklugen Mengen an *pâtisserie* verbunden.

Ein interessanter Morgen, dachte Penelope, als sie in die *puits d'amour* biss. Das Karamell auf der Oberfläche knisterte himmlisch auf der Zunge, durchsetzt mit einer Note von Salz; die Füllung aus Johannisbeergelee hob sich scharf gegen die Süße der weichen Teighülle ab. Jacques Correa war ein genialer Bäcker!

Außerdem bekam er alles mit, was in St Merlot vor sich ging, und das konnte sehr hilfreich sein. Hatte er gerade etwas über Pierre Louchard erzählen wollen, als Jean-Luc hereinkam? Wie hatte er so schnell von dem Einbruch erfahren? Als sie in die Einfahrt trat, fand sie Monsieur Charpet vor, der soeben die Reparatur ihrer Haustür begutachtete. Er lächelte, als sie auftauchte.

»*Madame, tout est bien!*«

Penelope hätte fast eine Träne der Rührung vergossen angesichts der Freundlichkeit des Mannes.

»*Ne t'inquiète pas.* Machen Sie sich keine Sorgen. Es werden ein paar junge Dummköpfe gewesen sein, nichts Ernstes.«

Penelope lächelte weiter und schüttelte ihm enthusiastisch die Hand, während er sich schon wieder zum Aufbruch bereit machte. Aber seine Zuversicht teilte sie nicht.

24

Didier, der Elektriker, erschien am nächsten Morgen um neun mit M im Schlepptau. Wie die Sonne, die hinter einer dunklen Wolke hervorlugte, spähte er um die Hintertür herum und streckte Penelope dann eine Schachtel mit sechs gesprenkelten braunen Eiern entgegen. »Frisch von meinen Hühnern. Ich habe von dem Einbruch gehört. Ich hoffe, alles ist in Ordnung. Die sollen Sie aufheitern.«

Bevor er im Erdgeschoss mit der Neuverlegung der Leitungen anfing, warf er zunächst einen Blick auf ein undichtes Rohr unter der Spüle, besserte es notdürftig mithilfe eines Schraubenschlüssels aus und empfahl einen Installateurbetrieb, bei dem Penelope ein Angebot für das Badezimmer einholen konnte. Dann machte er sich an die Arbeit und pfiff dabei melodisch, aber erratisch vor sich hin. Penelope füllte derweil mit Spachtelmasse die Risse in der Korridorwand.

Um elf legten sie eine Teepause ein und stellten M eine Schale Wasser hin. Der Hund war so brav gewesen, dass man nicht einmal mitbekommen hätte, dass er überhaupt da war. Didier zog ein paar knochenförmige Kekse aus seiner Tasche, und die Hundedame schnüffelte an seiner Hand und wedelte begeistert mit dem Schwanz. Ihr schwarzes, seidiges Fell schimmerte. Sie war offensichtlich sehr zufrieden und wurde gut gepflegt.

Sie ließen sich nieder für ein wenig englische Konversation. Es war eine Win-win-Situation. Während sie Englisch sprachen, erzählte er Penelope, was diese über St Merlot wissen wollte: beispielsweise über die Öffnungszeiten am Wochenende oder welche Bank in Apt die freundlichsten und hilfsbereitesten Mitarbeiter hatte. Er wollte alles über Penelope selbst und ihr Leben in England wissen. Trotz seiner gelegentlichen Unbeholfenheit fühlte sich nichts an dem Gespräch gezwungen an.

»Bist du verheiratet, Didier?« Sie hatte kein Mädchen bemerkt, das ihm beim *pétanque*-Spiel zugesehen hätte.

»Ich? Nein.«

»Eine Freundin?«

»Nein. Ich hatte noch kein Glück.«

Er wirkte nicht sonderlich unglücklich deswegen. Penelope konnte sich vorstellen, dass er es genoss, in Ruhe seinen eigenen, etwas nerdigen Interessen nachzugehen: Bond-Filme anschauen und laute britische Musik hören. Er erinnerte sie ein wenig an einen Freund von Justin, der in der IT-Branche arbeitete.

Sie war in Versuchung, die Gebeine in der Kapelle zu erwähnen, um herauszufinden, ob schon irgendwelcher Klatsch im Dorf darüber kursierte. Gerade rechtzeitig hielt sie sich damit zurück. Stattdessen erkundigte sie sich nach Madame Avore.

»Wohnt sie immer noch im Haus hier am Anfang der Zufahrt?«

»Ich habe nichts anderes gehört. Obwohl sie oft den ganzen Tag unterwegs ist. Sie fährt mit einer mobilen Bücherei durch die Dörfer im Luberon.«

»Oh!« Eine lebhafte Erinnerung an den Tag ihrer Ankunft in St Merlot stieg in Penelopes Kopf auf. »Etwa der lavendelfarbene *Bibliobus*? Ich glaube, ich habe ihn an meinem ersten Tag hier gesehen, oben auf dem Dorfplatz.«

»Welcher Tag war das?«

»Lass mich nachdenken, es muss ein Mittwoch gewesen sein.«

»*Voilà!* Am Mittwoch hält der *Bibliobus* zwei Stunden in St Merlot, kurz vor dem Mittagessen.«

»Sie scheint so ganz anders als ihr Mann zu sein. Es ist kaum zu glauben, dass sie zusammenleben konnten«, sinnierte Penelope. »Warum hat sie ihn überhaupt geheiratet?« Sie kannte die Antwort, wollte aber nicht zu gut informiert erscheinen.

»Sie war eine Art Cousine. Die Familie hat es arrangiert.«

»Das ist bitter«, sagte Penelope. »Und man kommt nur schwer heraus.«

»Es ist fast unmöglich«, bestätigte der junge Elektriker. »Die Familien in der Gegend sind sehr eng.«

Sie unterhielten sich ein wenig länger über das Dorf und seine Geschäfte. Er stimmte zu, dass Jacques Correa ein überaus guter Bäcker war, während die *fruiterie-epicerie* seiner Ansicht nach ruhig etwas mehr Abenteuerlust bei der Gestaltung ihres Angebots zeigen könnte. Penelope erfuhr nichts Neues dabei.

Pünktlich um zwölf Uhr brach er zum Mittagessen auf. Er rief nach M und kündigte an, dass er bald zurückkommen würde, um die Neuverkabelung abzuschließen.

Die Tür zu der kleinen gemauerten Scheune, die Penelope eines Tages als Musikzimmer herzurichten hoffte, war verzogen. Die Lavendelfarbe schälte sich ab, und der Riegel ließ sich kaum bewegen. Sie hatte hart zu kämpfen, bevor er nachgab.

Knarrend schwang die Tür auf und enthüllte einen muffigen, staubigen Raum. Spinnweben hingen wie Fischernetze von den Sparren. Sie trat ein und suchte sich ihren Weg über rostende landwirtschaftliche Werkzeuge hinweg, zwischen Eimern, Tiertrögen und anderen ausrangierten Gegenständen. Weitere wackelige Küchenstühle standen an der Wand. Sie hob ein Sieb und eine kaputte Fliegenklatsche auf. Wenn sie je einen hellen, luftigen Raum hier schaffen wollte, würde sie einen Container herbringen müssen, um alles auszuräumen.

Als sie sich jedoch weiter nach hinten vorarbeitete, bemerkte sie einen alten Tisch in der Ecke. Er hatte deutlich bessere Tage gesehen, doch einen Tisch konnte man immer brauchen, und sei es nur für den Garten. Sie zerrte ihn heraus. Nicht schlecht. Er war alt, aber sah weit mehr nach einer Antiquität aus, als der erste Eindruck hatte vermuten lassen. Tatsächlich glaubte sie, dass er sich gut in einem Musikzimmer machen könnte, wenn man ihn säuberte und polierte – vielleicht taugte er sogar für das Wohnzimmer. Es gab Schubladen, die Stauraum für ihre Notenblätter boten: Faurés »Pavane«, die Rachmaninow-Sonate, die sie zu gerne bis zur Perfektion einstudiert hätte – oder jedenfalls so nah dran, wie sie kommen konnte.

Sie zog ein Tuch aus ihrer Tasche und wischte damit über die Oberfläche. War sie aus Palisander oder womöglich aus Walnuss? Ein Schachbrett wurde sichtbar. Es war eindeutig eine Art Spieltisch. Sie musterte ihn und öffnete eine Klappe, dann eine andere. Die Oberseite verwandelte sich in einen Spielkartentisch mit grüner Bespannung.

Es gab zwei Schubladen, die sich nur schwer öffnen ließen, als hätte Feuchtigkeit das Holz aufquellen lassen. Doch Penelope wurde für ihre Mühen belohnt, indem sie in der einen eine Ansammlung von Schachfiguren und einen Cribbage-Punktezähler fand. Die zweite Schublade saß besonders fest. Penelope kehrte mit einem Schraubendreher zurück, um sie aufzukriegen. Nach mehreren erbitterten Versuchen konnte sie sie endlich lösen.

Diese Schublade enthielt zwei Gegenstände – einen Satz Spielkarten und darunter ein Stück zerknittertes Papier.

Penelope zog es vorsichtig heraus. Es war ein Zeitungsausschnitt. Fasziniert nahm sie ihn mit ins Freie, um das Blatt bei Licht zu betrachten.

Ein Foto zeigte eine Gruppe von Männern an einem Spieltisch in einem Casino. *Le Casino de Salon-de-Provence.* Der Name des Etablissements war deutlich sichtbar, als hätte der Fotograf die Aufnahme aus Werbegründen so arrangiert, dass die Schrift mit drauf war.

Penelope schaute genauer auf die Gesichter. Der Mann in der Mitte des Fotos wirkte bedrückt, während um ihn herum alle in festlicher Stimmung zu sein schienen auf eine formale Art und Weise. Ärgerlicherweise war die Bildunterschrift weggeschnitten, doch oben auf der Seite stand ein Datum: Montag, 12. April 2010.

Es ging eindeutig um Glücksspiel. Penelope war ratlos. War einer dieser Männer Manuel Avore? Hatte ihm das Haus 2010 noch gehört? Warum hatte er dieses schöne Möbelstück bei seinem Auszug nicht mitgenommen?

Sie nahm das Kartenspiel zur Hand.

Das Muster auf der Rückseite zeigte Blätter und Ranken. Genau wie das, das sie bei dem Skelett in der zerstörten Kapelle gefunden hatte. Sie würde es noch mit dem Foto vergleichen, das sie dort aufgenommen hatte, aber sie war ziemlich sicher, dass es dasselbe war.

Ihr Herzschlag beschleunigte sich, und sie rannte ins Haus. Sie zog die Gummi-Spülhandschuhe an und breitete die Karten auf dem Küchentisch aus. Tatsächlich – als sie fertig war und auf die Reihen der vier Farben hinabblickte, die von zwei aufwärts angeordnet waren, fehlte nur eine Karte: das Pik-Ass!

Sie versuchte, Clémence anzurufen, aber die weilte nicht im Büro, und ihr Handy leitete den Anruf direkt auf die Mailbox um. Penelope überlegte, ob sie es beim Bürgermeister versuchen sollte, und entschied sich dagegen. Sie wusste immer noch nicht, was für ein Spiel er spielte. Außerdem war Mittagszeit, und das an einem Mittwoch, wo die *mairie* nachmittags geschlossen blieb.

»Mittagspause am Mittwoch!«, wiederholte sie laut.

Sie stürzte in den Korridor, schnappte sich die Autoschlüssel und fuhr den Hügel hinauf ins Dorf, bevor sie die Zeit fand, sich eine Strategie zurechtzulegen. Sie wusste nur, dass sie auf keinen Fall die Gelegenheit verstreichen lassen durfte, Mariette Avore zu treffen.

Der lilafarbene *Bibliobus* stand am Rande des Platzes, genau dort, wo Penelope ihn zum ersten Mal gesehen hatte. Der alte Mann saß auf seiner üblichen Bank und döste über der *La Provence*. Ein paar ältere Leute plauderten nahebei, mit Büchern in der Hand. Die Tür der mobilen Bibliothek befand sich in der Mitte des Busses, und sie war noch geöffnet.

Penelope parkte den Range Rover und ging hinüber. Sie blickte auf den Fahrersitz, doch er war leer, also stieg sie die Stufen hinauf in den Bus. Das Innere war eng, aber einladend. Buchregale säumten beide Seiten vom Boden bis zum Dach. Nachschlagewerke füllten eine ansehnliche Fläche an der Rückseite, abgegriffene Romane waren leicht erreichbar in der Nähe des Eingangs positioniert. Ein violetter und grüner Teppich sorgte für eine fröhliche Atmosphäre.

Eine hübsche Frau Mitte vierzig stand vorne im Bus und räumte Bücher wieder ein. Dabei summte sie vor sich hin. Ein paar silberne Strähnen schimmerten in ihrem langen, dunklen Haar, das zu einem festen Knoten zurückgebunden und mit einer Plastikklammer fixiert worden war. Sie trug einen Leinenkittel von einer Machart, wie man sie auf jedem Markt in der Provence fand, über halblangen Hosen und zweckmäßigen Sandalen, die robust genug waren, um sie beim Busfahren zu tragen. Eine Brille hing an einer Kette vom Hals herab.

»*Excusez-moi* – Madame Avore?«, fragte Penelope.
Ihre dunklen Augen wirkten müde, doch ein Lächeln erhellte ihr Gesicht. Ihre Zähne waren sehr weiß. »*Oui, Madame.*«
»*Bonjour!* Ich bin die neue Besitzerin von *Le Chant d'Eau*. Mein Name ist Penelope Kite.«
»*Ah, l'Anglaise!* Engländerin!«
»Ja.«
Einen Moment lang betrachteten sie einander unsicher. Vielleicht dachten sie beide darüber nach, ob sie Penelopes Swimmingpool und dessen unglückliche Rolle erwähnen sollten. Am Ende verzichtete jede von ihnen darauf.
»Ich möchte Ihnen mein Beileid ausdrücken für Ihren Verlust«, sagte Penelope.
Mariette Avore nahm die Bekundung mit einem einfachen Nicken entgegen.
»Haben Sie ein Buch über St Merlot?«, fragte Penelope und folgte dem provisorischen Plan, den sie auf der Fahrt den Hügel hinauf ersonnen hatte. Eine nette harmlose Frage, um das Gespräch in Gang zu bringen.
Mariette lächelte breit. Sie wirkte tatsächlich recht glücklich mit ihrem Trauerfall. »Ah ja, ich habe viele. Ich liebe Bücher über die alten Zeiten im Luberon. So viel Geschichte. Da steht eine ganze Reihe gleich hinter Ihnen.«
»Darf ich mir eines ausleihen, oder brauche ich einen Bibliotheksausweis?« Das Gespenst der französischen Bürokratie war in Penelopes Gedanken stets gegenwärtig.
»*Pfff!* Ich weiß, wo Sie wohnen. Ich denke, ich kann Sie dazu bringen, es zurückzugeben.«
Es klang wie ein Scherz, doch sie lächelte nicht dabei. Mariette Avore war eine ernsthafte Frau, dachte Penelope.
Sie fand wieder auf Kurs. »Sie kennen sich gut aus mit der Geschichte dieses Dorfes?«

»Ziemlich gut.«

»Und mit der meines Hauses?«

Mariette neigte den Kopf.

»Ich nehme nicht an, dass es irgendwelche Bücher gibt, in denen *Le Chant d'Eau* erwähnt wird?«

»Sie wollen etwas über Ihr Haus herausfinden? Das ist verständlich. Aber mir fiele hier kein Buch ein, das Ihnen viel darüber verraten könnte. Tut mir leid.«

»Es ist nicht wichtig. Ich dachte nur, man kann ja danach fragen.«

Wieder wechselten sie abschätzende Blicke. Mariette war immer noch eine attraktive Frau. War es die Romanze mit Pierre Louchard, die dieses Funkeln in ihre Augen brachte? Oder war es der vorsichtige Optimismus einer Frau, die aus ihrem alten Leben in eine neue und möglicherweise bessere Zukunft aufbrach? Dieses Gefühl kannte Penelope selbst allzu gut.

»Sie wohnen schon lange hier?«, fragte sie.

»Eine sehr lange Zeit.«

Penelope zögerte. Sie erinnerte sich an all die Gespräche mit Menschen, die ihr versichert hatten, dass Mariette Avore eine gute Frau war, freundlich und respektabel. Vielleicht war dies der Moment, um selbst einmal einen Einsatz zu wagen.

Sie zog den Zeitungsausschnitt aus der Tasche und zeigte ihn der Frau. »Ich habe das in meinem Haus gefunden. Erkennen Sie einen dieser Männer?«

Mariette nahm das Blatt Papier und griff feierlich nach der Lesebrille, die an ihrem Hals baumelte. Schweigend studierte sie das Foto.

Schließlich unterbrach das Piepen eines Alarms aus Richtung des Fahrersitzes die Stille.

»Es ist an der Zeit, dass ich nach Castellet weiterfahre«, erklärte die Bibliothekarin, ohne von dem Zeitungsfoto aufzublicken.

Penelope wartete schweigend.

»Ich bin mir nicht sicher«, sagte Mariette. »Da ist schon etwas … aber ich kann mir nicht sicher sein. Es ist lange her, dass ich ihn gesehen habe.«

»Wen?«

Mariette wies auf den mürrisch aussehenden Mann.

»Wer ist das?«

»Ich kann nicht sicher sein. Ich habe ihn nur einmal getroffen.«

»Wann sind sie ihm begegnet – ich meine, unter welchen Umständen?«

»Er kam zu unserem Haus, um meinen … verstorbenen Mann zu sehen. Manuel sagte mir, ich solle oben bleiben.«

»Warum?«

»Es schien kein freundlicher Besuch zu sein.«

»Wann war das?«

»Vor Jahren. Etwa zu der Zeit zogen wir in das Haus, in dem ich jetzt wohne – es muss 2010 gewesen sein.«

Eine Pause. Penelope wartete in der Hoffnung, dass sie es weiter ausführte.

»Hatte es mit Glücksspiel zu tun?« Penelope zeigte auf das Casino-Schild auf dem Bild und hoffte, dass Mariette nicht zu dem Schluss kam, dass sie genug über Manuels Schwierigkeiten getratscht hatte.

»Das könnte sein.«

»Eine Spielschuld?«

»Möglicherweise.«

»Hat Ihr Mann das *Casino de Salon-en-Provence* besucht?«

»Wenn er es tat, dann gegen meinen Wunsch – aber das hat ihn nie aufgehalten.« Mariette schüttelte traurig den Kopf.

Wieder eine Pause.

»Wie kann ich eine Kopie der Zeitung finden, aus der dieses Stück stammt?«, fragte Penelope sanft. »Gibt es in Apt eine Hauptbibliothek, die alte Ausgaben aufbewahrt?«

»Natürlich. Kennen Sie den Platz hinter der Kathedrale? Dort befindet sich die Hauptstelle der Stadtbibliothek. Sie können einfach reingehen und fragen. Doch darf ich Ihnen jetzt eine Frage stellen? Was interessiert Sie daran?«

»Ach … Sie wissen, wie das ist, wenn man an einen neuen Ort zieht. Man möchte wissen, wer vorher dort gewohnt hat.« Penelope war sich bewusst, wie dürftig das klang. Aber sie konnte der Witwe des Ermordeten nicht die Wahrheit sagen. Das wäre vollkommen gefühllos gewesen.

»Ich muss los«, sagte Mariette.

»Fahren Sie jeden Tag damit herum?«

»Mittwochs besuche ich Rustrel, Gignac, St Merlot und Castellet. Donnerstags Gargas, Le Chêne, Murs und Lioux. Ich mache nur zwei Tage die Woche.«

Sie verabschiedeten sich beide und versicherten einander, wie sehr sich sich über die Begegnung freuten. Penelope beobachtete, wie Mariette den Motor des *Bibliobusses* startete und die Straße nach Castellet ansteuerte.

Das Archiv für alte Zeitungen befand sich in einem heißen, stickigen Raum ohne Fenster am Ende eines Korridors in der *Bibliothèque d'Apt*. Bemerkenswerterweise waren die Datensätze für 2010 immer noch auf Mikrofiche gespeichert, und das Lesegerät war so alt, dass Penelope es auch schon bei ihrer Arbeit im Innenministerium verwendet hatte – zu einer Zeit, bevor das System modernisiert worden war. Sie hob die Staubschutzhülle von der Maschine und schaltete sie ein.

Nachdem sie den Mikrofiche mit passender Zeitung und

Datum ausfindig gemacht hatte, schob sie den Zelluloidstreifen ein. Auf dem großen Bildschirm sah sie die Apt-Ausgabe der *La Provence* für den betreffenden Tag. Beim Blättern durch verschiedene Berichte über Osterprozessionen und Pilzbefall an Kirschbäumen fand sie endlich, was sie suchte. Es gehörte kein Artikel dazu, doch unter dem Foto auf dem Bildschirm stand eine Bilderklärung:

»*Résident de St Merlot gagne 50.000 Euro – Casino de Salon.*«
Bewohner von St Merlot gewinnt 50.000 Euro.

Kein Name, dachte Penelope, aber ein Einwohner von St Merlot. Warum hatte Mariette ihn also nicht gekannt? Und warum sah er so unglücklich aus?

Er war der wohl unzufriedenste Gewinner in der Geschichte aller Glücksspiel-Jackpots gewesen. Es sei denn, es war die Publicity, die ihm missfiel.

Zum Glück wusste sie, wie man eine Kopie der Seite anfertigte, die sie gerade betrachtete. Sie prüfte das Papier im Drucker und drückte die Taste, um zwei Exemplare auszugeben. Eines davon faltete sie und steckte es in die Tasche. Dann nahm sie ein Blatt Kopierpapier und schrieb etwas darauf.

Nächster Halt – das ließ sich nicht länger vermeiden – war die Polizeistation.

Am Empfang gab Penelope ein kleines Päckchen ab, das an Inspektor Paul Gamelin adressiert war. Es enthielt das Spiel mit den einundfünfzig Karten, das sie gefunden hatte, eine Erklärung, den Originalzeitungsausschnitt und die zweite Kopie der Mikrofiche-Seite. Sie fügte keine eigenen Schlussfolgerungen hinzu und erklärte nur, dass sie angesichts der Karte, die in der zerstörten Kapelle gefunden worden war, nicht guten Gewissens die Möglichkeit außer Acht lassen könne, dass es sich hierbei um Beweise handelte.

25

Die Saison der Dorffeste im Luberon erstreckte sich über den gesamten Sommer. Jeder Ort hatte eins. Dazu gehörte stets ein traditionelles gemeinsames Essen für alle Dorfbewohner, ein *boule-* oder *pétanque*-Wettbewerb, ein *vide-grenier* und womöglich eine Art Darbietung. Am Samstagabend spielte eine Tanzkapelle auf einem zentralen Platz oder auf einem Stück Allee, das sich absperren ließ und mit Lichterketten behangen wurde.

Im Laufe der Jahre war es zu einer Ehrensache und einem erbitterten Wettbewerb unter den Bürgermeistern geworden, wer das aufwendigste Spektakel bot. Kaum jemand bestritt, dass Viens mit seiner unvergleichlichen Band die beste Musik hatte. Lacoste richtete eine komplette Oper aus, die von Pierre Cardin und anderen wohlhabenden Einwohnern finanziert wurde. Fest entschlossen, sich nicht ausstechen zu lassen, stellte Gordes ein Feuerwerk auf die Beine, das – so hieß es – einige der älteren Bewohner an die Tage erinnerte, als die Alliierten 1944 die Provence befreiten.

Am ersten Wochenende im September war St Merlot an der Reihe. Penelope freute sich besonders auf den *vide-grenier* – den »Leere deinen Dachboden«-Verkauf am Sonntagmorgen. Zu Hause in Surrey hätte sie es einen Flohmarkt genannt und sich davon ferngehalten. Doch hier fühlte es sich aufregend an, und es juckte sie in den Fingern, für ein paar Euro einige prachtvolle Shabby-chic-Teile abzustauben. Sie wollte früh dort sein, um den professionellen *brocanteurs* die besten

Schnäppchen abzujagen. All die Jahre, die sie die Antiquitäten-Sendungen im Fernsehen verfolgt hatte, sollten nicht umsonst gewesen sein.

Zuvor jedoch kam das *aïoli* am Samstagabend, das Treffen, bei dem sich sämtliche Dorfbewohner an langen Tischen im Freien zusammensetzten und dieses traditionelle Gericht aus Knoblauchmayonnaise mit heimischem Gemüse und Brot aßen.

Penelope beschloss, lieber nach oben ins Dorf zu laufen, statt zu versuchen, dort einen Parkplatz für den Range Rover zu finden. Außerdem wollte sie auch ein paar Gläser Wein trinken können, wenn sie Lust darauf hatte. Die Geschehnisse der letzten Wochen reichten aus, um bei jedem die Trunksucht zu wecken. Sie zog ein Paar hübsche, aber praktische Espadrilles mit Keilabsätzen an, dazu ein langes Boho-Kleid, und war recht zufrieden mit dem Bild, das sich in ihrem neuen Spiegel zeigte. Ein paar Tage am Pool und bei der Gartenarbeit hatten ihr eine leichte goldene Bräune verschafft, die zu ihr passte. Nicht schlecht, dachte sie, gar nicht schlecht.

Der Dorfplatz war über Nacht mit Blumengirlanden geschmückt worden. Verschiedene altmodische Wimpel und flackernde Lichter umrahmten die Bühne, auf der die Kapelle spielen sollte. Die Tische waren mit weißem Papier bedeckt und mit Besteck, Gläsern und Flaschen mit Wein und Wasser bestückt. »Pa-dam, Pa-dam, Pa-dam«, sang Edith Piaf über die Lautsprecheranlage, und eine erwartungsvolle Stimmung war zwischen den Dorfbewohnern spürbar.

Penelope war klar, dass sie alle wussten, wer sie war, und so lächelte sie jedem zu, der in ihre Richtung blickte. Sie entdeckte den Bürgermeister, der grüßend die Hand hob, und ihre neuen Freunde, den Bäcker und seine Frau. Das war der schwierigste Teil, wenn man alleine war, dachte sie: der gesellschaftliche Auftritt. Dann jedoch stellte sie sich vor, wie schrecklich es wäre, wenn sie ihren Ex-Mann im Schlepptau hätte und sich mit ihm herumärgern müsste. Das wäre noch viel schlimmer gewesen. Sie ging zu der Bar, die in der Nähe des Brunnens aufgestellt worden war, und kaufte ein Glas Rosé.

Pünktlich um sieben Uhr läutete eine Glocke. Frauen in weißen Schürzen eilten aus der *fruiterie-epicerie* und stellten Teller mit Aufschnitt auf die Tische. Eine Reihe laut schwatzender Dorfbewohner stellte sich entlang der sonnenbestrahlten Steinmauern auf, die den Platz umgaben. Es war womöglich die einzige geordnete Schlange, die Penelope seit ihrer Abreise aus England gesehen hatte. Man servierte ihnen das leicht gedünstete Gemüse und die Kartoffeln, die sie in die Aioli tauchen sollten, auf die Teller in der Hand. Gut, dass ich Knoblauch mag, dachte Penelope. Die Aioli roch durchdringend.

Sie hielt sich ein wenig abseits und wartete darauf, dass Clémence auftauchte. In der Zwischenzeit beobachtete sie, wie Familien und Gruppen von Freunden sich ihre Plätze suchten. Bald waren die Tische beinahe voll, und Penelope machte sich allmählich Sorgen, ob noch ein Platz für sie blieb.

Der Bürgermeister saß an einem hervorgehobenen Tisch mit einem Grüppchen lachender Menschen, die gebräunt und schlank und wohlhabend aussahen. Die Frauen trugen schicke, eng anliegende kurze Kleider, die Männer bauschige weiße Baumwollhemden und gut geschnittene Hosen. Einen von ihnen erkannte sie als den Silberfuchs im roten Ferrari wieder.

Penelope fiel es sehr schwer, nicht ständig weiter auf das Grüppchen zu starren. Es war mit Abstand die glamouröseste Gesellschaft auf dieser Veranstaltung.

Schließlich reihte sie sich in die Schlange ein, um Coupons für das Essen zu kaufen, einen für sich selbst und einen für Clémence, auch wenn sie nicht wusste, ob die gebürtige Pariserin mit den Speisen hier viel anfangen konnte. Vermutlich wird sie nur an dem Gemüse knabbern, dachte Penelope. Während die Reihe sich langsam vorwärtsbewegte und alle in Feierlaune miteinander plauderten, beobachtete Penelope, wie der Bürgermeister seinen Arm um die Schultern des Silberfuchses legte und ein paar Worte sprach, die sie beide zum Lachen brachten.

Schließlich sah sie, wie Clémence aus Richtung der *Mairie* kam und elegant über den unregelmäßigen Boden des Platzes trippelte, in den hübschesten Schuhen, die Penelope bisher an ihr gesehen hatte: hellrosa Wildleder mit einer schwarzen Schleife um den Knöchel. Ein makelloses muschelrosa Kleid, cremefarbener Pashmina und eine schwarze Tasche vervollständigten das Ensemble. So hätte sie in das Grüppchen des Bürgermeisters perfekt hineingepasst.

Doch wie die Dinge lagen, saßen sie beide schließlich am Ende eines Tisches voller lustiger, durcheinanderrufender Einheimischer. Penelope winkte Didier zu, der an einem anderen Tisch mitten in der Menge saß. Er winkte mit einem Blumenkohlröschen zurück.

Der Lärm führte zumindest dazu, dass sie und Clémence unbelauscht ein Gespräch führen konnten. Dennoch hielt Penelope die Stimme gesenkt, als sie von ihrem neuesten Fund berichtete, von ihrem Treffen mit Mariette Avore (die sie sorgfältig nur als »die Ehefrau« bezeichnete) und davon wie sie den Zeitungsausschnitt hatte zuordnen können. Die Französin war sehr beeindruckt, obwohl sie nicht so überzeugt von der Entscheidung war, die Spielkarten der Polizei zu übergeben.

»Ich musste es tun. Was, wenn es wirklich ein Beweismittel in dem Fall ist? Das konnte ich nicht einfach ignorieren. Also, hast du noch etwas herausgefunden?« Penelope kaute an einer Karotte und fühlte sich jetzt schon sehr knoblauchig.

»Bis jetzt nicht, Penny. Wurdest du in den letzten Tagen wieder beschossen?«

»Sehr lustig. Also hast du nichts weiter über die Verbindung zwischen dem Darrieux-Laden und diesem Dorf erfahren?«

»Wir müssen abwarten. Sorgfältig beobachten, während wir selbst unauffällig bleiben.« Clémence trank mit zierlicher Geste von ihrem Glas Weißwein und spähte über den Rand auf die Menge. Es war keine Überraschung, dass ihr Blick am Bürgermeister und seinen Freunden hängen blieb. »Was hast du getan seit unserem letzten Treffen?«, fragte sie überschwenglich, dann senkte sie die Stimme. »Sprich ganz unbekümmert. Aber über irgendetwas Belangloses. Wir müssen vorsichtig sein, wenn wir über die Leute hier reden. Die Dorfbewohner sind meistens Bauern, und sie kennen die Namen.«

»Das sind sehr schöne Schuhe, die du trägst, Clémence. Du trägst immer hübsche Schuhe. Darf ich fragen, wo du sie gekauft hast?«, schwärmte Penelope.

»Sie sind bezaubernd, nicht?« Clémence streckte eine schlanke, wohlgeformte Wade nach vorne.

»Chanel?«

»Ich habe sie in Paris gekauft, aber sie sind nicht von Chanel.«

Clémence senkte die Stimme. »Das ist sehr interessant, nicht wahr, Penny? Wie es scheint, begrüßt unser Freund aus Coustellet Laurent.«

»Ah, diese Schuhe ... aus Paris, jedoch nicht von Chanel!« Penelope erspähte den Verkäufer von Darrieux, der gerade dem Bürgermeister die Hand schüttelte. »Der große Mann aus dem Laden! Das ist faszinierend!«

»Ich habe diese Schuhe als Sonderangebot bekommen«, erklärte Clémence. »Interessant. Sie sind sich eindeutig schon einmal begegnet.«

»So ein Sonderangebot hätte ich auch gern. Ist der große Mann Darrieux selbst?«

»Ja, Paul Darrieux.«

»Was, wenn er uns erkennt?«

»Meine Güte, zu dieser Zeit am Abend scheint mir die Sonne wirklich direkt in die Augen!«, beklagte sich Clémence und zückte ihre riesige Sonnenbrille.

»Mir auch.« Penelope folgte ihrem Beispiel. »Hatte mein neuer Gärtner eigentlich irgendetwas Interessantes über diese Coustellet-Verbindung zu erzählen?«

»Ich bin noch nicht dazu gekommen, mit ihm zu reden.«

»Also wissen wir nichts Bestimmtes. Das alles könnte bloß ein Zufall sein.«

»Er wird heute Abend gewiss hier sein. Vielleicht können wir ihn fragen. Schau weiter hin, Penny. Siehst du, wie Monsieur Coustellet etwas übergibt?«

»Das tut er. Und der Bürgermeister steckt das, was ihm gegeben wurde, geradewegs in die Innentasche seines Jacketts. Als wüsste er ganz genau, was es ist, ohne überhaupt hinzuschauen.«

»Achte darauf, was sie als Nächstes tun.«

Der große Mann nickte dem Bürgermeister zu und entfernte sich mit wogendem Bauch. Der Bürgermeister setzte sich wieder und trank und plauderte weiter mit seinen Freunden.

»Was glaubst du, worum es da ging?«, flüsterte Penelope. »Unser Freund, der mich neulich zum Mittagessen einlud, wird doch nicht in etwas Zweifelhaftes verwickelt sein?«

»Ich würde gern glauben, dass er das nicht ist.« Ein großes »Aber« schwang in ihrer Antwort mit.

»Übrigens, hast du ihn gefragt, ob Avore und Louchard Geschäfte miteinander hatten?«

»Das habe ich nicht. Tut mir leid.«

»Ich glaube, ich brauche noch ein Glas Rosé«, sagte Penelope.

»Und ich eine Zigarette«, erwiderte Clémence.

Penelope und Clémence standen unter den Bäumen und sahen zu, wie die Vorgruppe auf der Bühne Aufstellung nahm und ihre Soundchecks machte. Einige Blinklichter drehten sich probeweise. Wenige Minuten später ging die Show los, mit einer Version von »Jumping Jack Flash« in voller Lautstärke. Gut zu wissen, dass die Franzosen nichts von ihrer Bewunderung für die Rolling Stones verloren hatten.

Von ihrem neuen Aussichtspunkt aus hatten sie einen besseren Blick auf die Tische, an denen die meisten Besucher immer noch aßen. Penelope stieß Clémence an. »Mein Gärtner«, sagte sie.

Monsieur Charpet, der die Baskenmütze auf dem Tisch neben seinem Teller abgelegt hatte, winkte ihnen zu.

»Mach schon«, drängte Clémence sie. »Ich komme zu euch, wenn ich meine Zigarette fertig habe.«

Penelope marschierte hinüber. Monsieur Charpet wischte sich den Mund mit einer großen Papierserviette ab, zog einen Stuhl neben sich heraus und bot ihn Penelope an. Sie musste reihum Hände schütteln und wurde zahllosen Leuten vorgestellt; die Einzige, an die Penelope sich anschließend noch erinnerte, war Charpets Schwester Valentine. Sie war eine kleinere Kopie ihres Bruders (natürlich ohne Schnurrbart), obwohl er Penelope versicherte, dass sie keine Zwillinge waren. Sie redete los, kaum dass Penelope saß, und machte keine Anstalten, je wieder aufzuhören – und das alles mit einem Akzent, der für jeden, der nicht in der Region geboren und aufgewachsen war, völlig unverständlich blieb.

Dieser Tisch stand immer noch im Bann des *aïoli* und mampfte mit Begeisterung.

Eine große Portion wurde auf einen Teller geschöpft und vor Penelope hingestellt, zusammen mit mehr Gemüse und Kartoffeln. Ihr Glas wurde aufgefüllt, und bald stellte sie fest, dass sie hier mit ein paar erfahrenen Flaschenleerern mithalten musste. Nach einer Weile entspannte sie sich und fing dann an, sich zu amüsieren. Nach wie vor verstand sie kaum jedes zehnte Wort von Valentine, doch nach einem weiteren Glas Wein hatte sie das Gefühl, dass sie durch eine seltsame Art von Osmose alles verstehen konnte. Im Nachhinein wurde ihr klar, dass ihre französischen Begleiter vermutlich dasselbe empfanden bei Penelopes Bemühungen, sich einzubringen. Aber in der redseligen und freundlichen Atmosphäre, die über dem Platz lag, machte das niemandem etwas aus.

Mit einer großen Brotkruste wischte Penelope die letzten Reste von ihrem Teller, lehnte sich angenehm gesättigt zurück und überblickte die Szenerie.

Clémence unterhielt sich mit dem Bürgermeister – und benahm sich ziemlich kokett, das musste man schon sagen. Dem Bürgermeister schien es nichts auszumachen, dass sie vor allen Leuten mit ihm flirtete und ihre Hand auf seinen Arm legte, wenn sie den Kopf zurückwarf und über etwas lachte, was er sagte. Sie passten gut zueinander.

Vielleicht lag es am Wein, aber Penelope fragte sich plötzlich, ob Clémence verärgert war, weil sie mit Laurent zu Mittag gegessen hatte.

Ein kleiner Mann in cremefarbenem Leinenanzug und mit

Haaren, die unter den Lichtern in den Bäumen schimmerten, unterbrach ihr angeregtes Gespräch. Sowohl Laurent als auch Clémence lachten nicht mehr. Selbst aus dieser Entfernung konnte Penelope sehen, wie sich das Gesicht des Bürgermeisters verfinsterte. Dann drehte sich der kleine Mann um. Es war der Polizeichef.

Wann war der Polizeichef auf dem Fest erschienen? Und kam er als willkommener Gast, oder nutzte er die Gelegenheit für weitere Ermittlungen? Im nächsten Augenblick kehrte der Ladenbesitzer aus Coustellet wieder zurück, nachdem er sich aus dem Gespräch mit einer Gruppe schulterklopfender Männer gelöst hatte. Das Gesicht des Bürgermeisters trug einen undeutbaren Ausdruck.

Die Band gelangte an das Ende einer Reihe von Beatles-Songs und verstummte. Es folgte eine Pause und dann, als ob alle wüssten, dass ein bedeutendes Ereignis bevorstand, kamen sämtliche Gespräche zum Erliegen, und die Nacht wurde still. Der Bürgermeister griff in die Tasche seiner Jacke. Penelope hielt den Atem an und trank einen tiefen Schluck Rosé.

Monsieur Charpet klopfte ihr auf den Arm. »*Maintenant, c'est le moment de l'annoncement!*«

Der Gewinner des Wettbewerbs um den besten Traktor sollte gleich bekannt gegeben werden. Ein Grollen rollte immer lauter von hügelaufwärts heran; an der Ecke des Platzes erschien eine Reihe fast unwirklich glänzender Trecker, die – manche unter Ausstoß von Rauchwölkchen – in Formation vor der *mairie* zum Stehen kamen.

Laurent Millais stand auf und klopfte im selbstherrlichen Gestus aller Amtspersonen auf das Mikrofon vor ihm.

»*Mesdames, Messieurs, bonsoir*«, fing er an.

Sogleich folgte ein kollektiver Klang von Besteck, das auf den Tisch gelegt, und Stühlen, die für einen besseren Ausblick zurechtgeschoben wurden, begleitet von Seufzern der Zufriedenheit oder Langeweile, was sich nicht recht auseinanderhalten ließ.

Penelope drehte sich um und stellte fest, dass Madame Valencourt wieder zu ihr gestoßen war und sich nun nach vorne beugte, um ihr ins Ohr zu flüstern.

»Vielleicht können wir Monsieur Coustellet treffen, nachdem der Bürgermeister den Preis verliehen hat.«

»Was macht der Polizeichef hier?«, zischte Penelope.

Clémence legte einen Finger auf die Lippen.

Sie drehten sich um und lauschten wieder. Der Bürgermeister steckte mitten in einer Dankesrede an eine lange Liste von Sponsoren, Organisatoren und Helfern für das Fest, wobei jeder Name begeistert beklatscht wurde. Dann blätterte er in seinen Unterlagen und wandte sich dem Wettbewerb zu, und es wurde erneut still auf dem Platz.

»*Le Prix du Meilleur Tracteur du Luberon pour cette année est* ...«

Er wird das doch nicht so qualvoll in die Länge ziehen, dachte Penelope gereizt. Lief »The X Factor« auch in Frankreich? In Großbritannien hatte es vieles gegeben, was sie störte, aber kaum etwas war so weit vorne mit dabei wie die Marotte, die sich jüngst erst etabliert hatte – immer erst einmal innezuhalten, bevor man in irgendeinem Wettbewerb den Sieger verkündete. Das machte sie verrückt!

»Mach schon, Mann!«, murmelte sie halblaut, als sich die Pause dehnte.

»*Monsieur Pierre Louchard!*«

Die Menge explodierte regelrecht, als Penelopes Nachbar von seinem Kleinod heruntersprang. Eine lächelnde dunkelhaarige Frau mit glänzendem Kurzhaarschnitt und leuchtend rotem Lippenstift sprang auf und jubelte wild.

»Die frischgebackene Witwe war beim Friseur«, stellte Penelope fest.

»Sie sieht beinahe schick aus«, sagte Clémence. »Guter Zug, gut für sie!«

Penelope hob die Hände und applaudierte, als Monsieur Louchard sich übertrieben verbeugte und dann nach oben trat, um seinen Preis abzuholen. Jeder, an dem er vorbeikam, klopfte ihm auf die Schultern.

Die Preisverleihung war kurz. Ein Handschlag vom Bürgermeister, ein Umschlag wurde präsentiert, und schon war alles vorbei. Der Mann aus Coustellet und der Polizeichef waren in der Menge untergetaucht.

Fast sofort strahlten wieder Lichter von der Bühne, und die Musik ging weiter. Die Menschen erhoben sich von ihren Plätzen, als alles außer dem Wein von den Tischen abgeräumt wurde, und dann versammelten sich alle vor den Musikern. Nun spielte die Hauptgruppe. Genial positioniert auf und neben zahlreichen Tonverstärkern, stürzten sich acht Sänger und Musiker, darunter ein Posaunist und Saxofonist, in ihre Eröffnungsnummer.

Aus der Heckklappe eines hinter der Bühne geparkten Lastwagens sprangen tanzende Mädchen in knappen Kostümen hervor. Die Party ging nun wirklich los. Die Band war eingespielt, mit tollen Rhythmen. Sie hatte eindeutig Live-Erfahrung. Vielleicht, dachte Penelope, lebten sie davon, von einem Fest zum nächsten zu ziehen.

»Bonsoir, St Merlot!«, brüllte der Leadsänger.

Die Reaktion fiel nicht ganz so aus, wie er gehofft hatte, also versuchte er es erneut.

»Bonsoir, St Merlot! Comment ça va?«

Das rief einen lauteren Jubel hervor, und im Handumdrehen stieg die Band in ihre zweite Nummer ein. Der Reaktion nach zu urteilen, zählte das hier zu den Lieblingsstücken. Alte und junge Paare – meist sehr alte oder sehr junge – begaben sich auf die Tanzfläche. Die Ersteren wiegten sich wundervoll im Walzer über den Platz, Letztere sprangen eher herum und liefen im Kreis. Als Penelope sah, wie der Bürgermeister lächelte und mitklatschte, sah sie die Gelegenheit, zu ihm hinzugehen und Hallo zu sagen.

Penelope war fast durch die Menge hindurch, als sie eine Hand auf ihrem Arm spürte. Sie musste innehalten und sich umdrehen, und dann starrte sie direkt auf das glatte, dunkle Haar eines sehr kleinen Mannes.

Polizeichef Reyssens wirkte so aufgeblasen wie immer. »*Bonsoir, Madame.* Sie scheinen nach jemandem zu suchen. Kann ich Ihnen helfen?«

Penelope lächelte schwach. »Eigentlich suchte ich nach der Damen... Sie wissen schon ... WC ... Toilette ...«

Sie las so etwas wie Abscheu in dem Gesicht des Polizeichefs, als er allmählich verstand.

»Frag einen Polizisten«, sagte Penelope. »Das sagen wir in England immer.«

Er blickte sie an, als wüsste er nicht recht, ob sie unhöflich war oder einfach nur unangenehm fremd. »Ah, natürlich – es ist da drüben.« Er zeigte geradewegs nach hinten in die Richtung, aus der Penelope gerade kam.

»Ich Dummerchen, ich muss gerade dran vorbeigelaufen sein.«

»Jawohl, Madame. Und wenn Sie fertig sind, frage ich mich, ob wir ein kurzes Gespräch führen können. Es ist sehr wichtig.«

»Haben Sie herausgefunden, wer in mein Haus eingebrochen ist?«

»Nein, Madame.«

Penelope zog sich von ihm zurück und flüchtete in die Damentoilette. Dort stand sie in der Kabine und dachte nach. Als der Polizeichef sie anblickte, hatte sie eine Härte in seinem Gesicht wahrgenommen, die ihr überhaupt nicht gefiel. Endlich spülte sie das Klo und ließ sich Zeit beim Händewaschen.

Er wartete draußen auf sie. Was immer er zu sagen hatte, sie konnte sich dem nicht länger entziehen. Doch aus den Augenwinkeln bekam sie mit, dass Clémence den Mann aus Coustellet gefunden hatte und in ein Gespräch verwickelte. Dies zumindest verschaffte ihr ein wenig Befriedigung.

26

Der Polizeichef zog zwei Stühle unter einem nahe gelegenen Tisch hervor und bot Penelope einen an. »Bitte, Madame.«

Sie setzten sich. Vielleicht erinnerte er sich daran, dass sie nicht auf der Wache waren, denn er griff nach einer Flasche Rosé und schenkte ihr ein Glas ein. Er selbst nahm keines.

Penelope trank einen Schluck Wein und versuchte, ganz entspannt auszusehen. Doch aus der Nähe betrachtet wirkten seine rattenhaften Augen und feuchten Lippen ziemlich beunruhigend.

»Ich bin froh, dass ich Sie hier gesehen habe, Madame Kiet. Es ist besser, wenn ich zwanglos mit Ihnen reden kann, denke ich.«

Nichts daran kam ihr sonderlich zwanglos vor. Sie wusste, was er vorhatte. Er wollte sie davor warnen, weiter Fragen zu stellen. Dieser Typ aus dem Laden in Coustellet hatte gewiss gemeldet, dass sie sich in die Ermittlungen einmischte. Dann war da noch das Paket, das sie für Gamelin abgegeben hatte. Penelope machte sich auf etwas gefasst und fühlte sich wie ein Schulmädchen, das wegen eines Fehlverhaltens zur Direktorin gerufen wird.

Reyssens beugte sich dichter zu ihr, um etwas zu sagen.

»Haben Sie die Knochen schon identifiziert?« Penelope beschloss, dass Angriff ihre beste Verteidigung war.

Eine üble Erinnerung stieg in ihr auf, an den Augenblick, als sie die Hand des Skeletts gehalten hatte. Den Arm weiter aus dem Unterholz zog.

Der Polizeichef seufzte. »Madame, wir ermitteln noch. Es ist nicht einfach. Der Körper war fast vollständig verwest, und abgesehen von den Fasern eines Anzuges, den er trug, gab es keine offensichtlichen Identifizierungsmerkmale.«

»Ein toter Mann. Ohne etwas, das ihn eindeutig identifizieren könnte. Dann ist es wahrscheinlich ein Mord.«

»Es scheint so.«

»Wie ist er gestorben?«

»Sein Schädel war zertrümmert. Ein harter Schlag auf den Kopf.«

Genau wie bei Manuel Avore.

»Sie müssen doch ein paar Theorien darüber haben, was da passiert ist?«

»In der Tat, Madame.«

Penelope war es nicht gewohnt, bei einer polizeilichen Untersuchung auf Abstand gehalten zu werden. Es ärgerte sie, besonders jetzt, da ihre Hemmungen in Rosé ertranken. »Es scheint, *Monsieur le Chef de Police*, dass meine neue Heimat in einer ruhigen Ecke im Luberon in Wahrheit ein Zuhause für mörderische Psychopathen ist! Werde ich nun jedes Mal, wenn ich spazieren gehe, eine neue Leiche entdecken? Der Ort ist verflucht.«

»Ich muss zugeben, Madame Kiet, ich habe bereits dasselbe gedacht. Zumal sich die früheren Besitzer von *Le Chant d'Eau* mehr als einmal über merkwürdige Vorfälle beschwert haben.«

Penelope fühlte sich plötzlich sehr betrunken. »Was für merkwürdige Vorfälle? Merkwürdig genug, um sie bei der Polizei zu melden? Würden Sie denn sagen, dass ich ein Opfer merkwürdiger Vorfälle bin?«, stammelte sie.

»Madame Kiet. Sie müssen mir zuhören. Ich weiß, Sie haben das Opfer in der alten Kapelle gefunden. Aber ich muss Sie nochmals bitten, diese Informationen vertraulich zu behandeln. Es ist von großer Bedeutung, dass der genaue Fundort der Leiche nicht allgemein bekannt wird.«

Penelope kannte die Regeln für die Berichterstattung über Morde aus ihrer Zeit im Innenministerium. Allerdings hatte sie stets beobachtet, dass die Polizei zumeist daran interessiert war, Informationen weiterzugeben, sobald sie gesichert waren. Außer unter sehr speziellen Umständen, bei denen es in der Regel um die persönliche Sicherheit einzelner Betroffener ging. Ihr Herzschlag stockte.

Der Polizeichef verlieh seinen Worten noch einmal Nachdruck: »In diesem Fall ist es besser, wenn wir nicht zu viel sagen.«

Viel Glück damit, in diesem Dorf etwas geheim zu halten, dachte Penelope. »Und warum das?«, fragte sie.

»Weil ich glaube, Madame, dass der Täter im Dorf lebte und womöglich immer noch hier ist.«

Penelope erbebte. »Warum finden Sie ihn dann nicht?«

»Madame Kiet, ständig stellen Sie Fragen. Sogar jetzt machen Sie das. Sie führen Ihre eigenen Ermittlungen. Schicken mir Äxte aus Ihrem Gartenhaus. Schicken Spielkarten an Inspektor Gamelin. Glauben Sie, das ist ein Spiel? Schleppen Sie nächste Woche ein Stück Grabstein aus der Kapelle an? Ich hoffe nicht, denn ich finde das nicht amüsant.«

Sie starrten sich gegenseitig an.

»In Ordnung«, sagte Penelope. »Ich habe noch ein paar letzte Fragen. Wenn Sie mir jetzt antworten, verspreche ich, dass ich keine weiteren Fragen stellen werde. Nun«, fuhr sie beharrlich fort, um jeden Einwand abzuwehren, »haben Sie mehr über den Mord an Manuel Avore herausgefunden?«

Er betrachtete sie mit Abscheu.

»Nicht so viel. Wir können kein ernsthaftes Motiv ausmachen, aus dem jemand Manuel Avore jetzt hätte töten sollen. Oh, wir wissen, dass er unbeliebt war, aber nicht so unbeliebt. Er war nicht besonders wohlhabend. Allerdings war er ein Spieler. Die einzige Spur, die wir haben, betrifft in der Tat sein Glücksspiel – er hatte Schulden, und Sie können sich bestimmt vorstellen, wie manch eine Spielhölle mit säumigen Zahlern umgeht! Die Karte, das Pik-Ass ...«

»Oh! Dann haben Sie also die Karte aus dem Pool?«

»Natürlich. Meine Spurensicherung ist sehr erfahren.«

Penelope war erleichtert, das zu hören.

»Wie ich schon sagte, das Pik-Ass hat eine Bedeutung.«

»Es ist die Karte des Todes!«

Der Polizeichef verdrehte genervt die Augen.

»Nein! Es ist eine Tradition der kriminellen Banden aus Marseille, dass diejenigen, die wiederholt ihre Spielschulden nicht bezahlen, ernste Folgen zu tragen haben – sie werden zusammengeschlagen oder Schlimmeres, und immer bleibt diese Karte zurück.«

»Davon habe ich gehört. Ich war mir nicht sicher, wie ernst ich das nehmen sollte.«

»Der Schlag Menschen, der diese Karten hinterlässt, mag es gar nicht, wenn man die Aufmerksamkeit der Polizei auf die Taten lenkt. Wenn die Prügel so schlimm ausfällt, dass ein Mord daraus wird und nach langer Zeit die Leichen gefunden werden. Die sind skrupellos, Madame. Sie nehmen Rache.«

Die Abendluft fühlte sich plötzlich gar nicht mehr so mild an, als die Bedeutung der Worte einsank. Es klang weit hergeholt, doch der Polizeichef wirkte todernst.

»Sie denken ... Ich bin jetzt womöglich in Gefahr?«

Reyssens verzog das Gesicht. »Sie scheinen immer in der Nähe zu sein, wenn eine Leiche gefunden wird ...«

»Der Einbruch! Die Schüsse in der Kapelle! Sie alle behaupten immer wieder, dass es Jäger waren. Aber was, wenn ...? Glauben Sie, dass ...? Ich habe mir schon überlegt, dass, wer

immer auf mich geschossen hat, in Wahrheit versuchte, mich in die zerstörte Kapelle zu treiben, damit ich … Damit ich …«
Penelope fühlte sich übel, und sie wusste selbst nicht mehr genau, was sie dachte.

»Es gibt noch eine andere Möglichkeit. Diese Kriminellen wollen vor allem Geld machen, und es ist für sie besonders befriedigend, wenn sie für ein Verbrechen bezahlt werden, für das sie auch ihre eigenen Gründe haben. Kennen Sie jemanden, der sich wünschen würde, dass Ihnen etwas zustößt?«

»Was? Sie meinen jemanden, der ein Killerkommando schicken würde, um mich auszuschalten?« Penelopes Stimme klang schrill vor Entsetzen. Da fiel ihr wirklich niemand ein. »Nun, mein Mann war nicht sehr glücklich nach der Scheidung, aber ich kann mir unmöglich vorstellen, dass er auch nur im Entferntesten auf so einen Gedanken kommt. Er ist viel zu feige, um über einen Mord nachzudenken, und ich bin nicht länger da, um irgendwelches Durcheinander hinter ihm aufzuräumen. Während meiner früheren Tätigkeit musste ich mich mit einer Reihe von heiklen Themen befassen, aber da fällt mir auch nichts ein.«

Er hob die Hand. »Dann überlassen Sie alles uns. Ihnen wird nichts geschehen – es sei denn, Sie mischen sich weiter ein. Ich bitte Sie noch einmal, seien Sie schlau, und halten Sie sich zurück. Wir, die Polizei, ermitteln. Sie dürfen gerne wachsam sein, und bitte zögern Sie nicht, mir alles Ungewöhnliche zu melden. Was diese leichtsinnigen Jäger betrifft, so muss der Bürgermeister die Lizenzen für ihre Waffen überprüfen.«

Reyssens stand auf, um zu gehen, richtete sich zu seiner vollen, nicht sehr beeindruckenden Größe auf und goss ihr dann ein weiteres Glas Rosé ein. Wenn er das als beleidigende Geste verstand, war ihm das gelungen. Sie hatte an diesem Abend wenig dazu beigetragen, dass man nicht die übliche, weinselige Auslandsbritin in ihr sah, doch gewiss lagen hier auch mildernde Umstände vor.

Penelope sah zu, wie er zwischen den wirbelnden Tänzern und den blitzenden Lichtern von der Bühne verschwand. Sie bemühte sich, logisch zu denken. Versuchte Reyssens nur, sie von weiteren Fragen abzuhalten? Eine neue, beängstigende Frage wand sich aus ihren rosé-getränkten Gedanken an die Oberfläche: Was, wenn *er* der Mörder war? Was, wenn Avore die Beute war, die sich ihm immer wieder entzogen hatte, bis er die Sache schließlich ein für alle Mal zu Ende brachte? Vielleicht konnte nur das seine Unfreundlichkeit erklären ... Was, wenn ... Was, wenn ... Reyssens in Wahrheit ein sehr gefährlicher Gegner war?

Es erschien höchst unwahrscheinlich, dass eine mordlustige kriminelle Bande hinter Penelope her war. Doch daraus schöpfte sie wenig Trost. Hatte das jüngere Verbrechen überhaupt etwas mit ihr zu tun oder mit dem Haus oder den Spielschulden von Manuel Avore? Was war mit Avores lustiger Witwe und dem Mann im Zeitungsausschnitt, den sie möglicherweise erkannt hatte? Das Kartenspiel, in dem das gezinkte Pik-Ass fehlte? Nichts davon fühlte sich auch nur im Entferntesten so an, als hätte es etwas mit ihr zu tun. Tatsächlich war ihr Haus das Einzige, was die beiden Geschichten verband. Was für ein Bezug bestand also zu *Le Chant d'Eau?*

Allmählich fühlte sie sich unbehaglich bei dem Gedanken, in ihr dunkles und abgelegenes Haus zurückzukehren. Ein paar begeisterte Rufe erklangen, als der Leadsänger der Band »Le Madison!« ankündigte, und die Dorfbewohner traten gemeinsam zu einer Art *Line Dance* an. Penelope sah zu, wie sie sprangen und die Richtung wechselten, manche mit geübter Leichtigkeit, während andere herumhüpften, um mit der Reihe Schritt zu halten. Sie versuchte, sich einen von ihnen als kaltherzigen Schurken vorzustellen.

»Penny! Ich habe interessante Neuigkeiten!«

Penelope zuckte zusammen, als Clémence sich neben sie setzte. Sie wirkte ein wenig atemlos.

»Ich auch.«

Clémence stand wieder auf, fasste sie am Arm und führte sie zu einer leeren Bank gleich jenseits der bunten Lichter in den Bäumen.

»Du zuerst«, sagte Penelope kraftlos.

»Ich habe mit Monsieur Darrieux gesprochen. Er ließ mich wissen, dass er uns keine Informationen über die Kreditkartendaten geben darf. Ich kann nicht sagen, dass mich das überrascht. Als er uns heute Abend hier gesehen hat, erzählte er dem Bürgermeister, dass wir beide Fragen gestellt hätten, und jetzt weiß er natürlich genau, dass wir keine Vertreter der Firma Strauss Werkzeugbau sind und auch nie waren.«

»Er hat es dem Bürgermeister erzählt? Was für ein Petzer!«

»Wie auch immer – jedenfalls weiß der Bürgermeister nun, dass die Axt in Coustellet gekauft wurde. In demselben Geschäft, das den Preis für den besten Traktor gesponsert hat.«

»Doch was folgt jetzt daraus?« Penelope kämpfte mit dem Gefühl, dass die Axt sie ein zweites Mal in eine Sackgasse geführt hatte. Tatsächlich fiel es kaum ins Gewicht verglichen mit der Möglichkeit, die nächste Tote im Dorf zu werden.

Clémence zuckte die Achseln. »Ich weiß nicht.« Trotzdem konnte sie ein Grinsen nicht unterdrücken. Sie sah ein wenig selbstgefällig aus.

»Was ist noch?«

»Nichts. Es hat nichts mit Coustellet zu tun. Aber ich habe die Gelegenheit genutzt und eine nette Unterhaltung mit unserem reizenden Bürgermeister geführt. Und jetzt fühle ich mich viel besser.«

Penelope verdrehte die Augen. »Oh, nun ja. Dann ist ja alles in Ordnung. Du kriegst einen Kuss vom Bürgermeister, während der Polizeichef mir erzählt, dass ich die Nächste in der Reihe sein könnte!«

»Was?« Clémence riss entsetzt die Augen auf. »Du – und Laurent?«

»Nein! Das nächste Opfer!« Penelope hatte viel zu viel getrunken. Sie brach in Tränen aus. »Ich habe Angst, Clémence! Und weißt du was? Reyssens will, dass ich Angst habe.«

Clémence hätte nicht verständnisvoller reagieren können. Offensichtlich tat es ihr gut, dass sie ihre On-off-Beziehung mit dem Bürgermeister einmal wieder auf Kurs gebracht hatte.

»Ich kann mir kaum vorstellen, dass du in Gefahr sein könntest. Trotzdem sollten wir jede Vorsichtsmaßnahme ergreifen«, erklärte sie Penelope, als deren Schluchzen nachließ. »*Mon Dieu*. Ich muss los.«

»Großartig«, sagte Penelope. Sie durfte den Bürgermeister wohl nicht warten lassen. Die beiden Turteltäubchen würden bald französisches Bettgeflüster miteinander teilen, während sie selbst zurück in ein leeres Haus voller Schrecken stolperte. »Schon in Ordnung. Lass mich einfach hier. Bestimmt bin ich im Augenblick vollkommen sicher vor Psychopathen, weil der nicht-so-nette Polizist das so behauptet hat. Vielleicht brauche ich noch einen Drink.«

Clémence schüttelte den Kopf. »Nein, Penny. Ich muss meine Sachen holen, einen Koffer packen …«

»Du läufst davon?«

»Genau, Penny, ich verlasse mein Haus … um bei dir zu wohnen.«

Penelope wusste nicht, was sie sagen sollte. »Was ist mit Laurent?«, brachte sie schließlich heraus. »Ich dachte, ihr wäret … Du weißt schon.«

»Wir sind überhaupt nicht ›Du weißt schon‹. Es ist vorbei. Nie wieder.«

»Oh nein. Was ist passiert?«

»Ich werde nicht darüber reden. Bitte frag nicht.«

Penelope hielt verwirrt inne.

»Also, ich komme nach *Le Chant d'Eau*«, verkündete Clémence. »Ich bleibe, nur für einen Tag oder so, während wir darüber nachdenken, was wir als Nächstes tun.«

Es war ein warmherziges Angebot, und Penelope nahm es dankbar an.

Während der nächsten Stunde saß sie alleine da, trank kohlensäurehaltiges Wasser und lehnte höflich ab, als nacheinander der Bürgermeister und Monsieur Charpet sie zum Tanz aufforderten. Es war schwer zu sagen, was verstörender war – wie der Polizeichef ihre Ängste abgetan hatte oder seine Andeutung, dass sie das nächste Opfer sein könnte, wenn sie nicht alles den Behörden überließ. Wenn das keine bloße Paranoia war, war sie hier am sichersten: vor den Augen der versammelten Dorfbewohner von St Merlot, die unter den Sternen tanzten. Aber was, wenn einer von ihnen es auf sie abgesehen hatte?

Als der letzte, langsame Tanz zu seinem bombastischen Abschluss kam und die letzten Klänge des Akkordeons über die umschlungenen Paare wehten, kehrte Clémence zurück.

»Wo hast du dein Auto gelassen?«

»Zu Hause. Ich bin hinaufgelaufen.«

Clémence wedelte mit dem Finger. »Dann ist es gut, dass du nicht in der Nacht zurücklaufen musst. Alle sind betrunken. Die Straße ist sehr gefährlich.«

»Alles hier ist gefährlicher, als es aussieht«, erwiderte Penelope. Schon bekam sie Kopfschmerzen von dem ganzen Wein. »Bäh. Warum hab ich so viel von diesem Gesöff getrunken?«

Ein riesiger Koffer füllte den gesamten Raum im Heck des Mini Cooper aus. Penelope quetschte sich auf den Beifahrersitz neben weitere Taschen.

»Wie lange genau willst du bleiben, Clémence?«

»Nur eine kleine Übernachtungstasche, Penny.«

»Ich habe Expeditionen zum Nordpol gesehen, die mit weniger aufgebrochen sind!«

Knirschend schob Clémence den Gang rein, und sie schossen den Hügel hinunter. »In meinem Job ist es wichtig, immer gut auszusehen.«

In der ersten Kurve kamen sie mit kreischenden Bremsen zum Stehen. Zum Glück war ich nicht so betrunken, dass ich den Sicherheitsgurt vergessen hätte, dachte Penelope. Gleich vor ihnen saß Monsieur Louchard auf seinem preisgekrönten »Besten Traktor des Jahres«, der in Zeitlupe und in Schlangenlinien die Straße entlangkroch, die Frontladerschaufel stolz in die Höhe gereckt.

Als er die quietschenden Reifen hinter sich hörte, blickte er sich zu ihnen um, und praktisch zum ersten Mal, seit sie ihn kannte, konnte Penelope ein Lächeln auf seinen Lippen ausmachen. »*Bonne nuit, Mesdames!*«

Clémence öffnete das Fenster und gratulierte ihm zum Sieg. Dann riss sie plötzlich und heftig das Steuer herum, um zu überholen. Sie holperten über den graswachsenen Straßenrand.

»Das war knapp!«, rief Penelope.

»Wir wollen auf dem Weg zu deinem Haus nicht hinter ihm feststecken. Oder womöglich schon gleich an der Einmündung bei Avores Haus. Hast du gesehen?«

»Was gesehen?«

»Seinen Passagier.«

»Passagier?«

»Das Dorffest hat wohl seinen romantischen Zauber entfaltet. Madame Avore hat endlich ihr Glück gefunden.«
Penelope stammelte. »Wa-as? Oh, ich verstehe. Ja, Glück. Ich habe sie nicht auf dem Traktor gesehen.«
»Sie fuhr auf der Schaufel mit. Und jetzt, schau, sie folgen uns ganz langsam und vorsichtig den Weg hinunter.«
An der Eingangstür suchte Penelope erst ihre Schlüssel und fummelte dann schwerfällig an dem Schloss herum. Es fiel ihr schwer, sich zu konzentrieren – und sie wünschte, sie hätte sich daran erinnern können, wo der Schalter für das Außenlicht war. Komisch, sie hatte gedacht, dass sie es angelassen hätte.
Endlich schaffte sie es, die Tür aufzukriegen. Vorsichtig trat sie in die Diele und griff nach dem Lichtschalter, als hinter ihr ein Schuss fiel, gefolgt von einem Schrei. Noch ein Knall, und das Geräusch von brechendem Glas.
»Clémence! Meine Güte ... Clémence, geht es dir gut?«
»*Merde!*«
»Bist du verletzt?«
Das Licht flammte auf und knisterte dann, als die Glühbirne platzte und sie in der Finsternis zurückließ. Penelope tastete sich Richtung Küche und fand den Schalter im Flur. Das Licht erfasste Clémence mitten in einem Hüpfer. Sie hielt ihren Fuß in die Höhe. Er blutete. Der Boden der Diele war mit Glasscherben bedeckt. Im Fenster neben der Tür war ein großes rundes Loch inmitten eines Netzes von Sprüngen und Rissen.
»Dein Fuß!«, rief Penelope.
»Meine schönen Schuhe!«, jammerte Clémence. Sie humpelte zur Treppe und setzte sich hin und untersuchte das Blut auf dem hellrosa Wildleder. »Sie sind ruiniert!«
»Was ist gerade passiert? Ich meine ... außer dem Offensichtlichen ...«

»*Un coup de fusil*«, hauchte Clémence. Die späte Stunde und die aufgewühlten Emotionen ließen sie wohl ihr Englisch vergessen.

Penelope erschauderte. »*Oui.*«

Stille. Unterbrochen vom Quieken eines eichhörnchenartigen *loirs* vor dem Haus.

»Das galt einem von uns«, stellte Penelope fest.

»Natürlich nicht, Penny! Jäger …«

»Sind Jäger so spät am Abend unterwegs?«

»Die *sangliers* kommen jedenfalls in der Nacht heraus … also …«

Penelope schüttelte den Kopf. »Sollen wir die Polizei rufen?«

»Jäger tun dumme Dinge. Das wissen wir alle. Besonders in der Nacht des Dorffests. Niemand darf im Umkreis von vierhundert Metern um ein Haus schießen, aber das ist ihnen egal, wenn sie das Tier sehen. Sie haben wohl ein *sanglier* aufgescheucht und es zu dicht ans Haus getrieben. Ich denke, morgen bei Licht werden wir Tierspuren sehen.«

»Lass das Glas und die Schrotkugeln einfach liegen«, sagte Penelope.

Die beiden Frauen versuchten, mit einer Tasse Kamillentee ihre Furcht fortzuspülen. Sie schafften es nicht ganz. Clémence beharrte störrisch auf ihrem Glauben, dass in solchen Nächten verrückte Dinge passierten. Es war nicht fair, nachbarschaftliche Zwischenfälle zu melden.

Penelope fühlte sich stocknüchtern, als sie nach oben ging und das Gästebett vorbereitete. Während sie saubere Laken aufschüttelte, kam ihr in den Sinn, dass Clémence offenbar genauso ungern bei Reyssens anrief wie sie.

27

Drei Anadin Extra reichten nicht aus, um Penelopes Kopfschmerzen am nächsten Morgen in den Griff zu kriegen.

Sie hatte eine unruhige Nacht verbracht, der leiseste Laut von draußen ließ sie hochschrecken. Als sie endlich wegdämmerte, rissen sie die Erinnerungen an das Gespräch mit dem Polizeichef ständig wieder aus dem Schlaf. Den Geräuschen aus dem Nebenraum nach zu urteilen, hatte Clémence ähnliche Probleme gehabt.

Penelope schleppte sich müde ins Freie. Kälte lag in der Luft, das Gras glitzerte vom ersten Herbsttau. Die Steine und der Staub auf der Zufahrt waren aufgewühlt. Aber hatte ein Tier das verursacht? Woher sollte sie wissen, wie eine Wildschweinfährte aussah?

Was immer dafür verantwortlich war, die Spuren am Boden sahen nicht sonderlich bedeutsam aus. Das meiste davon hatten sie vermutlich selbst hinterlassen, ihre Fußspuren und die Furchen, die Clémences riesiger Koffer gezogen hatte, als sie ihn bis zur Haustür geschleift hatten.

Penelope rieb sich den Kopf. Sie ging zurück in die Küche, wo Clémence Kaffee kochte. Als der Topf zu dampfen begann und auf dem Herd brodelte, setzten sich die Frauen hin und machten sich Gedanken über die Lage.

»Ich bin nicht überzeugt, Clémence. Ich kann nicht viele Hinweise auf Wildschweine da draußen entdecken.«

»Es war nur ein Gedanke.«

Stille.

»Ich rufe jemanden an, der am Montag das Fenster repariert«, sagte Clémence. Im Gegensatz zu Penelope wirkte sie frisch und aufgeweckt. Selbst an einem Sonntagmorgen strahlte sie Effizienz aus.

»Danke. Ich bin sehr froh, dass du da bist! Nach allem, was der Polizeichef gesagt hat …« Penelope sackte zusammen, als ihr etwas klar wurde. »Er will, dass ich keine Fragen mehr stelle und mich nicht länger einmische – aber wir müssen ihm davon erzählen. Der Polizei das zerbrochene Glas und den Schrot zeigen. Argh. Mir tut der Kopf weh. Auf all das könnte ich gerne verzichten!«

Clémence stellte eine Tasse starken schwarzen Kaffees vor sie hin. »Es wird ihm nicht gefallen.«

»Das ist wahr.« Penelope trank. »Und noch etwas beschäftigt mich. Abgesehen von der Möglichkeit, dass ich jetzt auf einer Todesliste der örtlichen Unterwelt stehen könnte, natürlich. Diese Theorie, dass Avore von den Geldeintreibern der Marseiller Banden getötet wurde, weil er seine Spielschulden nicht bezahlen konnte. Hat der Bürgermeister das dir gegenüber erwähnt?«

»Vielleicht hat er das …«

»Wie wahrscheinlich ist das deiner Meinung nach?«

»Es ist wahr – viele schlimme Dinge werden den Gangstern aus Marseille zugeschoben.«

»Ganz genau. Jede Woche findet man in der *La Provence* Geschichten über ›*Le Chicago de Provence*‹, und weißt du, was ich denke? Dass es eine Menge Verbrechen gibt, die den bösen Menschen aus Marseille angelastet werden, weil es das ist, was die Leute in den schönen Dörfern im Luberon gerne glauben wollen. Wenn sie es nicht auf die Avores oder die Jäger schieben können, heißt das. Aber das macht diese Geschichten nicht unbedingt wahr.«

Clémence dachte darüber nach. »Du könntest recht haben«, befand sie schließlich. »Also, wer sind dann die wirklichen Verdächtigen in diesem Fall?«

Penelope stand auf, um ein Blatt Papier und einen Stift zu holen. »Okay, denken wir einmal ganz unvoreingenommen darüber nach. Wir machen eine Liste mit jeder Person und jeder Idee, selbst wenn wir nicht wirklich daran glauben. Erstens, lass uns die Kriminellen aus Marseille und Avores Spielschulden festhalten, weil sowohl der Bürgermeister als auch der Polizeichef gesagt haben, dass dies eine Spur ist, der sie nachgehen. Dann wären da sämtliche Bewohner von St Merlot, die einen Grund hatten, Manuel Avore nicht zu mögen. Da gibt es viele.«

»Leider gehört auch Madame Avore dazu, die womöglich vom Tod ihres Mannes am meisten profitieren konnte«, warf Clémence ein.

»Das ist die richtige Einstellung. Als Nächstes Monsieur Louchard, der Madame Avore liebt, und Monsieur Charpet – aber nur, weil es so aussieht, als hätte jemand ziemlich ungeschickt versucht, den Verdacht auf ihn zu lenken, indem er seinen Werkzeugschuppen hier benutzt.« Penelope zeichnete eine krakelige Comic-Blase um seinen Namen, als sie den entsetzten Blick in Clémences Gesicht bemerkte.

»Kommen wir nun zu der Theorie, dass es etwas mit mir und diesem Haus zu tun haben könnte. Gibt es etwa einen fremdenfeindlichen provenzalischen Jäger, der mir den Kauf des Hauses übel nimmt und mich vergraulen möchte?« Penelope schrieb »Briten-hassender Einheimischer« auf. Sie zog eine wackelige Linie, die das mit Louchards Namen verband.

»Das glaubst du doch nicht wirklich?«, fragte Clémence.

»Wir schließen nichts aus. Ich vermute, der Polizeichef könnte ein gewisses Verständnis für eine solche Person aufbringen.«

»Schreib auf: ›Person, die die Axt im Laden in Coustellet gekauft hat‹. Das könnte immer noch von Bedeutung sein.«

Penelope nickte. »Ganz meiner Meinung. Was ist mit den Schüssen letzte Nacht? Und den Schüssen, die bei der zerstörten Kapelle auf mich abgegeben wurden?«

»Vielleicht waren es wirklich nur die verrückten Jäger.«

»Meinetwegen, aber ich bin nicht überzeugt davon. Jetzt lass uns über das Haus hier nachdenken. Gibt es einen Grund, warum mich jemand vertreiben wollte?«

Clémence schüttelte langsam den Kopf. »Ich kenne diese Dörfer. Einige mögen es Ausländern übel nehmen, wenn sie Häuser aufkaufen, doch keiner von ihnen würde dich bedrohen. Den größten Groll hegen sie untereinander, das böse Blut zwischen den Familien, das schon seit Generationen existiert.«

Der Kaffee und das Gespräch halfen Penelope allmählich, den Kopf frei zu kriegen. Jetzt brauchte sie etwas Zucker. Sie stürzte sich auf eine Tüte mit Supermarkt-Croissants, die sie für Notfälle gekauft hatte, und schmierte Kirschmarmelade auf eines. Clémence erschauderte sichtlich beim Anblick dieses industriell gefertigten Aufputschmittels und blieb beim schwarzen Kaffee.

»Also«, sagte Penelope und kaute. »Im Fall Avore bleibt uns eine einzige anständige Spur: der Axtkauf in Coustellet. Aber das Ding liegt bereits bei der Polizei, und die will derzeit nicht einmal darüber reden. Da sind Avores Feinde im Dorf, seine Witwe und Monsieur Louchard. Und es gibt noch eine Sache, über die wir reden müssen: Wieso tut der Bürgermeister diesen Fall immer so ab, als ob er überhaupt keine Bedeutung hätte? Warum macht er das?«

»Tut er das?«

»Mir gegenüber schon. Es ist, als wollte er nur, dass die Angelegenheit endlich verschwindet und wir so tun können, als wäre sie nie passiert. Er will alles der Polizei überlassen, gerade *weil* er den Polizeichef nicht ausstehen kann – so hat es den Eindruck! – und genau weiß, wie wenig von dem zu erwarten ist. Und das wirft bei mir die Frage auf, ob nicht noch mehr dahintersteckt.«

Sie stand kurz davor, von dem mysteriösen Vertragsentwurf zu erzählen, den sie in der *prieuré* gefunden hatte, doch etwas hielt sie zurück. Clémences Beziehung zu Laurent war zu stark, um das Risiko einzugehen und sie einzuweihen. Penelope beschloss, erst noch ein wenig weiter nachzuforschen.

»Was willst du damit sagen? Dass du den Bürgermeister verdächtigst? Penny, wirklich!« Clémence brach in schallendes Gelächter aus.

»Hast du nie die Möglichkeit in Erwägung gezogen, dass er vielleicht mehr weiß, als er uns sagt? Dass es Verbindungen gibt zwischen ihm und Louchard und Avore, von denen wir nichts wissen?«

Clémence blickte einen Moment lang ernst drein. »Laurent weiß immer mehr, als er sagt. Aber du kannst ihn unmöglich verdächtigen! Warum sollte er so etwas tun? Welchen Nutzen hätte er davon? Als Nächstes wirst du fragen, ob ich diesen Mord begangen habe!« Clémence lehnte sich auf ihrem Stuhl zurück und lachte wieder. Das war eindeutig das Lustigste, was sie seit Monaten gehört hatte.

Penelope hob die Hände. »Wir wissen nicht, ob Laurent etwas zu gewinnen hätte. Aber ich will nicht behaupten, dass ich ihn für den Täter halte – natürlich nicht. Es ist nur so, dass ich den Eindruck habe, dass er etwas zurückhält und Gründe hat, aus denen er nicht möchte, dass ein Täter hier im Ort gefunden wird. Das ist alles, was ich sage.«

Wider besseres Wissen fügte sie nach einer kurzen Pause

noch hinzu. »Und da ist der Mann im roten Ferrari. Sein Freund.«

»Was ist mit ihm?«

»Ich glaube, ich habe das Auto in der Nacht gehört, ehe wir Avore im Pool gefunden haben. Kurz bevor ich zu Bett ging.«

Genau wie Frankie konnte Clémence nicht nachvollziehen, was daran bemerkenswert sein sollte. »Und du glaubst ja selber nicht, dass es eine Bedeutung hat. Sonst hättest du gewiss der Polizei davon erzählt, als die gefragt hat, ob du in der Nacht irgendetwas gesehen oder gehört hast. Aber das hast du nicht, oder?«

Penelope musste das einräumen. »Wer ist dieser Typ überhaupt?«

»Benoît? Die beiden kennen sich seit Jahren, aus Paris.«

»Also, was tut er hier? Läuft da etwas zwischen ihm und Laurent?« Benoît? Der Vertragsentwurf. BdeR. LM.

»Sie sind Freunde! Wenn mehr dahintersteckt, wäre es sicher nur geschäftlicher Natur.«

»Hat es etwas mit dem Priorat hier zu tun?«

»Ich kann es dir nicht sagen. Ich kann nur sagen, dass dort komplizierte Verhandlungen im Gange sind.«

»Waren Avore und Louchard womöglich daran beteiligt?«

»Ich kann dir versichern, dass Laurent nichts mit dem Tod von Manuel Avore zu tun hat.«

»Ich denke, wenn bei dir eingebrochen worden wäre und man auf dich geschossen hätte, dann würdest du ebenso zu Misstrauen neigen wie ich, Clémence«, sagte Penelope. Wann immer die Überzeugung in ihr wuchs, dass sie und ihre ehemalige Maklerin auf derselben Seite standen, tauchte ein neuer Grund auf, um an ihr zu zweifeln. Gerade setzte sie sich mit diesem verstörenden Gedanken auseinander, da unterbrach ein Klopfen an der Küchentür ihr Gespräch.

Monsieur Louchard stand da, mit einer Baskenmütze in der Hand, und sah sowohl verstohlen wie auch sehr mitgenommen aus.

»*Entrez, Monsieur!*« Penelope erhob sich und führte ihn herein. Er nahm Platz, immer noch mit deutlichem Unbehagen, und setzte zu einer Erklärung für seinen Besuch an, der Penelope schon nach den ersten Worten nicht mehr folgen konnte.

Clémence hörte dem Bauern zu, während der sich stotternd durch seine Rede kämpfte. Dann lehnte sie sich mit einem erleichterten Ausdruck zurück. »Es war gut, dass wir nicht die Polizei gerufen haben.«

»Ich habe nicht alles verstanden. Was hat er gesagt?«

»Er ist gekommen, um sich für das Fenster zu entschuldigen. Als er letzte Nacht hinter uns den Weg entlangfuhr, entdeckte er ein Wildschwein in der Nähe deines Hauses. Die Versuchung war zu groß für ihn. Er wollte auch vor Mariette angeben und wagte einen dummen Schuss. Er verfehlte sein Ziel. Das Wildschwein lief den Weg entlang auf sein eigenes Haus zu, und er hat es erlegt – letztendlich. Doch unglücklicherweise hat das Gefecht einigen Schaden hinterlassen. Er erinnert sich nicht, in Richtung deines Hauses geschossen zu haben, aber er hatte ein paar Gläser zu viel auf seinen Sieg getrunken und befürchtet, dass er versehentlich dein Fenster zerschossen haben könnte. Er ist vorbeigekommen, um sich zu entschuldigen und zu sagen, dass er es reparieren wird, und ...«

Clémence blickte Monsieur Louchard an. Der stand auf und ging hinaus.

»Er hat als Entschuldigung ein Geschenk mitgebracht.«

Louchard kam wieder herein, mit einem Tablett in den Händen. Darauf lag ein großer, die Zähne fletschender Eberkopf, der sie aus seinem struppigen, blutigen Fell heraus böse anblickte. Fast noch schlimmer war das braune, fleckige Tuch, das er wie eine entsetzliche Krawatte um den Hals gebunden trug.

Penelope warf einen Blick darauf und würgte. Sie sprang zur Spüle. Nur mit Mühe behielt sie ihren Mageninhalt bei sich und trank einen großen Schluck Wasser.

Clémence tat so, als hätte sie nichts bemerkt. Ungerührt redete sie weiter: »Er sagt, vielleicht kannst du ihn ausstopfen und über den Kaminsims hängen.« Spielte da der Hauch eines boshaften Lächelns um ihre Lippen?

»Natürlich gibt es da auch noch den *tête de sanglier* – das ist eine echte Delikatesse in dieser Region«, fuhr Clémence fort. »Du musst den Kopf auskochen, bis die Augen herausfallen, und dann …«

»Es reicht, Clémence! Bitte.« Penelope atmete ein paarmal tief durch, gewann ihre Fassung wieder und kehrte zum Stuhl zurück. Dem durchdringenden Blick des toten Ebers wich sie aus.

»Ist es nicht seltsam, Penny? Wo auch immer im Raum man sich aufhält, er scheint einen ständig anzuschauen!«

»Madame Valencourt, das ist nicht gerade hilfreich!« Penelope verlor allmählich die Geduld mit ihrer französischen Gefährtin.

In der Stille, die darauf folgte, legte Monsieur Louchard den Kopf auf den Küchentisch und ging hinaus, um einen Werkzeugkasten und eine Glasscheibe zu holen. Ohne ein weiteres Wort trat er in den Flur, und sie hörten, wie er die Überreste der zerbrochenen Scheibe aus dem Rahmen schlug. Penelope ließ sich auf den Küchenstuhl plumpsen. Er knarrte und ächzte unter dem zusätzlichen Gewicht von *drei* Supermarkt-Croissants mit Marmelade. An einem Morgen wie diesem konnte sie sich darüber keine Sorgen machen.

»Meine Güte. Was für eine Erleichterung! Ich meine, zumindest wissen wir nun, was gestern Abend passiert ist. Obwohl ich nicht eben begeistert bin von dem Gedanken, dass mein Nachbar vor meinem Haus geradewegs losballert, wenn er die Zutaten für einen Eintopf draußen herumlaufen sieht. Wird das den ganzen Winter über so gehen?«

Clémence wedelte mit der Hand und deutete damit an, dass es durchaus möglich wäre.

Penelope sackte zusammen. Nach einer kurzen Pause stellte sie unbehaglich fest.

»Er hätte dich töten können. Wie kannst du da so gelassen bleiben? Der einzige Grund, warum er heute Morgen vorbeigekommen ist und das Fenster ausbessert, ist, dass er keinen Ärger mit der Polizei haben will. Aber was ist, wenn er selbst Ärger bedeutet – großen Ärger?«

28

Das Zentrum des Dorfes war für den *vide-grenier* wieder einmal umgestaltet worden. Unter den Platanen hatte man Stände aufgebaut. Menschenmassen flanierten dazwischen, obwohl die professionellen *brocanteurs* gewiss schon früher gekommen waren und das Beste mitgenommen hatten.

Clémence ließ Penelope am Rand des Platzes aussteigen. Sie selbst war offensichtlich nicht allzu scharf darauf, im alten Plunder fremder Leute zu stöbern. »Schau, kein Parkplatz weit und breit. Ich hole dich später wieder ab. Inzwischen rede ich mit Monsieur Louchard, wenn er seine Reparaturen abgeschlossen hat. Ich finde es heraus, ob er etwas verheimlicht, versprochen.«

Wahrscheinlich hoffte sie, den Bürgermeister zu treffen.

Auf ihren früheren Reisen in die Region hatte Penelope schon einige *brocantes* besucht und rasch erkannt, dass sie sich in zwei Kategorien einordnen ließen. Die erste bestand aus den echten *brocantes*, den *vide-grenier* – »leere deinen Dachboden«. Alles, was die Einheimischen loswerden wollten, wurde auf Tapeziertischen ausgelegt, ohne spezielle Ordnung und ohne festen Preis, nur um einen schnellen Euro damit zu machen. Die Angebote waren vernünftig, und es ließ sich durchaus ein Schnäppchen machen, auch wenn Penelope davon ausging, dass man einige der Artikel lieber ein paar Stunden in Desinfektionsmittel kochte, bevor man sie verwendete.

Die zweite Art von *brocante* wurde von professionellen Händlern betrieben, die darauf aus waren, sich an sämtlichen

Ausländern schadlos zu halten (und als »Ausländer« galt in diesem Fall jeder, der von außerhalb des Tales kam, und insbesondere die Pariser). Es wurden stark überhöhte Preise für unnützen Krimskrams aller Art verlangt, von Töpfen und Pfannen über Gläser bis hin zur schäbigen Kommode, die auf einen Betrag ausgezeichnet war, für den man bei Christies eine Chippendale-Kommode bekam, und die sich am Ende als so morsch erwies, dass sie mit einem matten Ächzer auseinanderbrach, sobald man die Schubladen öffnete.

Der *vide-grenier* in St Merlot hatte einige professionelle *brocanteurs* angelockt, schien sonst jedoch ein klassisches Dorfereignis zu sein. Wo kein Platz mehr auf den Tischen war, hatte man Decken auf den Boden gelegt und die Waren dort ausgebreitet. Das Angebot war verblüffend.

Penelope hielt inne und bewunderte einen Fiberglas-Panda in Originalgröße, der sie aus einem offenen Van heraus glasig anstarrte.

»*Trois cent euro, Madame*«, bot der Standinhaber an, ein junger Mann mit langen Haaren und Seidenweste.

»Merci.« Ihre Aussprache war noch nicht gut genug, um durchs Raster zu gelangen, und der junge Mann wechselte zu gebrochenem Englisch.

»Die schwarz-weißen Flecken sind hundertprozent genau.«

Einen Moment lang überlegte Penelope, ob es eine gute Idee wäre, den Panda zu kaufen. Sie stellte sich vor, wie er aus dem Bambusdickicht blickte, aus dem kurz nach ihrer Ankunft Monsieur Avore herausgetreten war. Sie war sich allerdings nicht sicher, wie Monsieur Charpet auf diesen surrealen Eindringling in sein Reich reagieren könnte, also ging sie zum nächsten Stand weiter, der Tischdecken, Servietten und aufwendig gestaltete Spitzenstoffe zur Schau stellte – Gegenstände, von denen Penelope wusste, dass sie sie tatsächlich benötigte und nicht nur gern gehabt hätte. Sie wühlte sich durch die Stapel und hoffte, altmodische gestärkte Bettwäsche und Tischtücher zu finden.

Für fünfundzwanzig Euro kaufte sie eine weiße bestickte Tagesdecke, die eindeutig frisch gewaschen war, und zog dann weiter, um bunte Töpferwaren zu finden, die ihrem neuen Zuhause den typisch südfranzösischen Flair verliehen. Stattdessen fand sie eine Menge alter Vasen und schrecklicher Bilder, Besteck, schmuddelige Bücher und zerkratzte Schallplatten neben Küchengeräten, die in den 1970er-Jahren gekauft worden waren und wahrscheinlich schon damals nicht funktioniert hatten.

Sie fühlte sich immer noch verkatert, und die Mittagshitze trug auch nicht zu ihrem Wohlbefinden bei. Dennoch lebte sie auf, als sie ein paar besser bestückte Stände sah. Einer bot schmiedeeiserne Gartentische und Stühle an, ein anderer verkaufte Spiegel und kleine Schlafzimmermöbel. Sie trat an eine Bude voller Laternen in allen Größen und Formen, größtenteils aus auf alt getrimmtem Metall gefertigt. Einige davon waren mit Firnis überzogen, was ihnen genau den Shabby-Chic-Look gab, den Penelope suchte.

Sie wählte zwei Laternen im gleichen Design und erkundigte sich nach dem Preis. Sie waren nicht so billig, wie sie es sich vorgestellt hatte, doch sie waren exakt das, was sie für ihre Terrasse wollte.

»*Votre meilleur prix?*«, fragte sie. Sie kannte den Satz aus Tausenden von britischen Antiquitäten-Shows, wenn die Teilnehmer über den Kanal fuhren, um interessantere Schnäppchen zu finden.

»*Soixante euros les deux, Madame.*«

Penelope lächelte den Verkäufer an, einen sympathisch aussehenden Mann in den Vierzigern, der eine Pilotensonnenbrille trug. Er kam ihr bekannt vor, doch sie hatte keine Ahnung, wo sie ihn schon einmal gesehen hatte. Dann fiel es ihr ein. Er war der Mann, der in die Bäckerei gekommen war und das Gespräch über Louchard unterbrochen hatte. Jean-Luc. Das war also eines seiner anderen Geschäfte neben der Werkstatt. »*Pas mal*«, sagte sie und grinste. Aber war das tatsächlich sein bester Preis? Im Fernsehen hatte es immer funktioniert.

»Sechzig Euro«, wiederholte er. Ganz klar, Geschäft war Geschäft – ein Plausch in der Bäckerei änderte nichts daran.

Penelope blieb geduldig. Sie ließ die Laternen, die ihr gefielen, erst einmal liegen und nahm eine alte Öllampe in die Hand. Es war eine einfache Konstruktion. Der Ölbehälter bestand aus Messing und sah ziemlich verbeult aus, der Docht und der Glasaufsatz wirkten neu.

Tatsächlich glich sie sehr der Lampe, die sie im Flurschrank gefunden hatte, obwohl die nicht so poliert gewesen war. Vielleicht würden die beiden ein gutes Paar auf ihrem Esstisch abgeben, an einem warmen Sommerabend, wenn sie Gäste hatte.

»Wie war Monsieur Correas Pfirsich-Pistazien-*gâteau* – derjenige, der um neun Uhr perfekt sein sollte?«, fragte sie. »Es ist wunderbar, wie viel Liebe die Leute hier dem Essen schenken und wie sehr sie auf die Feinheiten des Verzehrs achtgeben.«

»So leben wir«, sagte er.

»Ich nehme beide Laternen und diese Lampe für siebzig Euro«, sagte Penelope entschieden.

Der Handel stand.

»Übrigens, glauben Sie nicht alles, was Sie in der Bäckerei hören«, erklärte der Händler. Anscheinend geriet er nun doch in die Stimmung für ein Gespräch, während er die Lampen einpackte und eine Tüte dafür suchte. »Correa ist ein schreckliches Klatschmaul. Seine Frau ist kaum besser, und die Informationen sind nicht immer zuverlässig.«

»Ach?«

»Zunächst einmal, was er Ihnen auch erzählt haben mag: Sie haben Manuel Avore verabscheut und gehasst, und das aus sehr gutem Grund.«

»Tatsächlich?«

Der Standinhaber zuckte die Achseln. »Genau wie jeder sonst. Nur dass es bei Jacques noch ein wenig weiter ging. Er und Manuel waren seit ihrer Kindheit befreundet, später waren sie Partner beim Glücksspiel. Doch eines Tages konnte Manuel sich nicht zurückhalten. Er lieh sich Geld, und dann betrog er seinen Freund. Jacques kehrte immer wieder an den Spieltisch zurück, um die Verluste zurückzugewinnen – in Cavaillon, in Salon, in Marseille, in Nizza –, aber er geriet nur immer tiefer in die Bredouille. Er verlor fast alles, auch seine Frau. Es dauerte Jahre, bis er seine Schulden beglichen hatte. Doch er hörte auf zu spielen und arbeitete und arbeitete, um seine Fähigkeiten und sein Geschäft zu erweitern.«

»Das heißt nicht, dass er kein Mitleid für Manuel empfunden haben könnte«, führte Penelope an.

»Sicher. Jedenfalls, bis Manuel aus dem Gefängnis kam und ihn erpressen wollte. Er hat behauptet, dass er herausgefunden hätte, dass Jacques immer noch spielt, wieder Schulden hat und nur die billigsten Zutaten für die Bäckerei kauft. Die Menschen hier können über vieles hinwegsehen, aber nicht darüber. Nicht, wenn es um ihr tägliches Brot geht.«

»Ist es auch wahr?«

»Wer weiß?«

Penelope nahm ihre Einkäufe und dankte ihm. Wie immer hatte sich herausgestellt, dass eigentlich nichts so war, wie es zuerst erschien. Die *Boulangerie-Bar* an der Ecke des Platzes war so belebt wie eh und je, sodass sich keine Gelegenheit für einen ruhigen Kaffee und ein klärendes Gespräch ergab. Es war merkwürdig, dass Correa so überschwänglich betont hatte, seinen alten Freund nicht zu hassen, obwohl er gar nichts hätte sagen müssen.

Clémence war nirgendwo zu sehen, also trat sie in die Café-Bar und blieb dort. Monsieur Charpet schlenderte mit seiner winzigen Schwester Valentine zu ihr herüber.

»Madame«, setzte ihr Gärtner zögernd an. Dann stockte er. Valentine stieß ihn an und flüsterte einen Befehl.

»Madame«, fing er wieder an, »meine Schwester Valentine und ich ... Was haben Sie da gekauft?«

Penelope zeigte es ihnen.

Bei den Laternen mit den Kerzen verzog Monsieur Charpet das Gesicht, doch die Öllampe nahm er in die Hand und untersuchte sie sorgfältig.

»Sie ist schön, nicht wahr? Und sie könnte sehr nützlich sein«, sagte Penelope.

»Wo haben Sie die gekauft?«

»Wo? Da drüben, am Stand neben den Gartentischen und -stühlen.«

Monsieur Charpet drehte sie weiterhin in den Händen.

»Habe ich einen guten Kauf getätigt?«

»Ich glaube, das haben Sie möglicherweise, Madame.« Er gab sie zurück. »Nun, ich muss Sie fragen. Valentine und ich würden uns sehr geehrt fühlen, wenn Sie nächsten Sonntag mit uns zu Mittag essen.«

Penelope war gerührt und versuchte nach Kräften, es nicht zu zeigen. Aber sie hatte ein breites Lächeln auf dem Gesicht, als sie antwortete. »Selbstverständlich, Monsieur Charpet. Ich komme sehr gern. Ich danke Ihnen.«

Eine weitere Stimme redete dazwischen: »Hat Ihnen die erste Band gestern Abend gefallen, Penny?« Penelope drehte sich um, gut gelaunt nach Monsieur Charpets Einladung. »Und was sagen Sie zu den Spezialeffekten mit den Bühnenlichtern?«

Didier trug ein schwarzes AC/DC-T-Shirt, und sein Haar stand wilder denn je.

»Oh ja, sehr! Die Band war brillant! Die Nummern von den Stones und den Beatles fand ich großartig. Und was die Bühnenbeleuchtung angeht, sollten Sie Profi werden!« Tatsächlich hatte Penelope nichts sonderlich Spektakuläres daran finden können, doch sie spürte, dass Didier sich über das Lob und die Anerkennung seiner Bemühungen freuen würde. »Versprechen Sie mir nur, dass Sie sich nicht auf eine größere Tournee mitnehmen lassen, bevor Sie mein Haus neu verkabelt haben!«

Er grinste breit. »Habe ich gerade richtig gehört? Sie wurden zu einem Sonntagsessen eingeladen, *chez Charpet?*«

»Das haben Sie.«

»Das ist gewiss eine Ehre, Madame. Er ist ein berühmter Mann in diesem Dorf, und die Küche seiner Schwester ist großartig. Aber wenn ich darf, möchte ich Ihnen einen Rat geben.«

»In Ordnung.«

»Essen Sie von jetzt an bis Sonntag nichts. Überhaupt nichts! Sie haben einen ausgezeichneten Tisch.«

»Sie meinen, das Essen ist gut?«

»Genau das hat er gemeint.« Wie aus dem Nichts tauchte plötzlich der Bürgermeister neben ihr auf.

»Oh, hallo«, grüßte Penelope. Der Elektriker verabschiedete sich fröhlich, rieb sich den Bauch und empfahl ihr, seine Worte nicht zu vergessen.

»Haben Sie Clémence gesehen?«, fragte Penelope Laurent ganz unschuldig.

»Nein, ist sie hier?«

»Sie hat letzte Nacht bei mir übernachtet. Ich war ein wenig ... durcheinander auf dem Fest.« Sie wollte nicht zugeben, dass sie beschwipst gewesen und ihre Fantasie mit ihr durchgegangen war. »Der Polizeichef hat mit mir geredet, und wie üblich fand ich das Gespräch nicht gerade *sympa*.«

»Penny, Sie dürfen das wirklich nicht persönlich nehmen. Ich bin mir sicher, dass er nur versucht, seine Ermittlungen zu führen.«

»Was können Sie mir dann über die Leiche in der zerstörten Kapelle erzählen?«

Laurent lächelte, schüttelte jedoch den Kopf und wedelte mit dem Zeigefinger. Er brachte eine ganz passable Imitation von Reyssens zustande. »Keine weiteren Fragen, Madame Kiet!«

Ein älteres Paar unterbrach ihr Gespräch. Penelope kannte die beiden nicht, die sogleich anfingen, wie aufgeregte Stare über das erfolgreiche Dorffest zu zwitschern. Laurent stellte Penelope nicht vor.

Sie zog sich zurück, mit dem Gefühl, wieder einmal eine Abfuhr erhalten zu haben, wie charmant sie auch sein mochte.

Zu Hause stellte Penelope ihren Neuerwerb auf die Terrassenmauer neben die Öllampe, die sie bereits besaß. Sie hatte geglaubt, dass die beiden sehr ähnlich aussahen, doch nun stellte sie überrascht fest, dass die Lampen identisch waren. Trotz allem, was ihr im Kopf herumging, empfand sie sogleich eine tiefe Zufriedenheit mit sich selbst, weil sie diesen Gegenstand auf dem *brocante* entdeckt hatte.

Clémence kam heraus und bewunderte die Leuchter, und

sie brachte noch einige weitere gute Nachrichten mit. Pierre Louchard hatte die Reparatur abgeschlossen. Er hatte sich auch überreden lassen, den Kopf des Ebers wieder mitzunehmen, um ihm jemandem zu geben, der ihn wirklich zu schätzen wusste.

29

Penelope hielt sich im Laufe der folgenden Woche nicht an Didiers gastronomischen Rat. Jeden Morgen beschloss sie, wie ein Vogel zu essen, und stopfte sich am Ende voll wie eine Gans, die für *foie gras* gemästet werden sollte. Es musste am Stress liegen.

Es gab keine seltsamen Vorfälle mehr, aber vorsorglich verzichtete sie auch auf Spaziergänge im Gelände. Clémence kehrte in ihr luxuriöses Haus in Viens zurück, nicht ohne vorher noch eine Perle der Weisheit mit ihr zu teilen: »Französinnen essen keine Croissants, Penny. Und wenn einmal der Wille nicht stark genug ist, um zu widerstehen, dann nehmen wir nie, *niemals* ein zweites hinterher. Und wir verzichten an diesem Tag auch auf das Mittagessen.«

Jetzt wusste sie es also. Eine schicke Frau mit dem Körper eines Chihuahua war eine croissantfreie Zone. Penelope fühlte sich beschämt. Sie bewegte sich viel in ihrem Pool und genoss die prickelnde Frische des unbeheizten Wassers. Er war definitiv nicht undicht. Zumindest das war ein Erfolg, auch wenn sie beständig darum kämpfen musste, nicht an Manuel Avore und irgendwelche Knochen zu denken. Sie besuchte einige Möbelgeschäfte, gab den Umbau des Badezimmers in Auftrag und arbeitete hart, damit sich das Haus wie ein Zuhause anfühlte. Ihr Cello blieb in seinem Kasten.

Sie erwartete jeden Tag, dass Clémence, der Bürgermeister oder die Polizei anrief und Neues über die Ermittlungen berichtete, woraufhin sie ihnen erzählt hätte, was sie aus forensischer Sicht bestätigen konnte. Aber alles blieb ruhig. Man ließ sie allein, und sie hoffte, dass die Profis ihren Job machten.

Am kommenden Sonntag dachte sie darüber nach, zum Haus der Charpets zu fahren. Am Ende entschied sie, sich ihren Ängsten zu stellen. Ihr Gärtner kam stets zu Fuß. Die Route lag kaum abseits der ausgetretenen Pfade. So machte sie sich auf den Weg und zog eine hellrosa Jacke an, die sie in Apt gekauft hatte. Diesmal konnte kein Jäger sie für ein Wildschwein halten.

Von der anderen Seite des Tales läuteten Kirchenglocken herüber. Ihr Herzschlag beschleunigte sich, als vom Hügel unter ihr eine Folge von Schüssen zu hören war. Doch es klang weit entfernt. Mit etwas Glück legten die Jäger bald eine Pause ein und genossen eine der legendären französischen Sonntagsmahlzeiten auf dem Land.

Es war ein klarer sonniger Tag, und auf den Bergen ging das Grün der Bäume kaum merklich in einen goldenen Farbton über. Entlang des Pfades hingen schwarze Weinbeeren in dicken Trauben von den Reben herab, und die Feigenbäume waren voll von großen klebrigen reifen Früchten.

Wo der Weg auf die Strecke hinunter zur zerstörten Kapelle traf, verspürte sie einen kurzen Anflug von Furcht. Rasch wandte Penelope sich nach links und folgte dem Pfad in entgegengesetzter Richtung den Hügel hinauf auf das Dorf zu, wie Monsieur Charpet es ihr beschrieben hatte. Etwa zehn Minuten lang kletterte sie vorbei an bröckelnden Steinmauern und Brombeersträuchern, bis sie hinter dem Platz im Ort herauskam.

Die engen Gassen der Altstadt waren ruhig und lagen noch tief im Schatten, obwohl es beinahe Mittag war. Große Kübel mit roten Geranien und Lavendel drängten sich vor den Türen und Fenstern. Alles wirkte romantisch verwahrlost. Rosa Baldrian spross aus jedem Spalt in den Steinmauern.

Penelope schritt dahin und hielt nach einer Hausnummer oder einem Namen auf einem Briefkasten Ausschau, anhand derer sie das Haus der Charpets hätte identifizieren können. Doch das Dorf schien, wie immer, entschlossen zu sein, seine Geheimnisse zu bewahren.

Ein intensiver Duft nach gebratenem Fleisch lockte sie schließlich zu einem Eckgebäude. Es hatte die blauen Fensterläden, auf die sie achten sollte. Sie ging zur Tür und zog an der Eisenkette, die daneben hing. Irgendwo weit weg ertönte eine Glocke.

Sie machte sich bereit. Dieses Mittagessen würde ihr Französisch ernsthaft auf die Probe stellen, doch am wichtigsten war gewiss der gute Wille auf beiden Seiten. Und sie freute sich darauf, Valentines legendäre Kochkunst zu kosten.

Ein elegant gekleideter Monsieur Charpet öffnete die Tür. Sie war gerührt, ihn in einem grauen Anzug mit weißem Hemd zu sehen. Als Penelope über die Schwelle trat, war sie verblüfft von der kühlen Frische des Innenraums.

Das Erdgeschoss des Hauses war eher ein Keller mit Gewölbedecke. Die Steinplatten am Boden waren blank poliert von den Schritten der Jahrhunderte, auch wenn sie nur dann und wann hervorlugten zwischen den Haufen von Kartoffeln, Gläsern mit eingemachten Tomaten und Dosen unbekannten Inhalts, die den größten Teil des Raumes einnahmen. Von den Deckenbögen baumelten lange Zöpfe von Zwiebeln und Knoblauch neben Schinken und Salami an Fleischhaken. Entlang der Rückwand stöhnten die Regale unter staubigen Weinflaschen.

Wenn es jemals einen nuklearen Holocaust gibt, dachte Penelope, dann flüchte ich hierher.

Monsieur Charpet führte sie die alte Treppe in der Ecke hinauf. Stolz wies er im Vorbeigehen auf weitere Delikatessen in den Regalen hin.

Der erste Stock umfasste einen großen Raum mit einer Küche an der Seite, die nach hinten hinaus auf eine ausgedehnte Veranda mit Blick auf den Garten ging. Es war der perfekteste Kleingarten, den sie je gesehen hatte. Von einem kleinen Verschlag in der Ecke abgesehen, aus dem sie ein großer scheckiger Hund anstarrte, war die ganze Fläche ausgefüllt von Reihen erstaunlich gut gedeihenden Gemüses, die Farbpalette eines Künstlers! Kein Quadratzentimeter wurde verschwendet, kein Fitzelchen fruchtbaren Bodens wurde für das verwendet, was Penelope und ihre englischen Nachbarn sich als Garten vorstellten. Dieser Garten diente der Ernte, nicht dem Anschauen. Doch das ließ ihn nicht weniger schön aussehen, jedenfalls wenn man ein klares Linienmuster zu schätzen wusste.

Valentine legte gerade letzte Hand an das Mittagessen. Sie war eine so winzige Frau, dass sie wie ein Kind zur Arbeitsplatte hochlangen musste. Penelope gab ihr die Blumen, die sie mitgebracht hatte, und sie tauschten drei Küsse aus.

»Kann ich Ihnen bei irgendetwas helfen?«, fragte Penelope, aber Valentine wedelte sie fort. Ihr Bruder winkte sie an einen Tisch auf der Terrasse, der sich schon bog unter Aperitifflaschen und Salamischeiben – zweifellos aus dem Keller –, großen orangen Würfeln aus Melone, prallen schwarzen Oliven, Rettich, Chips, Nüssen und Toasts, die mit irgendeiner Paste bedeckt waren. Für ein durchschnittlich hungriges Rugbyteam war jetzt bereits genug aufgetragen.

Plötzlich stieg die Sorge in ihr auf, dass noch mehr Gäste erwartet wurden, was die Atmosphäre der entspannten Begegnung, auf die sie sich eingestellt hatte, entscheidend verändern würde. Aber nein, es waren nur sie drei. Allmählich verstand

Penelope, was Didier gemeint hatte. Wenn das die Häppchen zum Aperitif waren, wie würde dann der Hauptgang aussehen?

Es sollte noch eine Weile dauern, bis Penelope das herausfand. Denn zwischen dem Aperitif und dem Hauptgericht gab es nicht weniger als drei Vorspeisen: eine Schweineterrine, gefolgt von Garnelen und Mayonnaise sowie Auberginenkaviar und Toast Melba.

»Didier Picaud erzählte mir bereits, dass es gut werden würde«, stieß Penelope seufzend hervor, als sie einen weiteren winzigen Löffel Auberginenkaviar nahm. »Aber ich hätte nie gedacht, dass es eine solche Vollendung erreicht.«

Die Geschwister Charpet wechselten einen Blick.

»Ich führe eine gute Küche, Madame«, erklärte Valentine mit sichtlichem Stolz. »Wie in Ihrem Haus. *Le Chant d'Eau* war einst bekannt im Dorf. Meine Eltern sprachen immer darüber, dass sich jeder eine Einladung zum Essen dort wünschte.«

Penelope liebte den Gedanken, ein Haus zu besitzen, das für seine Gastfreundschaft berühmt war. Sie gab sich einem weiteren kleinen Tagtraum hin, wie sie selbst ihre Sommerfeste gab, wenn die ganze Arbeit abgeschlossen war. Dann schüttelte sie sich. »Sie meinen, die Avores waren einst beliebte Gastgeber?«

Monsieur Charpet und seine Schwester lachten höhnisch.

»Nein, niemals! Das war vorher, als es noch im Besitz der Malpas-Familie war. Bevor sie von den Avores vertrieben wurden.«

»Vertrieben?«

Monsieur Charpet blickte seine Schwester an, deren fast unmerkliches Nicken seine Entschlossenheit zu stärken schien. »Madame, die Geschichte der Familien Avore und Malpas ist nicht gerade glücklich.«

Penelope beugte sich unwillkürlich nach vorne, als Charpet fortfuhr.

»*Le Chant d'Eau* war seit Generationen im Besitz der Familie Malpas, doch während des Krieges geschah etwas. Niemand weiß genau, was es war, aber wir alle wussten, dass Gustave Avore, der Großvater von Manuel, ein Kollaborateur war.«

Der alte Franzose hielt inne, um seinen Abscheu zu bekunden. »Es gab vier Malpas-Brüder, alle starke Kämpfer in der Résistance. Es wird gemunkelt, dass der alte Avore sie denunziert hat.«

Er wählte seine Worte sorgfältig, damit Penelope ihn verstehen konnte. »Die Besatzungstruppen brauchten Informationen über den Widerstand – und sie hatten viele Mitarbeiter in den Rathausverwaltungen, die jeden belohnten, der die schmutzige Arbeit übernahm und Patrioten verriet. Was auch immer geschehen ist – als die Provence befreit wurde, lebten die Avores in *Le Chant d'Eau*, und die beiden älteren Malpas-Brüder und ihre Familien waren erschossen worden. Die beiden jüngeren kämpften immer noch weiter im Norden. Roger und Jean-Jacques waren Hitzköpfe. Sie wollten den Kampf bis nach Deutschland tragen. Sie kehrten erst Monate später zurück.«

»Die Malpas-Brüder haben das Haus doch gewiss zurückbekommen, als sie wieder auftauchten?«

»Ach, Madame, das Ende des Krieges war eine schwierige Zeit. Viele Leute wollten vergessen, dass einige von uns Kollaborateure und Verräter waren. Roger und Jean-Jacques Malpas erhielten stillschweigend eine Entschädigung, aber sie schafften es nie, *Le Chant d'Eau* zurückzuerobern. Dafür hätte man zu viele alte Wunden wieder aufreißen müssen. Wer weiß, welcher Beamte die ursprüngliche Überschreibung genehmigt hatte? War er noch im Amt? Jeder zog es vor, die Vergangenheit ruhen zu lassen. Vor allem die Verwaltungsbeamten – und da gab es einige! –, die mit den Nazis zusammengearbeitet hatten.«

»Deshalb hassten die Leute die Avores.«

»Niemand vergibt Kollaborateuren, niemals. Nicht hier im Luberon. Das war auch die Ursache für die Fehde zwischen den Louchards und den Avores. Die Louchards waren mutige Widerstandskämpfer. Natürlich ist es traurig, was mit Avore geschehen ist. Aber ich kann nicht sagen, dass es mir keine Befriedigung verschafft, wie ihn die Gerechtigkeit schließlich doch noch ereilt hat.« Charpet hatte sich während des Gesprächs immer weiter hineingesteigert und beendete seine Rede, indem er hart mit der Faust auf den Tisch schlug und ein fast volles Glas Wein leerte.

Penelope wollte ihren Gastgeber nicht verärgern, indem sie ihn jetzt weiter ausfragte. Es würde andere Gelegenheiten geben. Verzweifelt suchte sie nach einer Möglichkeit, das Thema zu wechseln, und stürzte sich auf die erste harmlose Sache, die ihr in den Sinn kam.

»Als ich ankam, sagte Monsieur Louchard, es gäbe Gerüchte im Dorf über auf meinem Land versteckte Schätze. Wissen Sie darüber etwas?«

»Ach, die alte Geschichte!«, warf Valentine ein.

»Stimmt das etwa nicht? Oh, da bin ich enttäuscht!«, scherzte Penelope.

»Eigentlich ist auch das eine Kriegsgeschichte«, erklärte Charpet und sah grimmig aus. »Der sogenannte Schatz soll eine weitere Belohnung sein, die der alte Avore erhielt, weil er den Nazis geholfen hatte. Es muss wirklich eine große Hilfe gewesen sein, denn es hieß, man hätte ihm geraubten Schmuck und Gold überlassen, das nie zu Barren verarbeitet worden war. Schmutziges Gold, aus schrecklichen Diebstählen. Jüdisches Gold, wissen Sie.«

Penelope nickte und fühlte sich unwohl.

»Er hielt es versteckt, weil er wusste, dass man es ihm abnehmen würde, wenn jemand es fand. Also hat er es vergraben. So lautet jedenfalls die Geschichte.«

»Doch gewiss hätte er es nach und nach verkauft im Laufe der Jahre?«

»Das hat er wahrscheinlich. Aber die Gerüchte hielten sich.«

Eine Pause entstand und wurde länger, während sie alle über die Vergangenheit nachdachten.

»Madame Valencourt erzählte mir, dass es ein paar seltsame Ereignisse im Haus gab, als es den Lyonern gehörte.«

Monsieur Charpet atmete tief aus. »Sie waren nicht sehr oft hier. Und wenn sie es waren, schienen sie nicht besonders glücklich zu sein. Sie hatten ständig Probleme mit dem Wasser, der Stromversorgung, zu viel Regen oder zu wenig Regen. Sie kamen immer seltener hierher, obwohl es ihr Traumhaus für die Rente sein sollte … und dann dieser tödliche Unfall. Die armen Seelen.«

»Anschließend stand es, wie lange … zwei Jahre leer?«

»In etwa.«

»Haben Sie eine große Familie, Madame Kiet?«, fragte Valentine und wich der deprimierenden Wendung aus, die das Gespräch über *Le Chant d'Eau* und seine früheren Besitzer genommen hatte.

»Nein, eigentlich nicht.«

Nach genaueren Fragen erzählte Penelope ihnen ein wenig über David, die Kinder und die Scheidung – »*très amicable divorce*«. Sie wollte nicht, dass die Charpets auch nur eine Spur von Traurigkeit bei ihr vermuteten.

»David ist Anwalt in London. Er arbeitet sehr hart. Wenn ich jetzt zurückdenke, fällt mir auf, dass er selten zu Hause war, selbst als die Kinder noch sehr jung waren. Ich habe ihn geheiratet und hatte sofort eine ganze Familie.«

Valentine nickte langsam. »Sie hatten kein eigenes Kind?«

»Nein.« Penelope hielt inne. »Ich betrachte Lena und Justin als meine eigenen. Und ich bin die einzige Mutter, an die sie sich erinnern. Obwohl sie immer gewusst haben, dass ihre leibliche Mutter gestorben ist – es war so traurig, ganz unvermittelt. Sie ertrank im Meer. Während eines Wochenendausflugs an den Strand von der Strömung mitgerissen. David war am Boden zerstört. Als ich ihn traf, war er so groß und gut aussehend, doch er hatte die traurigsten Augen, die ich je gesehen hatte. Alles, was ich wollte, war, den Schmerz etwas zu lindern.«

Sie stellte fest, dass sie darüber reden wollte. »David sagte mir immer, dass ich zu hart zu den Kindern sei, was die Disziplin anging, während sie aufwuchsen. Aber ich wusste, sie würden später Probleme kriegen, wenn er sie verwöhnte und ich alles tat, was sie wollten, wenn er einmal nicht da war. Ich dachte, das gehöre dazu, eine gute Mutter zu sein. Manchmal habe ich das Gefühl, dass sie mir das bis heute verübeln, selbst noch als Erwachsene – und zu anderen Zeiten weiß ich, dass die Tatsache, dass wir ganz normale familiäre Meinungsverschiedenheiten haben können und uns trotzdem lieben, bedeutet, dass sie wirklich ihre Mutter in mir sehen. Ergibt das einen Sinn?«

»Natürlich!«, sagte Valentine.

»So ist das Leben«, bestätigte ihr Bruder.

Valentine beschäftigte sich mit den vielen Tellern und lehnte energisch alle Vorstöße ihres Gastes ab, dabei zu helfen. Bald wankte sie mit einem *blanquette de veau* zurück an den Tisch, das so zart duftete, dass es Monsieur Charpet eine Träne in die Augen trieb.

»*La pièce de résistance!*«, rief er.

Sie tranken einen herrlich starken Rotwein aus einer Flasche ohne Etikett. Im Mund schien er eine reiche Fruchtigkeit zu entfalten, ohne jedoch den Geschmack des cremigen Kalbsfrikasses zu überdecken. Die Kombination war großartig.

Penelope stellte ihr Glas ab im bewussten Bemühen, nicht zu schnell zu trinken. »Was denken Sie über den Mord an Manuel Avore?«, fragte sie. Oje. Wahrscheinlich hatte sie jetzt schon wieder viel zu viel getrunken. Das machte sie tollkühn. »Könnte es mit der Fehde zwischen den Avores und den Louchards zusammenhängen?«

»Wer weiß?«, fragte Monsieur Charpet.

Penelope wandte sich an Valentine. »Ich habe Monsieur Louchard letztes Wochenende auf dem Fest zusammen mit Madame Avore gesehen. Sie sahen sehr verbunden aus.«

»Ich habe sie auch gesehen«, sagte Valentine.

»Was meinen Sie – wird es ein Happy End für sie geben?«

»*Pfff!*«, sagte ihr Bruder. »Wer weiß?«

»Besteht nicht die Möglichkeit, dass Madame Avore ... sich selbst geholfen hat, ihre Freiheit zu gewinnen?« In Penelopes Französisch kam das sehr ungeschickt heraus, und anscheinend ging die Andeutung, die sie beabsichtigt hatte, dabei verloren.

»Sie meinen, warum Mariette Avore Manuel nicht längst verlassen hat?« Valentine schüttelte den Kopf. »Er wäre hinter ihr her gewesen. Und sie wollte das Dorf nicht verlassen. Sie hat hier viele Freunde. Eine freundliche Frau, die hoch geschätzt wird.«

»Eine schlechte Ehe ist schwer zu ertragen«, wandte Penelope ein.

»Das ist sicher richtig, Madame«, stimmte Monsieur Charpet ihr zu. »Er war ein schwieriger Mann mit zahlreichen Feinden. Doch es war leicht, Manuel Avore für alle Probleme im Dorf verantwortlich zu machen.«

»So scheint es.«

Monsieur Charpet lehnte sich auf seinem Stuhl zurück und betrachtete sie aufmerksam.

»Letzten Sonntag sah ich, wie Sie beim *vide-grenier* die Laternen und die Öllampe von Jean-Luc Malpas gekauft haben.«

Penelope nickte. »Jean-Luc ist ein Malpas?«

»Sie waren so glücklich, diese Öllampe gefunden zu haben, weil Sie dachten, dass sie gut zu der anderen passen würde, die Sie bereits in *Le Chant d'Eau* hatten. Was für ein Glücksfall! Darf ich Sie fragen, Madame, als Sie sie mit nach Hause nahmen, war es ein perfektes Paar?«

»Das war es!«

»Was halten Sie davon?«

»Wie Sie sagten, ich hielt es für einen Glücksfall. Und ich dachte mir, dass diese Lampen vermutlich hier in der Gegend in großer Stückzahl hergestellt wurden.«

Monsieur Charpet schüttelte traurig den Kopf. »Nein. Diese Öllampe wurde aus *Le Chant d'Eau* gestohlen. Es waren immer zwei im Haus, die im Sommer im Garten verwendet wurden, wenn der Wind die Kerzen ausgeblasen hätte.«

»Glauben Sie, Jean-Luc hat sie geklaut?«

»Die Malpas-Familie mag im Widerstand gekämpft haben, aber sie waren keine Heiligen. Es könnte Jean-Luc gewesen sein.«

»Manuel Avore«, widersprach Valentine entschieden. »Ich wette, er war es. Er schlich ständig um *Le Chant d'Eau* herum und nahm alles mit, was nicht festgemauert war.«

»Siehst du? Immer bekommt Avore die Schuld zugeschoben«, sagte ihr Bruder.

»Erzählen Sie mir …« Penelope dachte an das, was Jean-Luc ihr über den Bäcker und seine Frau gesagt hatte. »Was halten Sie von Jacques Correa, dem Bäcker und seiner Frau?«

»Er ist ein ausgezeichneter Bäcker.«

»Er ist ein Künstler«, sagte Valentine.

»Oh, das weiß ich. Doch davon abgesehen … was hält das Dorf menschlich von ihnen? Sieht man sie einfach als Zentrum von Klatsch und Dorfgerüchten?«

»Das, ja.«

»Wie zuverlässig sind ihre Informationen?« Dann, als sie bemerkte, dass ihre Gastgeber sie verständnislos anblickten, fügte Penelope hinzu: »Correa behauptete, er hätte kein Problem mit Manuel Avore gehabt. Später habe ich von anderen das Gegenteil gehört. Was davon ist denn nun die Wahrheit, Ihrer Einschätzung nach?«

»Correa ist in Ordnung. Vor einiger Zeit hatte er ein paar Probleme, aber inzwischen ist alles in Ordnung. Wenn er ein wenig zu fantasievoll beim Dorfklatsch ist, dann deshalb, weil er will, dass die Leute ihn mögen und in seinen Laden kommen. Und das tun sie meistens.«

Valentine stimmte ihm zu.

»Welche Art von Problemen?«, fragte Penelope.

»Eine Weile hat er es beim Glücksspiel übertrieben. Es gab ein paar gewalttätige Vorfälle. Aber das alles ist jetzt Vergangenheit.«

Jean-Lucs Geschichte mochte also der Wahrheit entsprechen. Und das schuf eine weitere Verbindung zum Glücksspiel. Penelope konnte sich der Feststellung nicht entziehen, dass der Bäcker daran gewohnt war, schwere Teigschalen in seinen starken Armen herumzuschleppen. Ein hässlicher Vergleich zwischen schlaffem Teig und einem leblosen Körper schlich ihr kurz durch den Kopf. Auch seine Frau Sylvie war ziemlich kräftig. Penelope kam in den Sinn, dass die beiden immer frühmorgens wach waren, wenn die meisten anderen Leute schliefen. Sie musste ein wenig mehr über den redseligen Bäcker und seine Frau herausfinden.

Valentine servierte einen Eichblattsalat mit würziger Vinaigrette. Dann eine Käseplatte. Es folgte eine Himbeertorte und Crème Chantilly. Während sie sich behäbig durchs Menü arbeiteten, fühlte Penelope sich immer mehr bis zum Platzen angefüllt, nicht nur mit wundersamen Köstlichkeiten, sondern auch mit neuen Informationen, die sie zwangen, all ihre Eindrücke von St Merlot und seinen Bewohnern neu zu bewerten.

Penelope ging sehr langsam nach Hause. Wie lange würde es dauern, bis sie wirklich ein Teil des Lebens in St Merlot wurde? In Monsieur Charpet hatte sie einen weisen Freund, und ihre Zuversicht wuchs genau wie ihre Entschlossenheit, die Verbrechen aufzuklären. Sie machte sich auf den Weg den Pfad hinunter, schob den Ginster beiseite und die Brombeersträucher, die nun voller Beeren hingen, bis der Hang abflachte und sie unvermittelt auf Monsieur Louchards Hof blickte.

Eine Minute stand sie da, holte Luft und starrte auf die Hänge des Kleinen Luberon, verschwommen und braun in der Ferne. Sie wollte gerade wieder aufbrechen, als ein Aufblitzen von reflektiertem Sonnenlicht hinter der Mauer des Bauernhofs ihre Aufmerksamkeit einfing. Es erschreckte sie. In reinem Reflex sprang sie hinter einen Baumstamm. Das war ein Glück, denn einen Sekundenbruchteil später ertönte der schon bekannte Knall eines Gewehrschusses, und eine Kugel pfiff an ihr vorbei. Sie warf sich zu Boden und rollte in das Gestrüpp an der Seite des Weges. Dort blieb sie mindestens fünfzehn Minuten lang liegen und zitterte von Kopf bis Fuß. Es gab keine weiteren Schüsse, nur das Geräusch rennender Füße aus der Richtung des Hofes. Alles wurde still.

Das konnten keine betrunkenen Jäger gewesen sein. Es war Absicht! Hätte sie beim Mittagessen weniger Wein getrunken, wäre sie vielleicht länger in Deckung geblieben. Doch sie dachte nicht mehr klar. Sie kam langsam aus dem Graben heraus und kroch den Weg entlang wie bei einer militärischen Übung.

Schmutzig und müde gelangte sie nach Hause, aber sie war immer noch in einem Stück. Das war jetzt gar nicht mehr lustig. Mit bebenden Fingern tastete sie die Nummer ein, die der Polizeichef ihr gegeben hatte, doch niemand ging dran. Dasselbe galt für den Bürgermeister und Clémence. Sie versuchte es immer wieder, stets mit dem gleichen Ergebnis.

30

Als die Morgendämmerung über die Gipfel des Luberon kroch, zog Penelope sich nach einer durchwachten Nacht wieder an und ging zu Fuß nach draußen. Sie hielt Abstand vom Weg und wählte eine Route zwischen den Bäumen in Richtung auf Louchards Hof, sorgfältig darauf bedacht, dass niemand – und am wenigsten Louchard – wissen sollte, wohin sie unterwegs war.

Am Ort des Beschusses angekommen, schaute Penelope sich um und versuchte, ihren Weg vom Nachmittag noch einmal nachzuvollziehen. Die Tatsache, dass das Auto des Bauern nicht in der Einfahrt stand und das Bauernhaus leer wirkte, ermutigte sie ein wenig. War er bereits auf und davon – oder verbrachte er womöglich die Nacht mit Madame Avore in deren Haus? Sie holte den Fotoapparat, eine große Karte und ein Klebeband heraus. Nachdem sie sich vergewissert hatte, dass keiner zusah, schoss sie verstohlen Fotos aus verschiedenen Blickwinkeln.

Alle paar Sekunden spähte sie besorgt zum Bauernhaus und den Weg entlang, um sich zu vergewissern, dass niemand kam. Dann erreichte sie die Stelle, an der auf sie geschossen worden war. Sie versuchte, sich genau den Moment vorzustellen, in dem sie das Funkeln des reflektierten Sonnenlichts gesehen hatte.

Sorgfältig fügte sie den Vorfall in Gedanken wieder zusammen. Die Kugel war an ihrem rechten Ohr vorbeigepfiffen, als sie auf dem Weg neben dem Baum stand. Sie konnte sich in etwa die Flugbahn vorstellen und markierte sie mit Bleistift auf ihrer Karte. Dann stolperte sie in den Graben hinunter, wo sie versteckt gelegen hatte.

Schon bei einer groben Schätzung wurde deutlich, dass der Schuss aus Richtung des Bauernhauses gekommen sein musste. Der Schimmer des Sonnenlichts auf Metall hatte eindeutig hinter der Hofmauer aufgeblitzt. Sie war überzeugt davon, dass man sie gezielt ins Visier genommen hatte. Während sie im Geiste den Weg der Kugel nachvollzog, grenzte sie eine kleine Fläche von Bäumen und Unterholz ein. Dann zog sie ihre Gartenhandschuhe an, nahm die Gartenschere zur Hand und wühlte sich durch das Brombeergestrüpp.

Es war eine mühsame und manchmal schmerzhafte Arbeit. Die wilden Brombeersträucher, viele voller Beeren, hatten Dornen, die auch den widerstandsfähigsten Stoff durchdrangen. Penelope schwitzte bald, ihre Arme waren mit Kratzern bedeckt. Die Natur selbst hatte sich verschworen, ihre Suche zu behindern, doch Penelope machte stur weiter.

Nach einigen Stunden wurde sie durch den Anblick von etwas Metallischem belohnt, das in der freigeräumten Fläche in einer Baumwurzel steckte. Sie pulte es heraus. Es war eine Kugel.

Penelope starrte auf das glänzende Stück Metall. Es sah neu aus. Der Gedanke war furchtbar, wie leicht es sie am Vortag hätte treffen können – sogar töten!

Das war es dann. Sie würde sich wieder an die Polizei wenden, selbst wenn der Polizeichef sie für eine Witzfigur hielt. Sie stellte sich gerade die Szene auf der Wache vor, und was sie dort erzählen würde, da drang das unverwechselbare Geräusch eines Traktors in ihr Ohr. Es kam näher.

Penelope hatte kaum Zeit, sich wieder aufzurichten, bevor Monsieur Louchards preisgekrönte Maschine über den Horizont stieg und die gesamte Breite des Weges einnahm. Sie war gefangen.

Der Traktor rumpelte auf sie zu und blieb dann abrupt stehen. Louchard sprang herab. Penelope richtete notdürftig ihr Kleid und umklammerte die benutzte Kugel in ihrer behandschuhten Hand fester. Sie atmete tief durch, als der Bauer mit einem fragenden Blick auf sie zukam.

»*Bonjour Monsieur, comment allez-vous?*« Sie versuchte nach Kräften, so zu tun, als wäre nichts passiert. Die Schüsse waren vom Land dieses Mannes gekommen. Vielleicht sogar aus einem oberen Fenster seines Bauernhauses. War es möglich, dass dies die ganze Zeit ihr Gegner gewesen war, obwohl er so getan hatte, als würde er sich mit ihr anfreunden?

»*Très bien merci, Madame Kiet*, und wie geht es Ihnen?«

Er klang liebenswürdig, doch ihr erstarrte das Blut in den Adern zu Eis, als sie sich erinnerte, wie er über Jäger und ihre verirrten Kugeln gesprochen hatte, kurz vor ihrer schicksalhaften Begegnung mit den Gebeinen in der Kapelle. Das war nicht lange vor dem ersten Schusswechsel gewesen. Fast so, als hätte er gewusst, was sie erwartet.

Er nahm die Mütze ab. »Was machen Sie da, Madame?«

»Ich bin hier gestern entlanggelaufen, Monsieur, und scheine einen Ohrring verloren zu haben – ich habe im Unterholz danach gesucht.«

»Ich bin froh, dass Sie ihn gefunden haben.«

»Gefunden?«

»Nun, Sie tragen jetzt zwei Ohrringe, also müssen Sie erfolgreich gewesen sein.«

»Äh, ja. Ziemliches Glück.« Sie berührte ihr rechtes Ohrläppchen und dankte schweigend dem Allmächtigen, dass sie vergessen hatte, am vergangenen Abend die Ohrringe abzunehmen. »Ich habe ihn im Graben gefunden, gleich dort drüben.«

»Nun, wie es scheint, mussten Sie sehr gründlich danach

suchen. Aber das ist gut. Sie haben die Brombeersträucher weggemacht. Damit haben Sie mir eine Arbeit abgenommen, auf die ich mich nicht gerade gefreut habe! Bitte, kommen Sie rein und trinken Sie einen Kaffee. Das ist das Mindeste, was ich tun kann, um Ihnen zu danken.«

»Oh, nein, danke.«

»Warum nicht?«

»Nun, weil ich …«

»Kommen Sie. Ich bestehe darauf.«

Er fasste sie am Arm und führte sie entschlossen zu seinem Haus. Für eine Sekunde fragte sich Penelope, ob sie schreien sollte. Aber niemand würde sie hören. Sie hatte Pech gehabt – oder war einfach nur dumm gewesen. Jetzt würde sie den Preis dafür zahlen.

Monsieur Louchard führte sie in die Küche und ließ ihren Arm los. Penelope war entschlossen, ihn nicht sehen zu lassen, wie verängstigt sie war. Wenn das ihr Ende sein sollte, würde sie bis zum Schluss die typische britische Haltung bewahren.

Er nahm eine Flasche Pflaumenschnaps aus einem Schrank und goss den trügerisch mild schmeckenden Schnaps in zwei Gläser.

»Ein wenig früh für mich«, wehrte Penelope ab, als er ihr ein Glas reichte. »Aber trinken Sie nur.«

»Trinken Sie!«, sagte er auf Englisch. »Alles!«

Sie blickte auf die Uhr. Neun Uhr dreißig am Morgen! Selbst für einen Frühschoppen zu früh … Andererseits würde Alkohol sich womöglich als Gnade erweisen angesichts dessen, was auch immer ihr bevorstand?

Doch der Bauer zeigte keinen Hinweis darauf, dass er ihr etwas antun wollte. Tatsächlich schien er in einer bemerkenswert fröhlichen Stimmung zu sein. Vielleicht wollte er ein zivilisiertes Gespräch darüber führen, warum er es für notwendig befunden hatte, auf sie zu schießen, nicht nur ein-, sondern zweimal!

»Es ist ein schöner Morgen, nicht wahr?«, trällerte er.

Penelope stimmte zu. War das nicht etwas, das ein Henker anmerken könnte? Sie wartete darauf, dass er seine bösen Absichten offenbarte. Warum hatte er sie nicht einfach aus nächster Nähe erschossen, anstatt es in die Länge zu ziehen?

Sie konnte sich nicht konzentrieren. Nichts ergab einen Sinn. Hatte er Avore ermordet, um Mariette zu befreien? Hatten sie sich getroffen, während ihr Mann im Gefängnis gewesen war, und er konnte es nicht ertragen, dass sie ihn widerwillig wieder aufnahm? Womöglich hatte Avore es herausgefunden und ihn bedroht. Oder schlimmer noch, hatte gedroht, seine Wut an Mariette auszulassen ... Aber was hat das alles mit mir zu tun?, dachte Penelope

Louchard lächelte sie breit an.

»Sie sehen sehr glücklich aus, Monsieur. Haben Sie gute Nachrichten erhalten?« Penelope versuchte verzweifelt, ihre Stimme gleichmäßig und unbeschwert klingen zu lassen.

Unauffällig hielt sie Ausschau nach seinem Gewehr. Mehrere Leute hatten ihr erzählt, dass er ein geübter Scharfschütze war. War er inzwischen so aufgebracht, dass er ein großes Ziel nicht mehr treffen konnte? Emotionale Überlastung konnte die körperlichen Fähigkeiten beeinträchtigen. Doch dann dachte sie an das Schwein, das er in der Nacht des Festes im Dunkeln erlegt hatte. Nein, an seiner Treffsicherheit war nichts auszusetzen.

»Madame Kiet, das war eine sehr gute Woche für mich. Gestern hatte ich meinen größten Erfolg!«

»Gestern?«, stieß Penelope quietschend hervor und erinnerte sich an das Zischen der Kugel, die sie nur knapp verfehlt hatte. Und den Schuss in der Nacht des Festes. »Was ist gestern passiert, Monsieur?«

»Mariette hat wieder gewonnen, und das bei einem der wichtigsten Wettbewerbe in der Provence.«

»Madame Mariette Avore? War es ein Schönheitswettbewerb?«

Diesmal lehnte sich Louchard zurück und lachte herzhaft, ein tiefes, raues Lachen. »Madame Avore! Nein, Mariette ist der Name, den ich meinem Traktor gegeben habe. Es ist ein … Kompliment. Ich musste noch vor Tagesanbruch aufbrechen, um sie rechtzeitig nach Banon zu bringen, doch das war es wert. Der Titel des besten Traktors in der Ausstellung auf der Landwirtschaftsmesse in Banon bringt eine Menge Geld. Ich habe fast die Steuern für dieses Jahr wieder drin.«

»Waren Sie den ganzen Tag in Banon?«

»Sie haben gerade gesehen, wie ich von dort zurückgekehrt bin. Nach der Ausstellung gab es eine Feier, verstehen Sie? Und ich musste den gesamten Weg mit dreißig Kilometern pro Stunde zurückfahren. Über die Nebenstraßen. Das dauert eine Weile!«

Penelope lächelte. Verstohlen schob sie ihren Handschuh mitsamt Inhalt in die Tasche, nahm einen Schluck Pflaumenschnaps und gratulierte dem stolzen Traktorbesitzer.

»Ein Erfolg dieser Größe erfordert ein Fest!« Er leerte sein Glas und schenkte sich ein weiteres ein, füllte ihr Glas bis zum Rand wieder auf. »Trinken Sie! Trinken Sie!«

Das tat sie widerwillig.

»Jean-Luc Malpas allerdings wird gar nicht glücklich sein«, fügte Monsieur Louchard glucksend hinzu.

»Wie kommen Sie darauf?«

»Weil er mir den Traktor verkauft hat. Da war er auch in furchtbarem Zustand, also habe ich ihn sehr billig bekommen.

Aber ich habe hart daran gearbeitet, ihn wiederherzustellen, um die echte Mariette zu beeindrucken. Als ich seine Kurven polierte, habe ich nur an sie gedacht.«

So genau will ich es gar nicht wissen, dachte Penelope. Der starke Pflaumenschnaps brannte sich nun durch ihre Eingeweide.

»Sie hätten bei unserem Fest den Blick auf Paul Darrieux' Gesicht sehen sollen, als ich gewonnen habe!«

»Darrieux – der Besitzer des Ladens in Coustellet?«

»Genau der. Malpas ist sein Vertreter für Gebrauchtfahrzeuge an diesem Ende des Luberon. Anscheinend hatte er Darrieux erzählt, dass er meine Mariette für Ersatzteile ausgeschlachtet hat. Er muss heimlich einen ziemlichen Gewinn eingesteckt haben. Ha!«

Gerissener Geschäftemacher, dachte Penelope.

Louchard kicherte und griff wieder nach der Flasche.

»Meine Güte, das erinnert mich … Ich muss los! Danke – und herzlichen Glückwunsch!« Sie sprang zur Tür, als Louchard mitten am Einschenken war, und rannte los.

»Madame Kiet!«

Penelope suchte Deckung und bereitete sich auf Gewehrschüsse vor. Aber keiner kam.

Sobald Penelope ihr Haus erreichte, außer Atem und ziemlich beschwipst durch das tödliche Gebräu ihres Nachbarn, rief sie das Maklerbüro in Ménerbes an.

»*Agence Hublot, bonjour.*«

»Clémence, ich bin's, Penny.«

»*Ah, comment ça va, Penny? Le repas avec Monsieur Charpet, hier, c'était bon?*«

»Vergiss das Mittagessen, Clémence. Auf dem Heimweg wurde ich wieder beschossen!«

»Oh, *mon Dieu!* Geht es dir gut?«

»Im Augenblick schon. Es geschah gegen halb fünf in der Nähe von Louchards Hof.«

»Louchard? Penny, beruhige dich. Ich komme rüber – wenn ich genauer nachdenke, lieber nicht. Kannst du fahren?«

»Ich fürchte nein. Pflaumenschnaps.«

»Dann bin ich so rasch wie möglich da.«

Clémence stand zu ihrem Wort. In kürzester Zeit – Gott allein wusste, wie schnell sie gerast sein musste – hielt der Mini Cooper mit dem schon vertrauten Lärm quietschender Bremsen und umherspritzenden Kieses in der Einfahrt.

Die Maklerin sah tatsächlich besorgt aus. Zum ersten Mal war sie nicht perfekt gepflegt, das Make-up leicht verschmiert und die Frisur in Unordnung. Nervös blickte sie sich um, als sie eintrat.

»Ich habe uns einen starken Kaffee gemacht«, sagte Penelope.

Sie setzten sich an den Küchentisch. Es gab so viel zu besprechen, dass Penelope kaum wusste, wo sie anfangen sollte.

»Diese Kugel war für mich bestimmt, da bin ich mir sicher«, platzte sie schließlich heraus. »Als ich das erste Mal beschossen wurde, hätte ich es mir fast noch als Jäger schönreden können. Aber der Schuss gestern konnte unmöglich ein Irrtum sein. Heute Morgen bin ich an die Stelle zurückgekehrt und habe die Kugel gefunden.«

Clémence wirkte überrascht. »Eine Kugel, sagst du? Das ist ungewöhnlich.«

»Warum?«

»Nun, Penny, *la chasse* – die Jäger – benutzen fast alle Schrotflinten. Die sind ein wenig sicherer – auch in den Händen der ungestümeren Männer! Der Schrot verteilt sich schnell, sobald er die Waffe verlassen hat. Das macht es einfacher, ein fliegendes oder rennendes Ziel zu treffen. Aber die Geschosse sind kleiner und nicht so tödlich. Kugeln dagegen müssen präzise gezielt werden.«

»Das weiß ich alles! Schau, ich stand auf dem Weg gleich unterhalb von Louchards Hof und spürte den Luftzug, als sie an meinem Ohr vorbeiflog.«

»Louchards Hof?«

»Ja, und da kam der Schuss her. Ich bin mir sicher. Heute Morgen habe ich die Sichtlinien überprüft – bevor Monsieur Louchard mich erwischt hat.«

»Was meinst du mit ›Louchard hat dich erwischt‹?«

»Er wählte genau diesen Moment, um den Weg herunterzufahren – er kehrte gerade mit seinem Traktor nach Hause zurück. Die Kugel habe ich ihm nicht gezeigt – ich habe ihm nur eine Geschichte über den Verlust eines Ohrrings erzählt.«

Clémence sah beunruhigt aus. »Hat er dir geglaubt?«

»Es machte den Anschein.«

Die Französin schüttelte den Kopf, als hätte sie Probleme mit der Geschichte. Mit einer gewissen Verärgerung erkannte Penelope, dass Clémence auf ihre bunt bemalten Papageienohrringe starrte, die sie einige Jahre zuvor an einem sehr angesehenen Designer-Stand in Camden Passage gekauft hatte. Wieder schaffte sie es nicht, ihren Abscheu zu verbergen – nicht einmal in einer Krisensituation wie dieser!

Penelope ging darüber hinweg. »Er hat behauptet, dass er gestern in Banon war, auf der Landwirtschaftsmesse. Aber dieser Gewehrschuss kam definitiv von seinem Grundstück, aus der Nähe seines Hauses.«

»Bist du dir da sicher?«

»Ja, absolut sicher.«

»Und als davor auf dich geschossen wurde, Penny, da hattest du Louchard auf dem Rückweg getroffen. Hattest du nicht erzählt, dass er da auch sein Gewehr bei sich hatte, ja?«

»Er hatte es gereinigt, als ich vorbeikam.«

»Denk zurück, Penny. Alles, woran du dich erinnern kannst. Jede Einzelheit.«

Penelope versetzte sich an diesen Nachmittag zurück. Der schöne blaue Himmel und der Pessimismus des Bauern über das Wetter. Die Schüsse und die zerstörte Kapelle, in der sie Schutz gesucht hatte. Der Himmel bewölkte sich, und dann die ersten Regentropfen, als sie auf dem Rückweg von dieser Heimsuchung mit Louchard draußen saß. Der Regen nahm zu, Regentropfen prasselten auf den eisernen Cafétisch und zischten auf dem Lauf des Gewehrs, das neben ihm stand.

Dann traf sie die Erkenntnis wie ein Schlag.

»Es war immer noch heiß.«

»Was war heiß?«

»Louchards Gewehr – ich erinnere mich, wie die Tropfen auf den Lauf fielen, als es regnete, und sofort verdampften.«

Die beiden Frauen schwiegen, und Penelope erschauderte unwillkürlich.

»Womöglich bin ich gerade noch einmal davongekommen. Wenn er derjenige war, der auf mich geschossen hat, muss er bemerkt haben, dass ich ihn verdächtige. Deshalb hat er behauptet, dass er in Banon war und die Nacht über zurückgefahren ist. Aber warum hat er dann heute Morgen nicht versucht, mir etwas anzutun?«

»Vielleicht hat er das.«

»Was meinst du?«, fragte Penelope kläglich und fühlte sich im selben Moment ein wenig übel. »Der Pflaumenschnaps? Er hat auch davon getrunken. Aber was, wenn er noch irgendetwas anderes in mein Glas getan hat?«

»Wie fühlst du dich?«

»Es ging mir schon besser.«

»Trink etwas Wasser. Viel Wasser, nur für alle Fälle.« Penelope öffnete den Kühlschrank und holte eine große Flasche Evian heraus.

»Hast du immer noch die Kugel, die du gefunden hast?«

»Ja.«

»Wir müssen sie zum Polizeichef bringen, damit er sie abgleichen lässt.«

*

Penelope fühlte sich immer noch unwohl, als sie auf der Polizeiwache ankamen. Die Fahrt den Berg hinunter hatte – wie man sich denken konnte – ihren Zustand nicht gerade gebessert. Aber drei große Gläser Mineralwasser und ein Mini-Baguette mit Schinken hatten die Wirkung des Pflaumenschnapses abgeschwächt. Es schien möglich, dass alle körperlichen Symptome, die man der Gastfreundschaft von Monsieur Louchard hätte zuschreiben können, nur eingebildet waren. Doch nun bot die bevorstehende erneute Begegnung mit dem Polizeichef einen weiteren Grund zur Übelkeit.

Man bat sie, in einem leeren Raum zu warten, wo ein junger Gendarm eine knappe Aussage aufnahm.

»Ich wette, Reyssens lässt uns so lange wie möglich warten. Er wird nicht erfreut sein, mich zu sehen, oder?«, flüsterte Penelope.

Clémence legte den Finger an die Lippen. »Sag nichts.«

Ausnahmsweise einmal sah sie selbst ziemlich verunsichert aus, wie Penelope befand. Sie beobachtete Clémence, die von ihrem Handy aus so geschickt wie ein Teenager Textnachrichten abschickte. Vielleicht fühlte sie sich schuldig, weil sie eine Immobilie verkauft hatte, die ein unvorhergesehenes Problem nach dem anderen aufwarf. Vor allem, nachdem sie sich so überzeugt gezeigt hatte, dass *Le Chant d'Eau* das richtige Haus für Penelope war.

Es dauerte eine volle halbe Stunde, bis man sie nach oben in das Büro des Polizeichefs rief. Inspektor Gamelin, sein elegant gekleideter Sidekick, stand neben ihm, so wortkarg wie immer.

Die Begrüßung war höflich, aber oberflächlich.

Clémence vergeudete keine Zeit und erklärte ihnen genau, warum die Situation plötzlich so dramatisch war. Penelope übergab den Plastikbeutel mit der Kugel.

Der Polizeichef nahm sie entgegen, beide Polizisten warfen einen Blick darauf und tauschten ein paar gemurmelte Worte aus.

Gamelin sprach sie auf Englisch an. »Madame Kiet. *Monsieur le Chef de Police* ist sehr besorgt.«

»Danke. Das ist eine große Erleichterung.«

»Nein, Madame Kiet. Er ist besorgt, weil Sie sich weigern, seinen Rat anzunehmen und diesen Fall der Polizei zu überlassen.«

Der Bezeichnete selbst wandte sich ihr zu und begegnete ihrem Blick mit einem Ausdruck tiefster Verärgerung.

»Der Polizeichef dankt Ihnen für Ihre Hilfe, aber er bittet Sie, Ihre Untersuchungen von nun an zu beenden. Es ist nicht das erste Mal, dass er diese Bitte äußert.«

»Was?«, rief Penelope und funkelte den verkniffen wirkenden Polizeichef an.

»Er macht sich Sorgen, dass Sie diese Kugel als Beweisstück unbrauchbar gemacht haben, indem Sie sie berührten und hierher brachten. Selbst wenn sie *tatsächlich* auf Sie abgefeuert wurde, wie Sie behaupten.«

Sowohl Penelope als auch Clémence widersprachen heftig. Penelope richtete sich höher auf und wandte sich dem Polizeichef zu. »Monsieur, ich trug Handschuhe, während ich danach gesucht habe, und wie Sie sehen, ist die Kugel korrekt eingepackt und gekennzeichnet. Ich habe so was in England oft genug gemacht, wissen Sie.«

Reyssens schnaubte abschätzig. »*L'Angleterre – oui, Agatha Christie, Monsieur Poirot! Amateurs! Toujours les amateurs!*«

»Das ist keiner Ihrer Kriminalromane, Madame«, warf Gamelin ein. Sein verächtlicher Ton ließ die Worte fast ruchlos klingen.

Das genügte, um in allen die Erinnerung an die ominöse Axt zu erwecken.

Ein weiterer boshafter Blick vonseiten des Polizeichefs tötete die letzte Hoffnung, dass es überhaupt möglich wäre, diese Verbrechen aufzuklären.

»Er ist der Überzeugung, dass dies eine Aufgabe für Spezialisten ist, die am besten von der Polizei erledigt werden sollte«, fuhr Gamelin fort.

»Aber es wurde auf mich geschossen, mindestens zweimal!«, protestierte Penelope. »Auf dem Fest haben Sie behauptet, dass Sie mich beschützen würden, wenn Sie dächten, dass ich in Gefahr wäre. Nun, jetzt bin ich verdammt in Gefahr!«

Der Polizeichef kniff die Augen zusammen. Er lehnte sich auf seinem Stuhl zurück.

Eine lange Pause schloss sich an, während deren Penelope sich an ihre durch den Alkohol beflügelte Überzeugung erinnerte, dass auch er eine sehr reale Gefahr sein mochte. Sie spürte jedenfalls eine Aura zunehmender Bedrohlichkeit um ihn herum.

»Ich werde meine Männer bitten, jeden Tag bei Ihnen vorbeizuschauen«, erklärte er. »Wir richten eine Videoüberwachung ein. Sind Sie allein im Haus?«

Penelope konnte das Gefühl nicht abschütteln, dass die

Überwachung genauso ihr selbst galt wie ihrer Sicherheit. »Ich bin allein«, antwortete sie ruhig. »Ich danke Ihnen, Monsieur. Es wird mir ein großer Trost sein zu wissen, dass die Überwachungskameras das Eintreten des Mörders aufzeichnen werden, bevor er zuschlägt.«

Doch die Ironie der Worte war an den Polizeichef verschwendet, der sich von seinem Platz erhob und ihr sagte, dies sei alles, was er tun könne.

»Und Sie werden Ihre Ballistik- und Forensikexperten die Kugel untersuchen lassen?«

»*Naturellement, Madame.*«

Damit waren sie entlassen.

31

Sogar Clémence war der Meinung, dass man sie übel abgefertigt hatte. Schweigend schossen sie den Hügel hinauf nach St Merlot.

»Danke, dass du mitgekommen bist«, sagte Penelope. »Es tut mir leid, dass ich dir den Tag versaut habe – wieder einmal.«

»Ich konnte dich nicht allein damit fertigwerden lassen.«

Penelope wollte gerade sagen, dass das, was Clémence getan hatte, gewiss weit über die Aufgaben eines Immobilienmaklers hinausging, da kam das Haus in Sicht. Ein eleganter blauer Mercedes parkte davor. Der Bürgermeister wartete bereits auf sie, und er sah besorgt aus.

»Wie lief es bei der Polizei?«

»Woher wussten Sie, wo wir sind?«, fragte Penelope.

»Clémence hat mir eine SMS geschickt.«

»Diese Ratte Reyssens empfand es schon als Zumutung, uns auch nur anzuhören«, berichtete Clémence. »Er ließ uns spüren, dass wir ihn von etwas viel Wichtigerem abhielten. Ein Mittagessen mit vier Gängen, beispielsweise.«

»Da hast du vermutlich recht«, erwiderte der Bürgermeister. »Doch vergiss nicht, ich bin auf eurer Seite. Die Kugel, die Sie gefunden haben, Penny – ich nehme an, Sie haben sie auf der Polizeiwache gelassen, aber können Sie sie mir bitte beschreiben? Ich weiß alles, was es über die Waffen in St Merlot zu wissen gibt. Zu meinen Aufgaben gehört es auch, die Waffenscheine auszustellen.«

»Ich kann noch mehr tun«, antwortete Penelope. »Kommen Sie rein, und ich zeige sie Ihnen.«

In der Küche holte sie das Handy aus der Tasche. »Da«, sagte sie.

Sie hielt ihm die Fotos entgegen, die sie von der Kugel geschossen hatte, alle mit einem Maßband daneben.

»Gut gemacht, Madame – sehr umsichtig!«

Auch Clémence sah angemessen beeindruckt aus.

»Hilft das – können Sie die Waffe eingrenzen, von der sie abgefeuert wurde?«, fragte Penelope.

»Es ist tatsächlich sehr hilfreich«, stellte der Bürgermeister vorsichtig fest. »Trotzdem dürfen wir keine voreiligen Schlüsse ziehen. Womöglich können wir die Waffe und die Munition identifizieren – doch das allein verrät uns nicht, wer sie abgeschossen hat.«

Natürlich hatte er recht. Sie blickten einander an.

»Aber Sie haben schon eine gewisse Vorstellung«, sagte Penelope.

»Setzen Sie mir doch einen guten starken Kaffee auf«, schlug der Bürgermeister vor.

Clémence nahm einen Anruf entgegen und trat in den Flur, um das Gespräch zu führen.

Der Bürgermeister lief auf und ab, während Penelope sich um den Kaffee kümmerte.

»Es ist gut, dass Sie in dieses Dorf gekommen sind, Madame Kiet«, stellte er unvermittelt fest. »Wenn das alles vorüber ist, werden Sie hier glücklich sein, das verspreche ich Ihnen.«

»Ich hoffe, Sie haben recht – wenn ich lange genug überlebe!«

Er setzte bereits zu einer Antwort an und unterbrach sich wieder. Er schloss die Tür. »Es gibt eine Reihe von Themen, über die ich mit Ihnen reden will.«

Penelope fühlte eine weitere Predigt nahen.

»Wenn Sie mir Bescheid stoßen wollen, dann tun Sie es hier und jetzt«, sagte sie und war wütend darüber, wie zimperlich das klang.

»Ihnen Bescheid stoßen?«

»Wahrscheinlich habe ich wie immer etwas falsch gemacht, also können Sie mir es einfach sagen, und wir bringen es hinter uns.«

Er blickte sie seltsam an. »Ich wollte nicht …«

Clémence kehrte zurück und steckte ihr Handy wieder in die Tasche.

»Gerade noch rechtzeitig«, sagte Penelope. »Äh, der Kaffee ist fertig.«

Sie setzten sich an den Küchentisch.

»Gut.« Penelope gewann ihre Fassung zurück. »Wer steht nun auf Ihrer Liste der Waffenbesitzer mit Gewehren, die eine solche Kugel hätten verschießen können?«

Das hübsche Gesicht des Bürgermeisters verdüsterte sich. »Es gibt nur zwei. Einer davon ist Monsieur Louchard.«

Penelope und Clémence wechselten einen Blick.

»Und der andere ist Monsieur Charpet.«

»Nein!«, riefen beide gleichzeitig.

»Unmöglich!«, fügte Clémence hinzu.

»Sie besitzen beide altmodische Gewehre, die sie zur Jagd benutzen. Die Kugel könnte von einer dieser Waffen stammen.«

»Konntest du mit den Organisatoren der Messe in Banon klären, ob Louchard dort war?«, fragte Clémence.

»Ich habe es versucht, sobald du mir geschrieben hast«, erklärte der Bürgermeister. »Ich warte noch auf eine Antwort.«

»Es kann nicht Monsieur Charpet gewesen sein. Aus allen möglichen Gründen«, wandte Penelope ein. »Ich habe mit ihm und Valentine zu Mittag gegessen. Er mag mich. Ich gebe ihm Arbeit!«

»Er hätte Ihnen folgen können, nachdem Sie sein Haus verlassen haben«, strich der Bürgermeister heraus.

Die beiden Frauen schüttelten den Kopf.

»Aber, nein«, fuhr der Bürgermeister fort. »Ihr habt recht. Ich glaube nicht, dass Monsieur Charpet die Waffe abgefeuert hat. Doch wie ich bereits sagte, könnte trotzdem eines dieser zwei Gewehre beteiligt sein.«

»Wir sollten die Polizei herbringen, damit sie Louchard aufsucht und seine Waffe zur Überprüfung mitnimmt. Und gleichzeitig nach Hinweisen sucht, ob in sein Haus vielleicht eingebrochen wurde«, befand Clémence. Sie scrollte durch die Nummern auf ihrem Handy. »Ich rufe sie jetzt an.«

»Ich glaube, das müssen wir tun«, stimmte Laurent zu.

Clémence sprach kurz und unterbrach dann die Verbindung. »Gut. Sie sind auf dem Weg.«

»Allerdings würde ich Louchard gerne vorwarnen«, erklärte der Bürgermeister.

»Was?«, rief Penelope. Sie hatte in der Aufregung ganz vergessen, wie sehr der Bürgermeister sich um seine Dorfbewohner sorgte. »Warum sollten Sie das tun?«

»Er wird es zu schätzen wissen, wenn man ihn fair und korrekt behandelt, Sie werden sehen. So verhalten wir uns in diesem Dorf – jedenfalls die meisten von uns.«

»Das kommt mir nicht richtig vor. Sicher ...« Dann erinnerte sie sich an den Vertragsentwurf und die Gelegenheiten, zu denen sie die beiden zusammen gesehen hatte. Warum schien ständig wieder alles darauf zuzulaufen – auf ein Puzzleteil, bei dem sie nicht zugeben konnte, es zu kennen?

Der Bürgermeister fuhr sich mit der Hand durch die Haare und starrte sie an, mit einem Blick, der unter anderen Umständen womöglich glutvoll hätte wirken können. »Das ist der Unterschied zwischen uns, Penny.«

Sie fühlte, wie es in ihr kochte.

»Zwischen den Franzosen und den Engländern, sollte ich sagen«, sprach er weiter. »In Ihrem Land sind die Menschen unschuldig, bis ihre Schuld bewiesen ist. Hier haben wir den *Code Napoléon*. Schuldig, bis sich die Unschuld erwiesen hat. Und wenn die Polizei faul ist … Ich bin sicher, Sie verstehen das Problem.« Er seufzte. »Übrigens, hat Reyssens Ihnen verraten, dass die Polizei möglicherweise die Knochen in der Kapelle identifiziert hat?«

»Nein, das hat er verdammt noch mal nicht!«

»Ah. Nun, sie haben nur eine teilweise Übereinstimmung mit Zahnarztunterlagen, aber der Name, den ich bekommen habe, lautet Michel Cailloux.«

»Wissen Sie, wer er war?«

Der Bürgermeister überlegte eine Weile. »Das kann ich nicht sagen. Es gibt einige, die nur flüchtig im Dorf auftauchen und rasch wieder fort sind, ehe jemand Gelegenheit hat, sie kennenzulernen. Vielleicht war er für eine kurze Zeit hier. Das wäre gewesen, bevor ich Bürgermeister wurde. Obwohl ich seit Langem ein Haus im Ort habe, so habe ich doch bis vor etwa sieben Jahren zumeist in Paris gearbeitet.«

Trotz ihrer Verwirrung über Louchard und den Bürgermeister gab es etwas an dieser Sache, das eine Erinnerung in ihr anstieß. Michel Cailloux. War es möglich, dass sie den Namen bereits gehört hatte? »Sonst wissen Sie nichts weiter darüber?«, fragte sie den Bürgermeister.

»Nur den Namen, und der ist noch nicht endgültig bestätigt.«

Der Bürgermeister machte sich rasch auf den Weg, um zum Bauernhaus von Louchard zu gelangen, bevor die Gendarmen eintrafen. Auch Clémence entschuldigte sich.

»Es hat sich etwas Dringendes ergeben, beim Verkauf einer unserer Immobilien in Goult. Es tut mir leid. Ich muss sofort dorthin. Ich rufe dich später an.«

»Es ist in Ordnung. Danke – noch einmal – für alles, was du getan hast.«

Penelope wäre gewiss noch überschwänglicher gewesen, doch Clémence klackerte bereits auf ihren hohen Absätzen zur Vordertür hinaus und rannte zum Auto.

Penelope ließ sich auf einen Küchenstuhl sinken, verzog das Gesicht bei dem starken Kaffee und stand wieder auf, um das einzige Getränk zu bereiten, das wirklich infrage kam. Während sie Wasser zum Kochen brachte und eine Tasse ziegelroten kräftigen Tees aufgoss, versuchte sie, das Positive zu sehen.

Anscheinend spitzten sich die Dinge endlich zu. War die Person, die sie erschießen wollte, auch in die Morde an Manuel Avore und diesem Michel Cailloux verwickelt?

Sie blickte nach draußen auf ihre Terrasse. Obwohl die Sonne schien, beschloss sie, ihren Tee nicht im Freien zu trinken. Sie war nicht dumm genug, um sich als leichtes Ziel zu präsentieren, solange die Polizei nicht geklärt hatte, was los war.

Sie setzte sich wieder an den Küchentisch, nippte und schloss die Augen. Das war ein Fehler. Sie konnte nur an Kugeln und Leichen denken. Gebeine. Eine skelettierte Hand. Das Pik-Ass. Sie holte sich ein Buch, stellte jedoch fest, dass sie sich nicht konzentrieren konnte. Zu viel wirbelte in ihrem Kopf durcheinander.

Manuel Avore. Michel Cailloux. Wie ein Zählappell in einem Albtraum. Die Namen wurden aufgerufen. Es beunruhigte sie, dass dieser neue Name irgendwie vertraut klang. Cailloux.

Sie trommelte mit den Fingern auf den Tisch. Cailloux. Vielleicht hatte sie nur zu oft gehört, wie die Franzosen mit diesem Wort liebevoll auf ihre geliebten Rolling Stones anspielten? Cailloux. Steine, auf Französisch. Michel, Mick Jagger.

Plötzlich schlug Penelope die Hand vor den Mund. Dann eilte sie nach oben. Sie wühlte nach dem verschlossenen Koffer unter ihrem Bett. Mit zitternden Händen öffnete sie ihn und holte die Mappe mit den Dokumenten des Notars heraus, ihren Grundbesitztitel für *Le Chant d'Eau*.

Dort hatte sie den Namen Cailloux vernommen. Als der Notar sämtliche Vorbesitzer verlesen hatte.

Penelope blätterte durch die Seiten, so viele Seiten. Sie bemerkte den Namen Malpas in den eher lückenhaften Notizen aus der Vorkriegszeit, und den von Avore danach, genau wie Monsieur Charpet es angedeutet hatte. Und dann, da war es. Michel Cailloux. Nur wenige Monate Eigentümer der Immobilie, zwischen März und Juli 2010, bevor sie an die Girards aus Lyon verkauft worden war. Sie holte die Kopie des Zeitungs-Mikrofiches aus ihrer Tasche und überprüfte sie noch einmal, obwohl sie sich des Datums sicher war: 12. April 2010. Ihr Instinkt hatte ihr gesagt, dass es eine Verbindung zwischen den beiden Todesfällen und *Le Chant d'Eau* gab, und wie es schien, hatte sie recht gehabt.

Der Spielkartentisch, in dem sie den Zeitungsausschnitt und das Spiel gefunden hatte ... Wenn Cailloux für kurze Zeit Eigentümer ihres Hauses gewesen war, hätte der Tisch durchaus ihm gehören können. Das erklärte, warum Avore ihn bei seinem Auszug nicht mitgenommen hatte.

Stück für Stück fügte sich alles zusammen. Doch das bedeutete auch, dass derjenige, der Michel Cailloux getötet hat, Zugang zu diesem Haus und dem Kartenspiel hatte.

Ein kratzender Laut von draußen ließ sie aufblicken. Sie ging zum Fenster und schaute hinaus. Der Innenhof und der Garten schlummerten sorglos in der Hitze. Eine lebhafte Brise spielte in den Blättern der Olivenbäume.

»Nur der Wind«, sagte Penelope laut. »Trockene Blätter, die über den Stein geblasen wurden.«

Sie hatte sich beinahe schon selbst überzeugt, dass sie paranoid war, da vernahm sie das Geräusch erneut. Es klang wie das Schaben von Metall. Dann ein Scheppern, das definitiv nicht von getrockneten Blättern herrührte.

Penelope war wieder allein im Haus. Bei all dem Kommen und Gehen war das ganz aus dem Blick geraten.

Sie schlich den Korridor entlang zur Haustür. Die Tür stand offen. Hatte sie sie nicht richtig geschlossen, nachdem Clémence gegangen war? Hatte der Wind sie geöffnet? Penelope fühlte, wie ihr Mund trocken wurde.

Im nächsten Moment rief jemand ihren Namen.

32

Penelope brach beinahe zusammen vor Erleichterung, als Didiers lächelndes Gesicht hinter der Tür erschien. Der Elektriker betrat die Diele und brachte seinen Werkzeugkasten mit, die personifizierte Sicherheit. Das T-Shirt des Tages zeigte ein Retro-Bild der Avengers. Diana Rigg zwinkerte ihr verführerisch zu.

»Ich habe einen freien Nachmittag und kann jetzt oben mit der Neuverkabelung anfangen, wenn Sie wollen«, sagte er.

»Das ist toll, danke! Kommen Sie rein.«

Es war schon wunderbar, wie die Menschen hier häufig genau zur rechten Zeit auf der Bildfläche erschienen. Sie fragte sich, wie der Bürgermeister mit Monsieur Louchard zurechtkam und ob die Polizei auf dem Weg nach St Merlot war.

Sie drehte sich um, um Didier die Treppe hinaufzuführen. Dabei fiel ihr auf, wie gebannt er den frisch gesäuberten Spieltisch im Flur anstarrte.

»Gefällt er Ihnen, Didier?«

Er schreckte aus seiner Trance auf und sah sie an.

»Der Spieltisch. Ich habe ihn in der Scheune gefunden. Hübsch, nicht wahr?«

Didier blickte wieder auf den Tisch. »Ja, sehr schön. Ich fange an, soll ich?«

»Eine Tasse Tee?«

Aber er wollte lieber loslegen.

Penelope stand im kühlen Luftzug in der offenen Küchentür und ordnete ihre Gedanken. Gewiss sollte sie dem Polizeichef berichten, was sie aus den Besitzurkunden erfahren hatte?

So viel war seit diesem ersten Tag passiert, als sie genau hier gestanden und in den zugewachsenen Innenhof hinausgeblickt hatte. Ihr Traumhaus in der Provence. Die Hitze. Die Zikaden, die lästigen Wespen. Wenn sie nur geahnt hätte, was noch auf sie zukam ...

Von oben hörte sie Geräusche des Elektrikers bei der Arbeit, gelegentlich unterbrochen von einem französischen Schimpfwort.

Es war schön zu wissen, dass sie nicht allein im Haus war. Sie machte sich eine beruhigende Tasse Tee und setzte sich an den Küchentisch, um sich über die Bedeutung dessen klar zu werden, was sie in den Urkunden des Hauses gefunden hatte. Ihr fiel auf, dass sie diese in ihrem Schlafzimmer zurückgelassen hatte. Sie stand auf und ging nach oben, um sie zu holen.

Ihr Telefon klingelte.

»Hallo?«

Es war Clémence, aber nicht die jederzeit beherrschte Version, die Penelope bisher kannte. Diesmal klang ihre Stimme eindringlich, besorgt. »Penny, wo bist du? Bist du allein?«

»Ja, in der Küche.«

»Gott sei dank!«

»Nun, abgesehen von Didier Picaud, dem Elektriker. Er ist oben und ersetzt die Verkabelung.«

»*Mon Dieu!* Penny, du musst aufmerksam zuhören und nichts sagen. Du musst das Haus verlassen.«

»Was?«

»Verschwinde sofort aus dem Haus und lauf zur Straße hinunter. Geh – und bleib dicht an den Bäumen!«

Penelope hielt noch immer das Telefon ans Ohr. Sie griff benommen nach der Tasche und tat, was man ihr gesagt hatte.

Die Dringlichkeit in Clémences Stimme erstickte jede weitere Frage, während sie zur Hintertür hinausschlüpfte. »Penny, bist du noch da? Ich habe gerade einen Anruf von meinem Polizeikontakt erhalten, der die Verbindung nach Coustellet überprüft hat. Gott sei Dank habe ich das Gespräch angenommen, bevor ich in Goult war. Jetzt bin ich auf dem Rückweg. Alles passt zusammen: die Axt, der Traktorwettbewerb, die Einbrüche, der Laden in Coustellet ...«

»Ich höre zu.« Penelope eilte an einer Pinie vorüber und kratzte sich den Arm auf.

»Die Verbindung, nach der wir gesucht haben ...«

Zwei starke Unterarme packten Penelope von hinten und schlossen sich fest um ihre Taille. Sie schrie vor Schreck auf, als ihr das Handy aus der Hand gerissen wurde. Sie trat nach rückwärts und hoffte, die Schienbeine ihres Angreifers zu erwischen. Die Arme waren so kräftig, dass sie sehen konnte, wie die Sehnen sich anspannten. Mit blassem Staub bedeckt. Oder war es Mehl? Bäckerarme. Jacques Correa! Aber woher sollte der wissen, dass sie ihn widerwillig auf die Liste der Verdächtigen gesetzt hatte?

»Hilfe! Didier! Hilfe!«, schrie sie zum Schlafzimmerfenster empor.

»Sei nicht dumm«, sagte der Mann. »Argh!«

Einer ihrer wilden Tritte hatte getroffen. Sie wand sich herum. Erst jetzt sah sie, wer der Angreifer war.

»Didier!« keuchte Penelope. »Was zum Teufel ...?«

Ihr junger Freund lächelte nicht mehr. Penelope war keine Gegnerin für ihn. Er warf ihr Handy beiseite und zog ihr die Arme auf den Rücken.

»Was ist los? Was machen Sie da?«

Er war sehr stark und roch nach Schweiß. Im Polizeigriff führte er sie um das Haus herum zu seinem Lieferwagen.

»Um Himmels willen, Didier! Das ist nicht der richtige Zeitpunkt, um mit mir James Bond zu spielen!« Penelope versuchte sich an einem schwachen Scherz und wollte damit an all die freundlichen Gespräche erinnern, die sie geführt hatten. »Außerdem war Bond immer gut erzogen.«

»Klappe halten! Steigen Sie in die *camionette!* Wir fahren irgendwohin, wo wir in Ruhe reden können.«

»Worüber reden?«

»Ihr Haus, Madame.«

»Nun, dann reden Sie mit mir! Didier?«

Penelope stemmte ihre Absätze in den Boden und versuchte, sich zu befreien.

»Tun Sie das nicht! Ich bin viel stärker als Sie, und Sie werden sich nur wehtun, glauben Sie mir. Ich kann Ihnen sehr wehtun, Madame, aber ich würde es vorziehen, wenn wir zu einer angemessenen Vereinbarung kommen. Ich weiß, dass Sie womöglich etwas Zeit benötigen, um die richtige Entscheidung zu treffen. Also habe ich beschlossen, mich um Sie zu kümmern, bis Sie so weit sind.«

»Was? Wir sind Freunde, nicht wahr, Didier? Sie sind gerade einfach ein wenig verwirrt. Wir können bei einer schönen Tasse Tee darüber sprechen.«

»Noch eine Sache, Penny. Ich hasse Ihren englischen Tee mit Milch – *c'est dégueulasse!* Ekelhaft! Kein Franzose kann so etwas trinken.«

Didier öffnete die Hecktür an seinem Van und verfrachtete sie ins Innere. Sie trat wieder aus, doch er stieß sie zu Boden auf ihren Bauch, zog ihre Hände hinter den Rücken und band sie mit Draht zusammen. Die Fessel schnitt in ihre Handgelenke. Didier schloss die Tür und ging um den Wagen zum Fahrersitz.

»Und jetzt unternehmen wir eine kleine Reise, Penny. Ich zeige Ihnen einige der schönen Landschaften des Luberon.«

»Aber Didier!«

»Halten Sie die Klappe!«

Penelope wimmerte, als der Lieferwagen den Feldweg entlang zum Tor des Anwesens holperte. Dort hielt er an.

»*Merde!*«

Sie versuchte, sich aufzurichten und zu sehen, was vorging, aber sie rutschte zurück und stieß schmerzhaft gegen die scharfen Kanten mehrerer Elektrogeräte.

Didier ließ einen Schwall von Schimpfworten hören, an niemand Speziellen gerichtet, und wendete den Van dann in einer engen Kehre. Rumpelnd und hüpfend lenkte er den Wagen auf die tiefer gelegene Wiese, und Penelope flog im Heck von einer Seite zur anderen. Als sie wieder Richtung Haus fuhren, erhaschte Penelope einen Blick in den Rückspiegel und sah die Panik in den Augen ihres Entführers. Sie wandten sich erneut hügelaufwärts und bewegten sich knirschend über unwegsames Gelände. Kreischend kam das Fahrzeug zum Stillstand. Penelope stieß sich den Kopf.

Der junge Mann stieg aus und riss die Hintertüren auf. Der Van stand fast zwischen den Bäumen eingeklemmt. »Wir werden laufen müssen. Raus mit Ihnen.«

Sobald sich sich hochkämpfen konnte, schob er sie zwischen die Bäume, welche die hangaufwärts gelegene Seite des Weges säumten. Äste zerkratzten ihr Gesicht; mit gefesselten Händen konnte sie sie nicht zur Seite schieben.

»Das ist dumm!«, flüsterte sie. »Die Polizei wird jeden Augenblick hier sein. Sie ist schon unterwegs.«

»Pssst!«

Offensichtlich glaubte er ihr nicht. Er stieß sie weiter, noch gröber, während sie tiefer in das Gestrüpp von Steineichen und Pinien eindrangen.

»Autsch, das hat wehgetan!«

Didiers Profil wirkte düster, als er sie am Arm packte und weiter in den Wald marschierte. Minutenlang wanderten sie schweigend weiter. Schließlich hielten sie vor einem großen Hagebuttendickicht. Mit einer Hand griff er ins Gestrüpp und zog ein paar Äste beiseite.

»Rein mit Ihnen.«

Penelope blickte sich um und fragte sich, ob eine Möglichkeit zur Flucht bestand. Sein Griff an ihrem Arm wurde fester, und er zerrte sie hinter sich her in eine Konstruktion, die innerhalb des großen Buschwerks verborgen lag. Schwaches Licht drang durch einen langen rechteckigen Schlitz in Augenhöhe.

Sie erkannte, dass sie sich in einer Art Jagdunterstand auf dem Hügel oberhalb ihres Grundstücks befinden mussten.

Didier schwitzte jetzt stark. Offenbar war er nervös. Penelope dachte, dass es vielleicht einen Ausweg für sie beide gäbe, wenn sie nur vernünftig mit ihm reden könnte.

»Das ist alles ein Missverständnis«, sagte sie. »Wir sind Freunde, nicht wahr? Es gibt keinen Grund für Grobheiten. Bitte, Didier, warum …«

»Schnauze.«

Er zog ein langes Messer mit schmaler Klinge. »Ruhe. Verstanden?«

Penelope nickte.

Sie verstand nicht, was mit diesem vorher so angenehmen jungen Mann geschehen war. Aber je länger sie ihn betrachtete, desto deutlicher erkannte sie, dass seine leicht geekige Unbeholfenheit ein Hinweis auf ernstere Probleme sein musste.

»Wir haben nicht viel Zeit, Madame. Ich möchte, dass Sie mir zuhören. Ich habe einen Vorschlag für Sie, der uns beiden nutzen wird. Als Erstes müssen Sie die Geschichte von *Le*

Chant d'Eau verstehen. Sie müssen verstehen, wem das Haus gehört, und ...«

»Aber ich habe schon ...«

»Seien Sie still und hören Sie zu, Madame! Die Verkabelung in Ihrem Haus, sie ist sehr alt. Sehr alt und sehr gefährlich. Es könnte leicht ein Feuer ausbrechen.«

»Was? Sie haben doch gesagt, es ist alles in Ordnung!«

»Sie ist nicht in Ordnung, Madame Kite.« Sämtliche Liebenswürdigkeiten und die Anrede mit Vornamen waren vergessen. »Die Verkabelung taugt nichts. Sie könnte einen Brand auslösen, der das ganze Haus verschlingt. Niemand wäre überrascht. Und genau das ist es, was passieren wird – ein großes Feuer. Natürlich wird es Ihnen gut gehen! Die Versicherung übernimmt die Kosten – und wir, die Familie Malpas, machen Ihnen ein Angebot für die Überreste zu einem vernünftigen Preis.«

»Aber wenn Sie mein Haus wollen, warum brennen Sie es dann nieder? Und was meinen Sie damit – *wir*, die Familie Malpas?«

Seine Augen loderten. »Meine Mutter war eine Malpas. Ich habe Ihnen von Anfang an gesagt, dass meine Familie eine lange Beziehung zu diesem Haus hatte. Dass sich JRM-Elektriker jahrelang darum gekümmert haben. Wie wir uns um viele Gebäude in St Merlot kümmern.«

Sie verstand es nicht.

»JRM. Jean-Jacques und Roger Malpas. Nun ist es meine Firma. Ich setze die Tradition fort. Und es war unser Haus!«, rief Didier. »Das Haus *und das Land*, das meine Familie seit Generationen besaß, bevor dieser Bastard Avore und seine Nazi-Freunde es uns nahmen!«

»Was zum Teufel meinen Sie damit?«, fragte Penelope. Das war dieselbe Geschichte, die Monsieur Charpet ihr bereits erzählt hatte. Doch sie wusste, wie wichtig es war, ihn am Reden zu halten. Bezog er sich vielleicht sogar auf den Schatz, der auf dem Gelände versteckt sein sollte? Sie ließ sich nicht anmerken, dass sie von den Vorfällen schon gehört hatte.

»Mein Großvater und sein Bruder waren mit dem Widerstand in den Bergen. Meine beiden älteren Großonkel wurden nach einem Sabotage-Unternehmen erschossen. Ihre Eltern wurden erwischt, als sie den Maquis-Kämpfern halfen, und die Gestapo nahm sie mit. Niemand sah sie je wieder. Dieser dreckige Kollaborateur Gustave Avore, Manuels Vater, hat sie denunziert. Alles, um seine schmutzigen kleinen Hände auf das Haus und das Land legen zu können.«

»Warum haben Sie nach dem Krieg nicht versucht, es zurückzubekommen?«

»Ach, wenn das so einfach wäre, Madame. Aber nach dem Krieg wollte niemand von dem Verrat sprechen, den es in allen Dörfer hier in der Gegend gab. Jeder sprach nur von Vergebung, von einem Schlussstrich unter die Vergangenheit ...« Didier spuckte auf den Boden. »Also blieben die Avores im Haus, und wir mussten von vorne anfangen mit der erbärmlichen Wiedergutmachung, die man uns angeboten hat.«

»Wenn es Ihnen so viel bedeutet hat, warum haben Sie dann nicht versucht, es später zurückzukaufen? Sie waren erfolgreich – Sie hätten es sich leisten können.«

»Warum sollten wir gutes Geld für etwas bezahlen, was rechtmäßig uns gehörte? Wir beschlossen zu warten. Jeder wusste, dass bei den Avores immer etwas schieflief. Tatsächlich starb der alte Gustav; Emile, sein Sohn, verunglückte in den 1970er-Jahren betrunken mit dem Auto. Manuel Avore fing an zu trinken und verspielte sein ganzes Geld. Wir wussten, dass er früher oder später würde verkaufen müssen. Dann, vor ein paar Jahren, war der Augenblick gekommen. Avore steckte bis zum Hals in Spielschulden.«

»Vor ein paar Jahren?«

»Vor etwa sieben Jahren. Mein Onkel Jean-Luc bot Manuel an, im Austausch für *Le Chant d'Eau* seine Schulden zu begleichen. Er weigerte sich, aber dann machten wir ihm ein Angebot, das kein Spieler ablehnen kann: Wir wollten um das Haus spielen! Wenn er gewann, sollten wir seine Schulden bezahlen. Danach haben wir unseren Plan in die Tat umgesetzt.«

»Ihren Plan?«

Ein Hauch von Stolz klang aus Didiers Stimme. Er war ein Psychopath, dachte Penelope. Er wollte, dass sie wusste, wie klug er war. Sie war wütend auf sich selbst, weil sie die Anzeichen nicht früher erkannt hatte – doch hatte es überhaupt welche gegeben, abgesehen von seinen Marotten und der leichten Unbeholfenheit?

»Es war ein brillanter Plan. Wir wussten, dass er einem Kartenspiel nie widerstehen konnte. Aber wir hatten eine Geheimwaffe.«

»Welche war das?«

»Nicht welche – wer. Ein Freund eines Freundes, der als der beste Spieler im Luberon-Tal bekannt war.«

»Doch Sie haben das Spiel nicht gewonnen«, stellte Penelope fest.

»Oh, das haben wir!«

Didier prüfte seine Klinge. Sie sah tödlich aus. »Zumindest hätten wir gewonnen, wäre Michel kein Betrüger gewesen.«

Penelope fühlte, wie die Teile des verbrecherischen Puzzles sich allmählich zusammenfügten.

»Michel?« Sie täuschte Ahnungslosigkeit vor. »Wer ist das?«

»Michel Cailloux, Kartenhai und Betrüger. Cailloux schloss

sich dem Spiel an. Es ging um hohe Einsätze, und alles war so eingefädelt, als würde auch er spielen, um das Haus zu gewinnen oder Manuels Schulden zu begleichen – Manuel war gierig und dumm genug, um zuzustimmen. Aber wir hatten mit Cailloux vereinbart, Avore gemeinsam vor Zeugen zu besiegen. Eine perfekte Lösung. Wir bekommen das Haus, Cailloux lässt sich bezahlen, und Avore kriegt, was er verdient.«

»Also, was ist geschehen?«

»Ich habe gewonnen. Gerade wollte ich den Sack zumachen. Da hat Cailloux mich reingelegt! Er gewann das Spiel und das Haus. Bevor wir etwas tun konnten, ließ er den Besitz vor den ehrbaren Zeugen auf sich überschreiben, und das Haus war auf dem Markt. Oh, wir haben versucht, mit ihm zu reden, es für einen günstigeren Preis zu kaufen, aber er wollte nicht zuhören. Wir wurden überboten.«

»Von den Girards aus Lyon?«

»Ja.«

»Und Cailloux?«

»Er hat für seine Sünden bezahlt.«

Penelope sah die skelettierte Hand vor sich, die sich ihr vom Kapellenboden aus entgegenstreckte. Ihr gefror das Blut in den Adern.

»Kam er aus St Merlot?«

Didier blickte sie verdutzt an. »Nein, er lebte meilenweit entfernt. Am anderen Ende des Tals.«

»Aber warum haben Sie *Le Chant d'Eau* nicht gekauft, als es dieses Jahr wieder angeboten wurde?«

»Es war zu teuer. Sie haben uns überboten.«

War die Familie Malpas die zweite interessierte Partei gewesen, die Clémence erwähnt hatte?

»Heutzutage haben nur diejenigen, die von außerhalb kommen, genug Geld, um diese alten Häuser zu kaufen und wieder herzurichten. Wir hätten einen Brand auslösen und das Gebäude teilweise zerstören sollen. Wäre es eine Ruine gewesen, hätten wir es uns leisten können. Wir hätten es damals tun sollen, aber das haben wir nicht. Damals nicht.«

Penelope setzte sich mit der morbiden Logik dahinter auseinander. Die Vorstellung von einem Kabelbrand, die geschwärzten Wände.

»Und warum sollten Sie überhaupt bleiben wollen«, ging er sie wütend an, »nachdem eine Leiche in Ihrem Schwimmbad gefunden wurde? Das hätte gereicht, um die meisten Frauen rasch davonlaufen zu lassen.«

»Ich gebe nicht so leicht auf.« Penelope klang mutiger, als sie sich fühlte. »Worum auch immer es hier geht, die Sache ist nur ein wenig außer Kontrolle geraten.« Machen wir lieber *mächtig außer Kontrolle geraten* daraus!

»Es hätte ausreichen sollen.«

Ein nervöses Zucken pulsierte in seiner Wange. Das Messer schimmerte im einfallenden Licht. Er kam auf sie zu.

»Also gut.« Penelope versuchte, ihn nicht weiter zu verärgern. »Wir können darüber reden.« Aber sie fragte sich, was um alles in der Welt sie sagen könnte.

Sie glaubte, das schwache Heulen einer Sirene zu hören. Konnte das die Polizei sein, auf ihrem Weg nach St Merlot, um Pierre Louchard zu besuchen?

Keiner von ihnen sagte ein Wort. Sie lauschten, während die Sirenen lauter wurden.

Didier kam näher. »Haben Sie die Gendarmerie alarmiert? Wie haben Sie es geschafft, die anzurufen?«

»Das habe ich nicht.«

Die Sirenen erreichten ihren Höhepunkt und verstummten dann.

Penelope versuchte, klar zu denken. Die Polizei war eingetroffen, aber niemand wusste von ihrem Versteck. Didier war aufgewühlt. Jede Sekunde konnte er mit seiner Klinge auf sie losgehen.

»Ich kann es verstehen«, sagte sie mit bebender Stimme. »Ich verstehe, warum Sie so überzeugt davon waren, dass Ihnen dieses Haus von Rechts wegen zusteht ...«

Das Messer zitterte in seiner Hand.

»Es war ein Unfall«, sagte er. »Avore kam zum Haus meines Onkels Jean-Luc. Wollte Ärger machen, wie immer. Er verspottete uns mit der Neuigkeit, dass der neue Besitzer von *Le Chant d'Eau* nun einziehen würde. Fragte uns, warum wir nie das Geld hätten, um es zu kaufen. Ob wir so erfolglos seien, dass wir nicht einmal jetzt das Haus zurückbekommen hätten? Wir haben an diesem Morgen Holz gehackt. Sie hatten einen Streit, und Avore stürzte zu Boden, als ich ihn traf.«

»Ihn trafen – mit einer Axt?«

»Das könnte sein.«

»Also war es ein Unfall?« Penelope wusste, dass es immer besser war, einen Angreifer zu entwaffnen, indem man Verständnis zeigte.

»Wir haben ihn hinten in meinen Van gesteckt, um ihn nach Hause zu bringen. Wir dachten, er sei nur bewusstlos. Doch als wir bei ihm zu Hause ankamen und die Hecktür öffneten, um ihn rauszuholen, atmete er nicht mehr. Wir gerieten in Panik. Ich wollte einen Krankenwagen rufen, aber Jean-Luc war anderer Meinung. Er hatte eine Idee, wie wir alles zu unseren Gunsten wenden könnten. Es wäre nur recht und billig gewesen.«

»Sie wollten mich aus meinem Haus vergraulen?« Penelope war fassungslos.

Didier kam noch weiter auf sie zu.

Penelope musste ihn am Reden halten. Mit etwas Glück

hörte es jemand. »Wann war das – am Morgen, haben Sie gesagt?«

»Für Avore war es früh am Tag, vor neun Uhr.«

»An dem Tag, als ich in *Le Chant d'Eau* ankam?«

»Jean-Luc stand später vor seiner Werkstatt und beobachtete, wie Sie in Ihrem großen englischen Auto vorfuhren.«

»Aber … Manuel Avore kam an diesem Abend gegen sechs Uhr in meinen Garten. Wie hätte er …?«

Didier musterte sie eindringlich.

»Vielleicht hat ihn der Schlag nicht umgebracht. Sie haben ihn nicht getötet«, sagte Penelope.

»Nein«, widersprach Didier. »Sie haben Avore an diesem Tag nicht gesehen.«

»Aber ich sollte denken, dass ich ihn gesehen habe!«

»Sie haben Jean-Luc gesehen.«

»Was?«

Didier gewann seine Fassung wieder. Erneut spielte er mit dem Messer herum, sah sie an und dann die Klinge. Penelope hatte an genügend Fällen gearbeitet, um zu wissen, wann ein psychopathischer Täter nach Anerkennung suchte. Sie zitterte.

Hinter ihm raschelte es im Gebüsch.

Plötzlich änderte sich Didiers Gesichtsausdruck. Erst spiegelte sich Unverständnis darin, dann Furcht. Penelope spähte durch die Schatten in dem Unterstand, aber sie konnte nicht erkennen, was vor sich ging.

Das Messer entglitt seinen Händen. Langsam hob er die Arme.

»Beweg dich nicht, Didier. Mein Lieblingsgewehr liegt an deinem Rücken. Ich löse die Sicherung.«

Ein lautes Klicken ertönte. Pierre Louchard schälte sich aus der Dunkelheit.

»Auf die Knie, Picaud.«

Didier ging zu Boden.

Penelope wurde schwindelig. Das Adrenalin, das sie bis jetzt auf den Beinen gehalten hatte, ließ nach. Ihr wurde schwindlig.

»Setzen Sie sich, Madame. Nun ist alles in Ordnung. Die Polizei ist auf dem Weg.«

Monsieur Louchard hielt das Gewehr auf Didier gerichtet. Didier stieß ein wütendes Schnauben aus. Louchard drückte ihm das Gewehr tiefer in den Rücken.

»Bring mich nicht in Versuchung«, warnte er.

Penelope wollte ihm danken, brachte aber kein Wort heraus.

Von draußen drang das Geräusch von knackenden Zweigen und Stiefeltritten herein. Mehrere Gendarmen bahnten sich hinter Monsieur Louchard ihren Weg hinein. Didier schlug hilflos um sich auf der Suche nach einer Fluchtmöglichkeit. Zwei große Männer in schwarzen Uniformen nahmen ihn mit.

Penelope wurde ohnmächtig.

33

Als sie wieder zu sich kam, sah Penelope blinkende blaue Lichter zwischen den Bäumen, war aber völlig ratlos, was sie bedeuten sollten. Monsieur Louchard beugte sich über sie. Zwei Gendarmen in blauen Uniformen traten rasch an ihre Seite.

»Was ist los?«, rief sie. »Hat mich jemand erschossen? Ich wusste, dass mich jemand erschießen will!«

»Es ist alles in Ordnung, Madame. Alles ist in Ordnung.« Louchard lächelte. »Sie haben nur ein paar Augenblicke geschlafen.«

»Geschlafen?«

»Sie hatten das Bewusstsein verloren«, erklärte ein muskulöser Polizist.

Man half ihr den Hügel hinab zu ihrem Haus. Davor wartete bereits ein Empfangskomitee auf sie, das aus dem Polizeichef und dem schwermütigen Inspektor Gamelin sowie dem Bürgermeister und Clémence bestand.

Der kleine Reyssens trat vor. »Das haben Sie gut gemacht, Madame.«

Tatsächlich, ein Lob!

»Ich mache dir eine Tasse Tee«, sagte Clémence. »Wir werden alle einen brauchen!«

»Ich glaube, ich brauche einen Pflaumenschnaps«, antwortete Penelope.

»Wie fühlen Sie sich jetzt?«, fragte der Bürgermeister. Er klang aufrichtig besorgt. »Möchten Sie sich hinlegen?«

Gestützt von einem Gendarmen, ließ Penelope sich auf einem Küchenstuhl nieder. Sie war ein wenig wackelig auf den Beinen, aber es ging ihr nicht allzu schlecht, wenn man die Umstände in Betracht zog. »Nein, mir geht es gut.«

Der Bürgermeister setzte sich neben sie und hielt ihre Hand. Das fühlte sich himmlisch an. »Berichten Sie uns, was da draußen passiert ist, sobald Sie sich dazu in der Lage fühlen.«

Alle blickten sie erwartungsvoll an. Der Polizeichef stand am Fenster. »Zwei Gendarmen stehen Wache vor der Hintertür, zwei weitere am Vordereingang«, sagte er. »Sie müssen sich keine Sorgen mehr machen.«

Auf ein Nicken von Gamelin hin fragte der Bürgermeister sanft: »An was erinnern Sie sich?«

»Ich verstehe gar nicht richtig, was passiert ist«, murmelte Penelope. »Ich dachte, Didier sei ein so netter, hilfsbereiter junger Mann. Ich dachte, wir wären Freunde – und dann hat er mich hinten in seinem Lieferwagen entführt!«

Sie ärgerte sich über ihr schlechtes Urteilsvermögen. Hatte sie beim Umzug etwa ihre sieben Sinne nicht mitgenommen, oder hatte die hormonelle Verwirrung auch ihre letzten Gehirnzellen erwischt? Sie schloss die Augen.

»Er hatte ein Messer.« Die Erinnerung kehrte wieder, obwohl alles ein wenig verschwommen wirkte. »Er wollte mein Haus in Brand stecken ... oder so was. Er wollte mein Haus.«

War das richtig? Penelope lehnte sich auf dem Stuhl zurück und trank einen Schluck Pflaumenschnaps. Sie fühlte sich überhitzt und klebrig, also griff sie nach dem erstbesten flachen Gegenstand auf dem Tisch und fächelte sich Luft zu. Rasch legte sie ihn wieder hin, als sie erkannte, dass es ihre Ausgabe von *Die Menopause und du* war.

»Die Familie Malpas versucht schon seit Jahren, dieses Grundstück wieder in ihren Besitz zu bringen. Aber rechtlich gesehen haben ihre Ansprüche keine Grundlage, und niemand hat sie ernst genommen«, sagte der Bürgermeister.

Penelope fühlte sich immer noch benommen, doch an etwas erinnerte sie sich. »Monsieur Charpet erzählte mir, dass es den Malpas vor dem Krieg gehört hatte.«

»Das könnte schon stimmen«, räumte der Bürgermeister ein. »Und es gab stets Fragen darüber, wie die Avores mit diesem Besitz aus dem Krieg herauskamen und dass es die Belohnung für irgendeinen Verrat gewesen sei. Leider gingen viele der offiziellen Aufzeichnungen in den Monaten nach der Befreiung verloren oder wurden zerstört.«

»Wie praktisch«, sagte Penelope schwach.

»Nach dem Krieg herrschte ein großes Durcheinander. Vieles wurde vertuscht, vor allem von den Kollaborateuren. Was immer wir über ihre Missetaten vermuten, es konnte nie bewiesen werden.«

»Was ist dann passiert?«

»Die Avores taugten nichts als Bauern. Sie brachten diesen Ort nie ans Laufen, und am Ende hat Manuel Avore den Hof verkauft, um seine Schulden zu begleichen.«

»Nur, dass er das nie getan hat!«, rief Penelope in einem plötzlichen Ansturm von Klarheit. »Ich muss etwas holen!«

Sie stieg die Treppe hinauf. Als sie zurückkam, hielt sie sich den Kopf und umklammerte mit der anderen Hand die Eigentumsurkunden des Hauses.

»Ooh, ich glaube, das hätte ich nicht tun sollen. Aber schauen Sie sich das an!«

Sie breitete das Dokument auf dem Tisch aus und fand die entsprechende Seite. Ihre Beine waren so schwach, dass sie sich schnell wieder hinsetzte. »Manuel Avore hat das Haus im März 2010 nicht an das Ehepaar aus Lyon verkauft. Zu diesem Zeitpunkt konnte er das gar nicht mehr tun. Nur für wenige Monate war es da nämlich im Besitz von ...« Sie wies auf den Namen.

Alle redeten gleichzeitig.

»Michel Cailloux!«, rief der Bürgermeister aus.

»*Sacré bleu!*«, sagte der Polizeichef.

»Das ändert alles«, erklärte Clémence. »Das umstrittene Flurstück auf den Besitzurkunden! Die Komplikation entstand deswegen, weil ein Streifen Land nie korrekt auf die Vorbesitzer, die Girards, übertragen worden war. Es blieb auf die Avores registriert, obwohl es eindeutig zu diesem Eigentum gehört. Der Notar bewertete das vor Jahren als einen einfachen Fehler. Aber womöglich hat Manuel Avore es Cailloux absichtlich vorenthalten, als er das Haus und das Grundstück an ihn übertrug.«

Bedächtig notierte Inspektor Gamelin die Seitenzahl auf dem Dokument. »Darf ich das zum Kopieren mitnehmen?«, fragte er.

Laurent Millais war verblüfft. »Warum kannte dann niemand diesen Cailloux? Wo kommt er her?« Er schien ziemlich verärgert zu sein, weil er es nicht wusste.

»Ich glaube, ich kann das beantworten«, sagte Penelope. »Und ich kann auch erklären, weshalb Cailloux getötet wurde. Cailloux war ein professioneller Spieler – ein Betrüger und ein Kartenhai.«

Alle starrten sie an.

»Cailloux hat Avore und Malpas bei einem Kartenspiel hintergangen. Der Preis war *Le Chant d'Eau*.«

Penelope schloss die Augen, um ihre Gedanken zu ordnen. Sie berichtete von dem Spiel, das der Familie Malpas Gerechtigkeit und das Haus verschaffen sollte. Die Art und Weise, wie Michel Cailloux die Gelegenheit nutzte, um beide Parteien zu übervorteilen und seinen Handel mit den Brüdern platzen zu lassen. Ein Winkelzug, der schließlich zu seiner Ermordung führte.

»Sie behaupten also, dass Cailloux von einem Malpas getötet wurde?«, fragte der Polizeichef.

Der Bürgermeister pfiff. »Das würde das Pik-Ass in seiner Hand erklären.«

»Was, wenn die Karte bewusst bei den Überresten von Cailloux platziert wurde, damit sie wie eine Botschaft der Marseiller Unterwelt aussieht?« Penelope wandte sich an den Polizeichef. »Sie haben mir gesagt, dass Sie sie genau dafür gehalten haben, nicht wahr?«

Er lief puterrot an.

»Außerdem«, fuhr Penelope fort, »glaube ich, dass Didier diese Besitztitel heute Nachmittag entdeckt hat. Ich hatte sie bei seiner Ankunft gerade im Obergeschoss gelesen. Als ich ein Geräusch hörte, ließ ich sie liegen und kam herunter, um herauszufinden, was los war. Didier ging hoch, angeblich, um mit der Neuverkabelung zu beginnen. Er war allein da oben. Wenn ich drüber nachdenke, benahm er sich ein wenig seltsam, nachdem er den Spieltisch gesehen hatte, den ich entdeckt habe.«

»Spieltisch, Madame?«, fragte der Polizeichef. »Was hat es damit auf sich?«

»Ich habe den Tisch hinten in der Scheune gefunden. Darin lagen das Kartenspiel und der Zeitungsausschnitt – ich habe beides an Inspektor Gamelin geschickt. Sie erinnern sich, das Spiel, in dem das Pik-Ass fehlte. Didier muss den Tisch erkannt haben, bevor er hinaufging. Vielleicht hat er die Karten sogar selbst reingesteckt, nach … nach …«

»Nachdem er geholfen hatte, das Ass mit der Leiche von Monsieur Cailloux zu begraben!«, ergänzte Clémence. »Er muss also gewusst haben, dass du die Karten gefunden hast, und dann entdeckte er, dass du die Besitzurkunden durchstöberst. Darum hat er dich anschließend bedroht! Du warst kurz davor, die Verbindung herzustellen. Und deshalb ...« Sie zögerte.

»Reden Sie weiter«, befahl Reyssens.

»Bevor der Verkauf stattfinden konnte, mussten wir einen Fehler in den Unterlagen korrigieren. Du erinnerst dich? Ein kleines Stück Land war immer noch – fälschlicherweise – auf die Avores eingetragen. Bei dem schnellen Verkauf an die Vorbesitzer war das niemandem aufgefallen.«

Penelope schwirrte der Kopf. »Meine Güte ... Gerade musste ich an etwas anderes denken. Kennst du die alte Geschichte über einen Schatz, der auf dem Grundstück versteckt sein soll? Was wäre, wenn er auf dem Streifen liegt, der die rechtlichen Probleme verursacht hat ... den Manuel Avore zu unterschlagen versuchte, als er *Le Chant d'Eau* im Kartenspiel verlor?«

Clémence riss die Augen auf.

»Was, wenn Jean-Luc Malpas und Didier genau darauf aus waren und nicht nur auf das Haus? Didier hat es zugegeben – jedenfalls denke ich das so.«

»Wir werden das alles untersuchen«, erklärte Reyssens wichtigtuerisch.

Penelope starrte ihn an. »Glauben Sie, die Malpas sind auch diejenigen, die auf mich geschossen haben? Die mit Schrotgewehren die Fenster zerstörten? Die mich kaltblütig mit Kugeln ermorden wollten?«

»Das untersuchen wir bereits«, erwiderte Reyssens.

»Das will ich hoffen.« Penelope blickte zu ihrem Nachbarn. »Und vergessen Sie nicht, dass einer von ihnen den Schuss von Monsieur Louchards Hof abgegeben haben könnte mit dem ausdrücklichen Ziel, die Schuld auf Monsieur Louchard zu schieben, damit es so aussieht, als wäre er der Schütze.«

»*C'est vrai – les salauds!*«, rief Louchard.

Gamelin nickte. »Ich habe keinen Zweifel, dass wir feststellen werden, dass das verwendete Gewehr das von Louchard war. Meine Ermittler werden es zur Untersuchung mitnehmen.«

»Wie konnte er Louchards Gewehr in die Finger bekommen?«

Der Bürgermeister mischte sich ein. »Oh, das ist leicht zu erklären. Sehen Sie, Jean-Luc Malpas ist Vertreter eines Werkzeug- und Maschinenbaubetriebs – ein Unternehmen, das auch Schlösser liefert. Manchmal passt Jean-Luc diese Schlösser ein, wenn es sonst niemanden gibt, der das tun kann. Ihn würde es nur ein paar Augenblicke kosten, um in das Haus von Monsieur Louchard und in seinen Waffenschrank zu gelangen. Er kann jedes Gebäude öffnen, ohne es zu beschädigen. Ohne einen Hinweis darauf zu hinterlassen, dass die Tür geöffnet wurde.«

Penelope verarbeitete diese Nachricht. »Dieser Werkzeug- und Maschinenbaubetrieb – ist es Darrieux SARL in Coustellet?«

»Ja.«

»Und natürlich wusste Jean-Luc Malpas, dass Louchard am Sonntag beim Traktorwettbewerb in Banon sein würde«, fügte Clémence hinzu.

»Und Didier wusste, dass ich mit Monsieur Charpet und seiner Schwester zu Mittag esse!«, erkannte Penelope. »Er war genau dort, beim *vide-grenier*, als Monsieur Charpet mich einlud und ich zusagte!«

»Dann passt ja alles zusammen.«

»Es ist so schwer zu glauben …«

Reyssens warf sich in die Brust wie ein Hahn. »Wie ich bereits sagte, es ist klar, dass die Familie Malpas Sie abschrecken wollte. Es war ein abscheulicher Akt der Einschüchterung gegen Sie, den neuen Besitzer von *Le Chant d'Eau*. Ich zweifle nicht im Mindesten daran, dass der Mord an Manuel Avore und die Platzierung seines Leichnams im Schwimmbecken, womöglich sogar die Schüsse … all das zielte darauf ab, Sie zu erschrecken und durcheinanderzubringen. Damit Sie beinahe unmittelbar nach Ihrer Ankunft wieder abreisen.«

»Und um die Immobilie so gut wie unverkäuflich zu machen«, fügte Clémence hinzu. »Wer will ein Haus kaufen, das mit einem Mord in Verbindung steht? Die Malpas hätten es dann für sehr wenig Geld bekommen können.«

»Fast wäre es gelungen«, stellte Penelope fest.

»Ah, aber Sie sind Engländerin, Madame. Wir alle sehen, dass Sie diese berühmte Unerschütterlichkeit und den Mut mitbringen«, bemerkte der Bürgermeister herzlich.

Penelope lächelte. Sie setzte sich ein wenig aufrechter hin.

»Didier hat also mit Ihnen geredet?«, fragte der Bürgermeister.

»Er konnte kaum damit aufhören. Schon unter den besten Umständen ist er eine regelrechte Plaudertasche.«

Gamelin hörte aufmerksam zu, mit dem Stift über dem Notizbuch.

Penelope rieb sich die rechte Schläfe. »Es hatte etwas mit seinem Onkel zu tun. Er sagte, ich hätte Jean-Luc am Tag meiner Ankunft gesehen. Ich bin mir nicht sicher, ob ich klar denke. Vor einer Minute hatte ich alles noch deutlich im Kopf, jetzt habe ich nur Kopfschmerzen.«

»Nein, ich nehme an, Sie haben recht, und wir durchschauen allmählich die Zusammenhänge«, warf der Bürgermeister ein. Er drückte Penelopes Hand und stand dann auf, als würde er eine Rede halten.

»Es war das Pech der Malpas', dass Sie, Penny, keine Angst vor Leichen hatten – und dass Sie sich mit diesen auskannten und wussten, was die forensische Wissenschaft uns verraten kann. Denn Sie waren es, die zuerst infrage stellte, dass Manuel Avore einfach ertrunken ist, und einen Unfall oder Selbstmord dahinter vermuteten, nicht wahr?«

Sie nickte. »Der Körper war zu schlaff, als er aus dem Pool geholt wurde. Es ist mir gleich ins Auge gesprungen.«

»Genau.«

»Die zeitliche Abfolge kam einfach nicht hin. Monsieur Avore konnte noch nicht so lange tot gewesen sein, wenn Sie verstehen, was ich meine. Wenn tatsächlich er es war, den ich am Vorabend gegen halb sieben gesehen hatte. Der fehlenden Leichenstarre nach zu urteilen, musste der Körper, der am nächsten Tag mittags aus dem Pool gezogen wurde, seit mehr als sechsundzwanzig Stunden tot sein.« Sie wandte sich an den Polizeichef und Gamelin. »Ich habe versucht, es Ihnen zu sagen. Der Mann, den ich an diesem ersten Abend traf, und die Leiche im Pool konnten unmöglich dieselbe Person gewesen sein.«

Reyssens nickte ausdruckslos.

Der Bürgermeister hielt eine flache Hand in die Höhe. »Und Sie hatten recht, Penny. Meine Theorie ist folgende: Sie sollten denken, dass Sie am Tag Ihrer Ankunft auf *Le Chant d'Eau* Manuel Avore in Ihrem Garten getroffen haben. Tatsächlich, so glaube ich, haben Sie Jean-Luc Malpas gesehen – angezogen wie Manuel Avore!«

»Sie haben recht. Didier hat das zugegeben.«

Der Bürgermeister lächelte in die Runde. »Ein schlauer Einfall, nicht wahr? Jean-Luc ist ein geschickter Schwindler. Er ist etwa genauso groß und ähnlich gebaut wie Manuel Avore. Er hätte Manuel gut verkörpern können – vor allem gegenüber jemandem, der Manuel Avore nie zuvor getroffen hat. Er zog die Mütze und den Anzug des Mannes an. Er achtete darauf, dass Ihnen sämtliche typischen Eigenschaften von Avore bei der Begegnung auffallen. Wenn Sie die dann beschreiben, wäre es für jeden offensichtlich gewesen, dass diese Person, die Sie gesehen haben, Manuel Avore sein musste. Sie, die gerade erst im Dorf angekommen war und niemanden kannte!«

Der Polizeichef griff in eine Tasche und zog ein Notizbuch und einen Stift heraus.

»Sie haben Avore schon früher getötet, und am Abend, als Sie erst ein paar Stunden hier waren, zog Jean-Luc Malpas die Kleidung des Toten an und kam den Weg herunter in Ihren Garten, wo er vorgab, Avore zu sein. Alles, was er tat und sagte, war so berechnet, dass Ihre spätere Beschreibung, nach dem Auffinden der Leiche, auf Avore hindeuten würde.«

»Als ich in diesem Versteck war«, fing sie stockend an, »erzählte Didier, dass Avore zu Jean-Lucs Haus kam und Ärger machte, dass er sie verspottete, weil ich in *Le Chant d'Eau* einziehen würde. Es gab einen Kampf, und Jean-Luc schlug Avore mit einer Axt nieder. Ich schätze, es ist die Axt, die ich in der *borie* gefunden habe.

»Wozu also diese ganze Scharade? Warum hat er sich als Manuel Avore verkleidet und eine Begegnung mit mir arrangiert? Wollten sie sich ein Alibi für den vermeintlichen Todeszeitpunkt verschaffen?« Plötzlich fühlte sie sich viel besser, als wäre sie wieder bei der Arbeit mit dem geschätzten Professor Fletcher in der forensischen Abteilung des Innenministeriums.

»Das muss es wohl gewesen sein«, befand der Polizeichef und machte eine Notiz. »Wir werden es genauer wissen, nachdem wir sie befragt haben.«

»Wussten sie denn gar nichts über Forensik – wie schnell dieser Trick auffliegen würde?« Penelope schüttelte den Kopf. Der Mangel an ordentlicher Planung und Aufmerksamkeit für die Einzelheiten bei Kriminellen verblüffte sie immer wieder. »Und ... obwohl ich Jean-Luc Malpas an seinem *brocante*-Stand beim *vide-grenier* getroffen habe und er mir natürlich bekannt vorkam, habe ich ihn trotzdem nie mit dem Mann in Verbindung gebracht, den ich für Manuel Avore halten sollte. Er war gut gekleidet und trug eine Sonnenbrille.«

»Genau.«

Viele der Dorfbewohner hatten die gleiche kurze, drahtige Statur und braun gebrannte Gesichter. Doch Penelope kam zu dem Schluss, dass es unhöflich – wenn nicht gar wenig politisch korrekt! – sein könnte, das zu erwähnen. Man musste vorsichtig sein, heutzutage. Nicht, dass das jemanden davon abgehalten hätte, klischeehafte Vorstellungen über die Briten zu kommentieren.

»Glauben Sie, Jean-Luc hat Monsieur Charpets Bemerkung mit angehört – darüber, dass die von mir gekaufte Öllampe vertraut aussah? Später erfuhr ich, dass ich wahrscheinlich die Gartenlaterne zurückgekauft habe, die er gestohlen hatte. Wie gemein ist das denn? Ich nehme an, er fand es lustig. Wie einfach war es, mich abzuzocken! Aber ich hätte mir nie vorstellen können ...«

»Erzähl ihr von der Verbindung nach Coustellet«, schlug Clémence vor.

»Dazu komme ich gleich«, sagte der Bürgermeister. »Das haben wir heute herausgefunden. Sie hatten völlig recht, das Geschäft von Darrieux in Coustellet mit den Schuldigen dieses Verbrechens in Verbindung zu bringen. Es war eine wichtige Beobachtung, die vielleicht nicht die gebührende Anerkennung fand.«

Reyssens bewegte sich unbehaglich.

»Es war Jean-Luc Malpas, der die Strauss-Axt gekauft hat. Ich habe ein wenig Druck auf Monsieur Darrieux ausgeübt, damit er die Kreditkartendaten der Käufer herausgibt. Malpas' Name war nicht dabei, doch Darrieux erinnerte sich selbst daran, dass Malpas ein Beil dieser Marke erworben und zunächst versucht hatte, es kostenlos zu bekommen, weil es fehlerhaft und der Kopf lose war. Darrieux wollte es an den Hersteller zurückschicken, aber Jean-Luc überredete ihn, es ihm zum Selbstkostenpreis zu überlassen. Es war ein großes Glück für Sie, dass wir bei dem Laden nachgefragt haben. Denn daraufhin hat Clémence bei Ihnen angerufen und erfahren, dass Didier Picaud bei Ihnen ist. Wir sind sofort wieder hochgefahren – gerade noch rechtzeitig, wie sich herausstellte.«

Penelope erschauderte. »Als sie in dieser Nacht Manuel Avores Leiche in den Pool warfen, müssen sie die Axt in Monsieur Charpets Geräteschuppen hinterlegt haben«, sagte sie. »Bestimmt haben sie geglaubt, dass sie nun all ihre Probleme auf einmal losgeworden sind.«

Die Erwähnung der Axt schien den Polizeichef daran zu erinnern, dass er sich dringend wieder auf der Polizeiwache verkriechen wollte. Er stand auf und verabschiedete sich, schüttelte jedem feierlich die Hand und zeigte dieses Mal ein spürbares Minimum an Respekt.

Penelope sackte am Küchentisch zusammen und stellte fest, dass sie nicht aufhören konnte zu reden. »Didier! Ich hatte ja keine Ahnung! Woher um alles in der Welt habt ihr das gewusst? Ich komme mir wie ein solcher Idiot vor – aber woher hätte ich es wissen sollen?«

Dann schlug sie die Hand vor den Mund. Alle blickten sie erschrocken an.

»Was ist los?«, fragte Gamelin drängend.

»Es müssen Jean-Luc oder Didier gewesen sein, die den Bremszug an meinem Auto durchgeschnitten haben! Was, wenn ich damit den Berg hinuntergefahren wäre?«

Das Entsetzen schien umso ungezügelter hervorzubrechen, nun, da sie tatsächlich in Sicherheit war.

Am Ende gab es nur noch eine weitere Frage. »Warum ist Didier nicht weiter weg gefahren, nachdem er mich in seinen Van gepackt hat, warum hat er mich nur bis zu diesem Unterstand gebracht …?«

»Das kann ich beantworten, Madame«, erklärte Monsieur Louchard stolz. »Es gab keinen anderen Ort, an den er gehen konnte. Als ich den Anruf von Clémence erhielt, dass Didier sich in *Le Chant d'Eau* aufhält, fuhr ich meine preisgekrönte Mariette bis zum Anfang des Weges und parkte sie dort, um die Zufahrt zu blockieren!«

34

Zwei Tage später, nach unzähligen Tassen Tee und Freundlichkeiten von ihren neuen Freunden und Nachbarn, wurde Penelope auf die *mairie* eingeladen.

Der leichte Wind in den Bäumen klang wie das Wispern fließenden Wassers, als sie an diesem sonnigen Herbstmorgen zügig voranschritt. Im Wald über ihr lag der Jagdunterstand, in dem sie eine so qualvolle halbe Stunde mit Didier verbracht hatte, so geschickt hinter Steineichen verborgen, dass er von hier unten aus gar nicht zu sehen war. Schnell ging sie weiter.

Auf der Straße nach St Merlot hinauf begegnete sie keinem Fahrzeug. Als sie den Dorfplatz erreichte, blickte der reglose alte Mann mit der Zeitung plötzlich auf und hob grüßend die Hand. Penelope bekam fast einen Herzinfarkt bei der unerwarteten Bewegung.

»*Bonjour, Madame Keet!*«

»*Äh, bonjour, Monsieur!*«

Sie schenkte ihm ein breites Lächeln, als er die Baskenmütze lüpfte und dann weiterlas.

Als Nächstes traf sie auf ein paar Leute, die vor den Geschäften flanierten und ihr zulächelten, als sie vorbeikam. Penelope war zumute, als hätte sich endlich eine Tür geöffnet. Sie war immer noch eine Fremde hier, aber eine erwünschte Fremde, die zum Dorfleben gehörte.

In der *mairie* führte Nicole sie schnell in das Allerheiligste weiter. Laurent stand mit dem Polizeichef und Clémence vor seinem Schreibtisch. Der Bürgermeister schenkte ihr sein umwerfendstes Lächeln.

»Ah, Madame Kiet, Penny, ich bin froh, dass Sie da sind. Jetzt können wir anfangen.«

»Anfangen womit?« Penelope war immer noch benommen von den Nachwirkungen seiner Begrüßung.

»*Monsieur le Chef de Police* hat neue Informationen für uns. Ich denke, Sie werden das sehr interessant finden. Kommen Sie mit in den Besprechungsraum.«

Sie alle nahmen am Ende eines langen Tisches Platz. Nicole brachte Kaffee herein und verweilte im Hintergrund, offenbar in der Hoffnung, den neuesten Klatsch aus erster Hand zu erfahren.

»Danke, Nicole«, sagte der Bürgermeister.

Die Tür ging zu, und der Polizeichef ergriff das Wort.

»Ich wollte Sie über unsere Fortschritte informieren, seit wir Didier Picaud und auch Jean-Luc Malpas verhaftet haben. Obwohl Didiers Geständnis Ihnen gegenüber uns bereits ein paar Hinweise gab und auch genügend Beweise vorhanden waren, um ihn wegen einer Reihe von Verbrechen anzuklagen, einschließlich versuchter Entführung, so fehlte uns doch noch eine Bestätigung seiner Rolle bei Avores Ermordung.«

Penelope runzelte die Stirn, als sie sich an ihre kurze Gefangenschaft erinnerte. »Er sagte mir, es sei ein Unfall gewesen, Monsieur.«

»Ja, und er bleibt auch bei dieser Geschichte. Aber wir haben Manuel Avores Haus untersucht und glauben, dass er lügt.«

»Tatsächlich?«

»Wir haben forensische Proben im Haus genommen, und die erzählen eine andere Geschichte.«

Penelope hörte aufmerksam zu, als der Polizeichef fortfuhr.

»In der Küche der Avores fanden wir Spuren von Blut in den Mörtelfugen zwischen den Bodenfliesen. Das Blut war das von Manuel Avore. Normalerweise ließe das kaum eine Schlussfolgerung zu – immerhin lebte er dort. Aber dann entdeckten wir etwas anderes. Etwas sehr Interessantes.«

Er warf sich in die Brust.

Penelope verlor die Geduld. »Und dieses andere war ...«

»Wir haben Blutflecken gefunden, die nicht von Avore stammten.«

»Wissen Sie, von wem die kamen?«

»Nun, Madame, das ist das Seltsame. Sie gehörten zu niemandem ...« Der Polizeichef lächelte wie bei einer glücklichen Erinnerung. Penelope spürte, wie ihre Stimmung immer gereizter wurde. Tat der Mann das mit Absicht?

»Blut, das von niemandem kommt?«, fragte sie.

Hatte man sie etwa dafür herbestellt? Der Bürgermeister und Clémence lauschten ehrerbietig, aber sie war wenig beeindruckt.

»Geduld, Madame, ich werde es gleich erklären. Das Blut gehörte niemandem ... jedenfalls keinem Menschen. Es gehörte zu einem ganz besonderen Tier.« Der Anflug eines Kicherns, das sein lachhaftes Gesicht verzog, brachte Penelope nur noch mehr auf.

»Wie gesagt, ein besonderes Tier. Ein ... Kaninchen. Ihr Kaninchen.«

Penelope war verwirrt. »Aber ich habe gar kein Kaninchen!«

»Das Kaninchen, dessen Blut Sie auf der Axt gefunden haben, unter dem losen Blatt. In Avores Haus entdeckten wir es auf Lacksplittern, die ebenfalls von dem Axtschaft stammen und sich davon gelöst haben müssen – mikroskopisch! Sehr, sehr klein!«

Mit Mühe hielt sie sich zurück und blaffte ihn nicht an, da

sie sehr genau wusste, was mikroskopisch bedeutete. In der Tat verstand sie wahrscheinlich mehr von forensischer Pathologie als er.

»Diese Splitter mit dem Blut des Kaninchens, sie rieselten wie Staub herab, als die Axt zum Angriff auf Manuel Avore benutzt wurde.«

»Was die Axt ebenso wie Avores Blut zum Zeitpunkt seines Todes eindeutig in seinem Haus verortet!« Penelope konnte sich nicht länger zurückhalten.

»Genau«, bestätigte Reyssens. »Er wurde getötet, als die stumpfe Seite der Axt ihn frontal und an der Seite am Kopf traf. Vermutlich wollten die Täter verhindern, dass er blutet und sie das wegwischen müssen. Aber Avore muss in die Klinge gegriffen haben, als er die Hand hob, um sich zu verteidigen, so entstand doch eine blutende Wunde.«

»Seine Hand …« Penelope sah wieder den Leichensack und die schlaffe Hand vor sich. »Sie war aufgerissen. Ich habe es gesehen.«

»Dann war es kein Unfall, wie Didier gegenüber Penny behauptet hat«, stellte Clémence fest. »Die Axt! Wir wussten es!«

»Nein, das war eine Lüge«, bestätigte Reyssens, als ob er froh wäre, das zumindest einer von ihnen ihm die Gelegenheit zu einer herablassenden Antwort verschaffte. »Die Täter gingen sehr umsichtig vor, sie folgten einem Plan und versuchten, ihre Spuren zu verwischen. Sie wollten den Zeitpunkt des Todes verschleiern. Sie nahmen die Axt, mit der sie bereits das Kaninchen getötet hatten. Sie reinigten den Kopf und die stumpfe Seite, mit der Avore erschlagen worden war. Dann, bevor sie das Werkzeug in den Schuppen von Monsieur Charpet legten, töteten sie noch ein weiteres Kaninchen damit und säuberten die Axt erneut – allerdings nicht perfekt, weil einige Spuren des Blutes vom letzten Kaninchen zurückbleiben sollten. Unsere detaillierteren Tests zeigen an, dass die Zeit, zu der es dort hingekommen ist, ungefähr mit Avores Todeszeitpunkt übereinstimmt.

Aber sie haben nicht die Spuren des früheren Kaninchens unter dem fehlerhaften Axtkopf beseitigt. Wir haben beide Männer wegen des Mordes an Manuel Avore angeklagt. Sie werden eine lange Zeit im Gefängnis bleiben.«

Penelope lehnte sich verblüfft zurück. Das Blut auf der Axt war am Ende doch sehr wichtig für den Fall gewesen. Ihre Instinkte hatten sich als richtig erwiesen. »Also wurde Manuel Avore in seiner eigenen Küche getötet. Aber wo war Mariette, seine Frau – bestand nicht das Risiko, dass sie nach Hause kommen und sie stören könnte? Oh!«

Sie schlug sich die Hand vor den Mund. »Ich traf an einem Mittwoch hier ein. Mariette Avore stand mit dem *Bibliobus* auf dem Dorfplatz. Sie war den ganzen Tag mit der Fahrbibliothek unterwegs!«

»Das ist richtig!«, sagte der Bürgermeister. »Das muss sie gewesen sein!«

»Aber warum haben sie Manuel gerade jetzt getötet – warum nicht bereits lange vorher?« Penelope war froh, endlich die Frage stellen zu können, über die sie schon die ganze Zeit gegrübelt hatte.

»Didier Picaud hat uns eine sehr umfangreiche Aussage geliefert«, sagte Reyssens. »Tatsächlich konnte er kaum mit dem Reden aufhören. Übrigens, er war auch der Eindringling, der in Ihr Haus eingebrochen ist. Wir haben ihn bei den Ermittlungen ausgeschlossen, weil seine Fingerabdrücke bereits bei den rechtmäßigen Besuchern des Hauses verzeichnet waren.

Wie auch immer, es scheint, dass Manuel Avore gleich nach seiner Entlassung aus der Haft wieder mit dem Trinken anfing. Er hat verschiedenen Einheimischen in einer Bar unten in Apt erzählt, dass er ein paar sehr interessante Informationen über die Familie Malpas hätte, obwohl er nicht verraten wollte, welche das sein sollten. Er liebte die Macht, die es ihm verschaffte, wenn er eine Bedrohung für sie war.

Schlechte Nachrichten verbreiten sich rasch. Die Malpas' waren auf Ärger vorbereitet, noch bevor sie Avore im Dorf begegneten. Als sie es taten, zog Avore Jean-Luc und Didier damit auf, dass er wüsste, dass sie Michel Cailloux ermordet hätten und dass er überlegte, was er deswegen unternehmen sollte.

Er erzählte ihnen, dass seine Informationen von einem alten Dieb stammten, den er im Gefängnis getroffen hatte. Dieser Mann hatte Michel Cailloux gut gekannt; Cailloux hatte ihm verraten, dass er das Haus, das er gewonnen hatte, so schnell wie möglich verkaufen wollte und dass er die Malpas' dabei übers Ohr gehauen hätte. Es war nicht sicher für ihn, in der Nähe von St Merlot zu bleiben, und er fürchtete um sein Leben. Cailloux hatte seinem Freund erzählt – und der erzählte es Avore, als er ihn im Gefängnis traf –, dass er das Haus ein paarmal für Kartenspiele mit hohen Einsätzen benutzt hatte.

Nach Drohungen seitens der Malpas' hatte Cailloux dann rasch verschwinden müssen. Wie es schien, war er in einer anderen Gegend untergetaucht, vielleicht unter einem neuen Namen. Auf jeden Fall hat sein Freund nie wieder von ihm gehört.«

»Was erklären würde – Entschuldigung«, fiel Penelope ihm ins Wort.

»Nein, nur zu«, bot Reyssens gönnerhaft an.

»Der Zeitungsausschnitt, den ich im Spieltisch gefunden habe. Der unglücklichste Jackpot-Gewinner der Welt. Cailloux wollte keine Publicity, und ganz bestimmt wollte er nicht als ›Einwohner von St Merlot‹ identifiziert werden. Das hätte nur zu Fragen darüber geführt, wie er in den Besitz des Hauses gekommen war. Alles, was er wollte, war ein schneller Verkauf und dann verschwinden.«

»Aber das *Casino de Salon* nennt stets den Gewinner seines großen Oster-Pokerwettbewerbs«, wandte der Bürgermeister ein. »Das ist eine gute Werbung für sie. Cailloux hätte nicht gewinnen sollen, wenn er nicht in der Zeitung stehen wollte.«

»Vielleicht konnte er nicht anders«, überlegte Penelope. »Er musste immer gewinnen, sogar wenn er vereinbart hatte, das nicht zu tun. Er war süchtig nach seiner Glückssträhne.«

»Oder nach seiner Betrugsserie«, fügte Reyssens hinzu. »Jedenfalls war Manuel Avore jetzt aus dem Gefängnis heraus, und er redete. Jean-Luc und Didier wussten, dass sie schnell handeln mussten.«

»Doch sie mussten bis zum nächsten Mittwoch oder Donnerstag warten, wenn Mariette Avore den ganzen Tag mit der mobilen Bibliothek unterwegs sein würde«, rief Penelope. »Dieser Mittwoch war der früheste Tag, an dem sie Avore loswerden konnten – der Tag, an dem ich eingezogen bin. Aber sie hatten es nicht ganz zu Ende geplant. Sie hatten keine Zeit. Vielleicht …« Sie wandte sich an Reyssens. »Sie könnten Didier fragen, wie das Pik-Ass in Cailloux' tote Hand gelangt ist. Sind sie ins Haus eingebrochen, und haben sie es aus dem Spieltisch geholt, oder hatte Cailloux die markierte Karte bereits bei sich? Es muss das eine oder das andere sein. Ich bin mir sicher, wenn Sie ihm schmeicheln, wird er weiter reden.«

Der Polizeichef blies die Luft durch seine feuchten, roten Lippen. »Wie es scheint, hätte ich Ihren Spürsinn für Mord ein wenig ernster nehmen sollen, Madame Kiet.« Er entschuldigte sich nicht wirklich dafür, dass er sich über sie lustig gemacht hatte, aber er war auch der Typ, der das niemals tun würde.

Penelope lächelte gnädig. »Womöglich haben die Amateure doch etwas zu bieten.«

Sie freute sich schon darauf, das Camrose bei seinem Besuch zu erzählen.

35

Es war ein Samstag Ende September. Hell und klar dämmerte der Morgen über dem Luberon. Um acht Uhr war die Luft frisch, durchsetzt von der ersten Ahnung des Herbstes.

Penelope tauchte in ihren Swimmingpool und genoss das köstliche Kribbeln des kalten Wassers.

Monsieur Charpet und sein Gehilfe hatten wieder Ordnung in das Chaos des Gartens gebracht. Das Schwimmbad sah wunderschön aus. An jeder der vier Ecken stand eine brandneue Zypresse neben einer großen Terrakottavase. Penelope hatte ein besonderes Vergnügen dabei empfunden, die zahllosen Wertstoffhöfe danach zu durchforsten. In einem Moment des waghalsigen Irrsinns hatte sie auch einen Panda aus Fiberglas erstanden, der dem, den sie auf dem *brocante* gesehen hatte, überraschend ähnlich sah, jedoch nur die Hälfte kosten sollte. Nachdenklich spähte er nun aus dem Bambusdickicht im Garten heraus. Er sah wirklich ziemlich lebensecht aus, dachte sie, und er betonte eine gewisse englische Exzentrizität, die keine schlechte Sache war. Die Einheimischen hielten sie bereits für verrückt, weil sie weiterhin in ihrem unbeheizten Pool schwimmen wollte, aber sie fand das kühle frische Wasser einfach herrlich.

Nach vierzig Bahnen Brustschwimmen und Kraulen stieg sie gestärkt aus dem Becken. Sie trocknete sich schnell ab und zog den Morgenmantel an, bevor sie zurück ins Haus ging.

Es sollte ein Tag der Leckereien werden, hatte sie beschlossen. Ein Tag für ein Zwei-Croissant-Frühstück. Die aß sie heutzutage nur selten, was ihrer Figur definitiv zugutekam.

Mit einer Tasse duftendem Kaffee und einem Teller trat sie auf die Terrasse, immer noch im Morgenmantel. Ja, ein Schlemmertag in ihrem Traumhaus in der Provence.

Um neun Uhr dreißig war es wieder wunderbar warm, einer der Tage, die regelrecht sommerlich waren. Später würde sie ein oder zwei Stunden auf ihrem Cello spielen. Nun, da all die Störungen vorüber waren, konnte sie sich auch endlich wieder ihrer Musik hingeben. Mitunter spielte sie draußen und erfreute sich an ihren Fortschritten, an der ständig wachsenden Sicherheit und der Fülle der Noten, die sie in Richtung der blauen Hügel entschweben ließ.

Sie fühlte sich nun geborgen und unter Freunden hier. Später würde sie mit Laurent Millais zu Abend essen. Bei ihm zu Hause sogar – sie konnte ihre Neugier kaum zügeln und freute sich schon darauf, es zu sehen. Er hatte ihr Champagner versprochen, um auf den Neuanfang anzustoßen.

Didier Picaud und Jean-Luc Malpas saßen im Gefängnis in Avignon und warteten auf den Prozess wegen der Morde an Manuel Avore und Michel Cailloux sowie der Bedrohung und Entführung einer Engländerin. Als Teil einer komplizierten Prozessabsprache hatte Jean-Luc zugegeben, dass er sich Zugang zu Monsieur Louchards Waffenschrank verschafft hatte und in *Le Chant d'Eau* eingebrochen war, um das symbolische Pik-Ass – das als eine Visitenkarte des organisierten Verbrechens galt – zu erhalten, in der Nacht im April 2010, in der sie auch Cailloux getötet hatten, kurz nachdem er in der Zeitung erwähnt worden war. Didier hatte gestanden, dass er die Schüsse auf Penelope abgegeben hatte. Er schwor, dass er sie niemals hatte verletzen wollen, und Penelope hätte nur zu gern daran geglaubt. Nach Angaben des Bürgermeisters leistete der Polizeichef endlich vernünftige Arbeit, und alles deutete darauf hin, dass der Gerechtigkeit Genüge getan würde.

Das Dorf war auch ein glücklicherer Ort geworden. Die Morde schienen alle zusammengebracht zu haben. Kleinere Streitigkeiten wurden bei einer Partie *pétanque* oder in der Bar beigelegt.

»Sie sind zu einer Kraft des Guten in St Merlot geworden«, hatte der Bürgermeister ihr gesagt, als er seine Einladung überbrachte. »Auch wenn es für Sie eine schwierige Zeit war, wie ich weiß.«

»Jetzt ist es vorbei«, hatte sie geantwortet.

In der folgenden Woche sollten die Handwerker und Raumgestalter mit der Reparatur, dem Verputz und dem Neuanstrich beginnen. *Le Chant d'Eau* sollte bis zum Winter wasserdicht und gemütlich werden.

Sie hob gerade das zweite buttrige, blättrige Croissant an die Lippen, da hörte sie das Geräusch eines ankommenden Fahrzeugs. Penelope war sich nur zu gut des vorstädtischen englischen Stils ihres Morgenmantels bewusst und wollte sich unauffällig zurückziehen, da kam ein Taxi knirschend auf der Zufahrt zum Stehen. Steine spritzten durch die Gegend.

Als die Staubwolke verflog, schob sich eine üppige Gestalt in grellem Rosa aus der Beifahrertür und schrie: »Überraschung!«

»Frankie!«

»Hallo, Liebes!«

»Was zum Teufel ist das?« Frankie ließ den Taxifahrer stehen, der unter dem Gewicht eines riesigen Koffers schwankte. »Dieser Morgenmantel ist grässlich, Pen – er muss weg!«

Penelope eilte zu ihrer Freundin. »Und warum hast du mir nicht gesagt, dass du kommst?«

»Clémence rief mich an und erzählte mir von dem Festessen im Haus des Bürgermeisters, da musste ich einfach kommen! Es macht dir doch nichts aus, oder?« Frankie umarmte sie kräftig. »Ich kann unmöglich eine Party verpassen, und ich will die ganze Geschichte von dir persönlich hören.«

»Nein, natürlich macht es mir nichts aus, aber ...« Penelope riss die Augen auf, als ein weiterer riesiger Koffer aus dem Kofferraum des Taxis gehoben wurde.

»Nur ein kurzer Aufenthalt, Herzchen.«

Penelope wusste nicht, ob sie sich freuen oder ärgern sollte.

*

So viel zu Penelopes ruhigem Genuss- und Verwöhntag vor ihrem großen Abend mit Laurent. Nicht, dass es mit Frankie nicht auch immer lustig war. Sie saßen auf der Terrasse und plauderten, und Penelope ließ keine Einzelheit ihrer Mini-Entführung durch den jungen Mann aus, der scheinbar so versessen darauf gewesen war, ihr Freund zu sein und Englisch zu reden.

»Da haben wir etwas missverstanden, nicht wahr, Pen, hm? Schlimme Geschichte.«

»Mir ist jetzt noch übel, weil ich auf ihn reingefallen bin.«

»Du warst nur nett, Pen. Siehst stets das Beste in Menschen.«

»Es fühlt sich trotzdem dumm an. Ich erschaudere bis heute, wenn ich an das Messer in seiner Hand denke.«

»Wann ist der Prozess?«

»In ein paar Monaten.«

»Wirst du vor Gericht erscheinen?«

»Ich weiß es noch nicht. Ich könnte als Zeugin aufgerufen werden.«

»Sie können wohl kaum auf nicht schuldig plädieren!«

»Ich versuche, das alles aus dem Kopf zu bekommen. Dennoch muss ich zugeben, dass es sehr befriedigend war, als

Laurent den Polizeichef in die *mairie* kommen ließ, um uns persönlich über die letzten Ergebnisse im Fall Avore zu informieren. Trotzdem ist er ein seltsamer Typ – dieser Reyssens, meine ich.«

Ein Auto hupte, als es den Weg hinunter in Richtung von Louchards Hof fuhr.

Penelope winkte und wandte sich dann Frankie zu. »Es ist schön zu wissen, dass Pierre nicht weit weg ist. Er ist ein netter Mann. Das war noch so eine Sache. Didier versuchte, gegenüber dem reizenden Monsieur Louchard meinen Argwohn zu wecken.«

»Sie haben haltgemacht. Sie steigen aus.«

Penelope beschloss, sich vom Pflaumenschnaps fernzuhalten, wenn das Thema aufkam. Für den herannahenden Abend wollte sie in Bestform sein.

Pierre Louchard und Mariette Avore sprangen Händchen haltend durch das Gartentor.

»*Ah, bonjour, bonjour! Madame Frankie!*«, rief Louchard. Jeder küsste jeden anderen dreimal.

»Das scheint mir ein guter Augenblick zu sein, um euch allen zu verraten, dass wir heiraten werden! In unserem Alter macht es keinen Sinn zu warten, wenn wir einander so gut kennen und auch schon mit neunzehn hätten heiraten sollen!«

Mariette strahlte.

Jubel und Glückwünsche wurden laut. Wieder küsste jeder jeden anderen dreimal.

Knirschender Kies auf der Zufahrt, gefolgt von kreischenden Bremsen, kündigte einen weiteren Besucher an. Clémence traf ein und brachte Geschenke vom Markt in Apt – weiße Nektarinen und Olivenöl. »*Bonjour, Penny! Bonjour, Frankie! Une bonne surprise, n'est-ce pas?*«

Natürlich wollte Frankie auswärts zu Mittag essen. Clémence schlug vor, ein neues Restaurant in Saignon auszuprobieren, und verschwand dann wieder, nachdem sie dafür gesorgt hatte, dass Frankie bei der Aussicht auf ein feudales Essen schon das Wasser im Mund zusammenlief.

Ich wette, sie isst einen Apfel zum Mittagessen und geht heute Nachmittag zum Friseur, dachte Penelope. Doch nun gab es kein Entrinnen mehr. Sie schmollte ein wenig, weil das, was sie für ein Abendessen *à deux* mit dem Bürgermeister gehalten hatte, sich irgendwie in eine Dinnerparty verwandelt hatte. Vielleicht hatte sie es von Anfang an missverstanden. Zu viel Wunschdenken.

Das Restaurant in Saignon war sehr gut, und es war immer ein Vergnügen, das Dorf mit seiner Hauptstraße zu besuchen, die eine perfekte Kulisse abgegeben hätte für einen französischen Film, der in den 1950er-Jahren spielte. Penelope blieb bei Perrier und wählte nur einen leichten Hauptgang, während Frankie Rosé trank und sich durch das dreigängige Menü arbeitete.

»Ich musste heute Morgen zu einer unmenschlichen Zeit aufstehen, um ein Flugzeug zu erwischen, Pen!«

»Mach nur weiter, Frankie. Ich halte mich an die Diät der Französinnen.«

»Ich muss sagen, du siehst auch gut dabei aus.«

»Ich denke, wir sollten beide eine Siesta machen, wenn wir zurückkommen. Hier, nimm den Rest der Karaffe.«

Der Wein setzte Frankie für ein paar Stunden außer Gefecht. Lange genug, dass Penelope sich im Garten entspannen, noch einmal schwimmen und alles Weitere tun konnte, was sie eigentlich in aller Ruhe hatte erledigen wollen – wie beispielsweise ihre Nägel lackieren und sich Zeit nehmen, um ihre Haare zu waschen und aufzustylen. Mittlerweile spielte das ohnehin keine so große Rolle mehr. Laurent würde ihr nicht mehr Aufmerksamkeit schenken als allen anderen Gästen. Nicht, dass er das jemals getan hätte, wie sie sich ins Gedächtnis rief. Es spielte keine Rolle, dass auch Frankie und Clémence und wer immer sonst dort sein würden. Die hielten sie nur davon ab, sich völlig zum Narren zu machen.

Um sieben Uhr zog Penelope ein schmales tiefviolettes Kleid an, das ihren Kurven schmeichelte. Sie grinste über ihr Spiegelbild.

Durch das offene Fenster konnte sie Frankie draußen hören, die an ihrem Handy wie ein Wasserfall mit Johnny plapperte.

»Es wird allmählich. Das Haus wird fantastisch werden, und du glaubst nicht, wie Pen sich gemacht hat, seit sie aus Esher raus ist ... Sie sieht um Jahre jünger aus ... Ja, wirklich ...«

»Fährst du, Pen?«

»Ich habe ein Taxi bestellt. Ich weiß, die Entfernung ist kaum der Rede wert, aber wir gehen lieber auf Nummer sicher. Ich will nicht fahren müssen, wenn ich etwas getrunken habe.«

»Gute Entscheidung. Jetzt können wir uns wirklich amüsieren.« Frankie glänzte in einer silbrigen Tunika, die ihre Beine zeigte. Sie klimperte mit ihren falschen Wimpern.

»So lautet der Plan.«

»Warst du schon einmal in Laurents Haus?«

»Nein. Ich kann kaum erwarten, es zu sehen.«

Die Taxifahrt dauerte nur fünf Minuten. Der Fahrer kannte den Weg genau: durch das Zentrum von St Merlot und auf der anderen Seite Richtung Les Garrigues.

Sie kamen am alten Priorat vorbei und bogen in eine von Olivenbäumen und Oleandern gesäumte Zufahrt ein. Das Gelände war großzügig, aber wunderschön gepflegt. Das Gras hätte als Bowling-Spielfläche getaugt. Er muss ein ganzes Team von Gärtnern unterhalten, die rund um die Uhr arbeiten, dachte Penelope.

Das Haus des Bürgermeisters entpuppte sich als Herrenhaus aus dem achtzehnten Jahrhundert mit elegant verblassten grauen Fensterläden. Frankie war beeindruckt. »Alles sehr chichi. Das Dach ist neu und von höchster Qualität«, wisperte sie. Sämtliche Fenster im Erdgeschoss waren Fenstertüren. Die untergehende Sonne vergoldete die exquisite helle Stuckfassade. Eine Reihe Platanen beschattete eine große Kiesterrasse, auf der ein Tisch mit Blumen und Kerzen in Gläsern vorbereitet war. In der Nähe, an beiden Enden, standen Heizpilze für den Fall, dass es abends kälter wurde. Es sah aus wie ein Foto in einem Lifestyle-Magazin.

Aus diesem perfekten Bild trat Laurent Millais hervor, der drei Flaschen Dom Perignon trug. Er stellte sie in einen silbernen, mit Eis gefüllten Kühler und hob grüßend die Hand.

»*Bonsoir, Mesdames!*«

Laurent sah umwerfend gut aus in seinem cremefarbenen Hemd und der bordeauxfarbenen Jeans. Penelope unterdrückte eine Bemerkung, als Frankie sich sofort auf ihn stürzte, um als Erste die drei Küsse zu wechseln.

»Vielen Dank für die Einladung«, sagte sie, als sie an der Reihe war. »Was für ein atemberaubendes Haus!«

»Ich könnte nirgendwo anders leben! Nun, lassen Sie uns den Champagner öffnen.«

Ein Kellner brachte Kristallgläser auf einem Tablett, öffnete dann eine der Flaschen und schenkte ein.

Durch die offene Tür zur Küche waren umhereilende Caterer zu sehen, und eine junge Kellnerin brachte Canapés nach draußen.

Sie hoben die Gläser.

»Auf Penny und ihr neues Leben in St Merlot«, sagte der Bürgermeister.

»Vielen Danke!«

Penelope fühlte sich plötzlich verlegen. Meine Güte, es war wirklich besser, dass sie nicht der einzige Gast hier war. Das wäre ziemlich überwältigend gewesen.

»Sie kochen also nicht selbst für uns?«, neckte Frankie.

»Ich koche selbst, aber nicht heute Abend. Es ist ein besonderer Anlass.«

»Wie lange gehört das Haus Ihnen schon?«, fuhr sie fort und unterzog die helle Steinfassade einer professionellen Musterung.

Laurent kam nicht mehr zu einer Antwort, da der rote Mini Cooper in Sekundenschnelle die Zufahrt entlangraste und abrupt vor der Terrasse hielt.

Clémence stieg allein aus dem Wagen, mit makelloser Frisur und kaum merklich nachblondiert. Sie sah aus wie eine Miniaturausgabe von Catherine Deneuve in schwarzem Designerkleid, das die winzige Taille betonte. Die hohen Schuhe waren mit weichen Lederschleifen um den Knöchel befestigt.

»Ich liebe diese Schuhe«, platzte Frankie heraus. »Yves Saint Laurent?«

Die Französin zwinkerte Penelope zu. »Meine liebste Anlaufstelle in Paris.« Sie küsste Laurent und nahm eine Champagnerflöte entgegen.

»Kein Monsieur Valencourt heute Abend?«, fragte Frankie. Von jedem anderem hätte die Frage viel zu ungehobelt geklungen.

Penelope hatte noch immer nichts über den schwer fassbaren Monsieur V. herausgefunden.

»*Oh, non. Malheureusement pas.* Er lässt sein Bedauern ausdrücken.«

»Also ist er beschäftigt an diesem Samstagabend?«
»*Hélas*, es ließ sich nicht vermeiden.«
»Was tut er denn?« Frankie bohrte weiter.
»Er ist nicht da. Er ist geschäftlich unterwegs.«
Jeder andere hätte es dabei belassen, aber Frankie blieb hartnäckig. »Wo ist er?«
Trotz ihrer eigenen Neugierde zuckte Penelope innerlich zusammen.
»Er ist im Ausland.«
»Er ist sehr geheimnisvoll, Ihr Ehemann!« Frankie lachte, um anzuzeigen, dass sie es nicht böse meinte. »Kommt er oft nach Hause?«
»Nein, nicht sehr oft.«
Die Ankunft eines glamourösen Paars im schwarzen Mercedes stellte den höflichen Abstand in der Konversation wieder her. Penelope war sich ziemlich sicher, dass sie die beiden vom Tisch des Bürgermeisters auf dem Dorffest von St Merlot wiedererkannte.

Alle wurden einander vorgestellt. Die Neuankömmlinge hießen Claudine und Nicolas, und sie lebten in Roussillon. Sie war Museumsdirektorin, elegant gekleidet in seidig fallendem Blau. Er war Künstler und trug einen schwarzen Leinenanzug mit schwarzem Hemd. Da lag etwas in seinem Auftreten, was darauf hindeutete, dass sich seine Kunst sehr gut verkaufte.

Penelope begann ein Gespräch mit Claudine – diese zeigte ein offenes Lächeln, dass sie zugänglich wirken ließ –, während sie gleichzeitig Frankie lauschte, die weiterhin Clémence verhörte: »Heißt das, Sie und Laurent sind immer noch …?«.

Penelope stellte fest, dass sie den Atem anhielt. Frankies unverblümte Art konnte peinlich sein. Sie hoffte, dass Clémence nicht beleidigt war.

Überraschenderweise schien sie das nicht zu sein. »Es hat

sich alles abgekühlt«, antwortete sie. »Es hat Spaß gemacht, solange es dauerte, aber wissen Sie, es gibt eine Zeit … und dann ist es vorüber.«

Der Kellner füllte die Gläser wieder auf.

»Wie finden Sie St Merlot?«, fragte Claudine Penelope. »Nicht zu ruhig?«

»Es ist wunderbar.« Penelope beschloss, die Leiche im Schwimmbecken zu übergehen und den Schreck, als sie unter Beschuss einem Skelett die Hand geschüttelt hatte. »Wenn auch nicht annähernd so geschäftig wie Roussillon. Erzählen Sie mir, in welchem Museum arbeiten Sie?«

Claudine war noch nicht sehr weit mit ihrer Erklärung, wo das Ocker- und Farbenmuseum lag und was ihre Aufgabe dort war, da fuhr ein weiterer Wagen die Auffahrt empor. Penelope fühlte, wie ihr der Champagner zu Kopfe stieg, als sie den Motor hörte.

Der rote Ferrari kam knurrend auf sie zu und parkte vor der Terrasse.

Penelope blickte Frankie an, die ihrerseits eine Augenbraue hob.

Laurent trat vor und schloss seinen Freund fest in die Arme. Sie kannten sich offensichtlich gut. Der Silberfuchs wurde als Benoît de Reillane vorgestellt. Er hielt Penelopes Hand ein wenig zu lange, nachdem er sie geschüttelt hatte, und ihr erster Gedanke war, dass er zu der Sorte Mann zählte, die man im Auge behalten musste. Allerdings war er attraktiv, kein Zweifel.

»Ich habe gehört, Sie wollten den Priester kennenlernen«, stellte Laurent schelmisch fest.

»Was?«

»Benoît ist mein Freund, der Priester.«

»Sie sind der Priester?«, fragte Penelope. »Meine Güte.«

Benoît lächelte wissend. »Und Sie sind die Nachbarin meines Geschäftspartners Pierre Louchard? Er ist ein glücklicher Mann.«

Penelope blieb der Mund offen stehen. Schon wollte sie ihn aushorchen, was er damit meinte, da wurden weitere Stimmen laut. Noch mehr Gäste trafen ein.

Als Ehrengast saß Penelope neben Laurent. Im warmen Kerzenschein strömte der Wein, leckere Speisen wurden vor ihnen aufgetragen, interessante Gespräche waren durchsetzt von aufrichtigem Lachen. Wieder wurde auf Penelope angestoßen, und man erzählte von den Schwierigkeiten in ihrem neuen Haus. Sie fühlte sich glücklicher denn je.

»Ich will noch einen Trinkspruch anbringen.« Laurent stand an der Stirnseite der Tafel. »Lasst uns auf den Erfolg von *Le Prieuré des Gentilles Merlotiennes* und deren neue Bestimmung trinken.« Er klang aufgeregt.

Penelope bemerkte, wie er Clémence anlächelte.

»Wie einige von euch wissen, haben wir gestern erfahren, dass der Handel abgeschlossen ist und das Konsortium gegründet wurde, welches das Priorat als ganzheitlichen Rückzugsort und Naturheilbad ausbauen soll. Mein besonderer Dank geht an Pater Benoît und die Agence Hublot, die das alles möglich gemacht haben. Sie sind harte Verhandlungsführer, und ohne sie hätte ich es nicht geschafft.«

Sie erhoben die Gläser.

»Ein Rückzugsort und Heilbad! Das klingt wunderbar«, stellte Penelope fest, als Laurent sich wieder setzte.

»Ich hoffe, das wird es. Wenn wir es richtig machen – und wir haben uns von allen Seiten beraten lassen –, könnte es die *Prieuré* in einer Weise wieder zum Leben erwecken, die uns allen zugutekommt. Ich möchte dort Lavendel anbauen ...«

»Wie bei der *Abbaye de Sénanque*«, warf Penelope ein und verstand endlich.

»Genau. Aber ich will lokal angebauten Lavendel und Kräuter auch für eine Reihe von natürlichen Cremes und Seifen sowie Naturheilmitteln verwenden. Pierre Louchards Lavendel ist ausgezeichnet, und er wird sein Geschäft erweitern können.«

»Das ist eine tolle Idee. Moment, Monsieur Louchard ist ebenfalls an dem Plan beteiligt?«

»Er ist ein Partner, der einen Teil seines Landes verpachtet und Lavendel liefert.«

»Und gab es weitere Partner – Manuel Avore zum Beispiel?«

»Woher wissen Sie das? Wir brauchten einen kleinen Streifen Land von niemand anderem als Manuel Avore. Wir waren bereit, eine angemessene Summe zu zahlen, doch er weigerte sich stets zu verkaufen – es war das letzte winzige Flurstück, das ihm gehörte. Er wollte allerdings in Erwägung ziehen, es zu verpachten. Am Ende haben wir uns nach seinem Tod mit seiner Frau geeinigt. Sie war wesentlich zugänglicher.«

Laurent füllte ihr Glas wieder auf. »Wenn Sie den oberen Teil Ihres Grundstücks mit Lavendel oder Thymian bepflanzen wollen, könnten Sie übrigens auch an dem Projekt beteiligt sein.«

Penelope dachte an den Duft, der damit einherginge. »Hmmm ... Mir gefällt der Gedanke.«

»Es wird eine runde Sache werden.«

»Ich habe noch nie einen Priester getroffen, der Ferrari fährt.«

»Mein Freund Benoît ist anders als alle anderen. Und er hatte schon immer eine Vorliebe für italienische Sportwagen. Auch wenn das Gelände in unserer Gegend nicht wirklich dafür geeignet ist. Immer, wenn er sich mit Pierre treffen will, muss er an der Hauptstraße parken und den Zufahrtsweg entlanglaufen, den Sie beide teilen – die Steine und Bodenwellen darauf würden die Federung des Autos ruinieren.«

Er musste Louchard besucht haben in der ersten Nacht, als sie das Brüllen des Motors hörte! Und deshalb parkte er am Ende der Zufahrt. Sie behielt diese Gedanken für sich und war froh, dass alles vorüber war.

»Wie haben Sie sich kennengelernt?«, wollte sie wissen.

»In einem anderen Leben, als ich eine Fernsehdokumentation drehte. Er führte das Kloster drüben in Reillane, doch auf eine Weise, wie kein Abt es je zuvor getan hatte.«

»Oh?«

»Um die Leitung dieser alten Institution übernehmen zu dürfen, musste er die Priesterweihe erhalten. Zum Glück durfte er sich das Seminar aussuchen, das seine religiöse Unterweisung übernahm. Also erhielt er seine Ordination mit freundlicher Genehmigung einer Online-Kirche in Nevada.«

»Dann ist er nicht wirklich ein Priester?«

»Behaupten Sie das niemals vor Anwälten der Kirche der wahren Gläubigen der Erscheinung Christi auf einem Angebrannten Taco, gegründet 1983.«

Penelope kicherte. »Nein!«

»So etwas in der Art, jedenfalls. Benoît hatte einst eine recht erfolgreiche Karriere als Schauspieler im französischen Kino. Benoît Berger?«

Sie schüttelte den Kopf und notierte in Gedanken, ihn online nachzuschlagen.

»Sehr beliebt bei weiblichen Filmfans eines bestimmten Alters. Aber seine große Leistung in Reillane war der Umbau des Klosters zu einem schönen Theater- und Kunstzentrum, das der ganzen Gemeinde zugutekommt – und auch den Menschen im weiteren Umland, was das betrifft. Ich möchte hier etwas aufbauen, was ebenso gut für dieses Dorf ist.«

Sie blickte zu dem ehemaligen Filmstar hinüber. Er unterhielt sich lebhaft mit Frankie. Zweifellos würde Penelope alles über ihn erfahren, wenn sie nach Hause kamen. »Was wurde aus Ihrer Dokumentation?«

»Sie gewann einen nationalen Filmpreis«, verkündete Laurent mit einem Ausdruck gespielter Bescheidenheit.

»Herzlichen Glückwunsch.«

»Es ist lange her.«

»Der Abend ist perfekt«, sagte Penelope. »Eine schöne Feier.«

»Ich hatte nicht vor, so viele Leute einzuladen. Aber der Vertrag über das Priorat wurde unterzeichnet, und Clémence bestand darauf, dass wir den Abschluss mit Claudine und Nicolas feiern, die beide bedeutende Investoren sind. Sie reisen in ein paar Tagen ab, um eine Ausstellung in Berlin zu veranstalten – und sie war überzeugt davon, dass du auch Frankie zur Party einladen wolltest.«

Das war interessant. Es passte zu ihrem Eindruck, was Clémences Machenschaften an diesem Morgen betraf.

»Wir müssen dieses Abendessen irgendwann einmal gemeinsam wiederholen«, sagte Laurent. Penelopes Handy summte. Sie ignorierte es. Dann summte es erneut.

»Schauen Sie drauf. Es könnte wichtig sein.«

Der erste Text kam von Justin: »Hi Mama, ich hoffe, es geht dir gut. Alles in Ordnung hier. Schicke eine Nachricht, wenn du noch am Leben bist.«

Penelope lächelte. Wenn die wüssten. Sie hatte den Kindern die Einzelheiten erspart und wollte sie nicht beunruhigen. Ein knapper Bericht über den Tod des Nachbarn hatte genügt.

Der andere kam von Lena: »Wir haben schon seit Ewigkeiten nicht mehr richtig gesprochen«, stand da. »Wir alle vermissen dich, und Zack sagt, er will, dass seine Oma bald mit ihm Fußball spielt. Ich hoffe, alles läuft gut, und keine Nachrichten in letzter Zeit sind gute Nachrichten. Xxxx von uns allen.«

Sie lächelte.

»Mir geht's ausgezeichnet, Liebling«, schrieb sie jedem von ihnen zurück. »Wunderbar – alles, wie ich mir erhofft habe. 'tschuldigung, war sehr beschäftigt. Es gibt viel zu erzählen, aber verschieben wir das, bis ihr vorbeikommt.«

Sie schaltete das Telefon aus und wandte sich Laurent zu. »Also, was hatten Sie über das Abendessen gesagt?«

Ein Apfel am Morgen bringt Kummer und Sorgen

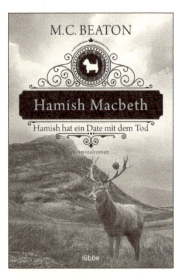

M. C. Beaton
HAMISH MACBETH HAT
EIN DATE MIT DEM TOD
Kriminalroman
Aus dem Englischen
von Sabine Schilasky
224 Seiten
ISBN 978-3-404-17994-7

Constable Hamish Macbeth schwebt mit der schönen Priscilla auf Wolke sieben. Aber als in deren Tommel Castle Hotel acht hoffnungsfrohe Mitglieder eines Single Clubs einchecken, kehrt für die beiden wieder die Realität ein. Am eigentlich romantisch geplanten Wochenende läuft alles schief, was schief laufen kann. Der tragische Höhepunkt: Eine Frau wird tot aufgefunden. In ihrem Mund: ein Apfel. Hamish steht vor einem großen Rätsel. Fest steht nur: auf jeden Fall ein Sündenfall ...

Lübbe

Mord in der schönsten Stadt Spaniens

Isabella Esteban
MORD IN BARCELONA
Comissari Soler ermittelt
Kriminalroman
DEU
352 Seiten
ISBN 978-3-404-17940-4

Auf dem Friedhof Montjuïc in Barcelona wird eine Tote gefunden, die dort nicht hingehört: Die Frau, eine deutsche Touristin, wurde ermordet und nur stümperhaft versteckt. Comissari Jaume Soler von der Kriminalpolizei übernimmt den Fall, aber für ihn und sein Team gibt es nur wenig Anhaltspunkte. Daher beschließt Jaumes Schwester Montse, die die Tote zufällig kannte, ihrem Bruder bei der Aufklärung zu »helfen.« Zwischen pittoresken Gräbern, engen Gassen und der Brandung am Meer bringt das unfreiwillige Ermittlerduo nach und nach ein tödliches Drama ans Licht, das noch lange nicht zu Ende ist ...

Lübbe

Die Community für alle, die Bücher lieben

★ In der Lesejury kannst du Bücher lesen und rezensieren, die noch nicht erschienen sind

★ Gemeinsam mit anderen buchbegeisterten Menschen in Leserunden diskutieren

★ Autoren persönlich kennenlernen

★ An exklusiven Gewinnspielen und Aktionen teilnehmen

★ Bonuspunkte sammeln und diese gegen tolle Prämien eintauschen

Jetzt kostenlos registrieren: www.lesejury.de

Folge uns auf Instagram & Facebook:
www.instagram.com/lesejury
www.facebook.com/lesejury